HEYNE BÜCHER

D1855069

SCIENCE FICTION

Herausgegeben
von Wolfgang Jeschke

Von Alan Dean Foster erschienen in der Reihe
HEYNE SCIENCE FICTION & FANTASY:

* Die Eissegler von Tran-ky-ky · 06/3591
* Das Tar-Aiym Krang · 06/3640
* Die denkenden Wälder · 06/3660
Alien · 06/3722
* Der Waisenstern · 06/3723
* Der Kollapsar · 06/3736
* Die Moulokin-Mission · 06/3777
Kampf der Titanen · 06/3813
Outland · 06/3841
* Cachalot · 06/4002
* Meine galaktischen Freunde · 06/4049
* Auch keine Tränen aus Kristall · 06/4160
* Homanx Eins · 06/4220

3 Romane in Kassette zum Sonderpreis
Das Tar-Aiym Krang
Der Waisenstern
Der Kollapsar

Der Bannsänger-Zyklus:
Bannsänger · 06/4276
Die Stunde des Tors · 06/4277
Der Tag der Dissonanz · 06/4278
Der Augenblick des Magiers · 06/4279
Die Pfade des Wanderers · (in Vorb.)
Colligatarch · 06/4338
* Die Reise zur Stadt der Toten · 06/4308
El Magico · 06/4355
Das dunkle Land · 06/4407

In der ALLGEMEINEN REIHE:
Das Ding aus einer anderen Welt · 01/6107
Krull · 01/6286
Starman · 01/6369
Pale Rider. Der namenlose Reiter · 01/6596
Aliens · 01/6839

Die mit * gekennzeichneten Romane und Erzählungen spielen in Alan Dean Fosters Homanx-Commonwealth.
Siehe dazu den Aufsatz »ALAN DEAN FOSTERS HOMANX-UNIVERSUM. DIE COMMONWEALTH-KONKORDANZ« von Michael C. Goodwin, in: HEYNE SCIENCE FICTION MAGAZIN 12 (HEYNE SCIENCE FICTION & FANTASY, Band 06/4167).

ALAN DEAN FOSTER

CACHALOT

Ein Roman
aus dem Homanx-Commonwealth

Science Fiction-Roman

Deutsche Erstveröffentlichung

WILHELM HEYNE VERLAG
MÜNCHEN

HEYNE SCIENCE FICTION & FANTASY
Nr. 06/4002

Titel der amerikanischen Originalausgabe
CACHALOT
Deutsche Übersetzung von Heinz Nagel
Das Umschlagbild schuf Darrell K. Sweet

3. Auflage

Redaktion: Wolfgang Jeschke
Copyright © 1980 by Alan Dean Foster
Copyright © 1983 der deutschen Übersetzung
by Wilhelm Heyne Verlag GmbH & Co. KG, München
Printed in Germany 1987
Umschlaggestaltung: Atelier Heinrichs & Schütz, München
Satz: Schaber, Wels/Österreich
Druck und Bindung:
Elsnerdruck, Berlin

ISBN 3-453-30939-1

Für Philippe und Jacques
Cousteau

Für die Männer der *Calypso*

Für die Männer und Frauen
von Greenpeace

1. Kapitel

Mustapha Ali saß am Ende von Rorqual Towne und war nicht seekrank. Nur ein Fremder hätte daran etwas auffällig gefunden. Mustapha hatte sein ganzes langes Leben auf Cachalot verbracht, und die auf jener Welt Geborenen wissen weniger von der Seekrankheit, als ein Wurm vom Andromedanebel. Alle auf Cachalot Geborenen haben zwei Wiegen: ihre Pflegestätte und jene andere größere Pflegestätte der allumfassenden Mutter Ozean. Und wer von anderen Welten nach Cachalot kam, blieb nicht lange, falls sich herausstellte, daß er unter Bewegungskrankheit litt.

Da hatte die Geschichte und der Zufall einen großen Wandel herbeigeführt, dachte Mustapha und ließ seine dunkelbraunen Beine über die Dockseite hängen. Sie hingen vielleicht einen Meter über dem tiefen, grün-schwarzen Wasser. Seine Vorfahren waren aus einem hohen, trockenen Ort der Erde gekommen, wo die See nur ein Märchen war, das man Kindern mit großen Augen erzählte. Und hier lebte er an einem Ort, wo man das meiste Land importieren mußte.

Seine Vorfahren hatten das Spiel mit viel Freude gespielt. Er bedauerte es sehr, daß er die Tradition des Spiels nicht fortsetzen konnte. Denn wo auf Cachalot konnte man fünfzig gute Reiter und eine tote Ziege finden? Mustapha hatte sich damit begnügt, Champion im Wasserpolo zu werden, nachdem er in seiner Jugend jenes Spiel und seine vielen Varianten gemeistert hatte. Verglichen mit dem Spiel seiner Vorfahren war es sehr sanft gewesen und hatte ihn nicht sehr gefordert.

Jetzt mußte er sich damit begnügen, weniger anstrengende Freuden zu erleben, aber unglücklich war er nicht.

Die altmodische Angel, die er über das Wasser hielt, hatte er in seiner Freizeit aus einer Antenne gemacht. Die Angelschnur, die durch eine Kerbe am anderen Ende führte, verschwand unter der Wasseroberfläche unter dem Dock. Einst hatte die Antenne dazu gedient, unsichtbare Worte von jenseits des Himmels und des Wassers ausfindig zu machen. Jetzt half sie ihm, kleine, wohlschmeckende Fische auf viel kürzere Distanz zu finden.

Mustapha blickte zu den Wolken auf, die am Himmel dahinzogen, zuckte zusammen, als ihn ein Regentropfen ins Auge traf. Das Gewitter, das sich möglicherweise dort oben zusammenbraute, würde nicht besonders heftig werden. Der Himmel sah wie immer drohender aus als es sich am Ende erweisen würde. Der Donner prahlte und grollte, vermochte den alten Fischer aber nicht von seinem Platz zu verdrängen.

Hinter ihm ruhte die Stadt Rorqual fest auf der Oberfläche. Das nächstliegende echte Land, die Swinburne-Untiefe, lag dreißig Meter darunter. Dennoch saß die Stadt reglos auf dem Meer. Eine komplizierte Konstruktion von Kielschwertern, Auslegern und Gegendüsen bewirkte das, auch wenn das Meer unruhiger wurde, sorgte dafür, daß die Stadt unbewegt blieb, um ihren Bewohnern den Anschein von Stabilität zu bieten, und dem alten Mustapha einen sicheren Ort, von dem aus er fischen konnte.

Das Dock war jetzt leer, die Fangboote und Sammler waren draußen bei der Arbeit. Der lange Streifen unsinkbaren grauen Polymers verschwand unter einem Lagerschuppen; schließlich war das Dock nur eine von Dutzenden solcher Stützen für die Stadt.

Aber es gab keine Gegendüse oder Kielschwert, um das Dock völlig bewegungslos zu halten. Vier Meter breit und genauso dick, bewegte es sich sachte im natürlichen Rhythmus der See. Deshalb zog Mustapha es vor, vom Dockende aus zu fischen und nicht von einer der stabileren äußeren Straßen der Stadt. Wenn er mit dem Ozean und seinen Bewohnern spielte, zog er es vor, ihre Umgebung zu verspüren. Das war wie eine Kadenz, ein zähflüssiger

Marsch, der ebenso Teil seines Lebens war wie sein eigener Herzschlag.

Der Regen begann jetzt auf ihn einzupeitschen und durchtränkte sein langes, weißes Haar. Er ignorierte ihn. Die Bewohner der schwimmenden Städte von Cachalot hatten ebenso oft Wasser auf der Haut wie Luft. Hier in Äquatornähe waren die dicken Tropfen warm, ja fast heiß. Er spürte sie auf seiner nackten Brust. Sie rollten von seiner kahlen Stirn und juckten in seinem herunterhängenden Schnurrbart.

Die Stange teilte seinen Fingern etwas mit. Er hob sie an. Ein kleiner gelber Fisch krümmte sich am Haken. Seine vier blauen Augen starrten stumpf in das fremdartige Medium, in dem er sich plötzlich fand.

Mustapha überlegte, ob er ihn vom Haken nehmen sollte und entschied dann, daß der Fisch ihm besser als Köder für einen größeren Artgenossen dienen würde. Er ließ den frischen Fang ins Wasser zurückfallen. Ein elektronischer Köder hätte mehr Fische angezogen, als er tragen konnte, aber ein solches Gerät hätte im Verein mit Haken und Schnur unpassend gewirkt. Mustapha hatte Freude daran, auf traditionelle Art zu fischen. Er fischte nicht, um sich Nahrung zu beschaffen, sondern weil es ihm Freude machte.

Gelegentliche Blitze beleuchteten den dunklen Unterleib der Gewitterfront und bildeten Entwässerungssysteme für den Himmel. Der grelle Schein der Blitze verwandelte die Wellenkämme in Kerzenflammen. Er wußte, daß diese Entladungen mehr Hitze als Wut mit sich trugen. Ihre Frequenz verriet ihm, daß das Gewitter nicht lange dauern würde. Jetzt war nicht die Zeit der schweren Regenfälle.

Immer noch benetzten ihn gelegentliche Tropfen. Er war auf dem Dock allein. Dreißig Minuten, dachte er, dann kommt die Sonne wieder heraus. Allerhöchstens dreißig Minuten. Vielleicht habe ich dann mehr Glück.

So blieb er sitzen, mit seinen Shorts und seinem Schnurrbart, und wartete geduldig, daß etwas anbiß. Einige fanden, daß sich Pose und Tätigkeit für den Computerplaner-Emeritus der Stadt nicht geziemten, aber das machte Mustapha nichts aus. Er war weise genug, um zu wissen, daß Verrücktheit und Alter eine Vielfalt von Exzentrizitäten entschuldigen, und er hatte von beidem etwas.

Einige schnittige und doch breitrümpfige, verlassene Sammelschiffe waren zwei Docks von ihm entfernt vertäut. Zwei magnetisch verankerte Gleiter tanzten zu seiner Rechten in den Wellen. Ihre Mannschaften hatten Landurlaub, weilten entweder bei ihrer Familie oder vergnügten sich im Erholungszentrum der Stadt.

Mustapha war ein durchaus liebesfähiger, aber kompromißloser Typ und hatte in seinen frühen Jahren versucht, mit zwei verschiedenen Frauen zu leben. Sie hatten ihm mehr Narben hinterlassen als all die fleischfressenden Geschöpfe, mit denen er gekämpft hatte, um den Fang der Stadt zu vergrößern.

Ein neues, kräftigeres Zerren riß ihn aus seinen Träumen. Er sah auf die Stelle, wo die Schnur im Wasser verschwand. Da war das Zupfen wieder, drängend, hartnäckig. Jetzt beugte sich die Antennenstange in einem weiten Bogen seewärts, und ihre Spitze wies wie ein Jagdhund ins Wasser.

Mustapha hielt sich an der Metallstange fest und begann, an der selbstgemachten Kurbel zu drehen. Das war eine Menge Schnur, und sie verhielt sich höchst seltsam. Es war gerade, als hätte sich etwas in die Leine selbst verwickelt und zöge gar nicht am Haken.

Im dunklen Wasser war undeutlich eine Silhouette sichtbar. Was immer es auch war, es bewegte sich sehr schnell. Jetzt kam es näher, wuchs, bis es fast zu groß war. Die Augen des alten Mannes weiteten sich über dem grauen Schnurrbart. Er warf die Stange und die mühsam angefertigte Rolle weg. Die Angel prallte auf dem auf- und abhüpfenden Pier auf, ehe sie ins Wasser fiel.

Mustapha ignorierte sie und rannte zur Stadt zurück. Seine lauten Rufe wurden vom plötzlichen Aufbrüllen der Verteidigungssirenen der Stadt übertönt. Er schaffte es nicht einmal bis zum Ende des Piers. Aber das hätte auch keinen Unterschied gemacht.

Zwei Tage später kehrten die ersten Boote der wandernden Fischflotte von Rorqual Towne zurück. Ein Sammler, mehrere Köpfe hoch, mit magischen Coreenpflanzen und vielen Kisten mit Dauer-Slesetgewürz beladen. Doch das, was sie nicht fanden, machte den Wert der Ladung für die Männer und Frauen der Mannschaft bedeutungslos.

Obwohl sie immer wieder besorgt und mit Tränen in den Augen über der Swinburne-Untiefe hin- und herkreuzten, fanden sie keine Spur von Mustapha Ali. Auch ihre Familien fanden sie nicht und ihre Lieben, sie fanden keinen einzigen der einstmals achthundert Bewohner von Cachalot.

Zerschlagene Möbel, Haushaltsgegenstände, ein paar Kleiderfetzen und Fragmente von Häusern, in die sich Brokken von grau-weißem Eierschalenpolymer mischten, war alles, was von der Stadt übriggeblieben war. Das, ein Rätsel, und die Erinnerung einstmals vergnügten Lebens.

Und für einige auf den leidbeladenen Booten war das Schlimmste von allem das Wissen, daß dies nicht das erstemal war ...

Weit, weit über der grünen Seefläche, die einst Rorqual Towne eingenommen hatte, bewegte sich ein riesiges, lautloses Gebilde, stumm, in einem viel weiteren Ozean. Die Insassen des kugelförmigen Metallkörpers waren in Zeit und Raum von jener ozeanischen Tragödie weit entfernt.

Ein vergleichsweise winziger, scharfer Schatten des schimmernden Rumpfs löste sich von seinem mächtigen Heck und fiel wie ein silbernes Blatt zu der atmosphärischen See hinunter, die unmittelbar unter ihr wogte. Obwohl er Bewegungen zeigte, die normalerweise auf Leben deuten, war der Schatten nur ein totes Ding, das dazu diente, Lebende zu befördern, ein Shuttle-Fahrzeug, das aus dem KK-Transporter fiel, neben dem es vergleichsweise wie ein Zwerg wirkte, wie eine Arbeitertermite, die ihre Königin verläßt.

Das pfeilförmige, silberne Gebilde drehte sich leicht. Seinem Heck entwichen weiße Wölkchen, und dann begann das Fahrzeug schneller zu fallen, selbstbewußter, der Welt in der Tiefe entgegen, einer Welt von diamanthartem Blau-Weiß, einer großen azurfarbenen Kugel, die mit einem zarten Wolkengitter überzogen war.

Eine Besatzung von zwölf Passagieren starrte durch die Luken des Shuttle, während das Fahrzeug seine Landekurve flog. Einige starrten die näherkommende Planetenoberfläche erwartungsvoll an, und Vorstellungen von unmittelbar bevorstehendem Reichtum zogen durch ihre Gedanken. Andere waren entspannter. Dies waren die zurückkehrenden Bewohner, die Weltraum und Land satt hatten und die es danach drängte, wieder auf dem Wasser zu leben. Einige wenige betrachteten die größer werdende Kugel ohne Erwartungen, doch auch ohne Habgier. Sie waren überwältigt von der Schönheit des planetenweiten Ozeans und von den Geschichten, die man sich über das Leben erzählte, das er in seinen Tiefen barg.

Ein Passagier starrte wie gebannt mit dem Blick eines erstmals Verliebten hinaus, und jugendliche Begeisterung mischte sich mit der ruhigen Distanziertheit des reifen Wissenschaftlers. Cora Xamantina drückte die Nase gegen die Luke. Eine Luftdüse darunter verhinderte, daß ihr Atem die Luke beschlug.

Das intensive, reflektierte Licht von Cachalots Stern ließ ihre obsidianfarbene Haut hinter dem Glasalum wie poliert erscheinen. Es beschien die hohen Backenknochen, die auf indianische Vorfahren hindeuteten, auf zart gemeißelte Züge, die von jenen vorspringenden Strukturen fast verdeckt wurden. Nur die riesigen schwarzen Augen, Münzen der Nacht, traten in dem herzförmigen Gesicht hervor. Ihr Haar, das in einem einzigen Zopf zusammengebunden war, der ihr bis zur Hüfte reichte, schwang bei jeder Bewegung wie ein Pendel.

Physisch war Cora Xamantina Mitte der Vierzig. Geistig war sie etwas älter. Emotionell war sie alt. Sie war nicht größer als eine durchschnittliche Jugendliche und knabenhaft schlank. Eine überraschend tiefe Stimme, von einer Lebhaftigkeit, die alles andere als matronenhaft war, war das einzige, was verhinderte, daß man sie für ein Kind hielt.

Selbst wenn sie, wie jetzt, ruhig war, schienen ihre Hände und Schultern stets in Bewegung; ihre Körpersprache war elegant und persönlich. Sie entstammte einer Gesellschaft, die gleichzeitig Sklavenhändler und Sklaven umfaßte, deren beider Schicksal sich in der Aufgabe vereinten, den Saft eines gewissen Baumes zu sammeln. Sklavenhändler und Sklaven gehörten beide einer lang vergessenen Geschichte an. Und bedauerlicherweise galt das gleiche größtenteils auch für die Bäume.

Sie äußerte sich häufig über die Schönheit der Welt, der sie sich jetzt näherten. Ihre Bemerkungen galten der jüngeren Frau, die neben ihr saß. Größtenteils wurden sie von dem größeren, viel üppigeren Schatten ihrer selbst mit einem Gefühl hilfloser Resignation entgegengenommen. Wo Coras Bewegungen häufig und voll nervlicher Energie waren, waren jene der jüngeren Frau eher schlaff, wirkten, als müßten sie von gequältem Seufzen begleitet werden. Sie hielt ein seltsames, höchst eigentümliches Musikinstrument im Arm und gab sich keine Mühe, ihren gelangweilten Eindruck zu verbergen.

»Ist es nicht schön, Rachael?« Cora lehnte sich in ihrem Andrucksessel zurück. »Da – beug dich über mich, dann kannst du's auch sehen.« Die entnervte Sirene machte keine Anstalten, nach draußen zu blicken. »Willst du es nicht sehen? Wir werden dort unten leben, weißt du.«

»Nur für kurze Zeit.« Sie seufzte müde. »Ich weiß, wie Cachalot aussieht. Du hast mich ja, weiß Gott, genügend Bänder davon studieren lassen, seit du wußtest, daß wir hier eingesetzt würden. Mag sein, daß ich im Institut noch ein Jahr vor mir habe, aber ich weiß immerhin, wie man Hausaufgaben macht.« Ihr Blick wanderte zu dem schmalen Gang, der durch die Mitte des Shuttle verlief. »Je schneller wir all das hinter uns bringen, desto früher können wir nach Terra zurückkehren und desto besser wird es mir gefallen!«

»Ist das alles, was dir einfällt, Mädchen? Wir sind noch nicht einmal gelandet, und du kannst es schon nicht mehr erwarten, wieder zurückzukehren?«

»Mutter ... bitte!« Das war eine Warnung.

»Schon gut.« Cora machte mit ihren Mannequinhänden besänftigende Bewegungen, und ihre langen Finger flatterten elegant. »Du brauchst dich ja nicht festzulegen, so lange wir nicht eine Weile dort unten waren. Du bist ja nur meine Sonderassistentin für diesen Auftrag, so wie es in der Anweisung steht. Daß du auch meine Tochter bist, hat nichts zu sagen.«

»Fein. Paßt mir ausgezeichnet.«

»Versuch nur, Augen und Ohren offenzuhalten, das ist alles.«

»Ich will es versuchen, Mutter. Das sage ich schon seit sechs Jahren. Noch ein paar Monate machen da nichts aus.«

»Gut. Mehr will ich gar nicht.« Cora wandte sich wieder der Luke zu. Der Anblick, der sich ihr bot, beruhigte sie, zog sie unwiderstehlich an und massierte gleichsam die Sorge weg, die sie um die Zukunft ihrer Tochter empfand und die Schuld.

Sie hatte Rachael zu drei Studienjahren in extraterrestrischer Meeresbiologie gedrängt. Die Zeugnisse des Mädchens waren gut, ihre Arbeit war gut – verdammt, sie *war* gut! Sie verfügte über alle Mittel dazu, dachte Cora. Mehr als ich, und das will, ohne mich zu brüsten, etwas besagen. Nur eines fehlt ihr, ein einziges Ingredienz, das sie davon abhält, eine brillante Laufbahn im gleichen Feld wie dem meinen anzutreten: Begeisterung.

Die hatte Cora von Silvio bekommen. Oh, Silvio ... »Du mußt die Augen offenhalten, Cora«, hatte er ihr immer wieder gesagt. Das hatte sie getan. So offen, daß sie ihn an eine andere Frau verloren hatte, an eine ganze Reihe anderer Frauen. Und dann war er gestorben, als seine Begeisterung für das Leben und die Liebe sich als unfähig erwiesen hatten, ihn am Ende zu retten.

Nein, sagte sie sich entschieden. Er hat mich verloren. Nicht anders herum. Er fehlte ihr immer noch, hin und wieder wenigstens. Er war nicht brillant gewesen. Und sie nicht außergewöhnlich hübsch oder reich oder eine Zauberin der Sexualität. Begeistert war er gewesen, dachte sie, und registrierte verblüfft, daß sich bei dem Gedanken ein Kloß in ihrer Kehle gebildet hatte. Begeistert über alles. Behaglich. Oh, so behaglich war er gewesen. So wie ihre zerbeulte alte Nymph-Unterwasser-Kamera, oder die zerfledderte *Elatridez Encyclopedia of Commonwealth Marine Life.* Das Voodoo-Halsband, das ihre Urgroßmutter ihr zu ihrem zweiten Geburtstag geschenkt hatte – das sie immer noch um den Hals trug, auch wenn es nicht zu ihr paßte – ja, behaglich war Silvio gewesen.

Er fehlte ihr, sie vermißte ihn in ihrer Umgebung, so wie sie die Enzyklopädie vermißt hätte oder das Halsband. Wahrscheinlich gab es noch eine ganze Menge anderer Frauen, die ihn auch vermißten. Aber sie hatte sich stets Freiheit für ihre Gedanken bewahrt. Jedesmal. Bis nach Rachaels Geburt. Das Komische war nur, daß Silvio nie begriff, weshalb sie eigentlich wütend war. Er mochte jeden und alles – zu sehr. Aber dann war er gestorben. Der Schmerz war mit ihm gestorben. Jetzt litt sie nur gelegentlich an einem Schmerz ganz anderer Art.

Als das Shuttle die äußersten Ausläufer der Atmosphäre berührte, erzitterte es leicht. Unter ihr war der Höhepunkt eines Traums, die Erfüllung zwanzig Jahre harter Arbeit. Sie hatte für die verschiedenen Firmen, in deren Dienst sie gestanden hatte, gute Arbeit geleistet, und noch bessere, wenn die Regierungsbehörden ihre Erfahrung benötigt hatten. Zwanzig Jahre, in denen sie abbaufähige Salzdome ausgewählt hatte. Ein Jahr für das Buch über giftiges Meeresleben im Riviera-System. Vier Jahre harter Arbeit unter den seehundähnlichen Eingeborenen von Largesse und dann zurück zu langweiliger Regierungsforschung. Und sie hatte sich stets über die letzten Techniken auf dem laufenden gehalten, die letzten Entwicklungen und Entdeckungen. Und sich immer einen Anlaß gewünscht, der sie zum Mekka aller Meeresbiologen führen würde.

Und jetzt war dieser Traum in Erfüllung gegangen. Die Ozeanwelt lag dicht unter ihr, erglänzte in perlmuttartiger Schönheit, erwartete sie mit dem Versprechen von Wundern und eines noch zu lösenden Geheimnisses. Wenn es überhaupt etwas gab, das das Genie entzünden konnte, das, wie sie wußte, im Kopf ihrer Tochter verborgen lag, dann würde es Cachalot sein.

Obwohl sie immer noch das Gesicht gegen die Luke preßte und mit großen Augen das Bild absuchte, das sich ihr bot, konnte sie keine der weit verstreuten Inseln entdecken, die das einzige Land auf Cachalot darstellten. Diese isolierten Inseln waren auch nicht aus Fels oder Stein geformt. Auf Cachalot hatte sich der ewige Krieg zwischen Wellen und Klippen vor langen Zeiten zugunsten der Wellen entschieden. Winzige Geschöpfe, die Hexalate genannt wurden, hinterließen ihre harten Exo-Skelette und erbauten daraus Atolle und Riffe, ganz ähnlich den Korallen der Erde.

Es gab nichts, das den Namen Kontinent verdiente, obwohl an manchen Stellen die Ozeane seicht waren, wenn auch nie über weite Strecken. Alles, was von Coras augenblicklichem Standort aus zu sehen war, waren die hellen, spiegelblanken Flecken an den gegenüberliegenden Polen, Packeisfelder, die auf dem Wasser trieben. Sie waren viel kleiner als jene der Erde.

Cora zeigte sie Rachael, die darauf nur mit einem gleichgültigen Zupfen an den Saiten ihres Neurophons reagierte.

»Hör auf damit!« meinte Cora mit gerunzelter Stirn. »Das macht man nicht.«

Rachael runzelte die Stirn. »Ach Mutter ... ich hab die Projektionsmatrix abgeschaltet und nur ganz wenig Energie. Das macht doch dem Shuttle nichts aus.«

Aber Cora hatte ein verräterisches, wenn auch schwaches Prickeln verspürt. »Deine Axonen leuchten. Ich spüre es. Du könntest die anderen Passagiere belästigen.«

»Ich habe keine Klagen gehört«, sagte Rachael leise. Aber sie berührte einige Kontaktpunkte an den Dendriten und schaltete die Energiezufuhr ab. Dann zupfte sie beleidigt an einer Saite. Sie erzeugte einen normalen musikalischen Ton, der durch die Kabine zog. Einige Passagiere drehten sich um und sahen sie an.

Coras Nerven reagierten nicht. Befriedigt wandte sie den Blick wieder zur Luke.

Rachael war intelligent genug, um nichtverbale Möglichkeiten zu finden, ihre Unzufriedenheit auszudrücken. Cora sagte sich, daß ihre Tochter genau wußte, daß es allen Flugregeln widersprach, ein Neurophon in einem nicht abgeschirmten Raum an Bord irgendeines Fahrzeugs zu spielen. Es wäre schlimm genug an Bord des Liners gewesen, den sie gerade verlassen hatten. In einem Shuttle, wo der ganze Flug von komplizierten, kritischen Gleichgewichtsvorgängen abhing, die von Pilot und Maschine gesteuert wurden, hätte es ihnen viel Ärger bereiten können. Rachael zupfte nur an ihrem verdammten Spielzeug herum, um ihre Mutter zu ärgern, das wußte Cora. Es wäre viel besser für sie, wenn sie das Instrument einfach aufgäbe. Es nahm einen viel zu großen Teil ihrer Studienzeit in Anspruch. Cora hatte sie zu überreden versucht, das Gerät aufzugeben. Sie hatte es nur einmal versucht. Für ihre Tochter war es gleichsam eine Sucht geworden, ja mehr als das, gleichsam ein Ersatzkehlkopf. Rachael wußte, daß sie ihrer Mutter mit Worten nicht gewachsen war, also reagierte sie manchmal durch Schmollen auf einen Streit und indem sie mit der Nervenmusik sprach. Ihre Tochter entwickelte sich zu einer Art Bauchrednerin.

Eine höfliche, etwas angespannt wirkende Stimme hallte aus dem Kabinenlautsprecher. »Bitte, bereiten Sie sich auf den Eintritt in die dichte Atmosphäre vor, meine Damen und Herren. Wir erwarten einige Turbulenzen. – Danke.«

Cora vergewisserte sich, daß sie angeschnallt war, hielt sich an den Armlehnen ihres Sessels fest und lehnte sich zurück. Ein paar Minuten lang war nichts zu bemerken, dann ein kräftiger Stoß, eine Sekunde lang das Gefühl abzustürzen, und dann trieben sie sanft durch klaren, blauen Himmel. Sie ließ die Armlehnen los und blickte zur Luke hinaus.

Unter ihnen tauchte der Wirbel eines kleinen Zyklons auf, raste vorbei und verschwand hinter ihnen. Wolken aller möglichen Formen und Größen flogen vorbei, und einmal, ein einziges Mal, glaubte sie, etwas Helles aufblitzen zu sehen. Das hätte eine Insel sein können. Sie versuchte, sich Cachalots Topografie vorzustellen, die sie sich eingeprägt hatte, und kam zu dem Schluß, daß es sich bei dem hellen Blitz um eine Kumuluswolke und nicht um Land gehandelt hatte.

Das Commonwealth-Hauptquartier befand sich auf Mou'anui, einer von einigen riesigen Lagunen, die von ausreichend stabilem Land umgeben waren, um die Einrichtung dauerhafter, nichtschwimmender Installationen zu gestatten. Cora suchte die Meeresfläche danach ab, als eine Stimme hinter ihnen erklang: »Entschuldigen Sie.«

Die Anschnallzeichen waren ausgeschaltet. Sie schnallte sich los und blickte über die Rückenlehne ihres zurückgeklappten Sessels. Der Mann, der gesprochen hatte, saß auf der anderen Seite des Mittelgangs, eine Reihe hinter ihnen. Ein kräftig gebauter Herr mit kaffeefarbener Haut, etwa in ihrem Alter. Sein Haar und seine Augen waren ebenso schwarz wie die ihren. Das Haar hing ihm bis zu den Schultern, war glatt nach hinten gekämmt und zeigte nicht einmal die Andeutung einer Locke oder Welle. Er hatte einen breiten Mund, der unter seiner scharfen Hakennase verschwand, die wie der Schnabel eines Raubvogels wirkte.

»Das ist ein Neurophon, nicht wahr? Vor einer Weile war mir, als würde etwas an mir zupfen.« Er lächelte explosionsartig und verwandelte sich plötzlich von einem nichtssagenden Zeitgenossen in einen gut aussehenden, dunkelhäutigen Herrn.

»Ja, das stimmt«, sagte Rachael kühl, und Cora dachte, gut für dich, Mädchen.

»Chalcophyritbeschichtet, ein Zwölf-Schichten-Modell, nicht wahr? Auf Amropolus gemacht? Mit einem Yhu-Tuner?«

»Stimmt.« Rachael wurde plötzlich munter und drehte sich in ihrem Sitz herum. »Spielen Sie?«

»Nein.« Das klang, als wolle der Mann sich entschuldigen. »Ich würde gerne. Ich fürchte nur, daß ich überhaupt kein musikalisches Talent habe. Aber um einen geschickten Spieler zu erkennen, reicht es aus. Auch wenn es nur ein paar Töne sind.« Wieder das strahlende Lächeln.

»Wirklich?« Rachaels Tonfall war jetzt nicht mehr so kühl.

»Ich kann verstehen, wenn Sie sagen, Sie würden ein Talent dann erkennen, wenn Sie es hören. Aber mir scheint, Sie verlassen sich mehr auf Ihre Augen als Ihr Gehör?«

»Sehen kann ich ein Talent nicht, nein«, erwiderte der Mann. Irgendwie schien ihm der Einwand peinlich. Er wirkte scheu, wollte sich aber offenbar nicht ins Schweigen zurückziehen. »Aber Sensitivität und gefühlsmäßige Beweglichkeit glaube ich sehen zu können.«

»Wirklich?« antwortete Rachael geschmeichelt und erfreut. »Wollen Sie mir schmeicheln?«

»Ich schmeichle Ihnen, nicht wahr?« sagte er mit entwaffnender Direktheit. Das war eine ehrliche Frage.

Rachael hielt sich noch ein paar Sekunden lang zurück und brach dann in ein hohes, mädchenhaftes Kichern aus, das in auffälligem Kontrast zu ihrer sonst meist dunkel klingenden Stimme stand.

»Ja, das tun Sie wahrscheinlich.« Sie musterte ihn interessiert. »Jetzt werden Sie mich gleich bitten, mich zu Ihnen zu setzen und Ihnen etwas vorzuspielen.«

»Ja, das wäre nett«, erwiderte der Mann offen. Und dann fügte er noch rechtzeitig hinzu: »Aber ich fürchte, das geht nicht. Ich weiß noch nicht einmal, wo ich auf Cachalot wohnen werde.«

Rachael starrte ihn an. »Ich glaube, Sie meinen es ernst. Daß Sie sich bloß die Musik anhören wollen.«

»Das sagte ich doch, nicht wahr? Falls wir uns wieder begegnen sollten, mein Name ist Merced. Pucara Merced.«

»Rachael Xamantina.«

»Sagen Sie«, meinte er und rutschte auf seinem Sitz ein Stück zur Seite, als sie in ein kleines Luftloch gerieten, »können Sie bei Richtungsprojektionen gleichzeitig die Tasten und die Glieder wechseln?«

»Manchmal.« Sie klang begeistert. Cora starrte resolut zur Luke hinaus. »Es ist schwierig genug, wenn man sich auf die Musik konzentriert und versucht, die entsprechenden neurologischen Reaktionen im Publikum hervorzurufen. Es ist so schwierig, sie richtig durchzuführen, ohne sich gleichzeitig über die physiologische Orientierung Sorgen zu machen. Man muß sich einfach auf zuviel konzentrieren.«

»Ich weiß.«

»Möchten Sie vielleicht, daß ich Ihnen jetzt etwas vorspiele?« Sie drehte das leierförmige Instrument in Spielposition, und ihre linke Hand liebkoste die Saiten, während die rechte über den Energieschaltern und Projektionssensoren schwebte. »Ich glaube nicht, daß es dem Piloten etwas ausmachen würde, obwohl meine Mutter da anderer Ansicht ist.«

»Das ist keine Frage des Piloten«, sagte er nachdenklich. »Ich weiß, daß Sie das Niveau ziemlich tief halten können. Aber unseren Mitpassagieren gegenüber wäre es nicht höflich. Vielleicht mögen nicht alle Musik. Außerdem ...« – dabei lächelte er wieder leicht – »könnten Sie versehentlich die Lichter ausschalten, oder die Temperatur um dreißig Grad senken.«

»Also gut. Aber sobald wir gelandet sind, wenn Sie dann nicht zu schnell verschwinden, verspreche ich, daß ich etwas für Sie spielen werde. Sagen Sie ...«, fuhr sie erregt fort und lehnte sich über den Mittelgang, »wissen Sie über den neuen Zerebralaufschließer Bescheid? Damit soll man angeblich zusätzliche vierzig Watt Neuronenenergie hinzufügen können.«

»Ich habe davon gehört«, meinte er freundlich. »Es heißt, man kann ...«

So plauderten sie begeistert, und die Diskussion wanderte von musikalischen Dingen zu den letzten Entwicklungen der Instrumentenelektronik.

Das Ganze überstieg irgendwie Coras Begriffsvermögen. Ein erstklassiger Neurophonspieler mußte Musiker, Physiker und Physiologe in einem sein. Sie konnte sich immer noch nicht vorstellen, daß ihre Tochter imstande sein sollte, das äußerst schwierige Instrument wirklich zu meistern. Ihr schien das Ganze dreifache Energievergeudung.

Doch eines wußte sie sicher. Wenn er auch einen Kopf kleiner als Rachael und äußerst scheu war, interessierte Merced sich doch ganz bestimmt für mehr als nur die ästhetischen Fähigkeiten ihrer Tochter. Nicht, daß ihn das besonders hervorgehoben hätte. Ein Mann, den Rachael nicht interessierte, war es nicht wert, Angehöriger seines Geschlechts zu sein. Das war die Natur der Männer, und die nichtmentalen Eigenschaften ihrer Tochter verstärkte dies noch.

Aber sie konnte da nichts tun. Wenn sie den Versuch machte, Rachael etwa zu befehlen, nicht mit ihm zu sprechen, würde sie damit genau das Gegenteil bewirken. Und dann bestand natürlich die Möglichkeit, daß sie sich in bezug auf ihn irrte. Jedenfalls wirkte er nicht wie ein Schlafzimmersammler.

Besser, sagte sie sich, die Situation im besten Licht sehen. Sollte Rachael sich doch für ihn interessieren, anstatt sich beispielsweise zu dem auf wesentlich konventionellere Art gut aussehenden Piloten des Shuttle hingezogen zu fühlen. Sobald wir einmal gelandet und in unserem Quartier untergekommen sind, hat es ohnehin nichts mehr zu bedeuten.

Sie warf Merced einen weiteren verstohlenen Blick zu. Er lauschte stumm, während Rachael ihm die Vorzüge von Neurophonen, die auf Amropolus hergestellt wurden, gegenüber denen erklärte, die von Willow-Wane kamen. Er sah wie ein Fischer aus, der nach Hause zurückkehrte, oder vielleicht auch ein Finanzexperte, den eine Maklerfirma ausgeschickt hatte, um die Profite einiger schwimmender Farmen zu untersuchen. Seine Haut war angemessen dunkel, aber seine Gesichtszüge und seine Knochenstruktur standen im Widerspruch zu jenen der dominanten, von Polynesiern abstammenden Siedler der Wasserwelt. Er war ganz bestimmt ein Außenweltler.

Nun, sie würde ihn im Auge behalten. Durch ein Leben der Erfahrung machte sie das fast automatisch. Gedanken an unglückliche Erlebnisse der Vergangenheit warnten sie vor der unbestimmten Möglichkeit künftiger. Sie dachte über das Problem nach, das sie nach Cachalot geführt hatte. Es betraf weit mehr als die Zerstörung von Besitz oder Fischereien. Wie es schien, hatten viele den Tod gefunden.

Man hatte ihr nur genügend Informationen übergeben, um ihre Neugierde zu reizen. Jemand gab sich große Mühe, vor der Öffentlichkeit zu verbergen, was wirklich auf Cachalot geschah.

Doch das hatte nichts zu besagen. Sie würde es bald genug erfahren. Die Möglichkeit, auf Cachalot zu arbeiten, hatte völlig ausgereicht, sie zur Annahme des Auftrags zu bewegen. Als man ihr zugestanden hatte, sich selbst eine Assistentin auszuwählen, hatte Cora Rachael gewählt. Wenn es ihr jetzt nur noch gelang, ihre Tochter davon zu überzeugen, dieses bizarre Instrument auf den Abfall zu werfen, dann würde eines der beiden größeren Probleme, zu deren Lösung Cora hierhergekommen war, eine glückliche Lösung finden.

Es hatte einige Schwierigkeiten gegeben. Formell betrachtet, war Rachael immer noch Studentin, und an einigen Stellen hatte sich ein Geschrei erhoben, als entschieden wurde, daß sie Cora als Assistentin zugewiesen worden war. Hunderte hätten den Job übernommen. Nur sehr wenige Wissenschaftler konnten nach Cachalot reisen, und das trotz seines Reichtums an ungewöhnlichem Meeresleben. Das war Teil der Übereinkunft, die man mit den ursprünglichen Siedlern des Blauen Planeten getroffen hatte, die man so gründlich studiert hatte, daß sie dessen müde waren. Sie hatten nichts gegen die Anwesenheit einer sehr beschränkten Zahl von Fischern und Sammlern und sogar etwas Leichtindustrie, aber die Zahl der Forscher, die zu bestimmter Zeit auf dem Planeten anwesend war, war streng eingeschränkt. So ergab es sich, daß die Chance, die Cora und Rachael gewährt wurde, als etwas Besonderes galt. Es war eine Chance, auf die Cora nicht verzichten wollte, und sie würde nicht zulassen, daß Rachael sie in den Wind schlug.

»Das ist ein interessanter Name«, meinte Rachael, während das Shuttle jetzt flach über einer endlos wogenden Wasserfläche dahinzog. Cachalot hatte keinen Mond, und daher kaum Gezeiten. Schwere Stürme, wie der Zyklon, über den sie gerade hinweggeflogen waren, waren häufig, aber vorhersehbar. Insgesamt war es eine wesentlich sympathischere Welt als die meisten anderen bislang entdeckten Planeten.

»Das ist eine Zusammenziehung von Worten aus zwei antiken menschlichen Sprachen«, erklärte er ihr. »Pucara bedeutet in einer Sprache, die sich Quechua nennt, ›leuchtend‹. Quechua war die Hauptsprache meiner Vorfahren, die auf dem südamerikanischen Kontinent lebten.«

»Tut mir leid«, sagte Rachael. »Ich fürchte, ich kenne mich nicht besonders gut in terranischer Geographie aus. Ich habe dort nur ein paar Jahre während meiner Schulzeit gelebt.«

»Macht nichts. Merced bedeutet in der Sprache meiner anderen Vorfahren, die meine Hauptvorfahren besiegten, ›Fluß‹.«

»Leuchtender Fluß. Sehr hübsch.«

»Und der Ihre? Bedeutet er etwas?«

»Keine Ahnung.« Eine Hand griff nach hinten, berührte Cora. »He, Mutter, was heißt ›Xamantina‹?«

»Ich weiß nicht, Rachael.« Wieder sah sie den ernsthaften kleinen Mann hinter ihnen an. »Das ist ein Indianername, der ebenfalls aus Südamerika stammt. Aber aus einer anderen Gegend, glaube ich.«

Merced schien interessiert. »Vielleicht waren unsere Vorfahren dann Nachbarn.«

»Vielleicht«, meinte Cora leise. »Ohne Zweifel haben sie sich mit großem Mut bekämpft und gegenseitig getötet.« Sie wandte sich ab und sah wieder zur Luke hinaus.

»Mutter«, flüsterte Rachael ihr ärgerlich zu, »du hast ein wahres Talent zu ausgesuchter Unhöflichkeit.«

»Beruhige dich doch, meine Liebe. Wir landen gleich. Du möchtest doch nicht etwa, daß dein Spielzeug über die ganze Kabine verstreut wird?«

Rachael kuschelte sich mürrisch in ihren Sitz, aber Cora konnte immer noch die Augen ihrer Tochter im Nacken spüren, während sie zur Luke hinaussah. Sie lachte halblaut vor sich hin und war Merced dankbar, daß er ihr Gelegenheit gegeben hatte, ihm zu zeigen, was sie in bezug auf ihn empfand, ohne sich in das Gespräch einmischen zu müssen.

»Vier Minuten bis zur Landung«, sagte die Stimme im Lautsprecher. »Bitte schnallen Sie sich wieder an!«

Cora tat das mechanisch. Mou'anui sollte gerade vor ihnen liegen. Unmittelbar vor der Landung sollte sie wenigstens einen Teil davon sehen können. Sie würden sich der ovalen Lagune von einem Ende nähern. An manchen Stellen war sie sechzig Kilometer lang und würde ohne Zweifel – ja dort!

Ein greller Blitz traf sie durch die Luke, als ein Sonnenstrahl auf den Hexalatesand fiel. Sie starrte das Farbenkaleidoskop an, bis ihre Augen tränten.

Ein dumpfer Stoß war zu hören, als die langen, massiven Pontons abgesenkt wurden. Sekunden vor dem Kontakt war das Licht so hell geworden, daß Cora sich von der Luke abwenden mußte. Den kurzen Eindruck, den sie von Mou'anui gehabt hatte, würde sie aber nie im Leben vergessen. Es war, als landeten sie im Inneren eines Diamanten.

Als sie das Wasser berührten, war ein weiterer, kräftigerer Stoß zu spüren. Die Heckmotoren brüllten auf. Cora versuchte, klar zu sehen, aber durch die Luke zuckten immer noch reflektierte Lichtblitze herein und blendeten sie. Jetzt verspürte sie eine andere Bewegung, eine, die ihr gleichzeitig vertraut und doch fremd war.

Sie trieben auf einem fremden Meer.

2. Kapitel

»Wir werden in Kürze ausschiffen, Ladies and Gentlemen«, sagte die Stimme aus dem Lautsprecher. »Willkommen auf Cachalot.«

Die Passagiere lösten die Sicherheitsgurte, kümmerten sich um ihr Gepäck, ihre Bandgeräte und die sonstigen persönlichen Habseligkeiten. Cora versuchte, unter den Passagieren mögliche Eingeborene ausfindig zu machen, und entschied sich schließlich für den Mann und die Frau an den zwei vordersten Backbordsitzen. Sie waren nicht polynesischer Abstammung, hatten aber eine Haut von der Farbe heller Schokolade. Sie trugen nur Schwimmshorts und Oberteile aus Fischnetz.

Das Shuttle fuhr langsam über die Lagune. Durch die Fenster, die sich infolge der starken Lichtreflexe automatisch abgedunkelt hatten, konnte sie auf die matt schimmernde Wasseroberfläche hinaussehen. Langsam wich die dunkle Tönung helleren, fröhlicheren Farben, als das Wasser seichter wurde.

Jetzt konnte Cora Gebilde erkennen, die sich im Wasser bewegten. Diese ersten Anzeichen des Lebens von Cachalot erregten sie so, daß sie beinahe zu atmen vergaß. Die Gebilde huschten zwischen den seltsamen zweigähnlichen Gewächsen hin und her, die von den Hexalaten geformt wurden.

Keines der kristallinen Gewächse wies die sanften Kurven oder gerippten Oberflächen mancher Korallen der Erde auf. Gleichgültig ob groß oder klein, zeigten die Formationen im allgemeinen gerade, rechtwinklige Architektur, Alptraum eines Kristallographen. Die winzigen Geschöpfe, deren versteinerte Skelette den Sand bildeten, der den Grund der

Lagune füllte, ihre Ufer bildete, bauten ihre Exoskelette aus Silizium auf, während die Korallen der Erde dazu Kalk benützten. Die Strände von Cachalot bestanden aus Glas. Vielfarbiges Glas sogar, denn winzige Beimengungen verschiedener Mineralien reichten aus, um Hexalate praktisch jeder Farbe des Spektrums zu erzeugen. Die Tridi Solidos, die Cora von den Inseln Cachalots gesehen hatte, erinnerten sie an riesige Berge von Edelsteinen.

Jetzt konnte sie die ersten Bauten auf der zunächst liegenden äußeren Insel erkennen. Hier und da, um die Bauten verstreut, waren lange, niedrig wachsende grüne Pflanzen zu erkennen. Es handelte sich um Seelungen, eine Abart der lokalen Pflanzenwelt, die die Fähigkeit entwickelt hatte, Sauerstoff aus der Luft, statt aus dem Wasser, zu entnehmen. Ihre Wurzeln waren tief im Innern des Riffs verankert.

Man hatte vertrautere Vegation dazu benutzt, um die Anlage gärtnerisch zu gestalten. Cora erkannte zahlreiche Arten außerplanetarischen, salztoleranten Pflanzenlebens, darunter auch einige von der Erde. Unter letzteren fielen ihr besonders die prosaischen, gebogenen Silhouetten von Kokospalmen auf. Wahrscheinlich waren die Pflanzen, ebenso wie das Erdreich, in dem sie gediehen, importiert.

Jetzt tauchten einige kleine Docks auf. Männer und Frauen arbeiteten auf ihnen oder in ihrer Nähe, und waren mit irgendwelchen Verrichtungen beschäftigt. Alle waren nur notdürftig bekleidet. Besonders breitkrempige, dunkle Hüte schienen populär. Die Instrumentengürtel, die einige trugen, enthielten wesentlich mehr Material als der Rest ihrer Kleidung.

Das Shuttle bog nach rechts ab und glitt auf einige große, zweistöckige Gebäude zu. In entgegengesetzter Richtung fegte ein kleiner Gleiter an ihnen vorbei. Seine Mannschaft winkte den Insassen des Shuttle vergnügt zu.

Das ehemals dröhnende Donnern der Motoren des Shuttle hatte sich jetzt auf ein chemisches Schnarchen reduziert. Die Maschinen husteten noch ein oder zweimal, als der Pilot den Kurs des Shuttle leicht änderte. Dann lag es lautlos neben einem schwimmenden Dock aus braunem Polymer. Das Dock tanzte zwischen zwei dünnen Pfosten aus grünem Glas behäbig auf den Wellen.

Cora überlegte, ob das Glas wohl aus Hexalatesand bestehen mochte, und sagte sich, daß dies wahrscheinlich der Fall war. Jede Außenwelt mußte möglichst viel aus eigenen Mitteln herstellen. Das Ziel einer jeden Kolonie war die Autarkie. Sie rechnete damit, daß eine Vielzahl der alltäglichen Gebrauchsgegenstände Cachalots aus Glas bestehen würde.

Am anderen Ende des Docks war ein kleiner Tragflächengleiter vertäut.

Die vordere Tür zwischen dem Cockpit und dem Passagierraum stand offen. Ein warmer Lufthauch erfüllte die Kabine, und an die Stelle der abgestandenen Konservenluft trat jetzt Feuchtigkeit und das kräftige Aroma der See. Cora atmete tief ein und schloß wohlig die Augen. Parfüm, schieres Parfüm.

»Ich möchte nur wissen«, brummte Rachael, »weshalb sämtliche Ozeane auf sämtlichen Planeten immer stinken müssen.«

Das war nicht das erstemal, daß sie ein solches Gespräch führten. Cora ging nicht auf die Unempfindlichkeit ihrer Tochter gegenüber einem der wunderbarsten Gerüche des ganzen Universums ein.

Dann füllte sich die Tür plötzlich mit einer hünenhaften, an einen Bären erinnernden Gestalt. Sie zwängte sich in die Kabine, zog den Kopf ein, um nicht am Eingang anzustoßen, und musterte die Ankömmlinge.

Der hünenhafte Mann trug bloß einen Trylon Pareu, der mit blauen Nebeln und rosafarbenen Blumen bedruckt war und locker um seine Hüften drapiert bis zu den Knöcheln reichte. Brust und Kinn waren haarlos, während sein mächtiger, runder Schädel mit schwarzen Locken bedeckt war, die durchaus im Verlauf der letzten Dutzend Jahre kaum einmal gekämmt worden sein mochten.

Der Mann war nur ein paar Zentimeter größer als Rachael, aber sein Körperbau war der eines Riesen. Oder eines Granitmassivs. Er mochte Anfang vierzig sein, schätzte Cora, hatte aber die rundlichen Formen eines Kindes. Am auffälligsten daran war ein beträchtlicher Bauch, der sich unter seinem Brustkasten förmlich nach vorne wölbte, aber keineswegs fett wirkte. Eher handelte es sich um eine glatte Kurve aus massiven Muskeln, die unter dem Hüftband des Pareu verschwanden.

Auch das Gesicht war gerundet und vermittelte Cora das gespenstische Gefühl, daß sie hier gar keinen reifen Mann vor sich sah, sondern ein zu groß geratenes Kind. Sah man von seiner Größe ab, so war es höchstens noch dem mit Instrumenten überladenen Gürtel, den er um Hüften und Taille geschlungen hatte, mehr unter den Bauch gestopft als darüber, zuzuschreiben, daß man ihn doch für einen Erwachsenen halten konnte. Sie studierte die Instrumentenanordnung, erkannte die Unterwasser-Not-Einheit, die einem Taucher zwanzig Minuten Luft bot, ein Unterwasser-Lumar, einige Instrumente, deren Zweck sie nicht kannte, und schließlich an seiner Linken ein kleines Rechteck aus Metall mit einer dauernd wechselnden Digitaldatenausgabe. Sie hatte in ihrem Gepäck ein ähnliches Gerät. Es war imstande, auf Kommando Zeit, Tiefe, Richtung und Strömungsgeschwindigkeit, Wassertemperatur und eine ganze Anzahl weiterer Faktoren von vitalem Interesse zu liefern. Es war teuer, jedenfalls nicht die Art von Gerät, wie sie einfache Fischer zu tragen pflegen. Ob er der hiesigen Wissenschaftsstation angehörte? Das würde sie bald wissen.

Seine Fleischmassen, die er großteils unbedeckt zur Schau stellte, störten sie nicht. Notwendigerweise trugen die Bürger des Commonwealth, die seine Ozeane bewohnten, weniger als ihre binnenländischen Kollegen. Dies war teilweise der Konvention zuzuschreiben, teilweise auch der Bequemlichkeit, teilweise, wie sie häufig vermutete, der Tatsache, daß der Mensch dem Meer entstiegen war und insgeheim den Wunsch verspürte, wieder dorthin zurückzukehren. Je näher der Mensch wieder der See kam, desto größer die Zahl zivilisatorischer Artefakte, die er abzulegen bereit war.

Cora trug nur ein einfaches, einteiliges lockeres Schiffskleid, das über den Knien endete. Trotzdem kam sie sich jetzt, da sie auf Cachalot war, unerträglich overdressed vor. Sobald man ihnen ein Quartier zugewiesen hatte, würde sie sich umziehen. Sie konnte es kaum erwarten.

Noch hübscher müßte es sein, nur mit der eigenen Haut bekleidet herumzulaufen, aber selbst eine so formlose Welt wie Cachalot würde wahrscheinlich den universellen Konventionen folgen. Bedauerlicherweise schlossen diese auch ein, daß man wenigstens minimale Kleidung trug. Nicht alle Bewohner, ganz zu schweigen von Besuchern und Zeitarbeitern, würden bereitwillig die anerzogene Moral gegen Vernunft und Bequemlichkeit eintauschen. Und dann gab es natürlich immer das etwas delikate Problem der Wünsche und der Nähe von Männern. Ihre Kollegen würden ebenfalls Wissenschaftler sein, aber die Erfahrung hatte ihr gezeigt, daß gerade die wissenschaftliche Distanziertheit in ihrer Gegenwart auf geradezu entwaffnende Weise zu zerschmelzen drohte. Ganz zu schweigen von Rachael.

»Sam Mataroreva.« Der Mann blickte auf sie herunter. Seine Stimme klang so sanft wie das Schnurren einer Katze, und ebenso leicht und offen, wie er als Mensch auf sie wirkte. Er ging jetzt den Mittelgang hinunter, zwängte seine Hünengestalt zwischen den Kontursitzen hindurch. Trotz seiner Größe wirkte er physisch weniger drohend auf sie als andere sehr große Männer. Vielleicht war das sein babyglattes, haarloses Gesicht. Und vielleicht einfach nur sein reizendes Lächeln.

»Sie sind Cora Xamantina?« Seine Hand umschloß die ihre.

Sie zog sie abwehrend weg. »Wie bitte?« Warum hast du das jetzt getan? fragte sie sich. Warum dieser instinktive Rückzug? Schließlich durfte man einen Menschen nicht nach seinem Aussehen beurteilen, und es war durchaus möglich, daß sich unter diesem jovialen Äußeren Gefahr verbarg.

Mataroreva schien ihre abwehrende Haltung nicht zu bemerken. Er war bereits dabei, Rachael die Hand zu schütteln. »Und Sie sind Rachael, e'?«

»Ja.« Sie wich einen halben Schritt zurück, als die mächtige Fleischmasse sich über sie beugte.

Irgendein Beamter, den man ihnen entgegengeschickt hatte, um sie zu begrüßen, dachte Cora. Nun, damit hatte man rechnen müssen. Sie wollte gerade jene ewig gleichen und doch notwendigen Fragen stellen, die Besucher an einem neuen Ort stellen müssen, als Mataroreva sie dadurch erschreckte, daß er ein paar Schritte den Mittelgang hinunterging und einen dritten Passagier ansprach.

»Und Mr. Merced natürlich.«

»Richtig.«

Cora starrte den kleinen Mann mit weit offenem Munde an.

»Sie kommen aus Kommissar Hwoshiens Büro?« fragte Merced.

Mataroreva lächelte und fuhr sich mit den dicken Fingern durch das Kelpgestrüpp auf seinem Kopf. »Eine Art Liaison zwischen der Regierung und den privaten Gesellschaften, die handelsgerichtlich registriert sind und hier tätig sein dürfen. Damit habe ich das Beste und das Schlimmste gleichzeitig.«

Cora starrte immer noch Merced an, der wie ein dunkler Splitter wirkte, der von der Flanke des mächtigen Polynesiers abgefallen war. Merced fiel ihr Blick auf und schien noch peinlicher berührt als zuvor.

»Es tut mir schrecklich leid. Wahrscheinlich hätte ich mich schon früher vorstellen müssen.« Er trat in den Mittelgang. »Aber das Instrument Ihrer Tochter hat mich so fasziniert – die sind so rar, wissen Sie, und ...« Er hielt inne, wurde rot und streckte die Hand aus. »Ich bin Professor für angewandte ozeanographische Forschungen von der Universität Toleamia auf Repler.«

»Toleamia?« Sie wollte nicht ohne weiteres glauben, daß diese reizbare Person ein Vertreter einer so prestigeträchtigen Institution sein sollte.

»Richtig.« Das klang, als wolle er sich entschuldigen. »Bitte, entschuldigen Sie mich. Ich hatte mich wirklich für das Neurophon interessiert.«

»Und seine Besitzerin?«

»Mutter!« meinte Rachael warnend.

»Ich müßte lügen, wenn ich es verneinte.« Merced schien durchaus wahrheitsliebend.

Mataroreyas Lächeln war langsam verblaßt. »Fehlt mir da irgend etwas, um richtig zu verstehen?«

»Nein.« Cora wandte sich um und zwang sich, ihn anzulächeln. »Nichts Wichtiges. Wir sind sehr froh, daß wir hier sind, Mr. Mataroreva. Jetzt hoffe ich nur, daß wir uns irgendwie nützlich machen können.« Sie stellte fest, daß sie die letzten Passagiere an Bord des Shuttle waren. »Wenn ich etwas durcheinander scheine, so liegt das nur daran, weil man mir eingeredet hat, daß meine Tochter und ich die einzigen Experten wären, die man zu Konsultationen hierher gerufen hat, um Ihr Problem zu überdenken.« Sie sah Merced an. »Ich nehme doch nicht an, Ihre Anwesenheit hier und die Tatsache, daß Sie von Mr. Mataroreva begrüßt werden, bedeuten, daß Sie an etwas anderem arbeiten?«

»Ich fürchte, wir sind alle aus demselben Grund hier.« Merced trat von einem Fuß auf den anderen. »Nicht, daß es etwas zu besagen hätte, aber bis Sie an Bord des Shuttle gingen, wußte ich ebensowenig von Ihrer Einschaltung, wie Sie von der meinen. Der Unterschied war nur, daß ich schon von Ihnen gehört hatte, und Sie nicht von mir.« Er zwang sich zu einem Lächeln. »Ich glaube nicht, daß wir Schwierigkeiten haben werden, miteinander zu arbeiten.«

»Immer vorausgesetzt, daß wir am Ende wirklich zusammenarbeiten.« Cora räumte damit gar nichts ein.

Mataroreva begann sich sichtlich unwohl zu fühlen. Sie fand, daß er des Zuspruchs bedurfte.

»Normalerweise bin ich nicht so reizbar. Es war nur eine lange, anstrengende Reise.«

»Ich verstehe.« Seine Haltung lockerte sich etwas. »Bitte, nennen Sie mich Sam.«

»Okay ... also Sam.« Sie war zu müde, um sich mit irgend jemandem über protokollarische Fragen auseinanderzusetzen. Außerdem war ›Sam‹ viel leichter auszusprechen als ›Mataroreva‹.

»Gut.« Er strahlte. »Ihr großes Gepäck sollte bereits zu Ihren Zimmern unterwegs sein. Sonst noch etwas?«

Alle schüttelten den Kopf. Sie trugen alle ihre Instrumentengürtel mit allem Nötigen.

»Dann fahren wir jetzt zur Verwaltung. Aber zuerst ...« Er griff in ein großes wasserdichtes Paket, das er an seinem wie ein Weihnachtsbaum wirkenden Gürtel trug, und entnahm ihm eine Handvoll Schutzbrillen, die zur Gänze aus einem elastischen, durchsichtigen Material angefertigt waren, deren Kopfband also genauso beschaffen war wie die Linsen. Er schob sich ein weiteres Paar über das Gesicht. »Die passen sich ganz von selbst an«, sagte er, als die anderen es ihm nachmachten. »Ich empfehle Ihnen, die Brille nicht abzunehmen, bis Sie ein Gebäude betreten haben. Auf dem offenen Meer brauchen Sie sie auch nicht. Alle unsere Gebäude haben Fenster, die aus demselben Material sind.«

»Gewöhnt man sich denn nicht an das helle Licht?« fragte Cora.

Mataroreva schüttelte den Kopf. »Dazu ist es einfach zu grell. Am Ende würden Sie blind werden. Am frühen Morgen können Sie es ertragen.« Dabei starrte er sie auf eine Art und Weise an, die ihr gar nicht zusagte. »Oder abends, wenn die Sonne fast untergegangen ist. Aber sonst ist es einfach zuviel.« Er drehte sich um und verließ das Shuttle. Cora folgte ihm, dann Rachael mit ihrem Neurophon und zuletzt Merced.

Jetzt standen sie auf dem schmalen, unbewegten Pier. Wolken und Himmel erschienen so düster wie bei Sonnenuntergang, das kam von der Schutzbrille. Die Lagune erstreckte sich gute zwanzig Kilometer nach Norden und weitere dreißig nach Süden. Verpflanzte außerplanetarische Bäume, im Wasser verankertes Buschwerk und weitere Piers erschienen durch das Plastikmaterial ihrer Brillengläser fast schwarz. Die entlang der breiten Sandzunge verstreuten Gebäude spiegelten sich schwach im Wasser.

Cora hob die rechte Hand und schob einen Finger unter den unteren Rand ihrer Brille. Sie hob sie leicht an und sah nach unten, wo die Pier ins Ufer überging. Im gleichen Augenblick verspürte sie einen Stich in den Augen; karminrote, smaragdfarbene, blaue und gelbe Meere stachen auf ihre empörten Sehnerven ein. Das Licht schien ebenso intensiv, wenn auch nicht so rein, wie eine ganze Batterie winziger Laser. Sie ließ eilig die Brille wieder herunterklappen und blinzelte, um die Tränen aus den Augen zu bekommen. Jetzt zwinkerte ihr der Sand durch die Linsen nur noch zu, blendete sie nicht mehr.

Sie schickten sich an, den Pier zu verlassen, als sie ein leichtes Prickeln in den Waden verspürte. Das Prickeln wanderte über ihre Schenkel herauf, kroch wie eine akrobatische Spinne an ihrer Wirbelsäule empor, gleichzeitig klang eine klagende Melodie an ihr Ohr, wie im Kontrapunkt zu dem zarten Zupfen, das sie verspürte.

Offenbar fühlte Rachael sich von ihrer Umgebung angesprochen. Die Hände ihrer Tochter liebkosten das Neurophon. Die kreisförmigen Saitenpaare in der Mitte des Instruments klangen, einmal angeschlagen, und lösten damit die Kontaktsensoren im Griff und im Resonanzkörper des Instruments an. Die Verbindung hörbarer Musik mit den subsonischen Vibrationen, die ihre Haut und ihre Nerven berührten, erfüllten Coras ganzen Körper mit einem entspannenden Gefühl, als hätte sie gerade eine Stunde unter einer Nadeldusche verbracht.

Merced schien es ebenfalls zu spüren, aber Mataroreva's Reaktion war völlig anders. Das Lächeln verschwand von seinem Gesicht, und er fuhr so ruckartig herum, daß er Cora beinahe umgestoßen hätte.

»Was ist denn?« Sie gab sich Mühe, wieder das breite Grinsen auf seinem Gesicht erscheinen zu lassen. »Ich bin selbst keine Musikliebhaberin, aber ...«

»Das ist es nicht.« Er blickte nervös an ihr vorbei. »Es hat nichts mit der Musik zu tun. Ich mag die Musik und die Neuronik. Es ist nur ... Ich glaube, sie sollte besser damit aufhören.« Er stand am Rande des Piers, dem Shuttle gegenüber, und starrte in das reglose, kristallklare Wasser. In die Länge gezogene Lichtringe, Reflexionen der Sonne in der Dünung blitzten ihm entgegen.

Rachael hielt inne, als er beruhigende Bewegungen in ihre Richtung machte. »Aber Sie haben doch gesagt, daß es Ihnen gefällt«, protestierte sie. »Wenn Sie wollen, kann ich auch etwas anderes spielen.«

»Schalten Sie nur die dendritischen Resonatoren ab.«

»Nicht *schon wieder.*« Sie fuhr mit der Hand schmollend über eine Reihe von Kontakten. Cora spürte, wie etwas ihre Nervenenden kämmte. »Ich versuche immer wieder zu erklären, daß es alles zusammengehört, das Hörbare und das Neuronische. Wenn ich die nicht richtig zusammenfügen kann, dann könnte ich genausogut Violine spielen.«

»Nur jetzt«, sagte Mataroreva.

Auch Merced starrte ins Wasser. »Ich glaube wirklich, daß da etwas unter dem Sand ist.«

Rachael ignorierte sie beide. Ihre Hände huschten verärgert über das Neurophon und erzeugten eine letzte, schrille Projektion, ehe sie das Instrument abschaltete.

Coras Nerven zuckten unter dem scharfen Reiz ein wenig. Dann ertappte sie sich dabei, wie sie verwirrt nach rückwärts taumelte. Meerwasser spritzte in einer Fontäne vor ihr auf. Aus dem Wasser, wie eine Seejungfrau in blaugrünem Kostüm umgeben, ragte ein vier Meter hoher orangeroter Körper, flach wie der einer Flunder, und mit rauhen Vorsprüngen bedeckt, die aussahen wie Bimssteinbrocken. Ein paar dicke, rosafarbene Pseudopoden fuchtelten in der Luft herum. Cora sah keine Augen, hatte aber den deutlichen Eindruck, daß das Geschöpf sie ganz klar wahrzunehmen vermochte.

Mataroreva ließ sich fallen. Er zog einen kompakten Strahler aus seinem vollgepackten Instrumentengurt. Die Unterwasserwaffe funktionierte ebensogut auf trockenem Land; ein hellblauer Strahl traf die Erscheinung in der Mitte, oder zumindest dem, was Cora für seine Mitte hielt. Jetzt konnte sie es etwas deutlicher sehen. Nur Sekunden waren verstrichen. Es sah wie eine Kreuzung zwischen einem zu dick geratenen Tintenfisch und einem größenwahnsinnigen Seestern aus. Das blaue Feuer traf es zwischen ein paar Tentakeln und durchbohrte das orangefarbene Fleisch. Eine der dicken, stacheligen Gliedmaßen des Geschöpfes klatschte auf den Pier, nur wenige Zentimeter von Coras Fußknöcheln entfernt. Der blaue Strahl traf das Wesen ein zweitesmal, und es glitt ins Wasser zurück. Es hatte keinen Laut von sich gegeben.

Die meisten wären verängstigt atmend liegengeblieben. Aber Cora war zu sehr Wissenschaftlerin, um so zu reagieren. Kaum war das Geschöpf im Wasser verschwunden, als sie auch schon schnell, wenn auch vorsichtig, an den Rand kroch. Große Luftblasen unterbrachen die glatte Oberfläche. Während das Geschöpf unter dem Sand verschwand, konnte sie gerade noch die Andeutung dicker Borsten erkennen. Bald schien der Sand wieder wie unberührt, als ob nie etwas dort geschlafen hätte.

Einige Gestalten kamen aus dem nächsten Flachbau auf sie zugerannt. Ein paar davon waren bewaffnet. Mataroreva erhob sich und verwahrte den Strahler sorgfältig wieder an seinem Gürtel.

Einen Augenblick lang war ein metallisches, blaues Schimmern zu sehen, als Pucara Merced etwas in einer Innentasche seines eigenen Gürtels verstaute. Niemand bemerkte es. Coras Aufmerksamkeit war immer noch dem Meeresboden zugewandt, ebenso wie die Mataroreva s. Nur die immer noch reglose Rachael, die Arme schützend um ihr Instrument gelegt, hatte einen winzigen Augenblick lang den Gegenstand erblickt, war aber von dem plötzlichen Angriff immer noch zu benommen, als daß sie es sofort bewußt wahrgenommen hätte.

Keuchend hatten sie jetzt zwei Leute von dem Flachbau erreicht. Als sie sahen, daß Mataroreva den Strahler wieder weggesteckt hatte, taten sie es ihm gleich. Er beugte sich über den Rand des Pier.

»Was ist denn passiert, Sam?«

»Toglut.«

Jetzt beugte sich der Mann neben Mataroreva vor und inspizierte den Sand. »Es muß verrückt geworden sein.« Er hatte die Stirn gerunzelt und wirkte verwirrt. »Ich verstehe das nicht.«

Der große Polynesier deutete auf Rachael. Die Frau, die jetzt ebenfalls zu ihnen getreten war, nickte verstehend. »Hat sie das gespielt?«

»Es – es tut mir leid.« Rachael starrte sie benommen an. »Das habe ich nicht gewußt. Ich meine, ich weiß schon, daß die Schwingungen eines Neurophons auf gewisse Tiere wirken. Es ist nur ... das Wasser hier ist so seicht, und wir befinden uns hier auf einer geschützten Lagune in der Nähe menschlicher Behausungen, und ich – ich habe nicht gesehen ...«

Mataroreva starrte sie finster an und schien etwas sagen zu wollen – und dann grinste er plötzlich genauso breit wie vorher, als ob nichts geschehen wäre.

»Vergessen Sie es. Es ist ja vorbei, und niemand ist verletzt worden. Nicht einmal das Toglut, glaube ich. Ich nehme sogar an, daß Ihre Annahme vom biologischen Standpunkt richtig war. Sie konnten wirklich nicht wissen, daß etwas in Reichweite Ihres Instruments unter dem Sand sein würde. Sie hatten tatsächlich größtenteils richtig gedacht. Es gibt nur sehr wenige gefährliche Lebewesen, die innerhalb des Riffs leben. Und die meisten davon bleiben draußen, wo das Wasser tief ist.« Er deutete über den Rand des Piers in die Tiefe. »Das Toglut ist zwar groß, aber normalerweise so aggressiv wie ein kleines Kätzchen. Wahrscheinlich«, scherzte er, »mochte es eben keine Musik.« Er grinste Cora zu. »Jedenfalls haben Sie damit gleich einen Eindruck vom wahren Cachalot. Das hier ist eine wenig erforschte, kaum dokumentierte Koloniewelt. Paradise kreist um einen ganz anderen Stern.

Kommen Sie!« Er sah zu dem Mann und der Frau hinüber, die sich ihnen so eilig angeschlossen hatten. »Wir kriegen das schon hin, Terii«, sagte er zu der Frau gewandt. Sie nickte, wandte sich zum Gehen, aber nicht, ohne vorher Rachael einen mißbilligenden Blick zuzuwerfen.

Mataroreva wollte ihr schon folgen, als er dann aber Cora immer noch auf Händen und Knien über den Rand des Piers starren sah, ging er zu ihr und streckte ihr die braune Pranke hin. »Ms. Xamantina? Cora?«

Sie blickte zu ihm auf. »Ein Toglut haben Sie das genannt?«

»Richtig. Sie verbringen die meiste Zeit unter dem Sand. Sie können ohne große Mühe ein Boot in Stücke reißen. Aber normalerweise hauen die schon ab, wenn etwas auf sie zukommt, das auch nur halb so groß wie sie ist.«

»Ich wünschte, ich hätte mehr zu sehen bekommen.« Sie griff nach seiner Hand, und er zog sie in die Höhe. Sie blickte immer noch ins Wasser. »Faszinierend. Ich habe noch nie einen Kephalopoden wie diesen gesehen.«

»Es ist kein Kephalopode.«

»Echinoderm?«

Er schüttelte den Kopf. »Polydermata. Wenn ich mich richtig entsinne. Eine neue Gattung, kommt nur auf Cachalot vor. Wir haben eine ganze Menge davon, heißt es. Sie werden schon noch erfahren, wo der Name herkommt, wenn Sie je Gelegenheit bekommen, einen zu sezieren. Die kephalopodischen Charakteristika sind zufällig. Oder Mimikri.«

»Wunderbar. Wirklich wunderbar.« Jetzt bemerkte sie, daß er immer noch ihre Hand hielt und entzog sie ihm.

»Rachael ...«

»Bitte, Mutter. Keine Standpauke, ja? Ich hab' erklärt, wie es kam. Es tut niemand so leid wie mir.«

Cora seufzte tief. »Du und dein Spielzeug. Ich staune wirklich über dich – einer fremden Welt Erdeigenschaften zuzuschreiben. Aber wahrscheinlich hätte ich selbst gesagt, daß es nicht schaden kann, dieses Ding hier zu spielen, wenn mich jemand gefragt hätte.« Sie ging mit Mataroreva plaudernd auf die Flachbauten zu.

Merced schloß sich Rachael an. »Jeder hätte das angenommen, genau wie Ihre Mutter das gesagt hat. Außerdem«, fügte er mit weicher Stimme hinzu, »fand ich das, was Sie spielten, sehr schön.«

Sie blickte auf ihn hinab. »Schmeichelei bringt Ihnen gar nichts ein, Mr. Merced.«

»Pucara, bitte. Wir werden zusammenarbeiten.«

»Vielleicht«, erwiderte sie vorsichtig. »Wir wissen noch

nicht, worin die Schwierigkeiten hier bestehen. Es ist also ein wenig voreilig, schon jetzt zu sagen, daß wir zusammenarbeiten werden.« Er wandte den Blick ab, verstummte. »Ich hoffe freilich«, fügte sie hinzu, »daß es so sein wird.« Sie lächelte rätselhaft.

»Das hoffe ich auch, Rachael. Vielleicht werden Sie mir ein anderes Mal vorspielen wollen, wie Sie das versprochen haben. Wenn wir etwas weiter vom Wasser entfernt sind, wo die Projektionen Ihres Instruments die lokalen Lebensformen nicht ... ah ... irritieren.«

»Das muß dann schon meine Mutter einschließen. Sie neigt dazu, ganz ähnlich wie dieses Toglut-Ding zu reagieren.« Sie lachte glucksend.

Sie gingen einen leichten Abhang hinauf. Sie mußte gelegentlich die Augen zusammenkneifen, um sie vor dem grellen Licht zu schützen, obwohl sie ihre Schutzbrille trug.

»Sie ist sehr um sie besorgt«, meinte Merced. »Das dürfen Sie ihr nicht verübeln.«

»Um mich besorgt?«

Rachael lachte, ein schriller, rhythmischer Laut, ganz anders als die dunkle Stimme, mit der sie zu sprechen pflegte. »Ich kann auf mich selbst aufpassen. Außerdem, weshalb muß sie denn besorgt um mich sein? Wovor soll sie mich denn schützen?« Dabei lächelte sie Merced zu, auf eine Art, die man nur als herausfordernd bezeichnen konnte. Er lächelte nur flüchtig zurück und wandte den Blick ab.

Ein interessanter Typ, dachte sie. Er gibt sich so scheu und vorsichtig, und doch sind manche seiner Bemerkungen und Fragen verdammt direkt. Sie zog sich das Neurophon an seinem Tragriemen zurecht, so daß es unter ihrem linken Arm geschützt war, und vergewisserte sich, daß es abgeschaltet war.

Für sie galt es zwei Geheimnisse zu erforschen: Cachalot und Pucara Merced. Zwei Geheimnisse, die sie zu Musik inspirierten. Sie strich mit drei Fingern über die stählernen Saiten ihrer Seele.

3. Kapitel

Sie hatten inzwischen den höchsten Punkt der kleinen Anhöhe erreicht und fanden sich inmitten eines Gebäudekomplexes. Sämtliche Fenster waren aus dem gleichen fototropen Material wie ihre Schutzbrillen. Einige der Bauten sahen aus, als enthielten sie Wohnungen, während andere ganz offensichtlich als Büros und Labors benutzt wurden. Im Süden waren die Umrisse viel größerer Bauten zu erkennen. Lagerhallen vielleicht, oder irgendwelche Fabriken.

Das Shuttle, mit dem sie gekommen waren, lag jetzt in der Nähe einer der größeren Bauten im Dock. Man konnte kleine menschliche Gestalten sehen, die mit Schwebern Behälter aus dem Bau in das Shuttledock und umgekehrt beförderten.

Sie näherten sich einem zweistöckigen Gebäude, das etwas größer war als die anderen, die sie bis dahin passiert hatten. Es stand auf dem Kamm des Hügels. Eine Flagge, die schlaff von einer Stange vor dem Eingang hing, zeigte vier im Quadrat angeordnete Kreise: zwei blaue, die Terra darstellten, zwei grüne, die für Hivehom standen. Ein fünfter Kreis füllte die Mitte und berührte die vier anderen. Er war mit einem Malteserkreuz auf karminrotem Feld markiert, das halb blau und halb grün war. Hätte es sich hier um eine Anlage der Kirche gehandelt, wäre das Feld aquamarinblau gewesen. Flagge und Stange reichten aus, um zu verkünden, daß sie sich dem Zentrum der Homanxaktivitäten auf Cachalot näherten.*

Nach allem, was Rachael erfahren hatte, war die Ozean-

* Bei dem Homanx-Commonwealth handelt es sich um einen Staatenbund von Hominiden (Terranern und Bewohnern der Siedlerwelten) und den Thranx (Angehörigen einer hochzivilisierten Insektenrasse). In diesem Kosmos spielen auch die Romane »Die Eissegler von Tran-ky-ky«

welt noch nicht weit genug entwickelt, um auch nur assoziierten Status im Commonwealth zu haben. Sie war als Welt neunter Klasse klassifiziert, eine Kolonie ohne direkte Vertretung im Rat. Die oberste Verwaltung lag hier also bei einem Residierenden Kommissar, wie das bei allen Welten ohne Commonwealth-Mitgliedschaft der Fall war. Ihre Bewohner hatten daher nur die Bürgerrechte ihrer Heimatwelten. Leute, die bereits seit einigen Generationen auf Cachalot beheimatet waren, wurden vom Kommissar vertreten.

Sie blieben vor dem Eingang stehen, und sie und Merced verlangsamten ihre Schritte hinter ihrer Mutter und ihrem Führer.

»Ich verstehe nicht«, sagte Cora und deutete zuerst auf das Verwaltungsgebäude und dann auf andere Bauten. »Haben Sie keine Fusionsanlage?«

»Sicher haben wir die«, erklärte Sam. »Aber nur als Reserve. Wir setzen sie nur ganz selten ein. Warum, finden Sie die fotovoltaischen Paneele so ungewöhnlich? Mag sein, daß sie nicht so viel Energie erzeugen wie ein Fusionsreaktor, aber wir haben ausgezeichnete Akkumulatoren und nur fünf Prozent Tage im Jahr, an denen keine Sonne scheint. Insgesamt betrachtet, ist es sehr viel effizienter.«

»Sie meinen billiger?«

»Genau. Das Erzeugen einer Fusionsreaktion ist nicht das Teure an so einer Anlage. Die Abschirmung und die Kühlung kosten viel mehr.«

Sie hatten inzwischen die Fahnenstange hinter sich gelassen und sahen jetzt an einer Stange eine kleine Plakette, die aus dem Holz einer Kokosnußpalme gemacht war. Cora blickte Mataroreva erwartungsvoll an, worauf dieser grinste.

»Das markiert die höchste Landerhebung, die man bis jetzt auf Cachalot gemessen hat. Zweiunddreißig Meter über dem Meeresspiegel.« Sein Grinsen wurde breiter, und er wies auf das Atoll. »Der Name ›Mou'anui‹ ist ein Witz für

---

(06/3591), »Das Tar-Aiym Krang« (06/3640), »Die denkenden Wälder« (06/3660), »Der Waisenstern« (06/3723), »Der Kollapsar« (06/3736) und »Die Moulokin-Mission« (06/3777).

sich. Die ersten Arbeiter, die sich hier niederließen, haben dem Atoll diesen Namen gegeben. Meine Vorfahren waren auch dabei. In der alten tahitianischen Sprache bedeutet das nämlich ›großer Berg‹.«

»Alles ist relativ«, meinte Merced hinter ihnen.

»Wie wahr.«

»Ich hätte gedacht, das hier wäre ein überschwemmter Sumpf.« Cora blickte über die ruhigen Wasser der Lagune. »Wir sind doch bei der Landung an einem ausgewachsenen Sturm vorbeigekommen.«

»Deshalb ziehen es auch die meisten Leute auf Cachalot vor, in den schwimmenden Städten zu leben. Das würden sie selbst dann tun, wenn es mehr Land gäbe. Es ist sicherer und einfacher, im Sturm zu treiben als gegen ihn anzukämpfen.« Mataroreva zuckte die Achseln. »Aber als Verwaltungszentrum und als Punkt, von dem aus alle Verwaltungssysteme koordiniert und das Sammeln und die Verarbeitung der Produkte gesteuert werden konnten, wollte man eine wirklich permanente Anlage haben. Es gibt größere Atolle, aber keines verfügt über so viel stabiles Land. So kam man zu dem Beschluß, die Bauten hier auf Mou'anui zu errichten.

Die Fundamente dieser Bauten reichen viele Meter tief in das massive Felsgestein hinunter, auf dem das Riff steht. Das Riff folgt den Konturen eines alten Vulkankraters. Der Berggipfel reicht hier bis ganz dicht an die Wasseroberfläche. Selbst wenn der Sand völlig weggewaschen würde, würden die meisten Bauten stehenbleiben. Wir sind sicher. Die Mehrzahl der wirklich gefährlichen Stürme erfassen das Atoll ohnehin auf der abgewandten Seite.«

»Gibt es denn einen Ort«, wollte Rachael wissen, »wo wirklich echtes Land über das Wasser hinausreicht?«

Mataroreva überlegte einen Augenblick lang. »Nicht, daß ich davon gehört hätte. Meeresgebirge, wie das unter uns, reichen bis auf ein paar Dutzend Meter an die Oberfläche heran. Aber überall, wo Sie trockenes Land über das Wasser hinausragen sehen, kommt das daher, weil die kleinen Hexalate seit Millionen von Jahren daran gearbeitet haben.«

Sie traten durch die dunkel eingefärbten Plastiktüren des Verwaltungsgebäudes. »Die meisten Leute, die ich bis jetzt gesehen habe, sind ganz offensichtlich polynesischer Herkunft, das sieht man an den Gesichtern und der Hautfarbe«, meinte Cora.

»Oh, Sie wissen ja, wie das ist«, erwiderte Mataroreva beiläufig. »Das Commonwealth ist noch nicht so alt, daß Siedlergruppen nicht auf urbanisierten Welten ihre ethnische Herkunft hätten bewahren können. Damit will ich nicht sagen, daß Sie hier auf Cachalot nicht auch Nordeuropäer oder mittelamerikanische Farmarbeiter oder Mongolen finden können. Ganz zu schweigen von einigen wenigen Thranx, trotz ihrer natürlichen Abneigung gegenüber großen Wasserflächen. Aber die Dauerbewohner, diejenigen, die nicht nur hier sind, um schnell zum Beispiel mit pharmazeutischen Produkten reich zu werden, stammen vorwiegend von polynesischen oder melanesischen Vorfahren ab. Ich bin sicher, daß es dafür keinen genetischen Grund gibt. Aber in gewissen ethnischen Gruppierungen halten sich eben die Traditionen, genauso wie in Familien.«

Sie gingen einen Korridor hinunter und bogen um eine Ecke. »Da sind wir.«

Aber die Tür vor ihnen verwehrte ihnen den Zutritt. »Kommissar Hwoshien ist nicht hier«, teilte sie höflich mit. »Er ist im Augenblick anderswo beschäftigt.«

»Wo ist er denn?« Mataroreva gab sich keine Mühe, seine Verärgerung zu unterdrücken.

Die Tür zögerte kurz und antwortete dann: »Ich glaube, Kommissar Hwoshien ist in Packerei Zwo.«

»Oh, wie herrlich«, murmelte ihr Führer. Dann schien seine Verstimmung plötzlich wie weggewischt, wie das bei ihm immer der Fall zu sein schien. »Dann bleibt uns nichts anderes übrig, als ihn zu suchen, denke ich.« Er drehte sich um, und sie gingen den Weg zurück, den sie gekommen waren.

Ein dumpfes Dröhnen begrüßte sie, als sie das Gebäude verließen. Das Shuttle, das inzwischen beladen war, flog gerade ab. Es donnerte auf seinen Schwimmern die Lagune hinunter. Dann richtete sich seine Nase auf. Seine Düsen kochten das Meer hinter dem Heck, als das Raumfahrzeug in einem scharfen Bogen in den weißgepunkteten Himmel hinaufschoß.

Der Lärm und die Erschütterung schreckten einige Meeresgeschöpfe dicht unter der Wasseroberfläche auf. Mit ihren Membranflügeln schlagend, flogen sie auf, kreisten ein paarmal und schwebten über das Verwaltungsgebäude.

»Ichthyornithen!« rief Cora entzückt und klatschte wie ein kleines Mädchen in die Hände. »Die konnte ich kurz vor der Abreise von der Erde studieren. Wie wunderbar!«

»Mutter, was sind das – Vögel?« Rachael starrte die Fluggeschöpfe neugierig an.

»Hast du denn gar nichts gelesen, bevor wir abgeflogen sind?«

»Doch, das habe ich«, fuhr ihre Tochter sie an und ratterte eine Liste von Romanen herunter.

Cora wandte resigniert den Blick ab. »Das sind fliegende Fische. Echte fliegende Fische.« Sie blickte nach oben, immer noch verzückt von den wunderbaren Beispielen schützender Adaption, die dieses Meer erzeugt hatte. Jeder Ichthyornith hatte eine durchsichtige, gelatineartige Membrane, die den hinteren Teil seines stromlinienförmigen Körpers umgab. Innerhalb dieser Membrane trug sie mit Sauerstoff angereichertes Wasser, das es ihnen erlaubte, über beträchtliche Zeitabschnitte außerhalb des Wassers in der Luft zu überleben.

Es gab keine auf Cachalot heimischen Landtiere. Also gab es auch keine Reptilien oder Säugetiere, aus denen sich echte Vögel hätten entwickeln können. Und durch das Fehlen echter Vögel oder fliegender Schlangen oder ihrer Verwandten hatten sich die Ichthyornithen mit ihren wassergefüllten Körpersäcken zu einer partiellen Lebensweise in der Luft entwickelt. Sie verbrachten so wenig Zeit wie möglich im Wasser und lebten und vermehrten sich in einer großteils von Feinden freier ökologischen Nische, die ihnen eine nichts vergeudende Natur freigelassen hatte.

Ihre langen, silbernen Gestalten blitzten in der Sonne.

Das Licht spiegelte sich in den weit gespannten feuchten Schwingen und ihren vollen Wassersäcken. Sie kehrten zur Lagune zurück, strichen flach über dem Boden dahin und suchten einen Ort, um sich niederzulassen.

Während Cora sie beobachtete, fiel eines der geflügelten Wesen plötzlich aus der Formation und klatschte ins Wasser.

»Koolyanif«, erklärte Mataroreva. »Er schwimmt dicht unter der Oberfläche und wechselt seine Farbe, um sich der Farbe des Sandes oder des tiefen Wassers darunter anzupassen. Er verfügt über ein Arsenal von Stacheln, die er wie Pfeile durch ein inneres Luftdrucksystem abschießen kann. Damit hat er den Ichthyornithen heruntergeholt.«

Selbst in der Luft ist das Leben auf Cachalot also nicht sicher, sagte sich Cora. Dies ist nicht der freundliche, vertraute Ozean der Erde. Sie ertappte sich dabei, wie sie sich nach etwas sehnte, dessen Verhalten so leicht vorherzusagen war wie das eines Hais.

Rings um sie fächelten die Pflanzen träge in der schwachen Brise. Alles schien friedlich und still. Aber sie befanden sich erst seit kurzer Zeit auf dieser Welt und hatten Togluts und Koolyanifs gesehen. Die See und dieser Frieden waren trügerisch.

Wie sich wohl die ersten Siedler von Cachalot mit den Bewohnern dieses Weltozeans auseinandergesetzt haben mochten, fragte sie sich. Da sie keine Menschen waren, hatten sie andere Vorteile besessen. Sie war ungeheuer gespannt darauf, aus eigener Kenntnis zu erfahren, ob es ihnen wirklich so gut ergangen war, wie man es all den geschichtlichen Darstellungen und den seltenen Berichten hatte entnehmen können.

Aber wahrscheinlich würde das warten müssen, bis sie diesem Hwoshien begegnet waren. Es war nicht das erste Mal, daß sie mit Bürokraten zu tun hatte. Sie würde schon mit ihm zurechtkommen, selbst wenn er es zuwege brachte, eine so eindrucksvolle Person wie Sam Mataroreva einzuschüchtern.

Sie musterte den großen Polynesier, der sie inzwischen

über den Abhang hinunter zu einem weiteren Pier geführt hatte. Vielleicht überschätzte sie ihn. Er wirkte so entspannt, so gelockert. Vielleicht hatte Hwoshien ihn gar nicht so sehr eingeschüchtert, und er empfand einfach natürlichen Respekt vor Behörden. Jedenfalls war er ungemein sanftmütig zu allen, wie ein etwas überdimensionierter Teddybär.

Sie wandte ihre Gedanken von solchen Trivialitäten ab. Viel wichtiger war jetzt ihr bis jetzt immer noch nicht näher definierter Auftrag und die Wut, die sie darüber empfand, daß man sie praktisch seit ihrer Landung auf diesem Planeten wie einen Dienstboten herumgeschubst hatte. Aber sobald sie Hwoshien gegenüberstanden, würde sie das schon ins Lot bringen.

Am Pier lag eine Anzahl Fahrzeuge vor Anker. Mataroreva wies sie zu einem kleinen Gleiter. Sie gingen an Bord, und er betätigte einige Schalter. Das Fahrzeug hob sich sofort einen Meter über die Wasserfläche. Es konnte noch beträchtlich höher steigen, aber es war nicht nötig, dafür Energie zu vergeuden. Er berührte einen weiteren Schalter, und sie fegten über die weite Lagune auf deren Südspitze zu.

Cora lehnte sich zurück und bewunderte die mannigfaltigen Hexalatformationen, die unter dem schnell dahinjagenden Fahrzeug vorbeifegten. Sie konnte es kaum erwarten, hier ins Wasser zu kommen und aus erster Hand die Meereswunder zu betrachten, die sie studiert hatte. Riffe von tausend und mehr Meter Höhe waren nicht unbekannt, denn die Hexalate hatten ihre Bauten seit Millionen von Jahren auf Cachalot errichtet, lange bevor das Land ganz abgetragen war oder seinen Kampf aufgegeben hatte.

Mataroreva, der am Steuer stand, wandte sich um und beobachtete sie eine Weile. »Sie mögen das Meer, nicht wahr, Cora?«

»Mein ganzes Leben lang habe ich es geliebt«, sagte sie mit leiser Stimme. »Immer, seit ich alt genug war, um den Unterschied zwischen dem Ozean und einer Badewanne zu erkennen.«

»Ich weiß, was Sie empfinden«, versicherte er. »Für mich

ist Cachalot ein einziger riesiger, perfekter Ozmidin, von der Hand Gottes geschnitten und poliert. Wenn ich könnte«, sagte er mit der gleichen Stimme, »würde ich ein Armband daraus machen, damit Sie ihn am Handgelenk tragen können.«

»Das haben Sie schön gesagt, Sam. Aber ich habe schon oft ähnliche Geschenke und Versprechungen bekommen. Die Armbänder waren unecht, und die Versprechungen wurden nicht gehalten.«

»Ich verstehe.« Mataroreva wandte sich wieder seinen Instrumenten zu, fuhr aber fort zu reden: »Armbänder und Geschmeide können manchmal so sein; bunt und glänzend, anstatt solid und gut gearbeitet, und mit Liebe gefertigt ... wie Versprechungen.«

Cora schämte sich. Warum brachte sie es nicht fertig, etwas offener zu sein, wie Rachael? Ihr Alter hatte gar nichts mit der Art und Weise zu tun, wie sie die Menschen sah. Es war eine Frage der Erfahrung.

Dieser Mataroreva zum Beispiel. Warum hatte sie eigentlich angenommen, daß sein Respekt gegenüber Hwoshien auf einen Mangel an Rückgrat zurückzuführen war? Schließlich war er nur ein Angestellter hier und besaß nicht ihre Unabhängigkeit. Und er war nett.

Ah, aber Silvio war auch nett gewesen. Und wie nett. Ebenso nett, ebenso bunt schillernd wie die Kristallformationen, über die sie dahinfegten. Aber Mataroreva war nicht Silvio. Warum ihn dafür verurteilen, daß er freundlich war? Die beiden hatten nichts miteinander gemein, abgesehen von ihrem Geschlecht. War es eigentlich nicht Zeit aufzuhören, alle wegen eines einzigen Mannes zu verdammen? Sie war es so gründlich müde, sich immer hart und unnahbar zu geben.

Wirklich reizend, dieser Mataroreva – Sam. Geistig war er ihr noch ein Rätsel, aber er teilte mit ihr die Liebe zum Meer. Die urlaubshafte Wärme und das Gefühl ewiger Ferien, das über dieser Welt hing, begannen, sie schwach zu machen.

Mataroreva riß sie aus ihren Träumen. »Wissen Sie, daß letzte Woche wieder eine Stadt zerstört wurde? – Rorqual.«

Das riß sie unvermittelt in die Wirklichkeit zurück. Plötzlich war sie wieder ganz geschäftsmäßig. »Zerstört – eine ganze Stadt? Ich weiß, daß man uns hierher geholt hat, weil Leute getötet worden sind, aber niemand hat etwas von der Vernichtung einer ganzen Stadt erwähnt. Und Sie sagten ›wieder eine‹.«

»Es hat schon einige Vorfälle dieser Art gegeben.«

»Wie viele?« fragte Merced geduldig.

»Vier.«

»Vier Todesfälle?« Rachael starrte jetzt Mataroreva an.

Er schüttelte den Kopf. Sein Ausdruck war ernst geworden. »Vier Städte. Die gesamte Bevölkerung wurde ausgelöscht. Keine Spur von ihnen ist zurückgeblieben, und wir haben keine Ahnung, was das verursacht hat. Zweitausendfünfhundert Männer, Frauen und Kinder. Alle verschwunden. ›*Ati*‹.«

»Gemeinsamkeiten?« wollte Cora wissen. »Gibt es Gemeinsamkeiten, die diese Vorfälle miteinander in Verbindung bringen?«

Sam lächelte geduldig. »Schon hart bei der Arbeit, wie? Lassen Sie sich Zeit, Cora Xamantina! Das Offensichtliche ist bereits eliminiert.« Er blickte nach hinten zu Rachael und Merced. »Sie können sich ruhig Zeit lassen. Wir sind hier nicht nur im Kreise herumgeschwommen. Erwarten Sie also bloß nicht eine schnelle Lösung! – Zweitausendfünfhundert Menschen.« Er wandte sich wieder dem Steuer zu.

»Wir werden die Ursache ausfindig machen«, sagte Cora nach einer Weile, in der Schweigen im Boot geherrscht hatte, »und ihr ein Ende machen.«

Er lächelte ihr fast liebevoll zu, ganz und gar nicht jungenhaft. »Vielleicht werden Sie das, Cora Xamantina. Vielleicht. Ich hoffe es, weil mich der Gedanke beunruhigt, Sie könnten ein weiterer Posten auf der Liste der Opfer werden. Sie haben nur einen winzigen Bruchteil der feindlichen Lebewesen auf Cachalot gesehen, und wozu diese fähig sind. Bedenken Sie immer, daß der größte Teil des Weltozeans von Cachalot noch nicht erforscht worden ist, vor allem keine der großen Tiefen. Wir wissen nicht, was da draußen lauert. Vielleicht etwas, das imstande ist, eine schwimmende Stadt Stück für Stück auseinanderzunehmen.«

»Gut gesagt.« Cora grinste. »Wir sind alle angemessen eingeschüchtert. Und jetzt – was sind die Gemeinsamkeiten?«

Mataroreva lachte glucksend. »Wenn Sturheit ein Heilmittel wäre, dann wäre diese Welt in einem Tag gesund. Hwoshien wird es selbst erklären wollen.«

»Mir wäre lieber, wenn Sie es mir sagten, Sam.«

»Verurteilen Sie Yu nicht, solange Sie ihn nicht gesehen haben. Er hat im letzten Monat eine ganze Menge durchgemacht.«

»Ist es denn verboten?«

»Nun«, meinte er nachdenklich, »man hat mich nicht angewiesen, es Ihnen *nicht* zu sagen.

Ich denke, die auffälligste Gemeinsamkeit ist, daß es einfach unmöglich ist, daß dies auch nur einer Stadt widerfährt, geschweige denn vier. Die Städte selbst gelten als unsinkbar. Zum Teufel, sie *sind* unsinkbar! Es sind keine massiven Bauten. Jede Stadt ist ein riesiges Floß, das aus dicken Planken aus schwimmfähigem Polymer besteht, ebenso wie die Piers, die wir gerade verlassen haben. Die Planken der Stadt sind an manchen Stellen dort, wo sie die größeren Gebäude tragen, bis zu zehn Meter dick. Man kann sie zerbrechen, aber die Bruchstücke schwimmen weiter.

Die unterschiedlichen Formen der Polymerplatten – Dreiecke, Trapezoide und so weiter – geben dem Floß eine ungeheure Festigkeit und lassen ihm gleichzeitig genügend Flexibilität, um über die Wellen zu gleiten.«

»Trotzdem«, meinte Rachael vom Heck des dahinbrausenden Gleiters, »könnte denn nicht ein Sturm, ich meine ein wirklich heftiger Sturm, eine Stadt in Stücke reißen?«

»Nein. Zumindest ist das bis jetzt noch nie geschehen. Selbst die größten Wogen gleiten unter die Segmente der Flöße. Und Wellen, die über der Stadt brechen, laufen durch die Abflüsse zwischen den einzelnen Segmenten ab, oder gleiten ab. Das Polymer stößt das Wasser ab und ist außerdem völlig unporös. Und die Gelenke, die die Segmente miteinander verbinden, sind magnetisch oder chemisch und werden von den Wellen nicht beeinträchtigt.

Außerdem verfügt jede Stadt über mehrere zusätzliche Einrichtungen zur Stabilisierung – Schwerter, Spezialflüssigkeiten, die die Wellenbewegung dämpfen, und so weiter. Nein, ein Sturm kommt nicht in Frage. Mit Ausnahme ...«, und dabei sah er sie hilflos an, »eines peinlichen Widerspruchs.«

»Und der wäre?« wollte Cora wissen.

»Der Tatsache, daß jede Stadt während eines Sturms verschwunden ist.«

»Ich würde das mehr als nur einen peinlichen Widerspruch nennen.«

Mataroreva drehte das Steuer des Gleiters etwas zur Seite und lenkte ihn damit ein paar Grad nach Steuerbord. »Aber einige der Stürme waren zu leicht, um auch nur eine empfindliche Blume zu beschädigen, geschweige denn eine ganze Stadt. Der Sturm, der Warmouth überflutete, als es verloren ging, wurde von einem Wettersatelliten gemessen, der fast direkt darüber stand. Unser Wettersystem ist noch fortschrittlicher als unser planetenweites Kommunikationssystem. Es hat die Winde im Höhepunkt des Sturms mit weniger als vierzig Stundenkilometern registriert. Völlig ungefährlich.«

»Das sieht ja so aus, als würde jemand die Stürme als Tarnung benutzen«, murmelte Merced. Mataroreva nickte.

Cora war noch nicht bereit, natürliche Ursachen abzutun. »Und wie steht es mit seismischen Störungen?«

»Alle Städte befanden sich, wenn sie auch in der Nähe von Fischereiriffs oder unterseeischen Berggipfeln trieben, im wesentlichen auf dem freien Ozean. Das größte Erdbeben auf dieser Welt könnte vielleicht etwas Massives wie Mou'anui zerstören, aber die schwimmenden Städte würden es nur als leichte Dünung wahrnehmen. Sie sind erdbebenimmun.«

»Sie sagten, Sie hätten Stücke der Polymerplanken gefunden?«

»Ja. Zerfetzt und zerrissen. Nicht nur Teile der Stadtfundamente, sondern auch Gebäude, Maschinen – aber keine einzige Leiche. Nicht eine. Entweder frißt das, was die Katastrophen verursacht hat, Leichen oder das Ganze ist ein Täuschungsmanöver. Zwar sinken Leichen nach einer Weile oder werden von den verschiedenen Aasfressern beseitigt, aber es ist wirklich unwahrscheinlich, daß nicht eine von zweitausendfünfhundert gefunden worden ist.«

»Zeigten alle Wrackteile ähnliche Schäden, die Wirkung identischer Kräfte?« Merced machte sich Notizen auf einem Recorder.

»Alles war einfach – zersplittert.« Mataroreva zuckte die mächtigen Schultern.

»Sind Sie selbst am Schauplatz des Geschehens gewesen?« Rachael stellte die Frage vorsichtig und voll Respekt.

»Nein, aber ich habe die Tridibänder gesehen, die man aufgenommen hat.«

»Und in den Überresten waren keine Schmelzspuren zu sehen?«

Mataroreva nickte langsam und sah Merced an. »Ich weiß, was Sie denken. Nein, keine Schmelzspuren. Keine Hinweise auf den Einsatz von Energiewaffen. Die Polymerplanken würden das ganz sicher zeigen. Die Möglichkeit haben wir schon vor langer Zeit abgetan.«

»Dann haben Sie Waffen als Ursache überhaupt ausgeschieden?«

»Nein, natürlich nicht. Wir haben unsere Spezialisten auf die Fragmente der Bauwerke und Floßteile angesetzt, auf die Möglichkeit hin, daß man vielleicht irgendwelche exotischen Waffen eingesetzt hat. Aber die Molekularstruktur der Polymerteile ist unverändert! Damit scheidet beispielsweise der Einsatz von Supercryogenstrahlen aus, die das Material zum Gefrieren und damit zum Zersplittern bringen könnten.«

»Wie steht es mit Ultraschall? Das könnte einen ähnlichen Effekt erzeugen, ohne die Struktur zu beeinträchtigen.«

Mataroreva warf ihm einen eigenartigen Blick zu. »Ich dachte, Sie wären alle nur Ozeanographen.«

»Physik ist nur ein Hobby von mir.« Merceds Stimme klang fast entschuldigend.

»Ja, schon gut. Doch, die Möglichkeit käme in Betracht. Aber ich habe von unserem Friedenshüter-Computer erfahren, daß, um diese Zerstörung zu bewirken, Ultraschall mit unterschiedlichen Frequenzen für jedes Element der Stadt hätte eingesetzt werden müssen. Eine Frequenz für die Polymere, eine für die Stelamikwände, eine für die Seerohrmöbel, und so weiter. Und praktisch jeder Gegenstand beliebiger Größe, den man gefunden hat, war in Stücken. Es scheint unglaublich, daß ein Angreifer genügend Waffen besitzen oder die Frequenzen schnell genug umschalten kann, um alles zu vernichten, ehe Gegenmaßnahmen ergriffen werden konnten.«

»Sie brauchten nicht alles zu zerstören«, wandte Merced ein. »Sie brauchten bloß zunächst die Kommunikationsanlagen einer Stadt zu stören oder auszuschalten. Dann könnten sie im Schutze des Sturms ihr Vernichtungswerk methodisch betreiben. Sie sagten, Ihr Satellitensystem sei sehr modern. Ist es denn nicht imstande, die Städte durch ein paar Wolken zu überwachen?«

»Ja, gewisse Energiewaffen würde man entdecken, wenn sie eingesetzt würden. Das ist eines der Dinge, die uns so unverständlich sind. Unsere Satelliten haben uns keinerlei Informationen geliefert. Es scheint offensichtlich, daß es Waffen gibt, die eingesetzt werden können, ohne daß man sie entdeckt.«

Merced nickte. »Ich kenne einige, auf die das zuträfe, gleichgültig wie modern die Orbitanlagen auch sind.«

»Zum Beispiel?«

Merced rutschte verlegen auf seinem Sitz herum. Er merkte, daß er zum Mittelpunkt der Aufmerksamkeit geworden war. »Wie ich schon sagte, das ist ein Hobby von mir. Ich will nun nicht behaupten, daß ich sicher wäre, aber ich habe gehört, daß die Commonwealth-Streitkräfte Zugang zu Geräten haben, die die Atombindungen der Elemente auflösen können. Die Auswirkungen wären der Zerstörung, die Sie geschildert haben, sehr ähnlich. Das Gerät könnte viel schneller als ein Ultraschallprojektor angepaßt werden und würde vermutlich das Warnsystem einer Stadt nicht auslösen, das, wie ich annehme, auf wesentlich konventionellere Waffen abgestimmt ist.«

»Einige sind nicht einmal dafür ausgerüstet«, räumte ihr Pilot ein. »Die Hauptgefahrenquellen auf Cachalot waren stets feindliche lokale Lebewesen, nicht andere Menschen.« Er blickte unzufrieden. »Die Natur dieser Welt, die Konzentration und gleichzeitig doch auch die Verteilung unserer Bevölkerung zwingt uns dazu, Frieden zu halten.

Oh, gelegentlich gibt es schon Unruhestifter, aber dieses Maß an Massenmord haben wir noch nie, noch nie, erlebt. Die lokalen Friedenshüter sind immer damit fertig geworden. Unsere Probleme liegen auf dem Niveau von Raufereien Betrunkener oder eifersüchtiger Ehemänner. Und dann gibt es ein paar Leute, die aufmucken, weil sie sich nicht an unsere Welt und an unsere Lebensweise anpassen können. Aber ein Aufmucken, das so weit geht, ein paar tausend Menschen hinzuschlachten? Das bezweifle ich.«

»Wenn wir Angriffe von Menschen oder von außerhalb des Planeten nicht für möglich halten«, meinte Cora mit gemessener Stimme, »dann bleibt nur das Meer.«

»Und das ist Ihr Ressort. Deshalb hat man Sie geholt. Menschliche oder andere intelligente Angreifer sind Sache der Friedenshüter, aber ... Nun, das Commonwealth hat seit mehr als vierhundert Jahren Leute auf Cachalot, und vorher vier- oder fünfhundert Jahre lang die ursprünglichen Siedler. Und doch wissen wir noch vergleichsweise wenig über die Ureinwohner.«

»Das ist nicht neu«, sagte Cora. »Es gibt auch immer noch eine ganze Menge, was wir über das Leben in den Ozeanen der Erde nicht wissen. Sie brauchen sich nicht zu entschuldigen.«

»Ich habe mich auch nicht entschuldigt«, meinte Sam. »Ich bin nicht der Typ, der das tut.«

»Nun, die Stürme kommen also nicht als Ursache in Frage«, räumte Merced ein. »Ich weiß nicht, wie es mit Ihnen steht, meine Damen, aber ich persönlich bin noch nicht so weit, daß ich an menschliche Angreifer denke. Wir könnten lediglich festhalten, daß sie als Möglichkeit in Frage kämen.«

»Das würde auch ausreichen«, meinte Mataroreva. »Sie sind nicht hier, um endgültige Entscheidungen zu treffen. Sie sollen nur mögliche Ursachen aufzeigen.«

Seltsam, daß er das sagte, fand Cora. Entschieden seltsam. »Sam, Sie haben uns bis jetzt noch nicht genau gesagt, was *Sie* eigentlich tun.«

»Das stimmt«, pflichtete Merced bei. »Gehören Sie der wissenschaftlichen Kolonie hier an oder sind Sie unabhängig oder was sonst?«

»Keines von beiden«, meinte Sam mit demselben leichten Lächeln, das ihm angeboren schien. »Ich bin ein Regierungsangestellter.«

»Kommunikation.« Cora schnippte mit den Fingern. »Deshalb hat man Sie ausgesandt, um uns zu begrüßen.«

»Nicht genau, Cora. Kommunikation ist nur ein Teil meiner Tätigkeit. All das Gerede von nicht gerade freundlicher menschlicher Aktivität auf dieser Welt wird von der Regierung ebenso wie von den lokalen Behörden ernst genommen. Ich habe Ihnen meinen Namen, aber nicht meinen Titel genannt.« Er klappte mit der linken Hand ein Stück seines Gürtels auf. Cora sah einen leuchtenden Olivenzweig auf einem kreisförmigen blauen Feld. Unter dem Olivenzweig waren zwei winzige, leuchtende goldene Streifen zu erkennen.

»Gestatten, Captain Sam Mataroreva. Ich bin der Kommandeur der Friedenshütereinheit auf dieser Welt. Meine Aufgabe war es nicht in erster Linie, Sie zu begrüßen. Ich sollte Sie beschützen.«

4. Kapitel

Das verstimmte Cora mehr, als sie sich anmerken ließ. »Wir müssen uns also einen Leibwächter gefallen lassen.« Sie versuchte, sich darüber lustig zu machen. »Man hat also Angst, jemand könnte versuchen – wovon haben Sie und Pucara da gesprochen? –, explosiv meine Molekularstruktur zu entkoppeln oder so etwas.«

Mataroreva lächelte nicht. »Wenn es Gruppen oder Individuen gibt, die den schwimmenden Städten feindlich gesonnen sind, und wenn diese Gruppen oder Individuen bereits für den Tod von zweitausendfünfhundert Menschen verantwortlich sind, dann ist es unwahrscheinlich, daß sie davor zurückschrecken würden, ein paar importierte Spezialisten zu ermorden, wenn das helfen würde, ihre Aktivitäten geheim und unbeeinträchtigt zu lassen.«

Darauf wußte sie nichts zu antworten, ärgerte sich aber insgeheim, daß man ihr keine Einzelheiten lieferte. Vielleicht waren die ursprünglichen Siedler imstande, ihr einige Informationen zu liefern, trotz allem, was sie darüber gehört hatte, wie versessen sie darauf waren, für sich zu bleiben. Sie waren der echte, wenn auch geheime Grund dafür, daß sie ihren bequemen Posten auf der Erde verlassen und die weite Reise angetreten hatte, gleichgültig, wie gefährlich der Auftrag auch sein mochte. Sie ertappte sich dabei, wie sie versuchte, über das sie umgebende Riff hinauszusehen, jenseits der Girlande aus Glas, die die Lagune umgab, hinaus auf den freien Ozean dahinter.

»Ich möchte die Wale kennenlernen, Sam.« Er steuerte den Gleiter weiter, hörte aber zu. »Ich *muß* einige von ihnen kennenlernen. Ich habe, seit ich ein kleines Mädchen war, über die Wale von Cachalot gelesen. Ein jeder erwachsene

Ozeanograph träumt davon, hierherzukommen und Gelegenheit zu finden, sie zu studieren, und wäre es auch nur auf kurze Zeit. Die Chance, hierherzukommen, zu beobachten, was viele für das größte Experiment der terranischen Gesellschaftspolitik halten ... Ich könnte nicht zurückkehren, könnte nicht abreisen, ohne das zu tun.«

»Ich möchte auch welche sehen.« Rachael hatte sich über den Bordrand gebeugt und studierte den Gischtstreifen, den sie hinter sich zurückließen.

»Nun, hier wirst du keine zu sehen bekommen«, verwies sie Cora. »Es ist unwahrscheinlich, daß sie in die Lagune kommen würden.«

»Es gibt sogar ein paar Passagen, durch das Riff, die groß genug sind, um sie durchzulassen«, wandte Sam ein. »Die Lagune ist groß und tief genug, um ihnen Platz zu bieten. Soweit mir bekannt ist, kalben viele von ihnen gerne in den größeren Lagunen. Aber nicht in Mou'anui.«

»Warum nicht?« wollte Cora wissen.

Sam erklärte es ihr, und diesmal klang, was er sagte, ernster als alles, was man bisher von ihm gehört hatte. »Sie könnten es in Worten erklären, aber das wollen sie nicht. Eigentlich kann man es sich ja leicht vorstellen. Sie sind nach Cachalot gekommen, um den Menschen zu entgehen. Denken Sie daran.«

»Ich würde meinen, daß sie nach so langer Zeit auf einer fremden Welt, wo sie doch von einem gemeinsamen Ursprungsplaneten gekommen sind, anders empfinden«, murmelte sie. »Schließlich sind wir doch alle Säugetiere, und ...«

Sam unterbrach sie leise. »Das werden Sie besser verstehen, wenn Sie welche kennenlernen.«

»Was soll das heißen, ›wenn‹? Ich weiß, daß es schwierig ist, aber es läßt sich doch ganz bestimmt einrichten. Es ist einfach unvorstellbar, so weit zu reisen und ...«

»Mutter«, meinte Rachael mahnend. »Man hat uns nicht hierhergeschickt, um Wale zu studieren. Man hat uns hergeschickt, um eine Lösung oder wenigstens die Ursache für eine sehr gefährliche Situation zu finden.«

»Ich weiß, ich weiß. Aber nach Cachalot zu kommen und die Cetacea nicht zu studieren ...«

»Denken Sie daran, daß sie nicht studiert werden wollen«, meinte Sam. »Ein Teil des Transfervertrages besagt, daß man sie nicht studieren oder belästigen darf, sofern sie nicht ausdrücklich darum bitten. Es gibt natürlich gewisse Spezies, die freundlicher als andere sind. Sie wissen ja über die Tümmler und ihre Verwandten Bescheid. Aber die großen Wale scheuen vor jeglichem Kontakt mit Menschen zurück. Sie empfinden uns – nun, sagen wir, irritierend. Sie haben ein Recht darauf, für sich zu sein. Die Einzelheiten des Transfervertrages reichen bis vor die Verschmelzung und die Bildung des Commonwealth zurück. Niemand würde auch nur im Traum daran denken, ihn zu verletzen.«

»Und was ist mit Individuen?«

»Wir wissen nicht, was sie als Individuen denken. Das ist eines der Geheimnisse. Vielleicht haben sie inzwischen so etwas wie ein kollektives Bewußtsein entwickelt. Und es geht nicht nur darum, sie nicht zu irritieren. Sie können manchmal ausgesprochen feindselig sein. Auch das ist ein Recht, das man ihnen zugestanden hat.«

»Sechs- oder siebenhundert Jahre oder noch mehr«, flüsterte Cora. »Ich hätte gedacht, daß sie inzwischen wenigstens *darüber* hinweggekommen seien.«

»Sie werden nie darüber hinwegkommen«, antwortete Sam, den die Sicherheit, mit der er das sagte, beunruhigte. »Zumindest sind sie es bis jetzt noch nicht. Es sind jetzt genau siebenhundertunddreißig Jahre, wenn ich meine Geschichte richtig im Kopf habe, seit man das Serum entdeckte, das es den Cetacea ermöglichte, ihr riesiges Gehirn zur Gänze zu benutzen. Damals entschied man, einige der armseligen Überlebenden des zweiten Holocaust auf einer eigenen Welt anzusiedeln. Nein, sie sind noch nicht darüber hinweggekommen.«

Cora wußte, daß Sam recht hatte, obwohl es schwerfiel, für die Handlungen einer ignoranten und primitiven Menschheit Schuldgefühle zu empfinden, die diese intelligenten Meeressäuger alljährlich zu Tausenden auf brutalste

Weise ermordet hatte. Sie beharrte darauf, daß es ihr nicht zukam, über die abstoßenden und idiotischen Handlungen ihrer fernen Vorfahren Schuld zu empfinden.

Man hatte die Verschickung der Wale nach Cachalot als grandioses Experiment begrüßt. Zwei Jahrzehnte lang war eine gigantische Flotte riesiger Transportschiffe damit beschäftigt gewesen, den Transfer zu vollziehen. Man hatte das getan, behaupteten die Politiker, um zu sehen, was für eine Zivilisation die Cetacea auf einer Welt, die nur ihnen gehörte, hervorbringen würden.

Tatsächlich war es eher als eine Art Sühnehandlung geschehen, die Buße einer ganzen Rasse, dafür, daß sie gedankenlos fast die einzige andere intelligente Lebensform vertilgt hatte, die es je auf der Erde gab. Die Cetacea besaßen jetzt schon beinahe achthundert Jahre lang kognitive Fähigkeiten. Aus all den Berichten, die sie begierig verschlungen und die sie gerade ob ihrer Seltenheit ebenso begierig erwartet hatte, wußte sie, daß sie in geistiger Hinsicht immer noch im Wachsen begriffen waren.

Ein Teil des Transfervertrages besagte, daß man sie alleine lassen würde, damit sie sich auf ihre eigene Art so entwikkeln konnten, wie sie das wünschten. Der Vertrag verbot ausdrücklich jegliche Überwachung ihrer Fortschritte oder Nichtfortschritte. Aber die Vorstellung, daß sie solchen Studien bis zur offenen Feindseligkeit Widerstand leisten würden, war für sie neu und überraschend.

»Ich würde meinen, daß sie jetzt Freude an Kontakten hätten«, sagte sie. »Wenn man eine Gesellschaft aufbaut, ist das Gespräch mit anderen hilfreich und psychologisch beruhigend. Unsere Erfahrungen mit anderen raumfahrenden Rassen haben das gezeigt.«

»Andere raumfahrende Rassen hatten nicht das Rassentrauma der Cetacea«, erinnerte sie Sam. »Und die Gesellschaft, die sie langsam und mühevoll aufbauen, unterscheidet sich von jeder, der wir bisher begegnet sind. Vielleicht ist das eine Widerspiegelung ihrer Größe, aber ich glaube, sie besitzen eine langsamere, dafür aber größere Perspektive als wir. Ihre Betrachtungsweise, ihre Ansichten bezüglich anderer Gesellschaftsformen, ebenso wie auch bezüglich des Universums unterscheiden sich total von den unseren.

Als man sie hier ansiedelte, bot man ihnen beispielsweise Hilfe an, um Geräte zu entwickeln, mit denen sie die physische Welt manipulieren konnten. Werkzeuge für Geschöpfe ohne Hände oder Tentakel. Sie lehnten ab. Sie entwickelten sich nicht als ein größerer Seitenast der Menschheit. Sie gehen ihren eigenen Weg.

Freilich erscheint dieser Weg langsam, aber wie gesagt, ihre Betrachtungsweise ist eine andere als die unsere. Einige wenige Experten studieren sie ein wenig und reisen dann enttäuscht ab in dem Glauben, die Cetacea hätten im letzten halben Jahrtausend keinerlei Fortschritte gemacht.« In seinen Augen blitzte es.

»Und dann gibt es hier auf Cachalot einige von uns, die glauben, daß sie *doch* Fortschritte machen. Nicht Fortschritte, wie wir das sehen würden. Sehen Sie, ich glaube nicht, daß das, was wir Zivilisation nennen, sie sonderlich interessiert. Sie sind zufrieden, zu schwimmen, zu kalben, zu essen und nachzudenken. Letzteres ist besonders kritisch. Wir wissen in Wirklichkeit sehr wenig darüber, wie sie denken, oder auch nur worüber sie nachdenken. Aber einige von uns glauben, daß unsere ursprünglichen Kolonisten sich ein wenig schneller entwickeln, als irgend jemand erkennt.«

»In dem Punkt sind alle Berichte, die ich gelesen habe, faszinierend, Sam. Soweit mir bekannt ist, haben sie Dutzende neuer Religionen entwickelt und wieder beiseite gelegt.«

»Sie wissen darüber vermutlich mehr als ich«, gestand Mataroreva. »Ich bin nur ein Friedenshüter. Mein Interesse an den Cetacea ist persönlicher, nicht beruflicher Natur. Das Wenige, was mir über sie bekannt ist, weiß ich nur, weil ich auf ihrer Welt lebe.

Und was die Frage angeht, ob wir welchen begegnen werden, so kann ich das nicht sagen. Sie haben sich auf dieser Welt vermehrt und – bildlich gesprochen – Fuß gefaßt, aber diese Welt ist auch unbegreiflich groß. Und unsere Pflicht verbietet uns, nach ihnen zu suchen.«

»Glauben Sie nicht, daß wir unter den vorliegenden Umständen eine Ausnahme machen könnten?«

Sam dachte nach und meinte dann vorsichtig: »Wenn es für Ihre Untersuchungen wichtig ist, nun, dann könnten wir versuchen, eine oder zwei Herden ausfindig zu machen. Aber nur, wenn es absolut notwendig ist.«

»Mit wem muß ich das klären?«

»Mit den Cetacea natürlich. Übrigens dürfen Sie auch nicht versuchen, sie zu überreden.« Seine Stimme klang jetzt streng. »Wenn wir zufällig auf welche stoßen, und die keine Lust haben anzuhalten und mit uns zu plaudern, darf es keine enttäuschten Wutausbrüche geben. Wenn wir sie über einen bestimmten Punkt hinaus verärgern, haben sie das verbriefte Recht, das Boot zu zerschmettern – und seine Insassen.«

Sie näherten sich jetzt der Südspitze des Atolls. Langgestreckte, gebogene Strandstreifen griffen hinaus, wie um sie zu umarmen. Die Gebäude hier waren größer als die, die sie bisher gesehen hatten, sogar größer als das zentrale Verwaltungsgebäude am Shuttledock. Einige kreisförmig, andere massig und quaderförmig, standen sie bis hinunter zum Sand. Alle waren mit fotovoltaischen Paneelen bedeckt. Zwischen den einzelnen Bauten gab es eine Vielzahl von Rohren aus Plastik und Metall. Schwerfällige Bauten, die bis zum Ende des Atolls führten, sahen wie Lagerschuppen aus. Hier herrschte viel mehr Aktivität, als sie am Verwaltungsbau entdeckt hatten. Dies hier ist der Grund, weshalb das Commonwealth auf Cachalot anwesend ist, dachte sich Cora, nicht andersherum.

»South Terminus«, verkündete Mataroreva. »Die Durchgangsstation für die Produkte aus Cachalots Ozean.«

»Und wie steht es mit der Verarbeitung?« erkundigte sich Rachael.

»Die Grundfunktionen werden auf den schwimmenden Städten durchgeführt – das Sortieren von *Corbyianver*, beispielsweise, die Konzentration und das vorläufige Verpakken geschieht vorwiegend hier. Die letzte Raffinerie findet dort draußen statt«, er machte eine Handbewegung zum Himmel. »Über uns kreist eine Anzahl ziemlich großer Orbitalfabriken in Synchronbahnen.«

Cora nickte. »Eine haben wir, glaube ich, beim Landeanflug gesehen.«

»Dort findet die letzte Arbeitsstufe statt.« Er lenkte den Gleiter auf den Strand zu. »Dort droben werden die wertvolleren Produkte fertiggestellt: Pharmazeutika, Parfüm und andere Kosmetika, Lebensmittel, seltene Mineralien. Das ist billiger, als zu versuchen, hier unten eine schwimmende Fabrik zu bauen. Außerdem ertragen die Rohmaterialien meist die Beschleunigung besser, als das bei den Endprodukten der Fall wäre.«

»Ich hätte nie gedacht, daß eine Orbitalfabrik billiger wäre«, wandte Cora ein.

»Bedenken Sie, daß alles, was Sie auf Mou'anui sehen, aus importierten Materialien erbaut wurde. Unterseebergwerke sind erschreckend teuer, ganz zu schweigen von Raffinieriearbeiten. Die Bevölkerung von Cachalot erfordert keine umfangreiche Fabrikationsbasis. Es ist billiger, fast alles zu importieren.«

Er verlangsamte ihre Fahrt und steuerte den Gleiter auf einen leeren Pier zu. Dann legte er ein paar Schalter um, und das Motorengeräusch verstummte. Ein weiterer Schalter verankerte das Fahrzeug am Pier. Sie folgten Mataroreva in einen Gebäudekomplex, der ebenso modern wie irgendwelche Bauten auf der Erde wirkte. Der Sand war mit Ferroment bedeckt. Ihre Schritte darauf klangen hart und fremdartig.

Rings um sie gingen Techniker hin und her, die ihrem Akzent nach zu schließen von vielen verschiedenen Welten kamen. Die Atmosphäre war völlig anders als die fast gemütliche Aura, die das Verwaltungszentrum erfüllte. ›Hektik‹ schien hier die Parole zu sein, Kommerz, Geschäftigkeit. Das verdrängte etwas von dem Zauber, den Cora inzwischen bereits mit der neuen Welt verband. Sie mußte sich erneut daran erinnern, daß die menschliche Siedlung auf

Cachalot wegen kalter, ökonomischer Fakten existierte, nicht weil Cachalot so schön war.

Mataroreva ließ sie stehen, um mit einer hochgewachsenen, hageren Dame zu sprechen, die entfernt an eine der importierten Kokosnußpalmen erinnerte. Sie hielt ein elektronisches Notizbuch in der Hand und inspizierte mannshohe Reihen undurchsichtiger Plastikbehälter.

»Er ist drinnen«, hörte sie Cora sagen, »bei den Laufbändern. Er überprüft den möglichen Extraktausbring selbst. Seychelles Town hat eine große Lieferung Ameisensäureschaum geschickt.«

»Danke, Kina.« Als sie sich umwandte, um weiter zu zählen, verpaßte er ihr einen freundschaftlichen Klaps auf den Po. Cora registrierte das ebenso wie die herrschende Temperatur und die Tageszeit.

Als sie tiefer in den Gebäudekomplex eindrangen, erklärte ihnen Mataroreva die Funktionen verschiedener Anlagen. Schließlich kamen sie in ein langes, höhlenhaft wirkendes Bauwerk, das sich in die Unendlichkeit zu erstrekken schien. Das Summen und Brummen der Maschinen, die hier für ferne, gleichgültige Eigentümer Credits machten, vertiefte Coras melancholisches Gefühl noch. Rings um sie versanken die letzten Spuren des Paradieses. Eine alte Weise von Mossolov ging ihr durch den Kopf.

Cora war ganz offensichtlich mit einer ganzen Menge falscher Vorstellungen auf Cachalot eingetroffen und war jetzt dabei, diese falschen Vorstellungen schnell abzulegen. Kein Wunder, daß die cetaceanischen Siedler nichts mit der hiesigen Menschheit zu tun haben wollten. Dieselbe ichbezogene Raffgier, die die Menschheit tausend Parsek weit in sechs Richtungen getrieben hatte, funktionierte auf Cachalot rund um die Uhr.

Sie sah ein paar Thranx an einigen der komplizierteren Anlagen arbeiten. Ohne Zweifel fühlte sie sich hier im Inneren wohler, wo das drohende Wasser fern war.

Hin und wieder winkte Mataroreva dem einen oder anderen Arbeiter zu. Einige waren Menschen, andere nicht. Bei ersteren bildeten Frauen die Mehrheit.

Sie bogen um eine Ecke, und ein Schwall frischer, salziger Luft erfaßte sie. Sie hatten jetzt das Riff überquert und befanden sich in einem großen Saal, dessen entferntes Ende dem Meer freien Zugang bot. Sanfte Wellen schlugen metallisch gegen eine Mole aus Duralum. Zwei große Tragflügelboote hatten an der breiten Metallplattform angelegt und scharrten daran auf und ab. Beide lagen mit der Backbordseite zur Mauer und waren so tief eingetaucht, daß die Tragflügel vom Wasser bedeckt waren. Die Stabilisatoren sorgten dafür, daß sie nicht weiter abgetrieben wurden.

Aus den Laderäumen beider Fahrzeuge wurden mittels Laufbänder schwere Kisten an Land befördert und in einer Ecke des Saals sorgfältig aufgestapelt. Die Kisten waren rosafarben und mit blauen Streifen und schwarzen Buchstaben markiert. Eine kleine Gruppe von Menschen hatte sich um ein Laufband gesammelt. Inmitten der mechanischen Arme und der mächtigen Kisten wirkten sie wie Zwerge. Mataroreva steuerte auf sie zu.

Zwei Männer und eine Frau redeten mit vier anderen. Sie trugen Pareus ähnlich dem Matarorevas. Einer von ihnen war ein auffallend gutaussehender, blonder junger Mann, der über zwei Meter groß war. Von den vier trugen zwei Anzüge und die populären Netzhemden. Ein Mann trug gewöhnliche Hosen und ein Freizeithemd. Der letzte war von Kopf bis Fuß formell gekleidet, als sollte er an einem Staatsempfang teilnehmen. Er hatte ein Hemd mit langen Ärmeln, das aus einem kohlschwarzen, seidigen Material bestand, das an den Handgelenken und der Hüfte in karminrote Metallfasern überging. Die Hosen waren aus dem gleichen Material und ähnlich geschnitten. Der hohe Kragen, den er bis zum Hals zugeknöpft hatte, bestand ebenfalls aus gewebtem Metall. Die weichen Plastiksandalen, die er trug, wirkten dazu völlig unpassend.

Auf ihn redeten die drei mit Pareus bekleideten Besucher ein, während die drei anderen in Haltung und Stimme erkennen ließen, daß sie seine Untergebenen waren. Cora studierte Yu Hwoshien. Er war von gleicher Größe wie sie, wirkte aber wegen seiner Haltung viel größer und war steif wie eine Antenne. Wenn er redete, bewegte sich nur sein Mund. Er machte keinerlei Gesten, weder mit den Händen, noch dem Körper, und zeigte keinerlei Mimik. Sein Haar war schneeweiß und wurde vorne bereits dünn. Obwohl er wenigstens dreißig Jahre älter war als sie, war nichts Gebrechliches an ihm. Seine kleinen, tiefliegenden Augen hatten das satte Blau von Tagträumen.

Mataroreva unterbrach ihn nicht, um ihre Ankunft zu melden, und so sahen sie sich gezwungen, das Gespräch mit anzuhören, das irgend etwas mit Ameisensäure zu tun hatte. Cora verstand davon überhaupt nichts. Als aber die Worte ›Exene-Extrakt‹ fielen, spitzte sie die Ohren.

Exene war nicht gerade eine Wunderdroge und wurde auch nur in beschränktem Maße eingesetzt. Aber jeder Stoff, den die chemische Industrie des Commonwealth bis jetzt nicht hatte auf synthetischem Wege herstellen können, war äußerst wertvoll. Und unter solchen Substanzen war Exene eine der gesuchtesten.

So verläßlich auch die Zerebralchirurgie in den letzten paar hundert Jahren geworden war, gab es doch immer noch gewisse Gefahren, wenn man sich am menschlichen Gehirn zu schaffen machte. Man konnte mit Hilfe der Mikroxcrographie zwar selbst die winzigsten Embolien entdecken, aber solche Gefahrenpunkte mußten immer noch chirurgisch entfernt werden. Doch jetzt nicht mehr. Nicht, seit der Entdeckung des Ameisensäureschaums, aus dem durch Reduktion Exene hergestellt werden konnte. Eine kleine Dosis, die man in den Blutkreislauf injizierte, löste sofort jegliches Gerinnsel auf. Exene war nicht toxisch und hatte keine Nebenwirkungen. Das Enzym fegte das Kreislaufsystem des Patienten förmlich rein. Die alte Geißel der Menschheit, im Sprachgebrauch als ›Schlag‹ bekannt, war für immer gebannt.

Die berühmte Droge wurde also aus etwas hergestellt, das sich Ameisensäureschaum nannte. Cora konnte das Zeug weder sehen noch riechen, da es in luftdichten Kisten verpackt war. Anscheinend wurde eine ziemlich große Menge Schaum benötigt, um kleine Mengen von Exene zu produzieren. Sie fragte sich, wie die ameisenähnlichen Geschöpfe, die es absonderten, aussehen mochten.

Während des Gesprächs sagte Hwoshien weniger als irgendeiner seiner Begleiter. Er war es offenbar zufrieden, den größten Teil des Gesprächs seinen Untergebenen zu überlassen. Er blieb reglos stehen, die Arme über der Brust verschränkt, und auch wenn er sprach, bewegten sich die Arme nicht. Einen Augenblick lang argwöhnte Cora, seine außergewöhnliche Starre könnte die Folge irgendeines physischen Gebrechens sein. Aber als die Diskussion dann endete, und er jedem der Besucher die Hand schüttelte, sah sie, daß ihm nichts fehlte. Seine Bewegungen waren nur äußerst karg. Er ging ebenso sparsam mit Gesten wie mit Worten um.

Als er sich ihnen zuwandte, sah sie ein paar Falten in seinem langen, ausdruckslosen Gesicht, aber bei weitem nicht so viele, wie man bei einem Menschen seines Alters erwartet hätte. Seine auffällig blauen Augen schienen nicht durch sie hindurch, sondern an ihr vorbeizustarren. Hwoshien sprach Mataroreva an. Seine Stimme klang weich, aber nicht sanft, und jedes Wort war mit unwiderstehlicher Eindringlichkeit beladen. Dann musterte er sie einen nach dem anderen; sein Blick blieb schließlich an Cora hängen. Zu ihrer Überraschung stellte sie fest, daß sie plötzlich unsicher wurde. Nicht daß Hwoshien sie eingeschüchtert hätte. Niemand konnte sie einschüchtern. Aber irgendwie brachte er es zuwege, das Gefühl zu vermitteln, als wäre er ein wenig klüger als alle anderen im Raum Anwesenden.

Er streckte ihr die Hand hin und lächelte. Sein Lächeln schien auszudrücken: ›Dies ist mein offizielles Begrüßungslächeln. Es ist echt und freundlich, aber nicht warm.‹ An ihm scheint überhaupt nicht viel Wärme zu sein, dachte sie, als sie ihm die Hand schüttelte. Nicht daß er kalt gewesen wäre, nur distanziert. Er war ein Mann, den man unmöglich kennenlernen konnte. Woraus auch immer Yu Hwoshien bestand, war hinter vielen Schichten professioneller Formalität verborgen.

Man konnte mit einem solchen Menschen leben und arbeiten, dachte sie, aber nie sein Freund sein. Kollege ja, Gefährte ja, aber nicht Freund. Sie entschied, daß irgendwie, irgendwann in der Vergangenheit, ein Teil seiner Menschlichkeit getötet worden war.

»Willkommen auf Cachalot.« Sein Lächeln änderte sich nicht. Sein Ton war herzlich. Nur nicht warm.

»Ich habe ihnen schon von den Städten erzählt, Sir«, beeilte sich Mataroreva einzuwerfen. Damit war Coras Sorge abgetan, daß Sam vielleicht mehr gesagt hatte, als ihm erlaubt war. Doch warum sich Gedanken machen, was Hwoshien mit ihrem Führer machte? Ich belaste mich da mit Dingen, die für mich nicht wichtig sind. Zuckerwattegedanken. Sie versuchte, alle Überlegungen von sich zu schieben, die nicht unmittelbar mit dem Anlaß ihrer Anwesenheit auf diesem Planeten in Verbindung standen. Ihre volle Aufmerksamkeit galt jetzt Hwoshien. Das war nicht schwer. Er stand immer noch starr und aufrecht da, senkrecht zum Mittelpunkt des Planeten.

Sein Lächeln verschwand, wich einem neutralen Ausdruck, der weder ein Grinsen noch ein Stirnrunzeln war, sondern ein sorgfältig kontrolliertes Zwischending. Aber zumindest löste er die verschränkten Arme. Er verschränkte die Finger ineinander und gestikulierte damit, als bete er. Die Entscheidung, was er mit seinen Gliedmaßen anfangen wollte, schien ihm einigermaßen Schwierigkeiten zu bereiten.

»Ich habe dem, was Sam Ihnen bereits gesagt hat, sehr wenig hinzuzufügen, nur, daß wir kürzlich eine weitere Stadt und einige hundert Bürger verloren haben, mit all dem Leid, das das mit sich bringt. Auf unserer Seite des Kontos haben wir nichts Neues erfahren. Unser Unwissen rechtfertigt nur meine Bitte um Unterstützung von außen. Ich bin froh, daß Sie endlich angekommen sind.« Durch seine Maske war nur eine Andeutung von Gereiztheit zu erkennen.

»Nach der Vernichtung von Warmouth deuteten einige unserer Spezialisten an, daß sie irgendwann einmal die Ursache der Zerstörung würden identifizieren können. Ich habe ihnen einen weiteren Tag gegeben. Ich bekam dafür nur eine Aufzählung der Möglichkeiten, die Sam, wie ich sicher bin, Ihnen bereits vorgetragen hat. Jede dieser Möglichkeiten könnte zutreffen. Ebensogut aber ist möglich, daß es etwas ganz anderes ist, etwas, das wir übersehen haben. Doch wie dem auch sei, an diesem Punkt war ich entschlossen, Hilfe von außen zu holen.«

»Ich glaube nicht«, sagte er dann beiläufig und offenbar ohne jedes Interesse dafür, wie seine Worte sie vielleicht peinlich treffen würden, »daß Sie, weil Sie alle drei neu auf Cachalot sind, intelligenter oder in solchen Dingen erfahrener als unsere hiesigen Experten sein werden. Ganz im Gegenteil, nehme ich an. Aber sie alle haben seit vielen Jahren hier gelebt. Und wie Ihnen sicher bewußt ist, wird die Art, wie man Probleme anpackt, wie man denkt, häufig von der Umgebung, in der man lebt, gefärbt. Ich hielt es nicht für schädlich, eine neue Art anzupacken.«

Er nahm einen kleinen Duftstab aus der Tasche, führte ihn an die Lippen und entzündete ihn, indem er die Schutzspitze abknickte. Er entflammte sofort, als er mit Luft in Berührung kam. Während er weitersprach, paffte er leicht an dem Stäbchen. Leicht narkotischer Rauch begann Coras Nase zu kitzeln.

»Ich habe persönlich das Gefühl, daß Ihre außerplanetarische Vorgehensweise entweder innerhalb eines Monats Erfolg haben wird oder überhaupt nie. Sie werden entweder innerhalb dieser Zeitspanne eine Ursache finden oder nicht. Vier Städte, zweitausendfünfhundert Bürger. Es ist meine Verantwortung, dafür zu sorgen, daß es nicht zu einer unerklärlichen fünften Katastrophe kommt. Wenn nötig, werde ich eine fünfte *erklärliche* Katastrophe tolerieren, aber eine Lösung *muß* gefunden werden – Sie sind alle Spezialisten für Meeresbiologie.«

»Das ist richtig.« Cora bemerkte erst jetzt, daß sie ihm zugehört hatte wie eine Studentin einem Professor zuhören mochte. Sie richtete sich auf. Sie durfte nicht zulassen, daß sich ihre Beziehung so entwickelte.

»Ich bin sicher, daß Sam bereits auf die Theorie hingewiesen hat, daß hinter all dem intelligente Kräfte stecken könnten?«

»Die Theorie wurde erwähnt«, räumte Merced ein.

»Es können intelligente Kräfte von diesem Planeten oder von außerhalb sein«, sagte Hwoshien. »Sams Leute arbeiten bereits daran.« Hinter ihm begannen sich die riesigen Türen zur See nach unten zu schieben. Die Düsenmotoren der Tragflügelboote liefen an und erfüllten den riesigen Saal mit ihrem Donner.

»Das betrifft Sie nicht, aber wenn Sie natürlich irgend etwas finden, das auf eine solche Ursache deutet, werden Sie Sam davon informieren. Ihre Aufgabe besteht darin, herauszufinden, ob irgendeine bis jetzt noch nicht identifizierte Spezies der lokalen Meeresflora oder -fauna verantwortlich sein könnte.

Da mir wohlbekannt ist, wozu gewisse Geschöpfe, die den Namen ›Mensch‹ für sich beanspruchen, fähig sind, argwöhne ich, daß unsere Suche uns am Ende zu Ursachen zweibeiniger Natur führen wird. Da wir augenblicklich gar nichts wissen, können wir es uns nur schwer leisten, irgendeine Möglichkeit außer Betracht zu lassen.

Viele jener Spezialisten, die ich erwähnte, haben hier auch andere Aufgaben, die sie schon lange vernachlässigt haben, um an diesem wichtigen Problem zu arbeiten. Ich kann nicht darauf bestehen, daß sie dies weiterhin tun. Die meisten von ihnen stehen bei den großen Gesellschaften unter Vertrag, die Cachalots Handel finanzieren. Jene Gesellschaften haben den Wunsch ausgedrückt, daß ihre teuren Leute an ihre teuren Jobs zurückkehren. Ich kann nicht das Gegenteil fordern, ohne das Kriegsrecht zu erklären.« Er wirkte dabei sichtlich unglücklich. »Ich würde das lieber nicht tun. Die Panik, die daraus resultieren könnte, wäre für das Geschäft äußerst schädlich.«

»Ich würde meinen, daß die Zerstörung der schwimmenden Städte verdammt schädlich wäre«, meinte Rachael indigniert.

»Ich fürchte, Sie verstehen die Lage nicht – Miß Xamantina junior, nicht wahr? Sie müssen nämlich wissen, daß die schwimmenden Städte sich nicht im direkten Besitz einer der großen Gesellschaften befinden. Sie sind auf mannigfache Art an die Bürger, die auf ihnen leben und arbeiten, verleast, untervermietet oder sonstwie vermietet. Als Gegenleistung für ihre Versorgung und ihre Gehälter wird der größte Teil ihres Fangs den großen Fabriken hier auf Mou'anui oder den anderen permanenten Atollinstallationen übergeben und dann dem allgemeinen Konto einer Stadt kreditiert.

Wenn daher eine Stadt vernichtet wird«, sagte er so leichthin, als spräche er nur von Geräten und Bauwerken, nicht von Menschen, »so trägt die Gesellschaft den finanziellen Verlust, nicht die Bewohner.«

»Die verlieren nur ihr Leben«, murmelte Rachael. Aber Hwoshien hörte das nicht, oder zog es vor, ihre Bemerkung zu ignorieren.

»Da die Bürger nicht in größerem Umfang in die Städte investiert haben, können sie, wenn sie das wünschen, jederzeit ihre Sachen packen und gehen. Wenn es zu einer größeren Panik käme, hätten die Gesellschaften plötzlich die teuren schwimmenden Städte und niemanden, um sie zu betreiben, und kein Rohmaterial für ihre gleicherweise teuren Orbitalfabriken. Das ganze Commonwealth würde die Folgen verspüren. Und gewöhnliche Bürger würden unter dem Fehlen unersätzlicher Stoffe wie Exene leiden. Wir können uns einfach eine Panik nicht leisten.«

»Sie betrachten sich also als Beschützer der betroffenen kommerziellen Interessen«, meinte Cora leise.

»Wie ich schon sagte, neben anderen Dingen, ja.« Der Kommissar schien von ihrer verschleierten Anklage nicht im geringsten beeindruckt.

»Natürlich«, nickte Merced. »Der Tod ist eine fiskalisch unverantwortliche Politik.«

5. Kapitel

Hwoshien sah den kleinen Wissenschaftler an und erwiderte schließlich in einem anderen Tonfall, eine Spur weniger formell, als er bisher gesprochen hatte.

»Ich hatte selbst Freunde in jenen verlorenen Städten. Bitte, berücksichtigen Sie, daß ich mich selbst hier in einer sehr schwierigen persönlichen Lage befinde. Ich erwarte nicht, daß Sie Mitgefühl mit mir haben. Ich erwarte nur, daß Sie das verstehen. Ich stehe in der Mitte zwischen dem Durchschnittsbürger, den das alles nicht interessiert, solange der Warenfluß nicht unterbrochen wird. Ferner bin ich zuallererst einer dritten Partei verantwortlich, nämlich der Regierung des Commonwealth selbst.

Meine Sympathien liegen bei der ersten Gruppe, meine Gedanken bei der zweiten, und meine Loyalität bei der letztgenannten. Dies ist ein Problem, dem niemand von Ihnen ausgesetzt ist. Ihnen wird jegliche materielle Unterstützung zuteil werden, die Sie verlangen, wenn ich Sie auch bitten würde, in diesen Wünschen etwas zurückhaltend zu sein. Große neue Konzentrationen wissenschaftlicher Instrumente könnten die Aufmerksamkeit unserer bis jetzt noch hypothetischen menschlichen Killer auf sich ziehen.

Sie werden in Ihrer Arbeit völlige Freiheit haben. Ich hoffe aufrichtig, daß Sie mich nicht enttäuschen werden.«

Cora ertappte sich dabei, wie sie Hwoshien trotz seiner Formalität, einer Formalität, die an Feindseligkeit grenzte, zufriedenstellen wollte. Er löste in anderen den Wunsch aus, ihn zufriedenzustellen. So, wie man sich bemüht, besorgte Eltern zufriedenzustellen.

Ob er ein Mechanismus war, ein Roboter? Es war schon gelegentlich vorgekommen, daß das Commonwealth anstelle organischen Personals Roboter untergeschoben hatte. Nein, entschied sie, er konnte keine Maschine sein. Ein Roboter in einer solchen Position hätte mehr Wärme und Freundlichkeit an den Tag gelegt. Hwoshien war zu mechanisch, um mechanisch sein zu können.

»Wir werden unser Bestes tun.« Rachael begann ungehalten zu werden, und das war an ihrem Ton zu merken. Cora wußte, daß ihre Tochter außerstande war, sich für irgend etwas, mit Ausnahme ihres Neurophons, länger als eine halbe Stunde zu interessieren.

Hwoshien sah sie einen Augenblick lang an und drehte sich dann scharf um und winkte ihnen, ihm zu folgen. »Kommen Sie hierher!«

Cora und die anderen folgten ihm zu den Docks. Er geht wie ein Thranx, überlegte sie. Steif und aus den Gelenken heraus.

Die Türen waren jetzt zum Stillstand gekommen. Zwischen dem Boden und der Unterkante der Tür war eine drei Meter breite Spalte freigeblieben. Sie gingen eine Rampe hinauf. Dann standen sie am Rande einer braunen Wand aus poliertem Duralum, gegen die unablässig die Wellen anrollten. Die Tragflächenboote waren schon lange abgefahren, und die Ferne hatte ihr schwaches Wimmern verschluckt. Hwoshien stellte den linken Fuß auf die niedrige Flanke, die an das Dock grenzte, stützte die linke Hand auf die Hüfte und deutete mit der rechten nach draußen.

»Sehen Sie dort hinaus, Besucher!« Sein Finger strich über den Horizont. »Sehen Sie ganz scharf hin. Sie können in jede beliebige Richtung reisen, und werden wahrscheinlich diese Welt umschiffen, ohne je Land zu sehen. Das Land von Cachalot liegt unter seinen Wellen, unter einer flüssigen, instabilen Atmosphäre, die wir gerade erst anfangen zu begreifen. Der Mensch ist immer noch eher im instellaren Raum zu Hause als in dem Medium seiner Geburt.

Dies ist für die Geschöpfe, die sich hier entwickelt haben, das Zuhause, ebenso wie für die cetaceanischen Siedler, aber für uns hier auf Mou'anui oder jene, die draußen auf den schwimmenden Städten leben, kann es das nie sein.

Wir leben hier, weil man uns hier duldet. Wenn wir auch aus den Meeren der Erde hervorgetaumelt sind, sind diese Meere immer noch nur Orte, die wir besuchen.« Er nahm den Fuß vom Flansch und sah sie der Reihe nach mit durchbohrendem Blick an.

»Ich lebe jetzt seit sechsunddreißig Jahren auf Cachalot. Und immer noch komme ich mir wie ein Fremder vor. Ich fühle mich in meinen Lebensumständen wohl und in meinem erwählten Beruf sicher. Wenn das nicht der Fall wäre, hätte man mich nie zum Residierenden Kommissar gemacht. Aber zu Hause?« Er schüttelte den Kopf, eine kleine, gemessene Bewegung. »Das ist etwas, was ich hier nie sein kann. Obwohl es Leute gibt, die anders zu empfinden behaupten. Sie sagen, ich denke nicht nach der Art von Cachalot. Sam ist einer von jenen Leuten.«

Der Offizier schien sich in seiner Haut nicht wohl zu fühlen.

»Schon gut, Sam. Ich will Sie damit keineswegs kritisieren. Sie wissen, was ich meine.«

Mataroreva nickte. Wieder hatte Cora jenes zuckerwattehafte Gefühl, daß hier etwas sehr Wichtiges ausgesprochen wurde, das sie nur nicht begriff.

»Selbst Sam kann hier nicht zu Hause sein. Er kann es nur *versuchen*.«

»Mit allem Respekt, Sir, ich fühle mich hier zu Hause.«

»Ich weiß.« Etwas an Hwoshiens Ausdruck veränderte sich, und er wirkte plötzlich ausgesprochen herzlich. »Ich weiß, wie müde Sie sein müssen. Würden Sie mir die Freude machen, mit mir heute zu Abend zu essen, bitte? Wir sind hier in solchen Dingen sehr formlos. Dann könnten wir uns weiter unterhalten. Sie werden Gelegenheit bekommen, die einzigartige Küche unseres Planeten kennenzulernen... manchmal benutzen wir sogar menschliche Köche, um unser Essen zuzubereiten. Ich bitte Sie noch einmal um Entschuldigung, daß ich Sie nach Ihrer langen Reise so abrupt zu diesem Gespräch gebeten habe, aber ich wollte, daß alles möglichst schnell gesagt wurde ... und wollte Sie persönlich kennenlernen.«

»Wir kommen gerne«, sagte Cora. »Was auch immer Sie wünschen – wenn wir nur vorher duschen können.«

»Selbstverständlich. Die Feuchtigkeit ist doch sicher nicht schlimmer, als Sie erwartet haben.«

»Ich glaube, wir alle sind auf alles vorbereitet, was uns begegnen wird«, sagte sie bedeutsam.

»Gut. Sagen wir neunzehn Uhr?« Und dann fügte er eine letzte Bemerkung hinzu, die so untypisch war, daß Cora sich vergewissern mußte, ob wirklich er es war, der es gesagt hatte. »Es wird mir ein besonderes Vergnügen sein, mit zwei so schönen Damen zusammenzuarbeiten.«

Der kantinenähnliche Speisesaal lag abseits von ihrem Wohnquartier. Sam mußte die drei Neuankömmlinge aus ihren Zimmern abholen. Er und die beiden Frauen warteten in der kleinen Lobby auf Merced, der sich verspätete, etwas schnaufte, und sich das Netzhemd in die Shorts stopfte.

Cora trug ein fließendes Etwas, das von ihrer rechten Schulter bis zur linken Wade reichte, ein Gewebe, in dem sich fluoreszierendes Rot und Gelb abwechselten, und das mit schwarzen Blumen betupft war. Vielleicht pflegte man sich auf diesem Planeten wirklich formlos zu kleiden, wenn man zusammen tafelte, aber sie hatte sich eine Anzahl zivilisierter Tugenden bewahrt. Außerdem würde dies wahrscheinlich das letztemal sein, daß sie sich anständig kleiden konnte, ehe sie aufbrachen.

Rachael hatte sich für ein scheinbar einfacheres Sommerkleid in einem blassen Grün entschieden. Die Einfachheit täuschte. Am Saum waren einige Fische in silberner Stickerei eingelassen. Sie atmeten Blasen, die am Kleid nach oben zu fließen schienen. Bei gewissen Wellenlängen, je nach Beleuchtung, waren die beachtlich großen Blasen durchsichtig. Der Gucklocheffekt, der daraus resultierte, ließ einige Köpfe herumfahren, als sie die Messe betraten.

Eine Ecke war verlassen, sah man von Hwoshien ab. Er trug den gleichen steifen, zweckmäßig wirkenden dunklen Anzug, den er vor ein paar Stunden getragen hatte. Cora blickte auf seine Brust und suchte das karminrote Rangabzeichen eines Kommissars. Doch es war nicht zu sehen. Seine Bescheidenheit ist das Menschlichste an ihm, sagte sie sich.

Es gab ein belangloses Gespräch und ein hervorragendes Essen. Mataroreva hatte sich geschickt auf dem Sessel neben Cora plaziert, Merced und Rachael saßen auf der anderen Seite. Merced lehnte sich einige Male zur Seite und flüsterte ihr zögernd etwas zu, worauf sie kicherte. Dann wandte er sich jedesmal schnell ab, als wäre ihm sein Wagemut, sie anzusprechen, peinlich. Und dann schaufelte er das Essen in sich hinein.

Cora störte das, aber sie war zu sehr damit beschäftigt, mit Hwoshien zu sprechen, daß sie sehr darauf geachtet hätte. Nicht, daß sie etwas dagegen hätte tun können.

»Was hätten Menschen denn zu gewinnen, wenn sie die Städte zerstörten?« fragte sie. »Sie haben doch ganz bestimmt jemanden in Verdacht?«

»Wenn es nur so wäre.« Hwoshien strich liebkosend über sein Trinkglas. »Die Ozeane Cachalots enthalten viele Reichtümer. Sie haben heute eine winzige Probe davon gesehen. Es gibt einige kleine, unabhängige Firmen, denen es eine Freude wäre, wenn ihre besser organisierte Konkurrenz ausgelöscht würde.

Da gibt es zum Beispiel die Leute auf den Schiffen. Sie leben und arbeiten auf altmodischen Booten. Nicht Tragflächenbooten, sondern richtigen Schiffen, so wie man sie früher hatte. Schwimmende Schiffe also. Die Schiffe sind ihr Eigentum, im Gegensatz zu den Besitzverhältnissen der Leute in den Städten, die ihre Häuser und ihre Geräte von den großen Gesellschaften mieten. Sie bearbeiten einige ihrer Produkte selbst an Bord.

Die Menge ist klein, aber sie beeinträchtigt immerhin die Profite der großen Konzerne, weil sie die teuren Orbitalfabriken umgehen. Es hat also immer Eifersucht zwischen den Schiffsleuten und den Bewohnern der schwimmenden Städte gegeben.«

Cora spießte ein Stück zartes weißes Fleisch auf und meinte, während sie daran kaute: »Würde man sie nicht sehr leicht entdecken? Würde es nicht auffallen, wenn die Produktion irgendeines Schiffes plötzlich anstiege?«

Mataroreva schüttelte den Kopf. »Sie brauchen nicht via Mou'anui oder irgendeinen der anderen Atollstützpunkte zu versenden. Ein Shuttle könnte irgendwo auf Cachalot landen und voll beladen mit Ware oder Rohmaterial wieder starten.«

»Teuer«, meinte Hwoshien, »aber wenn man mit den Produkten und der Beute einer ganzen Stadt dafür zahlen könnte, wäre so etwas sofort profitabel. Und die dort wohnende Bevölkerung einfach zu vernichten, wäre die beste Möglichkeit, solche Piraterei zu tarnen.

Wirtschaftlich betrachtet ist es möglich. Man würde meinen, die Gefahr, die darin liegt, würde größer sein als die möglichen Profite. Aber es gibt Leute, die sich solche Dinge nicht sehr gründlich überlegen, und die für Mord und Vernichtung wenig Rechtfertigung brauchen.

Wir haben tatsächlich die Schiffsleute gründlich befragt. Aber Sie müssen auch verstehen, daß die existierende Rivalität uns darin hindert, offen Anklage zu erheben, solange wir diese Anklage nicht mit unwiderlegbaren Fakten untermauern können. Wir können es uns nicht leisten, einen großen Teil der Bevölkerung dadurch zu verärgern, indem wir eine Anklage gegen sie erheben, die vielleicht gar nicht zutrifft. Es können auch Kräfte außerhalb des Planeten eingeschaltet sein. Den AAnn, beispielsweise würde es das größte Vergnügen bereiten, auf jeder Commonwealth-Welt Chaos zu säen und zu fördern.

Aber wie ich schon sagte, das ist nicht Ihr Problem. Lassen Sie mich wissen, was für Gerät Sie brauchen, und Sam wird dafür sorgen, daß man es Ihnen zur Verfügung stellt. Es wird dann dem Commonwealth-Konto belastet. Die Frage Ihrer persönlichen finanziellen Entschädigung ist, wie ich glaube, vor Ihrer Abreise nach Cachalot geklärt worden.«

»Sie sagen, Sie möchten, daß der Zweck unserer Anwesenheit hier geheim bleibt?« fragte Rachael.

»Man wird Sie als Spezialisten behandeln, die uns besuchen, um sich mit typischen kommerziellen Entwicklungsmöglichkeiten zu beschäftigen. Es ist nicht ungewöhnlich, solche Besucher mit einer Leibwache zu versehen. Es sollte also niemand etwas dazu zu sagen haben, daß Sam bei Ihnen ist.« Er starrte auf seinen Teller. »Diese Vernichtung *muß* ein Ende haben. Das ist schlecht für unser Leben und schlecht für das Geschäft.«

Sie aßen schweigend und kamen schließlich zu einem Dessert, das, wie Mataroreva ihnen mitteilte, aus den geleerten Eingeweiden eines runden Geschöpfes zubereitet war, das etwa die Größe seiner Faust hatte. Die Substanz war mit giftigen Stacheln bedeckt und mußte vor dem Servieren entsprechend behandelt werden, weil sie sonst absolut tödlich war. Diese Behandlung war jedoch sehr wirksam, und von Todesfällen, die auf den Verzehr dieser Delikatesse zurückzuführen waren, war nichts bekannt. Falls er damit versuchte, Cora zu ärgern, hatte er sich das falsche Opfer ausgesucht. Sie hatte schon viel bizarrere Produkte einiger Ozeane gegessen. Die durchsichtige Gelatine war kühl und erinnerte im Geschmack an Granatäpfel.

Aber Rachael verdarb die Schilderung den Appetit. So mußte Cora auch noch den Teller ihrer Tochter leeren. Sie verspeiste gerade den letzten Löffel der zweiten Portion, als Merced leise fragte: »Was ist mit den Walen?«

»Was soll mit den Walen sein, Mr. Merced?« Hwoshien paffte zufrieden an einem Duftstäbchen.

»Sie sind intelligent und lieben die Menschheit nicht sonderlich. Könnten sie nicht eine Stadt vernichten?«

»Sicher könnten sie das«, schrie Mataroreva, »aber weshalb sollten sie?« Als er bemerkte, welche Wirkung sein wilder Ausruf auf Cora und Rachael hatte, verfiel er wieder in seinen jungenhaften Ton. Aber was mit der Angabe seines Berufes begonnen hatte, führte sein unerwarteter Ausbruch zu Ende. Der Mantel der Unschuld, den Cora ihm verliehen hatte, war für immer verschwunden.

»Das könnten sie«, sagte er wieder etwas ruhiger, »wenn sie einen Anlaß dazu hätten und wenn sie sich hinreichend organisieren könnten. Vergessen Sie nicht, daß jede schwimmende Stadt gegen feindliche lokale Lebensformen geschützt ist. Jede verfügt über komplizierte Warnsysteme und großkalibrige Unterwassernadler, die automatisch funktionieren, wenn etwas zu nahe kommt.

Es gibt Leviatane in Cachalots Ozean, die größer sind als der größte Wal, der je gelebt hat. Die Nadler der Stadt sind durchaus imstande, selbst einen Mallost zu braten.«

»Was ist ein Mallost?«

»Etwas, das Sie hoffentlich nie zu Gesicht bekommen werden«, antwortete Hwoshien so eindringlich, daß sie verstummte. »Wie Sam schon sagt, ein Mallost hätte selbst mit einem Wal leichtes Spiel, würde aber selbst an eine kleine Stadt nicht einmal auf Tentakelwurfweite herankommen. Ein ganzes Rudel Wale, die sich perfekt aufeinander abstimmten, könnte vielleicht eine Stadt zerstören, aber sie denken nicht so. Zum einen gibt es keinerlei Wettbewerb zwischen den Cetacea und den Städten. Im großen und ganzen sind die Stadtleute hinter lokalen Lebewesen her, die für die Wale keinerlei Interesse haben. Das Plankton, das die Städter einsammeln und nach ein paar Arten aussieben, ist aus der Sicht der Wale belanglos. Auf dieser Welt gibt es mehr Plankton, als eine Million mal so viele Bartenwale je verzehren könnten. Die Bartenwale sind die größten der Cetacea und auch die Dümmsten. Die Zahnwale, die eher imstande wären, einen solchen Angriff in Betracht zu ziehen, essen kein Plankton.«

»Und sie sind entweder freundlich gesinnt«, fuhr Mataroreva fort, »oder uns gegenüber gleichgültig, wie ich das schon früher erklärte. Wenn man sie nicht stört. Und dann waren ihre Reaktionen stets direkt und persönlich. Sie haben bisher keinerlei Interesse, so oder so, an den Städten gezeigt. Sie haben es auf die Togluts und die großen Teleosten abgesehen.

Die Catodonten, die größten der gezähnten Wale, bewegen sich zwar in Herden, sind aber außerstande, in militärischen Katagorien zu denken. Sie haben keinerlei Erfahrung in organisierter Kriegführung – dagegen stehen einfach zu viele Faktoren.« Und dann fügte er hinzu, als wäre es ihm soeben erst eingefallen: »Sie müssen ja wahrscheinlich jede Möglichkeit in Betracht ziehen. Dazu sind Sie hier. Ich glaube aber nicht, daß die Wale den Voraussetzungen entsprechen, die wir für den mysteriösen Verursacher dieser Katastrophen etabliert haben.« Er lehnte sich in seinem Sessel zurück, stocherte in seiner zweiten Portion Nachtisch herum und war sich jetzt offenbar in etwas peinlicher Weise der Reaktion bewußt, die sein ursprünglicher Ausbruch hervorgerufen hatte.

Cora schob ihren Stuhl zurück, betupfte sich mit der Serviette die Lippen, und zwang sich zu einem Lächeln, als sie zu Hwoshien sagte: »Vielen Dank für dieses ausgezeichnete Essen. Wir werden in ein paar Tagen, sobald wir uns ein wenig akklimatisiert haben, mit der Arbeit anfangen.«

»Sehr gut.« Hwoshien stand auf und schüttelte ihr die Hand. »Ich wünsche Ihnen allen einen guten Abend.«

Mataroreva geleitete sie aus der Messe.

Der Weg, den sie betraten, schien mit Juwelen gepflastert, Juwelen von hellerem Glanz, größerer Farbenvielfalt als irgendein antiker Prinz, angefangen bei Harun-al-Raschid, sich je hätte erträumen können. Sie hatten mit dem Abendessen vor Sonnenuntergang begonnen, jetzt funkelten die Sterne auf gläsernem Sand und verwandelten ihn in ein Echo der fernen Milchstraße.

Sie schritten über eisiges Feuer dahin. Bauwerke und Bäume wurden zu Scherenschnitten, Spielzeugsilhouetten vor dem schwarzen Nachthimmel. Merced und Rachael waren etwas zurückgeblieben.

»Wie sind Sie denn Friedenshüter geworden?« fragte Cora Sam interessiert. »Sie sind gar nicht der Typ dazu.«

»Sie meinen, physisch würde ich ins Schema passen, aber geistig nicht?« Er grinste, weil er merkte, daß ihr die Frage peinlich war.

»Ich wollte damit nicht sagen ...«

»Schon gut. Ich bin es gewöhnt. Ich bin einfach hineingedriftet, denke ich. Warum werden Leute eigentlich das, was sie werden? Das Leben geht verschlungene Wege und schlägt manchmal um winzige Ereignisse einen Bogen.«

»Nun, ich wollte immer Meeresbiologin werden.«

»Und ich wollte es immer leicht haben und glücklich sein«, konterte er. »Nicht gerade ein hochtrabendes Lebensziel, aber sehr befriedigend. Ich bin hier auf Cachalot geboren und aufgewachsen. Für die Wissenschaft fehlte mir die Begabung, und Fischen, Sammeln und Bergwerksarbeit waren mir zu anstrengend. Da blieb mir nur irgendein Verwaltungsposten.

Zur Büroarbeit tauge ich aber nicht besonders, als man daher ortsansässige Friedenshüter suchte, habe ich mich gemeldet. Hwoshien hält viel von Kompromissen. Nun, wenn ich überhaupt ein Talent besitze, dann scheint es die Fähigkeit zu sein, andere Leute zu Kompromissen zu veranlassen. Anders ausgedrückt, ich verstehe mich recht gut darauf, Raufereien zu beenden, noch ehe sie richtig anfangen.

Meine gegenwärtige Position habe ich wahrscheinlich erreicht, weil ich meine Arbeit erledigte, niemandem auf die Zehen trat und nicht viele Fehler beging. Außerdem verstehe ich mich auch noch ganz gut auf das, was es braucht, wenn ein Kompromiß gescheitert ist.«

»Ich weiß«, sagte Cora. »Das merkte ich daraus, wie Sie auf das Toglut am Pier reagiert haben.«

»Oh, ein Toglut ist gar nichts.« Er sagte das so beiläufig, daß man merken konnte, er übertrieb damit nicht. »Ich sagte ja schon, sie sind sehr langsam und normalerweise nicht aggressiv. Warten Sie nur, bis wir draußen auf dem offenen Meer sind, abseits von Mou'anui. Die Raubtiere von Cachalot haben sich auf dem größten Ozean im ganzen Commonwealth entwickelt. Ein Mallost könnte ein Toglut zum Frühstück verspeisen.«

»Ich kann's kaum erwarten«, sagte sie und meinte das ehrlich.

Inzwischen hatten sie fast den Schlaftrakt des Verwaltungsgebäudes erreicht. Ein paar Lichter waren zu sehen, wie Mottenaugen in der Nacht. Irgendwo war das schläfrige Summen von Akkumulatoren zu hören, die jetzt an die Stelle der bei Nacht nutzlosen fotovoltaischen Paneele getreten waren. Das Geräusch bildete gleichsam einen Kontrapunkt zum gleichmäßigen Schlag der kleinen Wellen am fernen Strand.

»Warten Sie«, sagte Sam.

»Oh, oh …« Cora verdrehte die Augen. Wie würde er es jetzt anpacken? Wahrscheinlich nicht sehr originell. Sam schien ihr gar nicht der Typ zu sein, aber versuchen würde er es. Die Jahre hatten ihr ein beachtliches Arsenal an entwaffnenden Reaktionen geliefert. Sie mochte ihn, würde also eine der netteren Abfuhren wählen.

Aber anstelle eines Annäherungsversuches – sei es nun mit Worten oder mit den Händen – kniete er nieder. In einer Hand hielt er eine Handvoll Sand, mit der anderen nestelte er an seinem Gürtel herum. »Da, schauen Sie!« Eine kleine ultraviolette Lichtquelle flammte auf. Er legte einen Schalter um, und der Lichtkegel weitete sich aus. Er richtete ihn auf den Sand, den er in der Hand hielt.

Es war, als hätte er in die Schatzkiste eines Moguls oder Piraten aus der Antike gegriffen. Im ultravioletten Schein fluoreszierten die Hexalatkörner strahlendhell in hundert Farbschattierungen wie Fragmente eines Regenbogens. Und das Glühen hatte nicht die blendende, prismatische Härte, wie sie das Sonnenlicht erzeugt, die Farben waren vielmehr weich und voll, für das Auge angenehm.

Das Licht erlosch, aber zu ihrem Entzücken blieben die Farben. Die Phosphoreszenz verblaßte nur langsam, widerstrebend. Und während sie verblaßte, drehte er die Hand und ließ die Streifen winziger Sonnen aus der Handfläche rinnen.

»O wie schön, Sam! Ich habe eine Märchenwelt erwartet, aber keine so vielfältige.«

»Vergessen Sie die Räuber nicht.« Er lachte glucksend. »Einige von diesen ›Märchengestalten‹ würden Sie mit einem Biß verschlingen.«

Sie gingen weiter, blieben vor der Tür stehen. Sie drehte sich um, blickte zu ihm auf. »Das war sehr nett, daß Sie mich begleitet haben.«

»Danke, daß Sie mich mitkommen ließen. Sie hätten sich

wirklich nicht verlaufen können. Das geht auf Cachalot gar nicht.«

Sie wartete darauf, daß er sie küßte, fragte sich, ob sie sich wehren würde, fragte sich, ob sie sich küssen lassen würde und Gefallen daran finden. Aber da verblüffte er sie, indem er ihr mit einem Finger an die Nase tippte.

»Gute Nacht, Cora Xamantina. Bis *ananahi 'tia po'io'i.* Morgen früh.«

Mehr verblüfft als enttäuscht sah sie ihm nach, wie er in der Nacht untertauchte. Im Gegensatz zum Sand leuchtete er nicht in der Finsternis, obwohl sie das Gefühl hatte, daß er dazu nur einer leichten Anregung bedurft hätte.

Ganz in Gedanken geriet sie zweimal in den falschen Korridor, ehe sie ihr Zimmer fand.

Ihr Raum war spartanisch, aber makellos sauber, obwohl an manchen Stellen ein paar Hexalatsandkörner glitzerten. Wahrscheinlich konnte man sich davon nur auf der offenen See befreien. Der Raum enthielt ein Bett, einen kleinen Kleiderschrank, ein paar Stühle, deren Bezug aus irgendeiner Meerespflanze gewebt war, und eine dazu passende Matte aus einem smaragdgrünen Gewächs mit komplizierter Handarbeit. In einer Ecke des Raumes gab es dann noch eine kleine Sanitärzelle mit den üblichen Armaturen.

In einer anderen Ecke sah sie drei in Reih und Glied angeordnete Koffer, zwei große und einen kleinen. Die nahtlose Plastikhaut reagierte auf ihren elektronisch codierten Schlüssel, als sie ihn an die Außenseite des Schlosses drückte. Dem zweiten Koffer entnahm sie vorsichtig ihren Taucheranzug. Eigentlich ihre zweite Haut, wenn man bedachte, wieviel Zeit sie im Lauf der Jahre schon in ihm verbracht hatte. Er bestand aus zwei Schichten praktisch unzerreißbarer Plastiklegierung in wäßrigem Blaugrün. Zwischen den zwei unglaublich dünnen Schichten befand sich ein spezielles thermosensitives Gel, das den Körper bis hundert Meter Tiefe warmhielt.

Sie legte den Anzug sorgfältig über einen der Stühle. Er war wie stets unversehrt, aber das hinderte sie nie daran, ihn dem Ritual der Prüfung zu unterziehen.

Als nächstes entnahm sie dem Koffer die spezielle Gesichtsmaske, die ihren ganzen Körper bedeckte und sich luftdicht an den Anzug anschließen ließ. Sie prüfte die gebogene Gesichtsplatte aus Glasalum, die ihr ausgezeichnete Sicht erlaubte, und sah sich dann den Regulator des Kiemensystems an. Die Rückeneinheit entnahm dem Wasser direkt Sauerstoff und mischte ihn im richtigen Verhältnis mit Helium und Stickstoff aus einem zweiten kleinen Tank.

Der winzige Behälter mit konzentrierten, flüssigen Verpflegungsrationen, der hinter dem linken Ohr angebracht wurde, war voll. Sie klinkte ihn an der Kopfmaske ein und vergewisserte sich, daß das Ventil in der Gesichtsplatte frei war. Ein weiteres Ventil an der anderen Seite lieferte ihr entsalztes Seewasser zum Trinken.

Der ganze Anzug wog sehr wenig und erlaubte es einem Menschen, einige Wochen unter Wasser zu existieren, ohne für Lebensmittel, Wasser oder Luft auftauchen zu müssen. Sie legte die Maske neben den Anzug und holte das letzte Stück heraus, das zwar nicht lebenswichtig war, aber die Arbeit unter Wasser wesentlich angenehmer machte.

Der Gürtel enthielt Päckchen mit einer druckempfindlichen, flüssigen Metallegierung. Bei einer Atmosphäre Druck außerhalb des Wassers war die Legierung jetzt am schwersten. Aber je tiefer der Taucher damit tauchte, desto geringer wurde das Gewicht des Metalls, bis es in einer Tiefe von neunzig Metern, also unterhalb der normalen Grenzen, die für Taucher galten, einen Auftrieb erhielt. Der Taucher konnte dann nicht weiter tauchen, ohne den Gürtel abzulegen.

Nachdem sie so ihre Überprüfung abgeschlossen hatte, ging Cora in die Sanitärkammer und duschte schnell. Dann legte sie sich schlafen und fiel augenblicklich in tiefen, traumlosen Schlaf, sobald sie erkannt hatte, was sie beunruhigt hatte. Es waren keine Wellengeräusche zu hören.

6. Kapitel

Cora hatte das Fensterglas neutralisiert, um zu verhindern, daß es automatisch das Licht der aufgehenden Sonne kompensierte. So weckte es sie.

Mit schmerzenden Gliedern kroch sie aus dem Bett. Der Hals tat ihr weh, weil sie zu lange ohne sich zu bewegen geschlafen hatte. Sie fragte sich, warum sie nicht leichter geschlafen hatte.

Rachael war im Gang und begrüßte sie mit einem vergnügten »Guten Morgen, Mutter.«

»Morgen. Hast du alles?« Rachael hatte in jeder Hand einen Behälter. Cora trug nur einen. »Vergiß nicht deine Schutzbrille aufzusetzen.«

Die fotosensitiven Gläser konnten den elektrisierenden Glanz eines Sonnenaufgangs auf Mou'anui nicht völlig dämpfen. Ihre Augen brauchten ein paar Minuten, um sich anzupassen, ehe sie den Schlaftrakt verließen.

Am Ende des Hauptpiers lag ein viel größeres Schiff als der Gleiter, den Cora erwartet hatte. Es hatte einen massigen, aerodynamisch geformten Rumpf aus grauem Metall mit einem karminroten Streifen knapp über der Wasserlinie. Zu beiden Seiten des Bugs war das Emblem des Commonwealth aufgemalt. Das Schiff wies mit dem Bug zu ihnen, und man konnte zu beiden Seiten des Rumpfes zwei kleinere Ausleger sehen, die im Wasser verschwanden. Ein Vier-Tragflächen-Boot, erkannte sie.

Es verfügte über eine große Kabine über Deck und eine abgeschirmte Brücke in der Nähe des Bugs. Das ganze Schiff war mit fotovoltaischen Elementen bedeckt, die genügend Energie für die Elektromotoren liefern konnten.

Sie brauchte also gar nicht lang zu überlegen, weshalb

Sam einem solchen Fahrzeug den Vorzug vor einem großen Gleiter gegeben hatte. Es würde langsamer sein, aber vermutlich würden sie sich einige Zeit auf dem Ozean von Cachalot aufhalten. Ein Gleiter konnte nicht dauernd über Wasser schweben, weil er eine viel kräftigere Maschine brauchte, als sie von der Sonne betrieben werden konnte. Tragflügler konnten auch ohne Energie auf dem Wasser liegen, wie ein Boot, während ein Gleiter hilflos sein oder, noch schlimmer, sogar sinken würde. Cora wußte aus Erfahrung, daß selbst große Gleiter bei rauher Witterung Manöverschwierigkeiten hatten. Ein Tragflächenboot ohne Energie konnte einen Sturm überdauern, in dem ein Gleiter binnen einer Minute sinken würde. Außerdem würde die Geräumigkeit eines Flügelbootes auf einer langen Reise mehr als willkommen sein; lebenswichtig geradezu. Kein Flugzeug würde ihnen solchen Komfort bieten, selbst wenn Cachalot sich solch teuren Luxus hätte leisten können, was jedoch nicht der Fall war.

Mataroreva entstieg dem Schiffsrumpf und trat ans Dock, um ihnen mit ihrem Gepäck behilflich zu sein. »*E aha te huru* – wie geht's Ihnen denn?«

Cora murmelte etwas, daß sie abreisebereit wären.

»Kein übles Schiff«, sagte er vergnügt. »Ich hab' mich um das größte bemüht, das zu haben war.«

»Es ist mehr als groß genug«, pflichtete Cora ihm bei und stieg an Bord.

»Jeder von uns hat eine eigene Kabine«, fuhr er fort. »Es geht nichts darüber, seine Arbeit im großen Stil zu tun. Keiner hatte etwas gegen die Anforderung einzuwenden, weil das, was wir tun, doch so wichtig ist. Und weil ich denen gesagt habe, daß Sie besser arbeiten, wenn Sie entspannt sind.« Er lachte glucksend. »Also haben die uns die *Caribe* überlassen, ohne auch nur eine einzige Frage zu stellen.«

»Wie nett.« Cora stellte fest, daß Rachael sich über einen ihrer Koffer beugte. Er war offen. Ohne überrascht zu sein, stellte sie fest, daß ihre Tochter sorgfältig ihr Neurophon inspizierte.

»Keine Angst. Ich werde nicht spielen.«

»Dann sind wir abreisebereit – mit Ausnahme ...«, meinte sie zu Mataroreva gewandt, »... von Merced.« Sie zupfte am Oberteil ihres Anzugs und musterte das Ufer. »Da kommt er.«

Von der Last seiner Koffer gebeugt, kam der kleine Ozeanograph auf sie zugeeilt. Er rannte am Dock entlang und warf dem wartenden Mataroreva die Behälter ohne sonderliche Sorge um ihren Inhalt zu. Cora zuckte unwillkürlich zusammen und wünschte sich im stillen, sie mochten keine empfindlichen Geräte enthalten.

Im nächsten Augenblick war er wie ein Affe über die Reling geklettert und stand jetzt, nur mit einem leichten Schwimmanzug bekleidet, an Deck. Sein muskulöser Körper war eine Spur dunkler als der Sams, wenn auch bei weitem nicht von dem gleichen tiefen Schokoladebraun wie der ihre oder Rachaels. Seine Brust war mit einem dichten schwarzen Haarpelz bedeckt.

»Damit wären wir vollzählig«, meinte Rachael vergnügt.

»Nicht ganz«, korrigierte Mataroreva. »Es kommen noch zwei.«

Cora sah ihn mit gerunzelter Stirn an. »Ich dachte, wir drei repräsentierten das gesamte importierte Hilfskorps.«

»Stimmt, aber es kommen noch zwei hiesige Spezialisten mit, die uns helfen werden.«

Cora war so verärgert, daß ihr sein Blinzeln nicht auffiel. »Was soll das? Hwoshien hat uns gesagt, die seien alle mit anderen Projekten beschäftigt und hätten keine Zeit für dieses Problem, oder zumindest schon alle Ideen erschöpft.«

»Die beiden nicht.« Er grinste. »Keine Sorge, Cora. Die mischen sich nicht in Ihre Arbeit ein. Die kommen vorwiegend zu meiner Unterstützung mit, nicht für Sie.«

Leute vom Sicherheitsdienst, dachte sie. Aber Hwoshien hatte gesagt, Sam wäre ihre einzige Eskorte. Sie blickte die Gangway hinunter in die Eingeweide des Schiffes.

»Wo sind sie dann?«

»Die warten außerhalb des Riffs auf uns.« Ehe sie weitere Fragen stellen konnte, hatte er sich umgedreht und war zur Brücke hinaufgeeilt.

»Schöner Tag heute, Miß Xamantina.« Merced stand jetzt neben ihr.

»Bis jetzt schon«, erwiderte sie unverbindlich. »Hören Sie, Sie können mich ruhig Cora nennen. Wir werden hier auf engstem Raum zusammenarbeiten, also ist es, glaube ich, einfacher, wir gebrauchen die Vornamen.«

Es hatte keinen Sinn, diesen Mann zu beleidigen, dachte sie. Schließlich war er ein Kollege, wenn auch einer, der seine Fähigkeiten noch nicht unter Beweis gestellt hatte. Aber ob es ihr nun paßte oder nicht, sie würde mit ihm zusammenarbeiten.

»Sicher ... Cora.« Er schlenderte zu Rachael hinüber.

Cora ging nach vorne, von ihnen weg. Wenn sie blieb, würde sie ihr Gespräch mit anhören, und das wollte sie vermeiden.

Jetzt war vom Heck ein mahlendes Geräusch zu hören. Das Tragflächenboot lichtete die Anker. Als sie draußen in der Lagune waren, bogen sie nach Backbord. Aus dem mahlenden Geräusch wurde ein gleichmäßiges, dumpfes Grollen. Der Wind blies Cora das Haar nach hinten, und die salzige Luft begann ihre sanfte, gleichmäßige Massage.

Auf ihren vier Tragflächen aus dem Wasser ragend, fegte die *Caribe* mit sechzig Stundenkilometern mit Kurs nach Nordwest über die Wasserfläche. Cora ging bis auf ein paar Meter zum Bug und genoß die glatte Fahrt, während sie sich gleichzeitig innerlich über die Verschwendung beklagte. Sie wären spielend mit einem Schiff von halber Größe ausgekommen. Trotzdem würde es nett sein, eine eigene Kabine zu haben.

Sie fuhren zu schnell, als daß sie irgend etwas unter der Wasseroberfläche hätte ausmachen können. Ein kleines Rudel Ichthyornithen, die mit Wasser gefüllten Säcke prall, schoß vor ihnen aus dem Wasser und bog nach Steuerbord. Während ihr Blick ihnen folgte, entdeckte sie Sam, der alleine oben auf der abgeschirmten Brücke stand. Seine mächtigen Schultern versperrten den Blick auf die Instrumente an der Decke, sein Pareu flatterte in der leichten Brise, und seine Augen waren nach vorne gerichtet.

Zum erstenmal seit ihrer Landung auf Cachalot verspürte sie den kalten Kuß der Furcht. Plötzlich kam ihr in den Sinn, daß das, was vier ganze Städte vernichtet hatte, wahrscheinlich ein Boot und seine Insassen ebenso leicht würde erledigen können, wie sie ein Niesen unterdrückte. Sie drängte die Sorge beiseite. Es hatte keinen Sinn, ihre Zeit damit zu vergeuden, über eine solche Möglichkeit nachzudenken. Der Tod war einfach nur eine physiochronologische Abstraktion, mit der sie sich über kurz oder lang würde auseinandersetzen müssen.

Selbst bei der Fahrt, die die *Caribe* machte, vergingen viele Minuten, bis sie die gigantische Lagune von Mou'anui überquert hatten, und die erste der kleinen Motus oder Inseln kam in Sicht. Hier gab es keine hochgewachsenen, verpflanzten Bäume, die ihre Anwesenheit verkündeten. Sie hatten die flachen Sandbänke schon fast erreicht, als sie ihr endlich auffielen.

Mataroreva hatte ihre Fahrt verlangsamt. Die Passage durch das Riff war zwar einigermaßen breit, aber er ließ sich noch Zeit, die *Caribe* durchzusteuern. Der Duralrumpf würde von einer Ansammlung von Hexalaten nicht beschädigt werden, wohl aber die empfindlicheren flexiblen Tragflügel.

Als sie sich schließlich von der Lagune lösten, verspürten sie nur eine leichte Zunahme der Dünung. Hier draußen gab es keine donnernden Brecher, die es zu überwinden galt, höchstens während eines Sturms.

Sie hatten die äußeren Motus hinter sich gelassen und Mataroreva hielt ihre Geschwindigkeit immer noch knapp, während er weiter nach Westen bog. Cora sah ihm interessiert zu, wie sie sich einem kleinen Atoll näherten, einer Miniaturausgabe von Mou'anui, mit zwei glasigen Landzungen, die kaum über die Wasserfläche hinausragten. Sam beugte sich über die Brückenwandung und suchte nach Unregelmäßigkeiten, die die durchsichtige Glasalwand ihm vielleicht verbergen könnte.

Cora sah in dieselbe Richtung, aber so sehr sie sich auch Mühe gab, nirgends war ein Boot, ein Floß oder auch nur ein

Mensch auf den Landzungen zu sehen. Wenn sie wirklich hier ihre zusätzlichen Helfer an Bord nehmen sollten, konnte sie nicht ... und dann sah sie schließlich die zwei mächtigen Rückenflossen, die auf die *Caribe* zustrebten, und wurde plötzlich aus ihren Gedanken gerissen. Die Flossen waren schwarz mit weißen Markierungen. Orcas – Killerwale!

»Rachael – Rachael!«

Ihre Tochter trat neben sie, und ihr Ausdruck wirkte besorgt. »Mutter, was ist?«

Cora deutete erregt hinaus. Rachael und auch Merced bemerkten die näherkommenden Flossen von zwei der echten Kolonisten von Cachalot.

Cora rief zur Brücke hinauf: »Sam!« Er blickte zu ihr herunter. »Können Sie nicht beidrehen, damit wir das besser sehen?«

»Nicht nötig«, rief er hinunter. »Sie werden sie gleich kennenlernen. Das sind die beiden anderen Experten, von denen ich sprach.«

Er drückte ein paar Schalter hinter seiner durchsichtigen Wand und kletterte dann zu ihnen herunter. In der einen Hand hielt er ein paar Kopfhörer mit angeschlossenen Mikrophonen. In der anderen hatte er eine große schwarze Box – das Herz des Schiffes, mit dem er die meisten Bewegungen der *Caribe* fernsteuern konnte.

»Hier«, sagte er und reichte die Kopfhörer herum. »Das entspricht den Sprecher-Empfänger-Einheiten in Ihren Gel-Anzügen. Wenn Sie zuhören, oder sich dem Gespräch anschließen wollen, brauchen Sie eines davon.« Er trug bereits eines.

Wie zwei dahinrasende Raumfahrzeuge im blaugrünen Nichts gingen die Orcas längsseits. Cora studierte die schwarz-weiße Färbung im klaren Wasser. Der sandige Grund war nur etwa vierzehn Meter unter ihnen und die Orcas hingen in diesem Medium, schwebten gleichsam in der Luft.

Von Sam waren jetzt pfeifende, quietschende Geräusche zu hören, und sie schaltete hastig den Kopfhörer ein. Seine

Stimme war von dem elektronischen Diaphragma verzerrt, aber seine Worte waren jetzt verständlich.

»Dies sind unsere Späher und Hilfskräfte«, sagte er. »Ich kenne beide schon seit langem. Der große Mann heißt Wenkoseemansa. Auf Orca kann man das etwa als ›Doppelteweiße-Todesnarbe-über-rechtem-Auge‹ übersetzen. Wenn er sich nach Backbord dreht, können Sie sie sehen. Er hat sie sich als Kalb beim Kampf mit einem Sunmorifisch zugezogen. Seine Gefährtin heißt Latehoht – Sie-die-sich-überdie-Welt-erhebt.«

»Woher kommt ...?« wollte Merced fragen, aber ehe Mataroreva antworten konnte, wurde die Frage durch die Tat beantwortet.

Cora taumelte, ohne es zu wollen, nach rückwärts, trotz ihrer wissenschaftlichen Vorbereitung, sie fiel aufs Deck. Rachael stieß einen Schrei aus und prallte gegen Merced, wobei sie ihn fast zu Fall brachte. Nur Mataroreva schien es nichts auszumachen. Er duckte sich, krümmte sich förmlich vor Lachen und gleichzeitig Erwartung.

Die sieben Meter und neun Tonnen von Latehoht waren in einem Geisir aus salziger Gischt explodiert. Cora lag auf dem Rücken und starrte in einer Mischung aus Schrecken und Faszination auf den mächtigen Körper, der über den flachen Bug der *Caribe* hinwegflog, und mit einem ungeheuren Klatschen auf der Steuerbordseite wieder ins Wasser klatschte.

Sie kämpfte gegen das wild stampfende Deck an, als sie sich wieder aufzurichten versuchte, und schrie Mataroreva verärgert und triefend an: »Warum, zum Teufel, haben Sie uns nicht gewarnt?« Aber er mußte so lachen, daß er ihr keine Antwort geben konnte. Sie mußte zugeben, daß ihr das Ganze eher peinlich war, während sie keinerlei Angst empfand. »Warum haben Sie das nicht ...?«

»Einefrau – Eiiinefrau!« Die unerwartet weiche Stimme, die plötzlich in ihren Ohren klang, verblüffte sie so, daß sie ihre Verwirrung und Sam völlig vergaß. Wie benommen drehte sie sich um und ging zur Steuerbordreling. Sie hatte viele Bänder mit der Cetacea-Sprache studiert, sowohl im natürlichen Zustand als auch in der Übersetzung ins Terranglo. Aber es war eine Sache, eine solch fremde und doch warme Stimme auf Band zu hören, und eine völlig andere, sie in der Wirklichkeit zu erleben.

Ein gedrungener, breiter Kopf schob sich über die Wasseroberfläche. Zwei winzige, kaum sichtbare Augen von gläsernem Schwarz starrten sie an, während der Kopf sich langsam von einer Seite zur anderen bewegte. Sein Mund war offen und zeigte verblüffend weiße, scharfe Zähne. Die Laute, die aus ihm kamen, drangen nicht als Zirpen oder Quietschen an Coras Ohr, sondern als volles, reines Terranglo.

»Du fällst in Anngst, du fürrchtest dich und zuckst mit Körrper und Seele. Sie-die-sich-über-die-Welt-erhebt verängstigt dich und erfrreut dich nicht in ihrem Grruß.« Und dann leiser. »Ich weiß nicht, ob ich diese-sie mag, Samm.«

»Es tut mir leid«, sagte Cora automatisch. »Wirklich, es tut mir leid.« Sie ignorierte das Pfeifen und Quäken, das aus ihrem Kopfhörer kam und konzentrierte sich darauf, die Worte mit den Lippen zu bilden. »Ich habe mich erschreckt, das ist alles. Wahrscheinlich ...«, fügte sie dann etwas selbstbewußter hinzu, »könnte ich einige Dinge tun, die dich erschrecken würden.«

»Sie ist voll Überraschung, sie voll Geheimnis, erfüllt meinen Tag mit Arrgwohn. Unbekannte neue Eigenschaft. Kann es sein, daß ein weiblicher Mensch eine solche Fähigkeit besitzt, Samm?«

»Ich weiß nicht«, sagte er. »Aber bei dieser hier ist es möglich.« Er grinste zu Cora hinüber und wandte sich dann wieder dem verstörten Orca zu. »Du solltest dich nicht beunruhigen, Kleine.«

Ein zweiter, noch mächtigerer Kopf schob sich neben Latehoht aus dem Wasser, hob sich bis an die Reling und wandte Cora ein Auge zu. Diesmal fuhr sie nicht zurück. Die weißen Zähne waren nur Zentimeter von ihrem Gesicht entfernt.

»Sie wollte nicht ängstigen oder verärrgern«, polterte

Wenkoseemansa. Er sank wieder ins Wasser zurück, stand nicht mehr auf seinem Schwanz. »Nurr grrüßen.«

»Ich hatte keine Angst«, erwiderte Cora etwas defensiv. Sie lehnte sich über die Reling. »Das war ein herrlicher Sprung, Latehoht. Ich bin in vielen Ozeanen des Universums geschwommen und vielem begegnet, das mich erfreut und erstaunt, doch nichts, das mir wirklich Unwillen bereitet hätte.«

»Wir Schnellen wissen nnichts vn annderen Ozeanen, wenn Samm uns auch manchmal von ihnen erzählt.« Wenkoseemansa vollführte eine elegante, kleine Pirouette auf seinem Schwanz. »Wir wissen viel von dem Universum, das dieser Ozean ist. Wir werden dich vor ihm schützen. Wir errlauben es dir, auf und in ihm zu leben. Wir werden dich für unseren Frreund Samm beschützen, denn dies ist es, was wir zu tun wünschen.«

»Was wir zu tun wünschen«, wiederholte Latehoht.

Wieder schoß eine Wasserfontäne in die Höhe, als Wenkoseemansa sich zur Seite wälzte und das Wasser mit seinen Flossen peitschte. »Zeit zu schwimmen, Zeit zu gehen. Zeit, ein wenig mehr von der Ungeduld zu töten, dem Keim der Langeweile unter dem hellen oberen Himmel. Wohin gehen wir, Freund Samm?«

»Dorthin, wo ich vor sieben Tagen sagte«, antwortete Mataroreva. »Zu dem Ort des letzten Sterbens meines Volkes, zu der Stadt auf den Wassern, die es nicht mehr gibt. Zur nicht vernarbten Seite der Sonne.«

»Zum Orrt des Todes«, sagte Latehoht ernst. »Zu dem Wo des plötzlichen Schreiens, zu den Reichen der verschwundenen Menschen. Zu diesem Orrt gehen wir.« Der große Kopf verschwand unter den Wogen, und sie und ihr Gefährte bogen nach Nordwesten.

»Wartet!« schrie Cora, und das schrille Kreischen aus ihrem Mikrophon hätte sie beinahe betäubt. Die zwei Wale hielten inne. »Wißt ihr, was den Todesort verursacht hat? Habt ihr eine Ahnung, was für die verschwundenen Menschen verantwortlich sein könnte?«

»Ich wollte, wir wüßten es«, klagte Wenkoseemansa. »Ich

wollte, wir könnten uns einen Reim darauf machen, damit duu nicht hierr zu sein brrauchtest. Ich wollte, es wäre nicht geschehen.«

»Schwimm mit uns, Samm!« rief Latehoht mit einer völlig veränderten Stimme.

»Ja, schwimm mit uns!« fügte ihr Begleiter hinzu.

»Ich kann nicht«, sagte er und blickte über die Reling. »Ich muß das Boot führen.«

»Arrme Menschen«, meinte Wenkoseemansa traurig. »Arrme Mennschen der Luft. Eine dünne Umgebung schafft enge Menschen. Enge Menschen schaffen enge Gedanken. Und ennge Gedanken schaffen zu viel Sorrge auf der nicht vernarbten Seite der Sonne.« Er zog den gedrungenen Schädel ein und schwamm westwärts.

»Nicht vernarrbte Seite der Sonne.« Latehoht vollführte einen letzten akrobatischen Sprung und durchnäßte die darauf nicht vorbereiteten Passagiere des Tragflächenbootes und schloß sich dann ihrem Gefährten an und verschwand in westlicher Richtung. Im nächsten Augenblick waren auch die zwei hochaufragenden Rückenflossen verschwunden und nichts störte die sanfte, blaue Dünung, die sie rings umgab.

»Sie werden sie verlieren, Sam!« rief Cora ihm zu.

Er schüttelte den Kopf. »Wir fahren in dieselbe Richtung, zum selben Ziel. Sie werden immer wissen, wo wir sind.«

»Die bleiben in Reichweite?« fragte sie unsicher.

»In Reichweite unseres Sonars ebenso wie ihres eigenen, ja.« Er stieg wieder zur Brücke hinauf und die *Caribe* begann ihre Fahrt zu beschleunigen.

Cora wußte, daß von allen Cetacea die Orcas die Gesellschaft der Menschheit am angenehmsten empfanden und daß ihre Denkweise der der Menschen ähnlicher war als der ihrer Verwandten. Aber aus dem, was sie gerade beobachtet hatte, schloß sie, daß diese zwei mit Sam mehr als nur eine Beziehung der Toleranz und der Duldung verband. Sie waren mehr als Helfer und Berater, sie waren Freunde.

Die Gischt brannte in ihren Augen. Hier, wo es keinen Hexalatsand gab, brauchten sie die Schutzbrillen nicht.

Das sich im Wasser spiegelnde Licht war nicht schlimmer als auf den Meeren anderer Welten.

Sie lehnte sich über die Reling und blickte nach hinten. Ferne Lichtblitze, grün, gelb und rosa, verblaßten am hinteren Horizont. Sie waren die letzten Signale des Lands von Mou'anui und der kleinen Motus, die das große Atoll umgaben.

Und dann war da nur noch der Ozean. Ozean, Luft und Sonne. Sie waren von Cachalot umgeben. Sie merkte, daß sie Hunger hatte.

Die *Caribe* stampfte nicht, da war nur das gleichmäßige, weiche Vibrieren, das sich von den Tragflügeln her dem Rumpf mitteilte. Vom Rumpf wurde es auf ihre Matratze übertragen und weiter gedämpft. Schließlich wachte sie vom zu vielen Schlaf auf, benommen und mit einem unangenehmen Geschmack im Mund.

Das kleine Bullauge war verschlossen und ließ kein Licht von draußen herein. Ein Blick auf das Chronometer verriet ihr, daß sie fast zwölf Stunden geschlafen hatte. Sie hatte sich nicht für sonderlich müde gehalten, aber offenbar war ihr Körper anderer Ansicht gewesen.

Sie machte ihr Gesicht wieder einigermaßen präsentabel und ging, als sie sich wieder mehr als fünfzig Prozent menschlich vorkam, an Deck.

Sie fuhren jetzt mit etwas geringerer Geschwindigkeit. Wahrscheinlich um die Orcas nicht zu überanstrengen, vermutete sie. Rachael nahm auf dem hinteren Deck ein Sonnenbad. Merced war an diesem neuen Morgen nirgends zu sehen, und Sam stand auf dem Deck über der Zentralkabine hinter der Brücke.

Seine Kontrolleinheit lag neben ihm. Zu ihrer Überraschung las Sam ein Buch. Ein richtiges Buch, nicht ein Band oder eine Scheibe.

»*Ia ora na* – Morgen«, grüßte er sie. »Ich hab' nicht oft das Vergnügen, jemanden kennenzulernen, der rückwärts lebt.«

»Ich schlafe noch halb, Sam«, meinte sie nur leicht gereizt. »Treiben Sie keine Spielchen mit mir. Wovon reden Sie?«

»Nur daß Sie jeden Tag jünger und schöner werden.«

»Wie nett.« Sie drehte sich um und blickte auf den endlosen Ozean hinaus, einen Anblick, der sich durch nichts von dem des letzten Tages unterschied und der auch morgen nicht anders sein würde. »Wenn ich den ganzen Weg zurück zum Ei geschafft habe, gehöre ich Ihnen.«

»Gebraten, gekocht, als Rührei oder als Omelett?«

»Hart gekocht«, antwortete sie, um ihm nichts schuldig zu bleiben. Sie blickte zur leeren Brücke. »Mit oder ohne Fernsteuerung, sollten Sie nicht dort oben sein und Ihre Instrumente bewachen?«

»Zum Beispiel? Sie machen sich zuviel Sorgen, Cora.« Er lehnte sich in seinen Liegestuhl zurück. Das Gewebe, aus dem er bestand, kühlte seinen Rücken und verhinderte, daß er zu stark schwitzte. »Das Commonwealth ist schon seit Jahrhunderten übertechnisiert. Wenn irgend etwas schief geht, wird das Schiff anhalten. Solange es nicht anhält, gibt es auch für mich keinen Grund, die Instrumente zu überwachen. Sie denken immer noch so, wie man auf den Ozeanen höher entwickelter Welten denkt.

Hier gibt es im Umkreis von Kilometern keine Insel und kein Riff. Dieser Teil der See so dicht bei Mou'anoui ist ziemlich genau kartographisch erfaßt. Die Wahrscheinlich keit, daß wir einem anderen Schiff begegnen, geschweige denn mit einem kollidieren, beträgt etwa eins zu ein paar Millionen. Ein echter Passagier gibt sich damit zufrieden, Passagier zu sein, und überläßt es seinem Schiff, alles weitere zu erledigen. Dafür ist es gebaut. In dem unwahrscheinlichen Fall, daß wir etwas begegnen, wird es uns rechtzeitig warnen. Sie glauben doch nicht, ein Schiff, das so klug ist wie das hier, baut Bruch, bloß weil es ein paar dumme Menschen an Bord hat, oder?«

»Okay – dann bitte ich um Nachsicht.«

Ein paar hohe Pfiffe und Quietschlaute mischten sich in ihr Gespräch. Sie blickten nach Steuerbord. Sam legte sein Buch beiseite und runzelte die Stirn. »Das ist Latehoht. Sie spricht mit Ihnen.«

»Woher wissen Sie das und warum mit mir?«

»Ich verstehe ein wenig Orca. Was Ihre zweite Frage betrifft ...« – er lächelte zu ihr hinüber –, »fragen Sie sie doch selbst. Sie werden Ihre Kopfhörer brauchen. Und beeilen Sie sich.« Er blickte nach oben. »Bald wird heißer Mittag sein, dann tauchen die unter das Schiff. Sie bewegen sich gerne im Rumpfschatten.«

Sie schickte sich zum Gehen. »Er ist in meiner Kabine. Ich hole ihn.«

»Lassen Sie nur, nehmen Sie meinen!« Er deutete darauf.

Sie entdeckte die Übersetzungseinheit, stülpte sie sich über den Kopf und drehte an der Skala. Dann lehnte sie sich über die Reling und rief: »Guten Morgen.«

»Heil und gute Jagd, grrüße die Sonne!« hallte es erfreut zurück. Einen Augenblick lang verschwand der elegante, stromlinienförmige, schwarz-weiß gefärbte Körper, um nur Sekunden später wieder hervorzubrechen. »Ein guter Tag, um zu lleben, zu schwimmen, zu essen und zu denken.«

»Heil und Morrgen«, hallte ein etwas tieferes Echo. Wenkoseemansa begrüßte sie aus der Nähe. Cora stellte fest, daß man, wenn das Schiff Fahrt machte, einen besonderen Gesprächsstil brauchte, einen, in den Pausen eingebaut waren, wenn die Wale untertauchten. Aber der Walmann tauchte nicht wieder auf.

»Was ist denn mit Wenkoseemansa?« fragte Cora Sam und schob dabei das Mikrophon beiseite, damit ihre Frage nicht übersetzt wurde. »Mag er mich nicht?«

»Wie kommen Sie darauf, daß Latehoht Sie mag?« spottete er. »Kümmern Sie sich nicht um Wenkoseemansa. Er ist der starke, schweigsame Typ.«

»Einfrrau von annderer Welt!« hallte ein neuer Ruf. Cora wandte ihre Aufmerksamkeit wieder dem Wasser zu. Von dem Punkt aus, an dem sie stand, konnte sie den ganzen machtvollen Körper sehen. Er schnitt durch die Wellen wie ein Schiff durch das Vakuum, spielerisch, manchmal nur Zentimeter von dem scharfen, biegsamen Metall des vorderen Steuerbordschwimmers entfernt.

»Hör dir eine Geschichte an, eine Geschichte!«

Wenkoseemansa tauchte wieder auf, sagte aber nichts. Er

tauchte unter seiner gesprächigeren Gefährtin durch, raste an dem gefährlichen Schwimmer vorbei und ließ ihn seine Schwanzflossen küssen.

»Ich könnte dir den ganzen Tag zuhören«, erwiderte Cora ehrlich.

»Nicht so lanng«, verbesserte Latehoht sie schnell.

Cora hörte ein Geräusch, schob sich den Kopfhörer zurecht und hörte auf Terranglo: »Der Translator hat Schwierigkeiten mit idomatischen Wendungen«, erklärte Sam. »Versuchen Sie so wörtlich wie möglich zu sprechen, selbst wenn Latehoht das nicht tut. Und passen Sie auf, sonst entgeht Ihnen etwas Gutes.« Er drehte sich zur Seite und sein mächtiger Bauch bedeckte den Instrumentengürtel, der seine Taille umgab.

»Latehoht ist eine gute Geschichtenerzählerin. Orcas erzählen gerne Geschichten. Sie halten sich alle für Dichter. Manchmal glaube ich, daß sie die Gesellschaft von uns Menschen nur suchen, weil sie hoffen, jemand Neuen zu finden, der ihnen zuhört. Seien Sie also eine gute Zuhörerin.«

Und Latehoht fing, von manchen Pausen unterbrochen, in denen sie untertauchte, an, die Geschichte von Poleetat zu erzählen, einem ihrer Vorfahren und einem der ersten Orca, die nach Cachalot gekommen waren. Wie es schien, begegnete Poleetat bei der Erforschung seiner neuen Heimat einem Megalichthyianer, einem der größten Geschöpfe, die die Ozeane Cachalots bewohnen. Der Megalichthyianer war viermal so schwer wie Poleetat, seine Zähne waren scharf und klein und zahlreich, und er besaß einen mächtigen Hauer, der wie ein Schwert aus seinem Unterkiefer hervorstach.

Im Gegensatz zu manchen jüngeren Orcas versuchte Poleetat nicht, den Megalichthyianer zu beißen. Statt dessen hielt er sich außer Reichweite jenes mörderischen scharfen Hauers und bedrängte seinen Besitzer, verspottete ihn, jagte ihn bis zur Ermüdung und forderte ihn immer wieder heraus. Und die ganze Zeit stieß der wütende Megalichthyianer, der bereits einige weniger vorsichtige Orcas getötet oder schwer verwundet hatte, immer wieder nach seinem Quälgeist.

Am Ende waren alle anderen Orcas entweder verwundet worden oder verwirrt vor ihm geflohen, weil sie nicht wußten, wie sie diesem fremden Feind begegnen sollten. Es war dies auch kein gewöhnlicher Megelichthyianer, erklärte Latehoht, sondern ein verzauberter. Er ermüdete nie und gab auch den Kampf nie auf.

Doch Poleetat, auch wenn seine Kräfte schwanden, weigerte sich zu fliehen, oder auch nur zum Essen eine Pause zu machen, damit dieses gefährliche Monstrum nicht andere Mitglieder seines Rudels verletzte. So kämpften sie ein Duell, einen Tanz des Todes, und der verzauberte Megalichthyianer stieß immer wieder zu, tanzte und wich aus, und brauchte nur ein einziges Mal mit seinem mächtigen Hauer zu treffen, um seinen Feind zu töten, während Poleetat den mächtigen, gefleckten Feind immer nur umkreiste, nach seinen Flossen und seinem Schwanz schnappte, und versuchte, eines der zahlreichen Augen des Feindes abzubeißen.

Um die ganze Welt führte sie ihr Tanz. Sie wechselten die Richtung und kämpften von Pol zu Pol, kämpften sogar unter den Eisfeldern. Und immer noch ermüdete der Megalichthyianer nicht. Aber Poleetat, obwohl er der kräftigste aller Orcas war, näherte sich dem Ende seiner Kräfte und sah, daß es jetzt irgendeiner neuen Kampfweise bedurfte, um diesen Krieg zu beenden.

So gab er vor, erschöpft zu sein, ließ den Speer seines Gegners dicht an sich heran, so dicht an seinen Bauch, daß Blut aus einer Wunde quoll. Dann machte er kehrt, um mit schlaffen Flossenschlägen davonzuschwimmen. Als der Megalichthyianer die Schwäche und somit seinen Triumph witterte, beschleunigte er seine Verfolgung, kam immer näher und näher und schickte sich an, Poleetat von der Schwanzflosse bis zur Nase zu durchbohren.

Und Poleetat setzte seine scheinbar letzten Kräfte ein, spurtete davon und schoß aus dem Wasser, als wollte er fliehen. Der Megalichthyianer folgte ihm voll Verachtung.

Ah, doch Poleetat hatte die Distanz gut abgeschätzt. Er schoß durch die Luft und flog über das dicke Eis, um in unglaublicher Entfernung zu landen – und sauber durch das Loch zu fallen, das er entdeckt hatte.

Aber der Megalichthyianer paßte ebensowenig durch das vergleichsweise kleine Loch, als die Seewürmer der Lagunenböden durch die Atemschächte einer Muschel gleiten können. Er landete hart auf dem Eis, das unter ihm zwar ächzte, aber nicht nachgab.

Da lag er nun, um sich schlagend, hilflos unter dem Druck seines eigenen mächtigen Gewichts. Poleetat schwamm ins offene Meer zurück, streckte den Kopf aus dem Wasser, um seinen gestrandeten Feind zu begutachten. Die Zuckungen ließen nach, und das Ungeheuer starb bald, denn es konnte nicht Luft atmen, so wie Orcas und Menschen das können.

Mit seinen letzten Kräften rief der sterbende Poleetat die Orcas von überall herbei und sagte ihnen, sie könnten jetzt in Sicherheit mit ihren Kälbern schwimmen, denn dieser besonders gefährliche Feind sei besiegt. Dann starb er, und an jenem Tag herrschte ein großes Klagen in der See von Pol zu Pol. Die Orcas schafften es schließlich, den Schwanz des Megalichthyianers auf dem Eis zu schnappen und zogen ihn ins Meer zurück und labten sich tagelang an ihm, und machten dieses Lied, auf daß Poleetat nicht tot bleiben, sondern immer wieder in den Geschichten neu geboren werden sollte, die die Eltern auf den langen Jagden ihren Kälbern erzählen.

»Das war eine wunderschöne Geschichte«, sagte Cora schließlich. »Es gibt eine unglaubliche alte menschliche Geschichte, die ihr ähnelt, sie dreht sich um einen Mann namens Herkules und einen Ringer namens Antaeus, der seine Kräfte verlor, wenn man ihn von seiner Mutter, der Erde, dem festen Boden, entfernte.«

»Die Geschichte mußt du mir einmal erzählen«, sagte Latehoht.

»Ja!« Wenkoseemansa mochte kein großer Redner sein, aber er verstand sich offenbar auf das Zuhören. »Einmal mußt du uns die Geschichte errzählen, und dann werden wir zuhörren, zuhörren.« Er schien interessiert.

»Habt ihr keine Geschichten von der Zeit, ehe ihr nach Cachalot kamt?« fragte Cora. »Geschichten von der Erde, von Terra?«

»Geschichten aus der Vergangenheit«, murmelte Latehoht. »Geschichten aus der Zeit der Trauer.«

»Wir greifen nicht in die Vergangenheit zurück«, sagte Wenkoseemansa streng. »In die Zeit der Plagen, die Zeit des Schrrreckens.« Er schien verstimmt. »*Jetzt* gehen wir zum Orrt des kürzlichen Sterbens von Mennschen.« Zu zweit schossen sie nach vorne, am Bug vorbei.

»Wartet! Ich wollte nicht ...«

Sie nahm den Kopfhörer ab und erklärte Sam, was geschehen war. »Jetzt habe ich sie beleidigt, nicht wahr? Sind sie verstimmt, weil sie keine solchen Geschichten haben?«

»Oh, sie erinnern sich schon.« Er sprach ganz leise. »Viele von ihnen kennen die Geschichten noch, die von Generation zu Generation auf dieser Welt überliefert wurden. Sie haben keine mechanischen Archive, aber in ihren mächtigen Gehirnen können sie viel mehr aufbewahren als wir. Es stört sie nur, sich erinnern zu müssen.

Sehen Sie, die erinnern sich an die Erde als ein Paradies. Bis bei den Menschen die ›Intelligenz‹ entstand. Dann wurde aus dem Paradies eine Vorhölle.«

»Ich kenne die Geschichte der alten Walfänger.« Es fiel ihr schwer, das Wort auszusprechen. »Ich hätte geglaubt, all das wäre ...«

»Inzwischen vergessen?« führte er den Satz für sie zu Ende. »Ich sagte Ihnen ja gerade, die vergessen nicht. Es gibt auf vielen Welten Bürger des Commonwealth, die ihre Herkunft auf ein Volk zurückführen, das man die Juden nannte. Sie empfinden, wie ich hörte, besonderen Abscheu für eine Periode der terranischen Geschichte, die man nach dem alten Kalender als die Mitte des Zwanzigsten Jahrhunderts bezeichnet. In den alten Aufzeichnungen gibt es da etwas, das man den Holocaust nannte. Die Cetacea wissen davon. Ihr eigener Holocaust berührt jene Periode auch noch, wenn er auch viel länger dauerte. Jahrhunderte. Sie betrachten das Geschenk Cachalots als den Versuch der Menschheit, sich für jene Zeit zu entschuldigen.«

Sie blickte niedergeschlagen drein.

»Daß Sie sie gefragt haben, beleidigt sie nicht. Schauen Sie nicht so betrübt, Cora. Sie ziehen es einfach vor, nicht darüber zu sprechen. Die Erde ist nicht mehr ihre wahre Heimat, obwohl es dort noch einige Cetacea gibt. Cachalot ist jetzt ihre Welt.

Aber ich bin sicher, daß sie es schätzen, wenn Sie es nicht wieder erwähnen.«

7. Kapitel

Von der Brücke her war ein elektronisches Summen zu hören. Er legte das Buch beiseite und ging nachsehen. Sie kam mit und musterte die Instrumente mit professionellem Interesse.

»Riff?«

»Nein. Tümmler. Nicht ganz parallel zu uns, in einer Weile werden sie unseren Kurs kreuzen. Vielleicht bleiben sie eine Zeitlang bei uns.«

»Werden Wenkoseemansa und Latehoht sie nicht verscheuchen?«

Er lächelte, gab sich Mühe, nicht herablassend zu klingen. »Haben Sie gar nichts studiert, ehe Sie hierher gekommen sind?«

»Über die Beziehungen zwischen den einzelnen Cetacea gibt es praktisch nichts«, konterte sie verspielt. »Das wissen Sie. Ich habe nicht den Vorteil genossen, mit ihnen aufzuwachsen.«

»Beruhigen Sie sich – die jagen sich schon lange nicht mehr. Auf dieser Welt gibt es soviel Nahrung, daß die Orcas wirklich nicht darauf angewiesen sind, Blutsverwandte aufzuessen. Selbst wenn alles eingeborene Leben verschwinden würde, glaube ich, daß Wenkoseemansa und Latehoht eher verhungern, als einen Vetter essen würden.« Er studierte den kleinen Bildschirm. »Rufen Sie Ihre Tochter und Pucara. Es ist eine ziemlich umfangreiche Herde. Das macht denen bestimmt Spaß.«

Merced hatte unter Deck in seiner Kabine gelesen. Er schloß sich den drei anderen an der Steuerbordreling an. Rachael trug ihr Neurophon bei sich, wahrscheinlich hoffte sie auf eine melodische Inspiration.

Zuerst war nur da und dort ein schwaches Glitzern auszumachen, Reflexe des Sonnenlichts von aufspritzendem Wasser oder grauen Rücken. Dann wurden die Reflexe heller und häufiger und lösten sich schließlich in schlanke Gestalten auf.

Dann waren sie umgeben, förmlich erdrückt von schlanken, ewig grinsenden, grauen Leibern, die immer wieder in Sprüngen von atemberaubender Symmetrie durch die Wellen brachen. Wenkoseemansa und Latehoht blieben dicht am Schiffsrumpf.

»Das müssen ja Tausende sein, Tausende!« stieß Rachael schließlich aus und durchbrach damit das ehrfürchtige Schweigen. Die See rings um das Tragflügelschiff lebte, von einem Horizont zum anderen.

»Niemand kann sagen, wie viele Tausende«, gab Mataroreva ihr recht. »Zehn, zwanzig – Flugtransporter haben schon Herden von dreißigtausend und mehr gemeldet. Die Tümmler haben sich auch gut auf Cachalot eingelebt.« Er stülpte sich seine Kopfhörer über und jetzt mußte Cora nach unten laufen, um die eigenen zu holen. »Wollen Sie mit Ihnen sprechen?« fragte er, als sie wieder neben ihm an der Reling stand.

»Ich – ich weiß nicht. Wie pickt man denn einen heraus?«

»Gar nicht. Schalten Sie einfach ein und rufen Sie ›Heda!‹«

Sie schaltete das Mikrophon ein und rief laut: »Grüße den grauen Freunden des Menschen!«

»Sei gegrüßt ... hallo ... wie geht's ... guten Tag ...«

Ihre Kopfhörer hallten, und die vielen Antworten überluden ihr Gerät beinahe. Es kam auch eine ganze Menge Pfeifen und Zischen durch, das sich auch dann nicht in Worte auflöste, als sie am Tuner drehte.

»Ich bekomme da etwas, das nicht übersetzt wird.«

Sam beschrieb ihr, wie die unübersetzten Laute nach seiner Meinung klingen mußten, und sie nickte dann. »Das *kann* man nicht übersetzen«, meinte er dann amüsiert. »Das ist Gelächter.«

»Närrisch, Zeitvergeudung!« murmelte Latehoht.

»Närrisch, Llebensvergeudung«, fügte Wenkoseemansa hinzu. »Daß sie keine Tümmler mehr jagen, heißt noch lange nicht, daß sie sie besonders gerne mögen«, stellte Sam fest.

»Warum nicht?«

Cora hatte den Versuch aufgegeben, die Größe der Herde abzuschätzen. »Es sind doch nahe Verwandte.« Sie beugte sich über die Reling. »Warum mögt ihr die Grauen nicht?«

»Unstete, alberrne, nutzlose Geschöpfe!« erwiderte Latehoht inmitten eines Sprunges.

»Kein Ziel, kein Zweck ...«, pflichtete Wenkoseemansa bei.

»Ihr Leben ist nichts als Frivolität und Spiell. Sie denken über nichts ernsthaft nach. Sie verstehen sich nurr darauf, sich zu vergnügen und ihr Leben zu verplempern.«

»Das ist doch nicht schlimm.«

»Gibt es auch Mennschen, die es so machen?« Latehohts Frage klang interessiert.

»Einige«, gab Cora zu.

Ohne langsamer zu werden, deutete der weibliche Orca ihr Mißvergnügen an, indem sie mit den Schwanzflossen ärgerlich das Meer peitschte. Dann kam sie hoch und fragte: »Was dennkst du von denjenigen deiner Leute, die so sind?«

»Ja, von deinen eigenen Leuten, was dennkst du?« wollte ihr Begleiter wissen.

Cora zögerte einen Augenblick lang und meinte dann lächelnd: »Ich halte sie für faul, frivol und nutzlos!«

Und darauf drehten sich die beiden Orcas in einer Spirale um eine gemeinsame Achse, schwammen dabei weiterhin parallel zur *Caribe,* so als bewegten sie sich in einem unsichtbaren Gewehrlauf.

»Ah, sie sieht die Weisheit, diese Sie!« sagte Wenkoseemansa.

»Die Weisheit sieht sie«, fügte Latehoht hinzu. »In vieler Hinnsicht sind sich Orca und Mennsch wahrhaft näher als Orca und Tümmler.«

Fünfundzwanzig Minuten verstrichen, ehe die riesige

Herde aus blitzenden, silbernen Leibern im Nordosten der *Caribe* verschwand.

»Ich dachte, die Tümmler seien ebenso klug wie die Orcas.« Rachael war immer noch damit beschäftigt, ein stummes Lied für die abgezogene Herde zu komponieren.

»Das sind sie«, sagte ihre Mutter. »Beinahe. Aber sie haben nicht versucht, mit uns zu sprechen.«

»Zu sehr damit beschäftigt, sich zu vergnügen«, erwiderte Sam. »Man kann diese Lotusesserexistenz ablehnen, wie es die Orcas tun, aber sie hat auch viel für sich. Sie treiben gerne Schabernack mit uns armen, an die Luft gebundenen Menschen. Das ist ein erbliches Vergnügen für sie, habe ich gehört. Überliefert von ihren domestizierten Vorfahren.

Einmal bin ich vor Mou'anui von einem verstörten Fremdenführer gerufen worden. Wie es schien, hatte sich eine Tümmlerherde seiner Touristengruppe angeschlossen und wollte sie nicht mehr aus dem Wasser lassen. Sie schubsten sie wie Spielzeug herum, aber die Touristen wußten nicht, was da vor sich ging, und einige von ihnen waren in Panik geraten.

Und dann gibt es da die Geschichte von ein paar Tümmlermännern, die ein paar Lehrerinnen begegneten, die hier zu Besuch waren ... von Horseye, glaube ich. Dic haben denen eine Show geliefert, die der hilflose Fremdenführer – er hatte Angst, sich einzumischen – später als ›elegant obszön‹ bezeichnete. Die Tümmler hatten bloß ihren Spaß, aber die jungen Damen hatten wohl ein wenig Angst, was das Ganze bezwecken sollte. Ganz hübsch Angst sogar, fürchte ich.

Die Tümmler entschuldigten sich dann, als sie erfuhren, daß man ihr Herumtollen nicht im Geiste beiläufiger Freundlichkeit aufnahm. Sie glichen das dann mit einer freiwilligen Wasserakrobatikschau aus, wie sie nur wenige Besucher je zu sehen bekommen.«

»Faule Tunichtgute!« brummte Latehoht über die Kopfhörer. »Schamlose Kälber!«

Cora schaltete ihr Mikrophon wieder ein. »Sag mir, Latehoht, warum sollten sie nicht ihr ganzes Leben mit Spielen verbringen? Gibt es denn einen anderen Lebenszweck als zu essen, zu leben und sich zu vergnügen? Da ihr nicht den Wunsch habt, andere Welten zu erforschen, so wie es die Menschheit tut, was tut ihr denn dann mit eurer Zeit, wenn ihr nicht spielt?« Sie hielt den Atem an und erinnerte sich an das, was man ihr über die Empfindlichkeit der Cetacea in bezug auf Einmischung in ihr Leben gesagt hatte.

Aber Latehoht antwortete sofort und ohne beleidigt zu sein. »Wir erforrschen das Universum. Die Ziele, die wir suchen, sind uns näher als euch die euren, und keineswegs weniger wirrklich. Du hast gesagt, wir ›verspüren nicht den Wunsch, andere Welten zu erforrschen, wie es die Menschheit tut‹. Weshalb sollten wir so forrschen ›wie es die Mennschheit tut‹? Wir überlassen es dem Menschen, nach oben zu blicken. Wir wünschen viele Tausende von Jahren mit dem Blick nach innen zu verbringen.«

Die beiden Orcas beschleunigten plötzlich ihr Tempo und kreuzten ein paar Meter vor den vorderen Tragflügeln, ließen sich von den leichten Bugwellen auf beiden Seiten tragen.

Cora nahm ihre Kopfhörer ab. »Das sind also alles Philosophen?«

»Viele sehen sich so«, erklärte Sam, »abgesehen von den Tümmlern und ein paar anderen, wie den Belugas. Die Orcas sind ein wenig verwirrt. Manchmal denken sie wie die großen Wale und manchmal wie die Tümmler – und manchmal, wie Latehoht angedeutet hat, wie wir.

Ich behaupte gar nicht, daß ich alles, was Latehoht und Wenkoseemansa sagen, verstünde, aber einige der besten Xenopsychologen im Commonwealth haben sich Bandaufzeichnungen ihrer Gespräche angehört und waren auch nicht imstande, ihrer vielschichtigen Semantik zu folgen. Ich habe also nicht das Gefühl, daß mir viel entgeht.« Er zuckte die Achseln. »Wer weiß? Geben Sie denen noch tausend Jahre, und dann könnte es sein, daß sie selbst Raumschiffe bauen, obwohl ich mir nicht vorstellen könnte, wie. Wir wissen ein wenig darüber, wie sie denken. Was sie denken – davon wissen wir kaum etwas.«

Einige Tage verstrichen, bis Latehoht und ihr Gefährte wieder zurückgereist kamen, um die *Caribe* erregt zu umkreisen. Es war früh am Abend, und die Sonne schenkte dem Weltozean ihre letzten Lichtstunden.

Alle waren mit Abendessen beschäftigt, als Orcarufe aus den Monitoren kamen. Sam war als erster an Deck und fummelte schon mit seinen Kopfhörern herum, während er noch die Treppe hinaufwatschelte.

»Was ist denn, Wenkoseemansa?« fragte er den mächtigen schwarz-weiß gefärbten Kopf, der aus dem Wasser ragte.

»Ihr wollt die Urrsache der Zerrstörrung kennen. Das, was den Tod und das Verschwinnden verurrsacht hat, die Abwesenheit der Mennschen.«

»Das Verschwinden unserer Freunnde«, fügte Latehoht hinzu und kam neben ihm an die Oberfläche.

Cora ertappte sich dabei, wie sie nickte, ohne zu wissen, ob die Orcas diese Geste überhaupt deuten konnten. Aber so lange, wie die sich in der Umgebung von Menschen wie Sam bewegt hatten, mußten sie eine so einfache Bewegung eigentlich deuten können.

Jedenfalls redete Latehoht weiter. »Jene kommen, die am besten antworrten könnten.« Eine Andeutung von Ehrfurcht klang in ihrer Stimme mit.

»Jene, die kommen, könnte man am bestenn fragen«, erklärte Wenkoseemansa ernst, »aber sie werrden nicht anntworrten.«

»Wahrscheinlich werden sie nnicht antworrten«, pflichtete Latehoht ihm bei, »aber wenn ihr es wünscht, werrden wir sie frragen, ob sie geruhen, sich fragen zu lassen.«

»Ja, tut das«, drängte Sam, »beeilt euch – ehe sie sich zu weit entfernen. Wir werden ihren Kurs nicht stören, werden aber hier warten, falls sie abschwenken.« Er schob die Fernschaltkonsole hoch, verringerte die Fahrt des Schiffes auf Kriechtempo, wenn er auch, wie Cora feststellte, die Motoren nicht ganz abschaltete.

»Wer kommt denn?« fragte sie. »Von wem haben die denn gesprochen?«

»Genau wie sie es gesagt haben, Cora. Jene, die am besten in der Lage wären, uns Informationen über die Vernichtung der Städte zu geben. Wie ich schon sagte, kämpfen die Cetacea nicht mehr unter sich, haben das seit tausend Jahren nicht mehr getan. Hier auf Cachalot gibt es so etwas wie eine formelle Hierarchie oder ein Kastensystem oder eine Hackordnung, wie wir sie kennen, nicht. Aber es gibt so etwas wie Respekt – wir Menschen praktizieren das gelegentlich auch – und wir werden jetzt einigen von jenen begegnen, die die Orcas und ihre Artgenossen am meisten respektieren.«

Sie nickte verstehend. »Jetzt weiß ich, wen Sie meinen. Dies ist eine jener ›Ausnahmen‹, die wir – wie Sie sagten – vielleicht machen würden.«

»Ja.« Er trat von einem Fuß auf den anderen, schien sich nicht ganz wohl in seiner Haut zu fühlen. »Verzeihen Sie mir, wenn ich ein wenig nervös bin. Ich habe auch noch nie zu einem von ihnen gesprochen. Das haben nur sehr wenige Menschen.«

»Von wem spricht er denn?« Rachael hatte sich die Kopfhörer in die Stirn geschoben.

»Welches Geschöpf hat das größte Gehirn aller Lebewesen, die je auf der Erde lebten?«

»Spermwal«, sagte ihre Tochter prompt. »Die werden zu uns sprechen?«

Cora sah wieder Sam an und ignorierte Rachaels neugierig geweitete Augen.

»Ich hole die Kameras. Meinen Sie, es wird ihnen etwas ausmachen?«

»Wenn ja«, erwiderte er nach kurzer Überlegung, »werden sie es uns wissen lassen.«

Die Zeit verstrich. Sie blieben nebeneinander an der Reling stehen und starrten nach Westen. Keine Spur der Orcas war zu sehen, von ihnen nicht, noch von jenen, die sie zu befragen vorhatten.

Sam studierte das Miniaturgitter seiner Fernsteuereinheit. »Dem Sonar nach eine ziemlich große Herde. Ich würde schätzen, daß es zwischen zwei- und dreihundert sind.« Er spürte die zögernde Berührung einer Hand an seinem Arm und sah überrascht, daß es Cora war.

»Nein, Sorgen mach ich mir keine«, erklärte er. »Die Catodonten sind der Menschheit nicht offen feindlich gesonnen. Keine der großen Walarten ist das. Sie mögen nur unsere Gesellschaft nicht. Ich glaube, man kann das am ehesten als Gleichgültigkeit bezeichnen. Wir gehen ihnen auf die Nerven. Sie sind nicht nur die klügsten Cetacea, sondern auch die argwöhnischsten.

Aber Latehoht und Wenkoseemansa können sehr überzeugend sein. Ob sie diese Herde jetzt dazu bringen, sich mit uns abzugeben, wird in erster Linie davon abhängen, welche Laune die Anführer gerade haben. *Wenn* sie bereit sind, mit uns zu sprechen, dann wahrscheinlich nur, um sicherzustellen, daß wir nicht Jagd auf sie machen, in der Hoffnung, sie später einmal zum Reden zu bringen. Vielleicht versuchen sie, uns sobald wie möglich wieder abzuschütteln.«

»Also nicht beunruhigt, aber dennoch nervös. Das spüre ich.«

»So gut kennen Sie mich schon?« fragte er mit sanfter Stimme.

Sie zog die Hand von seinem Arm zurück. »Ich habe ein feines Gespür dafür, wenn jemand nervös ist. Das lernt man.«

»Sie sind so verdammt schlecht vorherzusagen«, sagte Sam, nachdem ein paar Minuten schweigend verstrichen waren. »Ich sagte schon, daß sie nicht offen feindselig sind, aber das bedeutet nicht, daß dieses Rudel nicht versteckt feindlich sein könnte. Ohne Zeugen könnten sie mit uns machen, was sie wollten, ohne befürchten zu müssen, daß es irgendwelche Vergeltungsmaßnahmen gibt. Das hier gültige Gesetz begünstigt sie in jeder Hinsicht.«

»Warum dann das Risiko eingehen?« wunderte sich Rachael.

»Weil das, was Wenkoseemansa gesagt hat, zufälligerweise zutrifft. Wenn irgendwelche von den eingeborenen Cetacea etwas über das Schicksal der hier vernichteten

Städte und ihrer Bewohner wissen, dann sind es bestimmt die Catodonten.«

»Weil sie morbide Interessen haben?«

»Weil sie sich für alles interessieren, junge Dame – bloß nicht für die Aufrechterhaltung einer Beziehung zur Menschheit. Ich glaube, das ist ein Risiko, das wir wenigstens einmal eingehen müssen, und wir werden nie eine bessere Chance bekommen oder eine günstiger plazierte Gruppe als jetzt finden.« Er blickte in die wachsende Dunkelheit hinaus.

»Jedenfalls habe ich Vertrauen zu Latehoht und Wenkoseemansa. Wenn sie gereizt oder streitsüchtig scheinen, wenn sie etwa in der Paarung begriffen sind, dann werden die Orcas sich fernhalten und unsere Bitte nicht vorbringen.«

»Sollten Sie nicht auf der Brücke sein?« staunte Merced.

»Wozu? Um unser armseliges Waffensystem zu betreiben?« Er wies mit der Fernsteuereinheit auf den Horizont. »Dort draußen sind zwei- oder dreihundert Catodonten. Wenn sie bereit sind, mit uns zu sprechen, werden sie uns in einer Minute umgeben. Die meisten von ihnen sind wahrscheinlich größer als dieses Schiff. Wenn sie freundlich sind, ist alles gut. Wenn sie es sich in den Kopf setzen, unangenehm zu werden – dann stehen wir einem Feind mit jeweils zwölf- bis zwanzigtausend Tonnen intelligenter Masse gegenüber. Beten wäre da so ziemlich alles, was wir tun könnten.«

Es war beinahe dunkel, und von den Besuchern immer noch keine Spur zu sehen. Cora hatte sich für gut vorbereitet gehalten, aber sie vergaß all ihre Vorbereitung und fiel gegen die Kabinenwand und stieß ein erstauntes ›Oh!‹ aus. Rachael wirkte gefaßter, wahrscheinlich war sie zu verblüfft, um sich bewegen oder etwas sagen zu können. Selbst Sam trat unwillkürlich ein oder zwei Schritte zurück. Intellektuelles Wissen allein vermag nie die alten rassischen Ängste auszuschalten, die der Mensch allem entgegenbringt, das größer und stärker ist als er. Manchmal kann das Wissen jene Angst verdrängen, aber nicht auf einer fremden Welt, kurz vor Einbruch der Nacht.

Der Kopf, der vor dem nächtlichen Himmel aufragte, war gute sechs Meter lang und wog bestimmt nicht weniger als zwanzig Tonnen, wahrscheinlich mehr. Ein langes, schmales Unterkiefer hing geöffnet darunter und zeigte scharfe Elfenbeinzähne, größer als eine Faust. Ein absurd winziges Auge, nahe genug, daß man es fast berühren konnte, funkelte über die Reling und zuckte, als es sie mit unverkennbar verächtlicher Langeweile musterte.

Der Spermwal oder Catodon balancierte auf seinem Schwanz. Der größte Teil des gigantischen Schädels stach senkrecht aus dem Wasser. Der Kopf allein wog mehr als das ganze Schiff.

Jetzt glitt er gemächlich ins Wasser zurück, nachdem er die winzigen Menschlein auf dem Schiff gemustert hatte. So gemächlich das auch geschah, es warf doch genug Wasser auf Deck, um die benommenen Beobachter von Kopf bis Fuß zu durchnässen.

Sam wischte sich das Haar aus der Stirn und erinnerte Cora: »Schalten Sie die Kopfhörer ein!«

»Was?« murmelte sie, immer noch von der Nähe von so viel Fleisch wie betäubt.

»Ihren Übersetzer – schalten Sie ihn ein!«

Sie trat langsam an die Reling und fragte sich, ob sie sich nicht das, was sie eben gesehen zu haben glaubte, in Wirklichkeit nur eingebildet hatte. Ihre Hände zitterten. Hör doch auf! befahl sie sich. Du hast hier mit Intelligenz zu tun, noch dazu einer Säugerintelligenz, nicht brutaler, schierer Stärke. Sie schaltete die Einheit ein und starrte nach unten. Um sie war das finstere Wasser nicht mehr flach und glatt. Plötzlich besaß es eine Art Topographie, ein Feld brauner Hügel. Die Hügel bewegten sich langsam, erfüllten die Abendluft mit explosivem Zischen und Paffen, dem Atem der kollossalen Cetacea. Atemgeruch lag in der Nachtluft.

Es war geradezu erleichternd, zwei vertraute schwarzweiße Gestalten träge neben dem langsam dahintreibenden Schiffsrumpf zu sehen. Die einst angsteinflößenden Torpedogestalten wurden von den großen Rümpfen, die rings um sie im Meer trieben, zu Zwergen gestempelt.

»Sie sind gekommen«, verkündete Wenkoseemansa, als ob es dieser Ankündigung noch bedurft hätte.

»Sie sinnd gekommen.« Latehoht atmete leicht. »Gekommen, um zu den Leuten von anderen Welten zu sprechen. Um ihren Worten zu lauschen und dem Geschmack ihrer Gedanken. Das ist der Grrund, weshalb sie gekommen sinnd.«

»Ich glaube, wir sollten geschmeichelt sein.« Cora kicherte nervös und verlegen.

Sie warteten. Die beiden Orcas schwammen zum Bug. Um Platz zu machen. »Einer der Anführer kommt«, sagte Latehoht. »Einner der Dennker, dessen Gedanken so nahrhaft wie Milch sind.«

Diesmal, entschied Cora, werde ich mich nicht wie ein Schulmädchen verhalten! Ihre Hände verkrampften sich um die Reling. Ich werde ganz vorne stehen bleiben. Ich werde nicht zulassen, daß ich beschämt werde.

Aber es war nicht leicht. Ein weiterer Kopf hob sich aus der See. Er war eineinhalb mal so groß wie der erste, von tiefen Falten durchzogen, und da und dort mit dicken Klumpen von Parasiten bepunktet. Er war von langen weißen Narben überzogen, wie sie irgendein schrecklicher Gegner der unvorstellbaren Tiefen von Cachalot ihm beigebracht haben mochte. Cora fragte sich, was wohl einem intelligenten Catodon solche Wunden zufügen konnte, einem Wesen, das größer und unendlich klüger als sein alter terranischer Vorfahr war, der auf dem Planeten seiner Herkunft einen ewigen Krieg mit dem Riesenkraken geführt hatte.

Wie der Rest der Cetacea, waren die Catodonia auf dieser Welt gediehen, waren zu einer Körpergröße gewachsen, wie sie ihre verfolgten und intellektuell behinderten Vorfahren nie erreichten. Offenbar gab es genügend Nahrung, um sie am Leben zu erhalten, obwohl diese Nahrung, wie an den schrecklichen Wunden zu erkennen war, die dieses Individuum zeigte, ihren Platz in Cachalots neu angeordneter Nahrungskette offenbar nicht gutwillig akzeptierte.

Am vorderen Ende des Unterkiefers war ein seltsames Gewächs zu erkennen, eine Verdickung. Es erinnerte an einen Astknollen, wie Bäume ihn haben. Das Auge, das im Vergleich mit dem gigantischen Körper lächerlich winzig war, musterte Cora abschätzend. Sie hatte keine Zeit, über die herkulische Stärke nachzudenken, die den großen Kopf über Wasser hielt, weil jetzt eine Stimme in ihren Kopfhörern hallte. Sie war langsamer als die der Orcas, so als fände der Sprecher den Vorgang des Sprechens unglaublich langweilig.

»Meine Kleinen Vettern Sagen, Daß Du Mit Uns Sprechen Willst.«

»Ja«, sagte Cora jetzt, ohne zu zögern. »Wir danken euch.«

»Danke Uns Nicht.« Der riesige Säuger fuhr fort, Wasser zu treten, was für etwas seiner Größe unerträglich Elegantes hatte. »Wir Haben Es Nicht Getan, Um Dich Zu Erfreuen, Sondern Um Unsere Vettern Zu Erfreuen, Die Uns Sehr Gedrängt Haben.

Jetzt Sage, Was Du Willst. Schon Jetzt Ist Das Sprechen Ermüdend Für Uns, Und Wir Möchten Weiter.«

»Was – aber wir haben doch noch gar nicht angefangen.«

Der Kopf begann langsam, der Wasserfläche entgegenzugleiten.

Rings um sie tönte der mächtige Atem der Herde, als alle die Luft ausstießen, um sich zum Tauchen vorzubereiten.

»Damit Ist Schluß«, sagte der Wal.

»Warte, warte!« Cora fuchtelte erregt vor dem zurückweichenden Auge herum. »Ich wollte dich nicht beleidigen. Ich ...«

»Mit seinesgleichen dürfen Sie nicht subtil sein oder ausweichende Reden gebrauchen.« Sams Ärger galt nicht ihr, sondern den Walen. »Sie verstehen beides nicht.« Er schaltete seinen Übersetzer lauter.

»Vier schwimmende Städte. Vier der Inseln ohne Grund, auf denen unsere Leute lebten, sind in den letzten drei Monaten verschwunden! Und alle Leute auf ihnen sind ebenfalls verschwunden. Man hat nichts von ihnen gehört, keine Spur von ihnen gefunden. Habt ihr eine Ahnung, was passiert sein könnte?«

Der Kopf hielt inne, sein Auge war jetzt gerade noch über dem Wasser. »Nein.«

»Aber wie kannst du das sagen?« Rachael hörte auf, ihr Instrument zu programmieren, um sich undiplomatisch in das Gespräch zu mischen. Cora machte das nichts aus. Zumindest begann ihre Tochter jetzt Interesse zu zeigen. »Du hast ja nicht einmal die anderen Mitglieder deiner Herde gefragt!«

Das große Auge wanderte und starrte sie leidenschaftslos an. »Man Nennt Mich«, sagte er und der Translator kämpfte mit Pfiffen und Quietschlauten, um schließlich zu verkünden, »Knollenkiefer. Knollenkiefer Spricht Für Die Herde. Wenn Du Noch Etwas Zu Knollenkiefer Zu Sagen Hast, Dann Fordert Er Dich Auf, Daß Du Es Sagst. Wenn Du Noch Etwas Zu Der Herde Zu Sagen Hast, Dann Sag Es Zu Knollenkiefer. Wenn Nicht ...«

»Doch, wir haben etwas zu sagen. Ich zumindest.« Cora atmete vorsichtig durch. »Warum seid ihr so feindselig?« Ihre Neugierde hatte jetzt die Oberhand über sie gewonnen. »Wir haben euch nichts getan. Weshalb könnt ihr nicht warten?«

Der große Kopf erhob sich aus dem Wasser. Er schob sich auf sie zu, berührte die Reling aber nicht. Dennoch glitt die *Caribe* etwas zur Seite und kippte ein paar Grad nach Steuerbord ab.

»Uns Nichts Getan? Wie Viele Wale Haben Deine Ahnen Getötet? Wie Nahe An Die Vollendung Kam Denn Der Genozid Der Menschen?«

»Das war vor tausend Jahren«, sagte sie indigniert. »Ich lasse mich nicht für die Übergriffe meiner fernen, primitiven Vorfahren verantwortlich machen. Ebensowenig solltet ihr euch nicht so sehr mit euren ebenso weit entfernten Vorfahren identifizieren.«

Der Wal entfernte sich. Die Reling ächzte. »Die Kleine Frau Hat Mut. Wir Erinnern Uns. Die Diaspora Kam Beinahe Zu Spät. Aber Was Die Menschheit Einmal Getan Hat, Kann Sie Wieder Tun.«

»Die Menschheit hat sich geändert.« Sie trat an die leicht verbogene Reling und blickte nach unten. »Ebenso radikal wie die Cetacea.«

»Worte!« polterte Knollenkiefer, wenn auch, wie es schien, mit weniger Überzeugung. »Und Noch Schlimmer, Es Sind Worte Der Menschheit, Der Man Nicht Glauben Kann.«

»Was ist mit Wenkoseemansa und Latehoht?« bohrte Cora. »Und ihren Vettern, den Tümmlern? Die vertrauen uns.«

»Die Kleinen Die-Immer-Springen Sind Nur Kinder, Die Aus Eigener Wahl In Ewiger Kindheit Verharren. Was Die Gefleckten Krieger Angeht, Die Auch Unsere Vettern Sind – Sie Haben Aus Eigener Überlegung Freundschaft Und Verbindung Mit Deiner Art Gesucht. Wir Suchen Sie Nicht.«

»Unglücklich für euch«, sagte eine neue Stimme. »Bedächtiger Schwimmer.« Latehoht war in der Nähe erschienen.

»Mag Sein«, sagte Knollenkiefer philosophisch und schien dem Orca nicht böse zu sein. »Wir Können Die Letzte Wahrheit Nicht erkennen, Nur Die Gegenwart. Vielleicht Mag Dein Weg Der Richtige Sein, Kleiner Gefleckter Vetter. Aber Wir Haben Nicht Vergessen Und Nicht Vergeben. Wir Hoffen Nur Um Deinetwillen, Daß Dein Vertrauen Nie Betrogen Werden Möge.«

»Das wird es nicht«, beharrte Sam.

»Möge Es So Sein.« Der Kopf drehte sich leicht zur Seite, so daß seine riesigen Elfenbeinzähne wieder vor Cora blitzten. Sie rührte sich nicht von der Stelle. »Es Gibt Menschen Und Menschen. Vielleicht Unterscheiden Sie Sich Ebenso Sehr Wie Die Farben Der Fische, Die Nach Millionen Zählen, Und Ihre Gefühle Und Wünsche Mögen Ähnlich Unterschiedlich Sein. Das Sei Der Unterschied Zwischen Uns. Unser Bestreben Ist Einheit Des Gedankens. Einheit – Nicht Vielfalt.«

»Die Menschheit hat ihre eigene Art der Einheit«, meinte Cora.

»Ja, Aber Nicht Eine Einheit Der Seele.« Der Wal begann poetisch zu werden: »Deine Einheit Entspringt Dem Bestreben Nach Dem Überleben. Wir Haben Kein Solches Bedürfnis Und Finden Unsere Kraft In Individueller Unabhängigkeit, Die Sich In Einer Einheit Des Gedanken Trifft.

In Jener Einheit Gibt Es Bis Jetzt«, fügte er, als wäre ihm das gerade eingefallen, hinzu, »Keinen Raum Dafür, Der Menschheit Zu Vertrauen. Ich Habe Bis Jetzt Noch Nichts Vom Menschen Gesehen, Das Mich Vom Gegenteil Überzeugen Könnte Und Ich Habe Die Große Wanderung Gemacht, Zwanzigmal.«

»Fünf Jahre des Heranwachsens«, murmelte Sam, »plus oder minus ein wenig und vier Jahre pro Wanderung. Damit wäre er fünfundachtzig Jahre alt oder älter.«

»Wie kannst du des Menschen so sicher sein, wenn du dich ihm fernhältst?« wollte Cora wissen.

»Ich Würde Mit Dir Länger Über Philosophie Debattieren, Kleine Menschfrau«, sagte Knollenkiefer, »Aber In Meiner Herde Sind Welche, Die Ängstlich Werden. Wir Müssen Entfernungen Zurücklegen Und Gedanken Denken. Du Hast Beides Unterbrochen.«

»Bist du sicher«, unterbrach Merced, der damit zum erstenmal das Wort ergriff, »daß ihr auf all euren Reisen nichts von anderen Walen gesehen oder erfahren habt, das uns einen Hinweis darauf geben könnte, was die Vernichtung der vier Städte verursacht hat? Die Zerstörung hat in einer weiten Fläche stattgefunden. Es sind doch sicherlich einige von euch in der Nähe gewesen. Mit eurer Fähigkeit, über beträchtliche Distanzen zu fühlen und zu hören, kann ich mir nicht vorstellen ...«

»Warum Sollten Wir Uns Bemühen?« Knollenkiefer murmelte die Frage mit beunruhigender Gleichgültigkeit. »Es Interessiert Uns Nicht, Was Menschen Geschieht.« Das Auge wandte sich wieder Cora zu. »Wir Stellen Uns Nicht Gegen Dich. Wir Unterstützen Dich Nicht. Wir Tolerieren. Cachalot Ist Unsere Welt. So Lange Der Mensch Das Begreift, Werden Wir Hier Besser Koexistieren, Als Wir Das Je Vor Einem Jahrtausend Auf Der Erde Taten. Der Verlust Einiger Weniger Menschenleben Ist Ohne Belang Für Uns. Er Betrifft Uns Weniger Als der Verlust Tausender Von Leben Unserer Art Für Deine Vorfahren War.«

»Ich wünschte, du würdest aufhören, von Leuten zu reden, die schon lange zu Staub geworden sind!« schrie Cora, mehr von Enttäuschung als von Ärger bewegt. »Ich habe dir doch gesagt, daß ich nicht die Schuld von tausend Jahren auf mich nehmen will.«

»Vielleicht Nicht, Kleine Menschfrau. Aber Bedenke Stets, Daß Irgendwo, Irgendwann In Deiner Vergangenheit, Einer Deiner Vorfahren Eine Mahlzeit Zu Sich Nahm Oder Ein Buch Las Und Das Im Schein Einer Lampe, Für Deren Licht Einer Von Uns Sterben Mußte. Wir Können Dir Nicht Vergeben, Denn Du Wußtest, Was Geschah.«

Merced hatte mehr Mut als Verstand, denn er fragte schließlich die Frage, die zu stellen nicht erlaubt war. »Du sagst, du hättest keine Ahnung, was den Städten oder ihren verschwundenen Bewohnern widerfuhr.« Cora und Rachael wandten sich überrascht zu ihm um. Sam versuchte, ihn mit eindringlichen Handbewegungen zum Schweigen zu bringen. Aber Merced ignorierte ihn. »Nur um des Gesprächs willen, wäre es denn nicht möglich, daß eine große, gut organisierte Gruppe ähnlich denkender Cetacea – ihr zum Beispiel – diese Art von Vernichtung verüben könnte?«

Rachael starrte ihn erschreckt an, hielt den Atem an. Sams Finger umkrampften den Fernschalter, bereit, die Maschinen auf volle Kraft zu schalten, falls ein – wahrscheinlich vergeblicher Fluchtversuch notwendig werden sollte. Aber Knollenkiefers Reaktion war nicht feindlicher, aber auch nicht freundlicher als seine bisherigen Aussagen. »Natürlich Wäre Solch Eine Sache Möglich.« Er überlegte die Frage leidenschaftslos. »Aber Warum Würden Wir Solch Eine Sache Tun?«

»Um die Menschen von Cachalot zu vertreiben«, schlug Merced vor.

Eine weitere graubraune Wand erhob sich ins Sternenlicht. Jetzt ragte eine dritte plötzlich über dem Hinterdeck des Schiffes auf. Zwei weitere riesige Augen starrten auf die zerbrechlichen Insassen des Schiffs herab. Die drei Catodonten hätten die *Caribe* durch ein bloßes Kopfnicken zerschmettern können. Sie taten es nicht. Aber die Neuankömmlinge waren weniger zurückhaltend als Knollenkiefer.

Einer, dessen Stimme im Kopfhörer deutlich weiblich klang, sagte verärgert: »Was Für Eine Bizarre Vorstellung!«

»Wie Typisch Mensch«, gab der andere ihm recht. »Glaubst Du, Daß Wir, Weil Wir Intelligenz Gewonnen Haben, Dazu Verdammt Sind, Die Fehler Der Menschheit Zu Wiederholen?«

»Wir Haben Geschichten Von Dingen Wie ›Krieg‹ Gehört«, sagte die Frau. »Es Ist Schwierig Genug Für Uns, Uns Eine Solche Obszönität Auch Nur Vorzustellen. Der Gedanke, Sie Zu Praktizieren, Ist Uns Absolut Fremd. Glaubst Du, Wir Hätten Die Intelligenz Gewonnen, Verbessert Und Wären Fortgeschritten, Damit Wir Deine Dummheiten Nachahmen? Widerspruch! Widerspruch!«

Beide stießen eine kleine Wassersäule aus. Eine riesige Wassermenge ergoß sich über die *Caribe* und durchnäßte ihre Insassen.

»Wir Können So Etwas Nicht Tun«, sagte der jüngere Walmann. »Wir Hassen Euch Menschen Nicht. Wir Ignorieren Euch. Wenn Wir Uns Irgendeine Form ...« – er zögerte, suchte nach dem richtigen Ausdruck – »... Der Organisierten Vernichtung Menschlicher Leben Vornehmen Würden, Würde Dies Bedeuten, Daß Wir Auf Euch Achten, Euch Zeit Widmen. Wir Möchten Euch So Wenig Aufmerksamkeit Wie Möglich Widmen.« Wieder eine gigantische Doppelfontäne, und die beiden verschwanden.

Cora wischte sich das Salzwasser aus dem Gesicht und versuchte ihr Haar auszuwinden. Ein paar solche Unmutbezeugungen, und sie würde ihren Gelanzug anziehen müssen.

Knollenkiefer vollführte eine Drehung auf seinem Schwanz, ein Ballett tanzender Berg. Jetzt musterte sie das andere Auge. »Wenn nicht ihr, wie steht es dann mit anderen Catodonten?« erkundigte sich Merced.

»Was Für Uns Zutrifft, Trifft Für Alle Zu«, erklärte der Wal mit Bestimmtheit. »Wir Unterliegen Nicht Den Verschiedenen Arten Individuellen Wahnsinns, Der Menschen Befällt. Wir Denken Wie Einer. Nur Auf Diese Weise Haben Wir Hoffnung, Unser Großes Ziel Zu Erreichen.«

»Was *ist* euer ›großes Ziel‹?« fragte Rachael neugierig und gab gleichzeitig ein oder zwei Variationen in den Gedächtnisspeicher ihres Neurophons ein.

»Wenn Wir Das Wüßten«, erklärte Knollenkiefer großspurig, »Würden Wir Nicht Länger Streben.«

»Wie steht es mit den anderen Cetacea?« beharrte Merced. »Die Bartenwale, beispielsweise?«

Coras Kopfhörer waren plötzlich von einem hohen, schrillen Pfeifen erfüllt, das das Gerät nur hörbar machen konnte. Vielleicht war es Gelächter wie vorher bei der Tümmlerherde. Vielleicht Erstaunen. Es hätte eine Kombination verschiedener Dinge sein können, aber es kam von vielen Mitgliedern der Gruppe. Als Knollenkiefer nichts sagte, wandte Merced sich verblüfft zu Sam, um von diesem eine neue Erklärung zu bekommen.

»Die Catodonten und die Orca sind bei weitem die intelligentesten Cetacea. Ich bin sicher, daß Ihnen das bekannt ist.« Dazu nickte Merced. »Aber infolge mangelhafter Informationen wissen Sie vielleicht nicht, wie groß die Abstände sind.

Es gibt viele Grade der Intelligenz, und bei den Cetacea scheint der Abstand größer, nicht kleiner zu werden. Aus Gründen, die wir mit unseren beschränkten Mitteln nicht näher klären können, sind die Bartenwale, die Mystacoceti, die geistig Primitiven der Cetacea. Sie sind groß, aber vergleichsweise dumm. Diese Herde hier«, damit machte Sam eine Handbewegung, die die Meeresfläche um sie einschloß, »reagiert überrascht auf die Möglichkeit, daß jemand ernsthaft eine solche Idee in Betracht zieht.«

»Ich muß jede Möglichkeit in Betracht ziehen«, sagte Merced verstimmt.

»Unsere Zahnlosen Verwandten Sind Unfähig, Ein Solches Abenteuer Zu Konzipieren, Geschweige Denn Durchzuführen, Selbst Wenn Sie Wollten, Was Jedoch Nicht Der Fall Ist. Sie Besitzen Nicht Die Geistige Fähigkeit, So Etwas Zu Tun. Sie Können Sich Zusammenschließen, Um Sich Gegen Einen Angriff Zu Verteidigen, Aber Die Art Von Anstrengung, Die Du Vorschlugst, Übersteigt Ihre Fähigkeit Weit, Ebenso Wie Der Gedanke, Daß Wir Es Tun Könnten. Du!« Sein Auge richtet sich auf Cora. Sein Kopf kam näher, berührte erneut die Reling. Das Auge starrte sie an, auf ganz kurze Distanz, und sie dachte einen flüchtigen Augenblick lang darüber nach, wie wunderbar doch sein Gleichgewichtssinn ausgeprägt sein mußte.

»Berühre!« Das war ein Befehl.

Sie zögerte, sah Sam an. Der sagte nichts. Das Schlimmste an der Konfrontation war übrigens nicht die Nähe von soviel Gewicht, das ausgereicht hätte, sie plattzudrücken. Auch nicht die Nähe jener riesigen Zähne, sondern der Atem, der ihr aus dem gewaltigen Rachen entgegenschlug.

Sie streckte die Hand aus, strich über einen Zahn, der einen Viertelmeter lang war. Ihre Finger strichen an dem Zahn entlang und berührten den dicken Unterkiefer. Der Wal zog sich zurück, und sie riß instinktiv die Hand weg. Jede Tapferkeit hat ihre Grenzen.

»Jene Zähne Haben Nie Und Werden Nie Irgend Etwas Anderes Als Nahrung Beschädigen«, verkündete Knollenkiefer würdevoll. »Anders Zu Handeln Würde Alles Aufgeben, Das Wir Auf Dieser Welt Erreicht Haben, Würde In Einem Augenblick Den Fortschritt Von Tausend Jahren Zunichte Machen.«

»Wenn ihr nicht verantwortlich seid, wenn die anderen Wale nicht verantwortlich sind, bleiben uns zwei Möglichkeiten«, erklärte Merced. »Irgendeine Abart des eingeborenen Lebens« – er zögerte, aber Knollenkiefer lieferte keine Vorschläge –, »oder Menschen, aus Gründen, die wir uns zwar vorstellen, aber noch nicht bestätigen können.«

»Letzteres Kann Ich Wohl Glauben!«

»Wenn das der Fall ist, könntet ihr uns helfen, jene ausfindig zu machen, die die Zerstörung verursachten?«,

»Sicher Ist Es, Daß Wir Könnten«, sagte der Wal. »Aber Wir Werden Nicht.«

»Warum nicht?« fragte Merced.

»Die Große Frage«, sagte Knollenkiefer nicht sonderlich profund. »In Der Tat, ›Warum?‹ Warum Sollten Wir? Warum Unsere Zeit Mit Solcher Trivialität Vergeuden? Wir Leben Und Sterben. Ihr Lebt und Sterbt. Es Ist Besser, Zeit Zur Erforschung Des Lebens Als Des Todes Aufzuwenden. Alle Menschen, Alle Wale, Sterben Alle Zu Früh, Bevor Die Großen Geheimnisse Erklärt Werden Können, Die Großen Fragen Beantwortet. Jene, Die Auf Euren Schwimmenden Städten Umkamen, Wären Ohnehin Bald Gestorben. Warum Zeit Vergeuden, Nur Um Die Ursache Ihres Hinscheidens Zu Erfahren? Wir Arbeiten Für Die Ziele Der Gedanken. Keine Zeit Zu Vergeuden.«

»Verrsteht ihrr nicht?«

Cora blickte links an dem immer noch auf dem Schwanz balancierenden Spermwal hinunter. Ein schwarz-weißer Kopf spähte neben der Klippe, die Knollenkiefer bildete, zu ihr herauf, ohne von der mächtigen Masse beeindruckt zu sein, die neben ihm schwebte.

»Wannn werdet ihrr lanngsammen Schwimmer verrstehen?« fragte Latehoht. »Verrstehen, wie die Orrca und die Tümmler verstehen, wie wirr gelerrnt haben, daß alles Lleben und allle Frragen des Lebens mennschlich wie cetaceanisch miteinander verbunnden sind. Daß alle Frragen, die die Catodonten betreffen, auch die Mennschen betreffen. Daß wir allle auf dieser Wellt dadurch verbunnden sind, daß wir ihr fremmd sind.«

Knollenkiefer glitt ins Wasser zurück, behielt aber die Augen über der Wasseroberfläche. »Ah, Kleiner Vetter. So Ist Es In Der Tat. Dann Ist Der Tümmler Um So Größer, Weil Er Genug Verstand Hat, Nur Mit Dem Menschen Zu Spielen, Aber Sich Nicht Mit Ihm Einzulassen? Was Würden Denn Die Orca Tun Wollen? Hände Und Füße Haben Und Auf Dem Land Herumlaufen?«

Vor der gerunzelten Stirn des großen Catodonten spritzte es, und eine andere Gestalt zog schnell an ihm vorbei.

»Ja, größer bist du und lännger. Doch das bedeutet nicht, daß du den Weg für dich besser kennst als den für allle. Versuche nnicht fürr unns zu sprrechen oder unns zu verspotten«, warnte Wenkoseemansa, »denn ihr habt euch vor so vielen Jahrhunderten auf der Errde nnicht so überllegen gegeben und ihr seid auch jetzt nicht unüberlegener. Wir haben uns dafür enntschieden, mit der Mennschheit in Beziehung zu sein, nicht den Mennschen gleich zu werrden.«

Cora trat neben Sam. »Ich dachte, Sie hätten gesagt, die Cetacea stritten nicht untereinander.«

»Nur mit Worten«, erklärte er. »Es hat immer Spannungen zwischen Catodonten und Orca gegeben, obwohl sie zu den engsten Verwandten unter den Walen zählen. Ich glaube, das reicht in die alten Zeiten auf Terra zurück, als die Orcarudel jeden großen Wal auffraßen, den sie töten konnten. Nur, weil die Orca und Catodonten nicht mehr fressen, heißt das nicht, daß sie einander lieben. Respektieren ja. Physisch kämpfen sie nicht, aber sie sind nicht gerade die besten Freunde, die es gibt. Vergessen Sie bloß nicht, daß beide Cetacea sind.«

»Genug Davon!« brüllte der alte Wal irritiert. »Genug Zeit Vergeudet! Wir Werden Euch Nicht Helfen!« erklärte er Cora. »Nicht Weil Wir Euch Hindern Wollen. Versteht Das!« Er stieß einen langen, modulierten Pfiff aus. In einer wunderbaren Demonstration der Einheit der Gedanken, von der der alte Walmann gesprochen hatte, beugten sich dreihundert massige Rücken als wären sie einer. Mächtige Flossen hoben sich, erfüllten die Wasseroberfläche einen Augenblick lang mit graubraunen Blumen und tauchten dann fast lautlos und ohne daß sich eine Welle regte, in den Ozean, als die Herde unter den Wogen verschwand.

Nach wenigen Sekunden war es, als wären sie nie mehr als ein Traum gewesen.

---

8. Kapitel

Keine Gewalt trübte ihr Verschwinden. Sie waren einfach nicht mehr da.

»Völlig gleichzeitig«, murmelte Cora.

»Ja.« Sam studierte die Meeresoberfläche. »Sie werden irgendwo weit von hier zum Atmen auftauchen, wo wir sie nicht stören können. Wir könnten sie natürlich verfolgen, aber das würde sie nicht gerade freundlicher stimmen.« Er lächelte. »Was der Alte – Knollenkiefer – gesagt hat, daß sie nicht mit dem Menschen kämpfen, ist sehr wahr. In allen tödlichen Zwischenfällen auf Cachalot zwischen den großen Walen und Menschen lag die Schuld immer bei der hartnäkkigen Dummheit der betreffenden Leute. Wir werden diese Art von Fehlern nicht machen.«

»Und wenn wir ihnen Wenkoseemansa und Latehoht nachschicken?« Merced strich mit der Hand über die Reling.

»Wozu?« fragte Sam. »Sie haben ja den Anführer gehört. Sie wissen nichts über das, was die Vernichtung der Städte verursacht hat.«

»Oder sie sagen es nicht.«

»Das ist möglich«, räumte er ein. »Aber Sie ziehen immer noch nicht ihre ungeheure Gleichgültigkeit gegenüber der Menschheit in Betracht. Die ist echt. Den Catodonten ist es wirklich völlig gleichgültig, was wir tun, oder was mit uns passiert, so lange wir sie nur in Ruhe lassen.«

Merced ließ nicht locker. »Informationen zurückzuhalten, wäre kein Widerspruch zu ihrer Politik, uns zu ignorieren. Gleichzeitig würde es auf passive Weise jene immer noch unbekannte Macht ermutigen, die so bequem ihren Ozean von der Menschheit befreit.«

Mataroreva dachte nach und beugte sich dann über die Reling. »Sie-die-sich-über-die-Welt-erhebt!« Ein Kopf erschien, er war im Sternenlicht nur undeutlich in der Nähe des Bugs zu erkennen. Er ließ sich nach hinten treiben, bis er neben ihnen schwamm.

»Sag mir, schöne Schwimmerin, was hieltest du von dem, was der Alte gesagt hat?«

»Wenn wir auch verwanndt sind, sinnd sie doch eine überspannte Rasse«, verkündete sie bereitwillig. »Wirr schätzen ihre Gesellschaft und ihre Phillosophie nicht.«

»Wir schätzen ihre Gedannken nnicht«, fügte Wenkoseemansa aus der Nähe hinzu. »Ihre grrößere Intelligenz hat sie hochmütig gemacht. Ja, trotzdem sinnd sie viellleicht die klügsten Cetacea.«

»Ja, mag sein, daß sie die klügsten von alllen sinnd«, pflichtete seine Begleiterin ihm bei. »Aber weise mmacht sie das nnicht.«

»Nein«, sagte Sam und nickte, »weise macht sie das nicht. Nur unangenehm. Aber ich möchte, daß ihr näher auf das eingeht, was sie sagten.«

»Sie sind klug und doch unbestimmt, geschwätzig und doch zurückhaltend. Und nnie so anngemessen poetisch wwie wwir«, sagte Latehoht.

»Vielleicht kämpfen sie nicht, sondern sticheln bloß«, flüsterte Merced Rachael zu. »Gewisse Laster scheinen mit gewachsener Intelligenz zuzunehmen.«

»Pst!« verwies ihn Cora, die sich auf die Worte des Orca konzentrieren wollte.

»Wwir glauben«, fuhr Latehoht fort, nachdem sie sich mit ihrem Gefährten beraten hatte, »daß der Allte die Wahrrheit gesagt hat. Wir haben sorrgfältig auf seine Worrte und seine Betonnung gelauscht. Wir sind zwischen ihnen herummgeschwommen, auch zwischen den geschwätzigen Junngen, ehe wwir wieder zu euch zurrückkamen. Ehe wir die Herde verließen.«

»Sie haben von vielen Dinngen gemurrmelt«, fügte Wenkoseemansa hinzu. »Von grroßen Rudeln von Voulafischen, von Kämpfen mit dem großen Mallost inn den Tiefen. Vom

Kalben und Paaren und Strreit zwischen den Philosophenbullen. Aber kein einnziges Mal hörrten wir Reden von Mennschen oder seinen Werrken, nicht von zerstörrten Städten, nicht getöteten oder verschwunndenen Mennschen. Auch nicht von solchen, die noch tätig waren, die fischten oder sammelten oder im Berrgwerrk arrbeiten. Ihre abgebrühte Gleichgültigkeit ist so ehrrlich wie sie dumm ist.«

»Das ist alles, was wirr erfahrren konnnten«, schloß Latehoht. »Was nunn, Freunnd Samm?«

»Zur Rorqual Station und den Riffen, wo sie stand. Aber langsam. Unser Schiff wird euch folgen, aber wir brauchen Schlaf.«

»Aah, arrme Mennschen!« drückte Latehoht ihr Mitleid aus. »So wenig Lebenszeit und so viel davon damit verbrracht, den Tod zu atmen. Wir werrden weiterziehen und essen, wir zweii und auf euch achchten.« Sie und Wenkoseemansa machten gemeinsam kehrt und verschwanden graziös unter der sternenbeleuchteten Meeresfläche.

Rorqual Station Towne, die letzte Stadt, die angegriffen worden war, hatte Mou'anui am nächsten gelegen. Ihre Nähe war gleichzeitig bequem und gefährlich, denn für Mataroreva, Hwoshien und die anderen, die dafür verantwortlich waren, daß die Bürger von Cachalot in Ruhe und Sicherheit leben konnten, deutete das auf wachsende Kühnheit seitens jener unbekannten feindlichen Macht hin, wer oder was auch immer sie sein mochte.

Als die zuletzt zerstörte Stadt würde sie mit der größten Wahrscheinlichkeit irgendwelche Hinweise oder Spuren liefern. Und wenn es zu Schwierigkeiten kam, dann konnten Gleiter von Mou'anui die *Caribe* schneller erreichen, als wenn sie beispielsweise am Liegeplatz von Te iti Turtle ankern sollte, das tausend Kilometer weiter draußen im Ozean lag.

Die Gedanken an Zerstörung, die Cora bewegten, als sie sich auf ihre Pritsche legte, erinnerten sie an Silvio. Und ihren Zusammenbruch. Rachael war fünf gewesen, als ihr Vater gestorben und ihre Mutter zusammengebrochen war.

Sie kannte beide nur vage. Irgendwann einmal würde Cora beides erklären müssen, ihr erklären, was wirklich geschehen war.

Mataroreva arbeitete auf der Brücke.

»Was machen Sie?« fragte Cora, als sie auf ihn zuging.

»Ah, guten Morgen, Schönheit.« Er blickte einen Augenblick von seiner Konsole auf und lächelte breit.

»Ganz einfach Cora genügt.«

»Okay, guten Morgen, ganz einfach Cora.« Er berührte einen Kontaktschalter. »Ich stelle die Stabilisatoren ein. Würde ja nicht gerade lustig sein, wenn wir ein paar Stunden mit Tauchen verbrächten, und dann wieder heraufkämen um festzustellen, daß das Schiff außer Sichtweite abgetrieben ist.«

»Stabilisatoren – dann sind wir also da?« Sie sah sich überrascht um. Der Ozean sah nicht anders aus, als sie ihn in den letzten Tagen stets zu Gesicht bekommen hatten.

»Mehr oder weniger. Ich muß mir eine Stelle aussuchen. Sehen Sie einmal nach unten.«

Das tat sie und trat dazu an die obere Reling, um ins Wasser zu spähen. Beinahe hätte sie das auf ein paar Tage das Augenlicht gekostet.

Einige Hexalatformationen wuchsen fast bis zur Oberfläche, und ihr reflektierter Glanz ließ sie blinzeln. Die Intensität war freilich nicht so stark wie der Sand eines Motu. Wenn man die Gewächse ganz oben nicht direkt ansah und die Augen zusammenkniff, konnte man ohne Schutzbrille ins Wasser sehen. Ein Ende des Riffs war nicht zu erkennen. Die *Caribe* schwebte darüber, trieb in einem Meer aus Smaragdgrün dahin. »Hier war also die Stadt?«

Er nickte. »Die Position ist von den ersten Booten festgehalten worden, die nach der Zerstörung hierher zurückkamen – die Überlebenden der Stadt, diejenigen, die bei der Arbeit draußen waren.« Er deutete nach unten, und sie entdeckte ein paar in weiten Abständen voneinander angebrachte schwimmende rote Flecken: markierte Bojen, von denen jede ihren eigenen Sender enthielt.

»Was machte die Stadt hier?«

»Das hier ist ein ziemlich umfangreiches, gut bekanntes Fischriff. Die Rorqualianer hatten es sich für Abbauzwecke eintragen lassen. Die Überlebenden deuteten an, daß die Stadt ihr Soll erfüllt hatte und sich bereits darauf vorbereitete, in wenigen Tagen nach der Katastrophe abzureisen. Aber das waren vorwiegend die Fischer. Sie wußten nicht genau, was in den Speichern der Stadt gesammelt wurde.«

»Und ebenso wie die anderen haben sie auch keine Leichen gesehen?«

Er schüttelte den Kopf. »Nicht einmal einen Finger. Man würde meinen, wenigstens einer oder zwei würden sinken oder unter umstürzenden Trümmern eingezwängt werden. Aber nichts.«

Sie starrte aufs Wasser hinaus. »Es fällt schwer, sich vorzustellen, daß hier jemals jemand gelebt hat.«

»Oh, die Stadt war hier.« Er ging auf die Leiter zu. »Ziehen Sie Ihren Schutzanzug an. Ich habe die Gegend selbst noch nicht erforscht, aber den Berichten nach soll es hier noch ziemlich viel Hinweise geben.«

Er war jetzt mit der Einstellung der Stabilisatoren und der automatischen Warnanlage fertig. Letztere wurde hauptsächlich der Vorschrift halber aktiviert, da die beiden patroullierenden Orcas ein viel effizienteres Vorwarnsystem bildeten, als irgend etwas, das nur aus Stromkreisen und Empfängern bestand.

Cora war die erste, Rachael, Mataroreva und Merced folgten dicht hinter ihr. Sie hatte urwelthafte Schönheit erwartet, und das Riff sollte sie nicht enttäuschen. Riesige Hexalatköpfe, wie Bäume aus Kristall, erhoben sich aus dem sandigen Boden, während Diamanttunnels Labyrinthe aus gefrorenen Wolken durchbohrten.

Sie rechnete nicht mit dem leichten Stoß von hinten. Als sie aber herumfuhr und ein riesiges Maul mit noch riesigeren weißen Zähnen sah, verstärkte das ihren Schock nur. Ein schrilles Pfeifen erfüllte die Luft um sie, und ein paar Augenblicke vergingen, ehe sie daran dachte, den Translator in ihrer Kopfmaske einzuschalten.

»Diese hier bedauerrt, daß ssie dich-sie errschrreckt hat«, sagte Latehoht. »Das war nicht Absicht.«

»Das ist ...« Cora holte Luft und entspannte sich. »Das ist schon gut.« Sie machte eine Fußbewegung und genoß die vertraute Freiheit, die sie stets empfand, wenn sie unter Wasser war. Latehoht bewegte kaum die Flossen, als sie in Spiralen rings um die winzige Schwimmerin dahinzog, das rechte Auge stets auf ihre kleine menschliche Begleiterin gewandt. Der Gelanzug strahlte inzwischen bereits eine wohlige Wärme aus. Cora wurde in ihrem durchsichtigen Panzer träge.

»Trauer ist über diesen Orrt gekommen«, klagte der Killerwal. »Im Wasser verharrrt immer noch der Ausfluß des Todes.«

»Glaub kein Wort, das sie sagt!«

Cora drehte sich um und sah, wie die würdige Gestalt von Mataroreva sich ihnen näherte. »Latehoht genießt den Rhythmus schlaffer Deprimiertheit.«

»Tue ich nnicht!« pfiff der Orca indigniert. »Der Gerruch ist hierr. Er hängt noch.« Sie ließ Cora allein und drehte sich herum, um Sam anzugreifen. Der duckte sich buchstäblich in der letzten Sekunde weg. Sie versetzte ihm einen Klaps mit dem Schwanz, aber damit hatte er gerechnet und hielt sich an einer Flosse fest. Dort blieb er ein paar Sekunden lang hängen, bis sie sich von ihm löste, in die Höhe schoß und ihn in den Leib stieß. Cora hörte ihn knurren. Er schlug um sich und griff nach ihrer Rückenflosse.

Dann folgten einige Minuten wilder Choreographie, in denen sie halbherzig versuchte, ihn abzuwerfen, aber es war nicht so leicht, ihn von ihrem Rücken abzuschütteln wie von ihrem Schwanz.

»Die spiellen gut zusammen, gut und frrei.«

»Ja, das kann man sagen.« Cora brachte es fertig, diesmal nicht zusammenzuzucken, obwohl Wenkoseemansa sich ganz verstohlen herangeschlichen hatte.

»In Auggenbllicken stilller Betrrachtung hat es mirr Frreude gemacht, mirr auszumallen, daß der Mennsch Samm einen passablen Wal abgegeben hätte.«

»Ganz bestimmt«, räumte sie ein, ohne recht zu wissen, wie sie die Feststellung des Orca auslegen sollte, »jedenfalls gleicht er in seinem Körperbau eher euch als den meisten von uns.«

»Wirrklich? Du mußt verrstehenn, und ich bin bemüht, dies nichtt mit gerringschätziger Absicht zu sagenn, daß ihr Mennschen so kleinn seid, daß für uns Unterschiede in Grröße oder Forrm so oberrfllächlich sind, daß es uns Müühe macht, sie zu erkennnen.«

»Und doch sind unsere Gesichtszüge viel vielfältiger, wenn wir auch kleiner sind.«

Wenkoseemansa überlegte. »Das verstärrkt unsere Verwirrung nur.«

Sie sah sich im klaren Wasser um und gab sich große Mühe, die wundersame Vielfalt fremden Fischlebens zu ignorieren, das sie umschwärmte, um sich auf das vorliegende Problem zu konzentrieren.

Wo waren Rachael und Merced? Hatten sie sich irgendwohin verdrückt?

»Rachael!«

»Hier, Mutter!«

Sie drehte sich im Kreis. »Wo?«

»Ich habe sie erspäht.« Wenkoseemansa schwang seine scheinbar gewichtslose Masse herum, so daß sich ihrem Blick eine schwarz-weiße Wand darbot. Sie begriff, daß er ihr anbot, auf ihm zu reiten.

»Nach deinen Begriffen sind sie in einiger Entfernung. Ich trage dich zu deinem Jungen.«

Sie zögerte nur einen Augenblick, ehe sie sich mit den behandschuhten Händen an der Vorderseite der aufragenden Rückenflosse festhielt. Dann raste das Wasser so schnell an ihr vorbei, daß es einen Druck auf ihren Anzug ausübte. Im nächsten Augenblick (so schien es ihr wenigstens) hatte sie in dem klaren Wasser einige hundert Meter zurückgelegt.

Rachael schwamm allein neben einem Schloß aus Kristall. Es sah wie eine ineinander verschachtelte Folge farbiger, spiralförmiger Muscheln aus, die bis auf zwei Meter an die Wasseroberfläche reichten. Einige kleinere Gebilde, Miniaturausgaben des Hauptkomplexes, wuchsen aus dem Riffsockel weiter unten.

»Ist das nicht herrlich, Mutter?«

»Ist was nicht herrlich? Ja, schön, aber ...«

»Tut mir leid. Wie konntest du das auch wissen? Hör zu!« Rachael hielt ein kleines Messer in der Hand. Damit tippte sie an das Gebilde. Ein deutlicher, weicher Ton lief durch das Wasser. »Es muß teilweise hohl sein.«

Gelbe und blaue Streifen umgaben die Muschelspiralen, eine Sammlung von Einhorn-Hörnern. Die Muscheln waren blaßgrün bis durchsichtig. Im Zentrum jeder Muschel pulsierten karminrote Organe und sandten eine farblose Flüssigkeit durch die einzelnen Organismen.

»Okay, es ist großartig.« Cora sah sich um und stellte erleichtert fest, daß Merced nirgends zu sehen war. Trotzdem mußte sie fragen: »Wo ist Pucara?«

»Irgendwo dort hinten. Er sieht sich selbst um. Glaubst du, er folgt mir überall hin?«

»Tut er das nicht?« Und dann fügte Cora schnell hinzu: »Tut mir leid, das geht mich nichts an.«

»Da hast du recht, Mutter«, gab Rachael ihr mit entwaffnender Fröhlichkeit recht. »Es geht dich nichts an.« Sie schwamm etwa einen Meter höher und tippte den spiralförmigen Mittelkegel an der Stelle an, wo er sich verjüngte. Wieder hörte Cora das Klingen, nur diesmal eine Oktave höher. »Ich wette, ein paar Leute, die sich aufeinander abstimmen, könnten damit Musik machen.«

Das war es also. Einen Augenblick lang hatte Cora geglaubt, die wissenschaftlichen Interessen ihrer Tochter wären von den Kegelgeschöpfen angeregt worden. »Mußt du immer an Musik denken?«

»Ich finde, es ist nichts Schlechtes daran, wenn ich meine Arbeit mit meiner Musik kombiniere.« Und dann, diesmal ernsthafter: »Hier ist noch etwas, das du dir wahrscheinlich ansehen solltest.« Sie krümmte den Rücken und trat nach unten aus. Cora folgte ihr.

Zwischen den Kristallzinnen und ihren kleineren Gefährten waren einige große Metallfragmente zu sehen. Die zerbeulten Stücke aus beschichtetem Stelamic hatten sich ihren Glanz und sogar einige Markierungen bewahrt. Die Aufschriften zeigten, daß es sich um Teile einer größeren Konstruktion handeln mußte; eines Lagerhauses wahrscheinlich. Einige von ihnen erreichten etwa ein Drittel der Größe der *Caribe*.

Cora ließ sich über eines der Metallfragmente treiben und studierte die aufgerissenen Ränder. »Das sieht nicht so aus, als ob es abgeschnitten worden wäre – von einem Energiestrahl oder dergleichen.«

Rachael inspizierte ein anderes Fragment in der Nähe. »Hier ist eines, das ziemlich verbeult ist, aber es ist noch intakt.«

Cora schwamm zu ihrer Tochter und sah, daß sie recht hatte. Es handelte sich um einen Behälter, an dem noch abgerissene Stützen befestigt waren. Der Tank selbst war fast in der Mitte abgeknickt. Wie von einer ungeheuren Kraft flachgedrückt.

»Der Schwanz eines Wales könnte das bewirken«, murmelte Rachael. Sie sah sich um. »Was meinst du, Wenkoseemansa?«

Der Orca schwamm auf sie zu, drehte den Kopf und untersuchte den zerstörten Tank mit dem rechten Auge. »Wie zerrbrrechlich doch die künnstlichen Konnstrruktionen der Mennschheit sinnd. Ein Walschwanz.« Er schnaubte und ließ ein paar Luftblasen nach oben steigen. »Diese Kleinnigkeit könnte ein Wal schon schaffen, wenn er bloß *haucht*.«

»Wir haben noch keinerlei Beweise, um eine solche Hypothese zu stützen, Rachael. Mit einer Waffe könnte man dasselbe bewirken.«

»Was für einer Waffe denn?«

»Das weiß ich nicht, verdammt«, herrschte ihre Mutter sie an. »Ich bin Meeresbiologin, nicht Spezialistin für Waffen und Munition. Pucara könnte es wissen, und Sam hat wahrscheinlich auch eine Vorstellung. Ich möchte nur wissen, wo die sind?«

»Sie werrden sich bald wieder zu euch geselllen.« Wenkoseemansa gab einen scharfen, anschwellenden Pfiff von sich, den der Translator nicht in menschliche Begriffe übertragen konnte, und verschwand dann unter Hinterlassung eines mächtigen Wasserschwalls.

Es dauerte nicht lange, bis er mit Pucara Merced zurückkam, der sich an seine Rückenflosse klammerte. Latehoht und Sam kamen wenige Augenblicke später.

Die vier Menschen tauschten ihre Ansichten aus, während die beiden Orcas sie interessiert beobachteten.

»Was halten Sie von der Möglichkeit eines wildgewordenen Wals? Eines Einzelgängers, dachte ich?« schlug Merced vor. »Einer, der geistig irgendwie gestört ist.«

»*Ein* Wal?« Mataroreva nahm den Vorschlag voll Skepsis auf.

»Nun, was für eine Art von Waffen denn?«

»Da gibt es eine ganze Anzahl von Möglichkeiten.« Der Friedenshüter sah sich den zerbeulten Tank an, den sie vorläufig als einen Typ identifiziert hatten, in dem gewöhnlich flüssiges Protein gelagert wurde. »Wir wollen nicht vergessen, daß das auch durch eine Explosion in der Nähe verursacht worden sein könnte. Außerdem gibt es Gasdruckwaffen, die direkt solchen Schaden verursachen können. Es könnte auch eine Sturmwelle gewesen sein. Ich fürchte, als Beweis taugt das alles nicht viel.«

»Und auch nicht als Hinweis darauf, daß Energiewaffen eingesetzt wurden«, fügte Cora hinzu. »Das erkenne selbst ich.«

»Könnte jemand es so hinstellen wollen«, fuhr Merced fort, »als würden die Wale diese Vernichtung verursachen, bloß um damit irgendeine eigene Aktivität zu tarnen? Zum Beispiel durch Einsatz solcher Druckluftwaffen?«

»Könnte sein«, räumte Mataroreva ein. »Man sollte das in Zusammenhang mit dem sehen, was der alte Catodonte uns gesagt hat, daß nämlich unmöglich irgendwelche Wale verantwortlich sein können.«

»Dort drüben ist noch mehr.« Merced war ein Stück nach rechts geschwommen, in eine gläserne Schlucht. »Kleinere Stücke. Vielleicht finden wir hier etwas.«

»Das bezweifle ich.« Cora schloß sich ihm an. »Die Experten hier haben ohne Zweifel bereits alles abgesucht. Aber genau weiß man das natürlich nie. Was hoffen Sie denn zu finden?«

Er zuckte die Achseln. »Wer weiß? Vielleicht hatte jemand im Augenblick des Angriffs einen Tridi-Recorder eingeschaltet – obwohl, wie Sie sagen, die ersten Suchtrupps bereits mit hoher Wahrscheinlichkeit nach solchen Gegenständen gesucht haben. Aber es wäre gut, wenn wir das Riff selbst absuchten.«

Mataroreva wollte schon protestieren und auf die Ausdehnung des Riffs und die Gründlichkeit der letzten Suchtrupps hinweisen, entschied sich dann aber dagegen. Cora und die beiden anderen waren noch nicht so mit den Gewächsen und Formationen von Cachalot vertraut wie die Bewohner des Planeten. Deshalb war es möglich, daß sie an Stellen suchen würden, auf die ein ortsansässiger Wissenschaftler nie kommen würde.

»Alles, das nur im geringsten vielversprechend aussieht, nehmen wir an Bord und sehen es uns dort gründlicher an«, fuhr Merced fort und blickte dabei zu Mataroreva hinüber.

»Das scheint mir ein vernünftiger Vorschlag. Ich weiß, daß Sie alle mit Unterwasserarbeit vertraut sind, also werde ich das jetzt noch ein letztes Mal sagen und dann nie mehr darauf zurückkommen. Passen Sie gut auf sich auf! Sobald wir glauben, jede Gefahr identifiziert zu haben, taucht irgendeine unschuldig aussehende Kreatur auf, die über eine ungewöhnliche Art des Schutzes verfügt. Wir haben bereits zwölf völlig neue, hier typische Giftarten katalogisiert. Ich möchte nicht, daß jemand von ihnen die dreizehnte entdeckt.

Jeder sollte sich ...« – er blickte auf seine Uhr – »mindestens in Stundenabstand beim Empfänger der *Caribe* melden. Geben Sie jeweils Ihre ungefähre Position in bezug auf die Sonne und das Schiff an.« Er sah sie nacheinander an und sagte schließlich: »Das ist alles, was ich zu sagen habe.«

»Dann soll sich jetzt jeder eine Kompaßrichtung aussuchen«, sagte Cora, die endlich beginnen wollte, »und dann fangen wir an zu suchen!«

Sie zogen keinerlei neue Erkenntnisse aus den vielen Fragmenten der Stadt, die sie an diesem Tage aus dem Riff und dem Sand holten. An den darauffolgenden Tagen förderten sie weiteres Material zutage, aber keinerlei Erkenntnisse.

Unter dem geborgenen Material gab es viele persönliche Dinge: Kleidungsstücke, gegen Wasser abgedichtete Lebensmittel, Fetzen von teuren Pylonnetzen, elektronische Instrumente und ganze Gelanzüge. Eines Morgens dirigierte sie Rachael aufgeregt zu einem halb vergrabenen Koffer mit zwei Dutzend Tridibändern. Sie waren in einem wasserdichten inneren Behälter perfekt gesichert und besaßen keinerlei Wert. Es waren ausschließlich Unterhaltungsbänder.

Für Cora war das eine große Enttäuschung. Und als die Nacht schließlich in den Morgen überging, wuchs die Enttäuschung. Eigentlich war es eine durchaus angenehme Arbeit, in dem Riff herumzuschwimmen und gemächlich das exotische, manchmal bizarre Leben Cachalots zu untersuchen. Nur gelegentlich unterbrach ein tropisches Gewitter ihre Routine.

Aber sie fanden nichts. Der immer größer werdende Schuttberg behielt seine Geheimnisse. Sie konnten nicht einmal sagen, ob der Angriff von Mensch oder Tier verübt worden war.

Merced war der Ansicht, dieses Fehlen jeglicher eindeutiger Beweise deute auf das Werk feindseliger Menschen hin. Für ihn hatte hier jemand sehr sorgfältig und methodisch versucht, jegliches Beweismaterial dieser Art zu zerstören oder auszuschalten. Blinde tierische Wut wirkte einfach anders.

Cora legte sich noch nicht fest. Wenn sie nicht irgendeinen Deus ex machina entdeckten, wie zum Beispiel das hypothetische Tridiband der Vernichtung der Stadt, würde sie sich mit Merceds Theorie abfinden, oder umgekehrt annehmen, daß ein einheimisches Lebewesen verantwortlich war. Eigentlich hoffte sie, daß der kleine Wissenschaftler recht behielt. Der Gedanke, irgendein unbekanntes, ungeheuer machtvolles Wesen könnte draußen in den Tiefen lauern, beunruhigte sie mehr als verbrecherische Menschen.

Sie fanden zwar jeden Tag irgend etwas, aber das hieß nicht, daß das Riff eine Fundgrube war. Zum einen war die Stadt am Rande des Riffs, nicht etwa direkt darüber verankert gewesen. Der größte Teil der Stadt war daher in eine Tiefe abgesunken, die ihre Möglichkeiten weit überstieg. Sie hätten ein ausgesprochenes Tieftauchboot anfordern können, um die Tiefe von dreitausend Metern abzusuchen, wo der Meeresboden eben wurde. Aber sie und Merced stimmten darin überein, daß die Wahrscheinlichkeit, etwas zu finden, in der Nähe der Oberfläche ebenso groß war wie im Abgrund. Sogar größer, wenn man bedachte, daß in der Tiefe fast alles vom Druck zerstört sein würde.

Aber als die Tage verstrichen und ihr Wissen um kein Jota wuchs, begann sie sich zu fragen, ob sie je etwas finden würden. Und das sichere Wissen, daß das, was auch immer die vier Städte vernichtet hatte, noch *dort draußen* lauerte, verhüllt vom Ozean und dem Geheimnis, daß diese fremde Macht sie beobachtete, wartete, machte es noch schlimmer.

9. Kapitel

Cora saß auf dem Achterdeck der *Caribe* und versuchte, sich schlüssig zu werden, ob das Stück Stoff, das sie in der Hand hielt, von einer Waffe oder von Zähnen zerrissen worden war. Es sah wie ein Stück von einem Pareu aus.

Ein Prickeln lief ihr über den Rücken. Sie spürte, wie sich die Härchen in ihrem Nacken sträubten. Sie sah sich um und blickte zur Hauptkabine. Rachael saß mit übereinandergeschlagenen Beinen dort. Ihre rechte Hand manipulierte die zwei Saitengruppen des Neurophons, während ihre linke die Sensoren des Axonenprojektors betätigte.

Ein warmes, wohliges Gefühl beschlich Cora, eine Folge der perfekten Kombination der klagenden Klänge des Synthesizers und der Stimulation ihrer Nerven durch Rachaels Spiel. Sie fühlte sich, als würde sie von einem Paar riesiger Samthandschuhe liebkost.

Plötzlich wechselte die melodische Massage ins Klagende über, versank schließlich in Melancholie. Trotz der warmen Luft spürte sie, wie sie erschauderte. Die Reaktion wurde ebenso von der Melodie wie von den begleitenden neuronischen Wirkungen ausgelöst.

»Kannst du nicht etwas Fröhlicheres spielen?«

Rachael beugte sich nach vorne, um auf ihre Mutter herunterzublicken. »Ich spiele so, wie mir zumute ist. Ich weiß, daß das nicht sehr wissenschaftlich ist.« Ihr Mund verzog sich. »Aber ästhetisch ist es.«

»Ich will jetzt nicht darüber reden, Rachael.« Cora wandte sich wieder dem Stoffetzen zu.

»Warum hast du dann angefangen?« Rachael fuhr fort zu spielen, und Cora verspürte wieder das Prickeln, sagte aber nichts.

Merced saß unterhalb von Rachael, genau unter dem Überhang des Oberdecks. Er war mit eingehenden Untersuchungen eines Berges vom Wasser beschädigter Bandfragmente beschäftigt. Cora fragte sich, was er in diesem Durcheinander aus Nummern, Personendaten, Kontoauszügen und medizinischen Akten zu finden hoffte. Er räumte ein, daß er dessen nicht sicher war, aber es handelte sich immerhin um vielfältige Informationen, und das war entspannender, als sich die ganze Zeit auf zerrissene Metall- und Plastikstücke zu konzentrieren und dabei langsam triefäugig zu werden. Sie konnte es ihm nachfühlen. Er war offensichtlich ebenfalls enttäuscht.

Jetzt kam Mataroreva herauf. Da er nicht direkt mit den Untersuchungen befaßt war, hätte er sich noch mehr langweilen müssen als sie oder Merced, da er ja schließlich nichts anderes zu tun hatte, als sich um die *Caribe* zu kümmern. Aber er wirkte entspannt, machte sogar den Eindruck, als fühle er sich wohl. Während sie ihre Untersuchungen trieben, tauchte er immer wieder und holte weitere Artefakte herauf, wobei er sich auf den Rand des Riffs konzentrierte, den zu betreten er ihnen verboten hatte. Wo das Riff in die offene See überging, gab es gefährliche Raubtiere, und er zog es vor, wenn seine Schützlinge diese Räuber der Meere nicht in Versuchung führten. Auch er begab sich nur in Begleitung der beiden Orcas in die gefährlichen Regionen.

Jetzt sah er Cora über die Schulter und bemerkte, daß sie sich offenbar nicht wohl fühlte. »Ich muß sagen, daß Ihre gegenwärtige Wahl an Dendritönen mir auch nicht gerade den Tag erheitert. Wie wäre es mit einer kleinen Tauchpartie? Diesmal ausnahmsweise nicht um zu arbeiten. Bloß zur Entspannung.«

»Geht nicht«, sagte sie. »Wenn wir uns hier auch anstrengen, so heißt das noch lange nicht, daß wir keine Fortschritte machen.«

»Wirklich? Dann machen Sie also Fortschritte?«

»Nun ... sehen Sie sich dieses verbrannte Stück Stoff an.«

Mataroreva sah es an: »Und?«

»Sehen Sie das nicht?« Sie hielt inne, sah es selbst noch einmal an und blickte dann zu dem kniehoch aufgetürmten Haufen ähnlicher Fragmente hinüber. Sie sah dort keine Lösung, nur weitere Enttäuschung.

Jetzt nahm sie das Stück vom Wasser beschädigten Materials, knüllte es zu einem Ball zusammen und warf es ärgerlich über die Reling. »Machen Sie doch damit, was Sie wollen! Zum Teufel damit – gehen wir!«

»So gefallen Sie mir!« Er ging sich umziehen.

Mir gar nicht, dachte sie erschöpft. Eigentlich war ihr gar nicht nach Tauchen zumute.

Die Klänge der klagenden Trans-Carlson-Melodie folgten ihr, und die neuronischen Projektionen kitzelten sie noch ein paar Meter. Dann hatten sie den Wirkungsbereich des Instruments verlassen. Sie schwamm jetzt wieder zwischen den zarten Hexalatformationen.

Sam fuhr fort, ihr ungewöhnliche Beispiele von Cachalots Leben zu zeigen, wenn ihnen solche begegneten. In den letzten Tagen war nicht viel Zeit dafür gewesen. Er entdeckte eine fortgeschrittene Abart eines Pseudowurms zwischen den Riff-Formationen, der wesentlich spektakulärer war als irgendwelche terranische Vertreter seiner Gattung. Er war etwa einen halben Meter lang und schwamm mit unglaublicher Eleganz. Hunderte langer, dünner Fortsätze gingen von seinen Flanken aus. Die federartigen Fäden waren von kräftigem Azurblau, und gelb und rosa gepunktet.

»Wunderschön«, murmelte Cora, erneut, wie so oft von der endlosen Schönheit dieser Welt überwältigt.

»Das ist nicht alles. Passen Sie auf!« Sam überholte sie und strich dem Geschöpf mit dem Finger über die Seite. Eine dünne, wolkige, rosafarbene Flüssigkeit erfüllte das Wasser rings um den Wurm.

Sie zuckte instinktiv zusammen. »Schutzmechanismus?«

»Nein.« Er grinste. »Nehmen Sie die Maske ab und riechen Sie. Atmen Sie so viel Wasser ein, wie es geht, ohne daran zu ersticken.«

»Sie sind verrückt.« Sie kicherte.

»Nur einmal«, bat er. »Schnell, ehe es sich verteilt.«

»Nun ...« Sie hob die Maske an und atmete ein wenig Wasser ein. Als sie schnell die Maske wieder zurechtschob, mußte sie husten.

Aber sie bemerkte es kaum. Ihr Kopf schien zu schwimmen. Sie trieb wie benommen dahin und fühlte sich, als ob jemand in diesem Augenblick ihren Geruchsinn um das Tausendfache erweitert hätte. Sie schwamm nicht länger in Salzwasser, sondern in Parfüm. Ihr ganzer Körper wurde von dem konzentrierten Duft einer Million wildwachsender Blumen förmlich erstickt.

Und der Pseudowurm flatterte unbeeindruckt davon, verschwand in einer Spalte, in einem Turm aus Smaragden.

»Herrgott!« stöhnte sie, als sie schließlich wieder normal atmen konnte. »So einen unglaublichen Duft habe ich mein ganzes Leben noch nicht gerochen.«

»Das ist ein Ninamu Pheromonit. Sie kommen nicht häufig vor, haben aber nie Schwierigkeiten, einander ausfindig zu machen.« Er schwamm nach unten. »Übrigens, das könnte der Grund gewesen sein, daß die Stadt hier vor Anker gegangen ist.« Sie folgte ihm, immer noch von dem überwältigenden Aroma benommen.

»Wie ich schon sagte, es gibt nicht viele davon, aber selbst einer wie der, dem wir gerade begegnet sind, würde genügend Essenzen abgeben, daß es sich für eine ganze Stadt lohnen könnte, ein paar Wochen mit der Suche nach ihm zu verbringen. Ich glaube, ein Centiliter der Essenz kostet auf dem freien Markt über eine halbe Million Credits. Sie haben gerade etwa die fünffache Dosis abbekommen.«

»Es wird aber doch ganz bestimmt nicht so verkauft«, murmelte sie verträumt. »Niemand könnte Freude daran haben.«

»Ich weiß nicht«, meinte Sam. »Wahrscheinlich verdünnt man es. Aber ich verstehe nicht viel von Aromastoffen.«

Sie waren jetzt auf etwa dreißig Meter Tiefe gegangen. Sam verhielt jetzt und schwamm dann in einen schmalen natürlichen Canyon. In dieser Tiefe war kaum mehr ein Licht wahrzunehmen. Die normalen, das ganze Spektrum umspannenden Farben der Hexalate waren gleichsam zu einem dunklen Blau homogenisiert.

»Ich glaube schon, daß es Leute gibt, die reich genug sind, um es sich leisten zu können – unverdünnt, meine ich«, sagte Sam. »Wenn sie auch nicht in Halbliterdosen herumschwimmen, wie wir gerade. Niemand riecht so schlecht.« Er gluckste. »Eine winzige Menge würde schon ausreichen.«

»Man könnte es gar nicht knapp genug abmessen, um es unverdünnt zu benutzen«, wandte sie ein. »Es *muß* verdünnt werden. Man kann etwas auch übertreiben.«

Sie blickte nach unten. Ein Bodenfisch kroch über den Kristallsand. Er schritt auf seinen unteren Flossen und besaß einen Rüssel wie ein kleiner Elefant, den er dazu benutzte, den Sand nach den kleinen Geschöpfen abzutasten, die in ihm wohnten.

»Wie heißt der denn, Sam?« Sie erhielt keine Antwort und sah sich um. »Sam?« Er war verschwunden. Vor wenigen Sekunden war er noch parallel zu ihr und nur ein oder zwei Meter weiter dahinter geschwommen. Sie drehte sich um, machte eine kräftige Schwimmbewegung. Vielleicht war er hinter irgendeinem Hexalatevorsprung abgebogen. Aber der Canyon war steil und hatte dazu noch ziemlich glatte Wände.

Sie stand wassertretend da, die Hände in die Hüften gestützt, eine sehr wenig hydrodynamische Haltung. »Das ist gar nicht komisch, Sam.« Sie war von den Auswirkungen des Parfüms immer noch etwas benommen. »Ich schwimme zum Schiff zurück.«

Etwas Hartes schlang sich um ihren Fußknöchel. Sie spürte es ganz deutlich durch den Gelanzug, stieß einen leisen Schrei aus und versuchte, sich zu befreien. Das ging nicht, aber als sie hinuntersah, stellte sie fest, daß es Sam war, der ihr hinter seiner Gesichtsmaske zugrinste. Er lehnte sich aus einem kleinen Loch in der Riffwand.

»Schwimmen Sie noch nicht zurück«, sagte er leichthin,

ohne ihren wütenden Gesichtsausdruck zur Kenntnis zu nehmen. »Ich muß Ihnen etwas zeigen. Was glauben Sie denn, warum ich Sie nach hier unten gebracht habe?«

Eher neugierig als verärgert folgte sie, als er wieder verschwand. Wenn sie die Arme ausstreckte, konnte sie beide Tunnelwände berühren. Ihre Anzuglampe zeigte, daß Boden und Decke der Höhe ähnlich nahe waren. Aber wenn Sam hineinpaßte ...

Sie schwammen einige Minuten. Dann führte der Tunnel leicht nach oben. Als sie durch die Oberfläche stieß, kam das für sie völlig unerwartet.

»Was, in aller Welt? ...« Ein leise zischendes Geräusch war zu hören.

»Luftzylinder aus unseren Vorräten«, sagte Sam. »Schalten Sie Ihre Lampe ab.«

Das tat sie, blinzelte, als ihre Augen sich der Umgebung anpaßten, und stöhnte dann überrascht auf.

Die gewölbte Decke der Höhle war von tausenden Geschöpfen bedeckt, die an Seesterne erinnerten, nur daß sie neun tanzende Tentakel besaßen und in der Körpermitte ein einziges, grünliches Auge. An der Spitze eines jeden Tentakel war ein leuchtendes Juwel, und die Arme und der Zentralkörper funkelten wie von Diamantstaub.

Jedes Tier hatte eine andere Farbe als sein Nachbar: grün, purpur, silber und gold, weiß und karminrot. Ohne Zweifel wurden die größeren Lichter am Ende der Tentakel dazu benutzt, Leute anzulocken, wenn die Höhle mit Wasser gefüllt war, wie sie das normalerweise ohne Zweifel war. Sie hatte das Gefühl, sich in einer klaren Nacht im Freien zu befinden, nur daß sie jetzt tatsächlich nach oben greifen und die Sterne berühren konnte. Das gespenstische Firmament, das sich andauernd nach irgendeiner instinktiven Choreographie zu bewegen schien, summte über ihr, so als unterhielten sich die Sterngeschöpfe miteinander.

»Ich habe nie ... niemals etwas so Schönes gesehen.« Zuerst das Parfüm und jetzt das, dachte sie. Die Sterne bewegten sich, krochen übereinander, wenn die Tiere bessere Plätze an der Decke suchten.

»Ich verstehe nicht ... Die Luft ...« Sie hob zögernd ihre Maske. Nicht nur, daß die Luft atembar war, sie war auch frisch und süß.

»Der Druck aus dem Zylinder reicht aus, um das Wasser etwa eine halbe Stunde zurückzuhalten«, flüsterte er ihr zu. »Die Chromaculen können viel länger ohne Wasser überleben.«

Er war jetzt hinter ihr, trat Wasser, und seine hünenhaften Arme hüllten ihre Schultern ein, die Hände vor ihr verschränkt. Der frische Sauerstoff, die kriechenden, beständig scheinbar die Farbe wechselnden Sterne an der Decke und das nachklingende Aroma des Pheromoniten vereinigten sich und überwältigten sie. Die Spannung, die sie seit der Landung auf Cachalot erfaßt hatte, ließ sie völlig los.

»Wissen Sie«, flüsterte er ihr ins Ohr, »*so* kalt ist das Wasser gar nicht.«

»So kalt? Wie kalt ist denn ›so‹ kalt?« Ihr Blick hing wie gebannt an den Sternen, die keine Sterne waren.

»Das kommt darauf an, nicht wahr?« murmelte er. Er deutete mit einer Kopfbewegung auf den großen Zylinder. Er lag auf einer ein paar Meter durchmessenden Fläche, die ein wenig über das Wasser herausragte. Ein glatter Glasstrand.

Cora hatte noch nie unter den Sternen geliebt. Daß die Sterne lebten und daß sie und Sam sich dreißig Meter unter der Oberfläche eines fremden Meeres befanden, machte nichts aus. Auch nicht, daß tausend leidenschaftslose grüne Augen sie beobachteten, während er sich zärtlich mit ihr vereinigte.

»Etwas gefunden?« Rachael streckte ihrer Mutter die Hand entgegen und half ihr auf Deck.

»Eigentlich nicht.« Das helle Sonnenlicht brannte in Coras Gesicht.

Mataroreva war dicht hinter ihr und schob jetzt seine Maske hoch. »Wir haben uns eine Menge angesehen. Dabei viele schöne Dinge gefunden, aber ich fürchte, nichts, das uns bei unseren Untersuchungen helfen könnte.«

»Lange genug habt ihr nachgesehen.« Rachael studierte Coras Rücken einen Augenblick lang und fügte dann hinzu: »Pucara glaubt, er hätte etwas Bedeutsames entdeckt.«

»Das ist mehr, als wir anderen bisher geschafft haben. Wo ist er?« Cora war für den Hinweis dankbar, ganz gleich, was der kleine Wissenschaftler entdeckt haben mochte.

»Er ist noch unten und macht eine Kopie von dem, was er gefunden hat. Für alle Fälle.«

»Dann muß es wirklich wichtig sein.«

Sie gingen alle hinunter.

Merced arbeitete in dem einen großen Raum an Deck, umgeben von vertrauten Gerätschaften. Als sie eintraten, blickte er auf. »Etwas gefunden?«

»Nichts.« Cora schüttelte den Kopf. »Sie?«

»Vielleicht. Es könnte sein.« Er trat zur Seite und schaltete den Bildschirm des Duplikators ein. Sie versammelten sich um den kleinen Schirm, und Cora spürte, wie Sam sich von hinten an sie drängte und trat einen halben Schritt zur Seite. Offenbar begriff er und trat einen Schritt zurück.

»Zahlen«, murmelte Mataroreva nach einem Blick auf den Bildschirm. »Wieder eine Liste. Na und?«

»Die Zahlen entsprechen einigen Listen, die ich gefunden habe. Hier.« Merced stellte an dem Instrument etwas ein. Jetzt schoben sich Worte und Mengen neben die Liste mit den Nummern. »Ich habe herausgefunden, woran die Stadt hier auf diesem Riff arbeitete.« Er blickte zu ihrem Führer auf. »Kennen Sie etwas, das sich Teallin nennt?«

»Sicher«, meinte Mataroreva. »Das ist eine Molluske, sie sieht so ähnlich wie Abalone aus. War es das, was die Stadt geerntet hat?« Er nickte nachdenklich. »Das würde erklären, weshalb wir bei unserer Suche so wenige entdeckt haben. Dann haben sie die reifen alle abgeerntet?«

»So steht es in den Akten.«

»Und was ist daraus zu schließen?«

»Ich habe mir die Liste der Funde der ersten Suchtrupps angesehen. Da sind Fragmente von allem möglichen aufgeführt, bloß kein Teallin. Und doch schickte sich die Stadt gerade an, weiterzuziehen. So schilderten es wenigstens die

Überlebenden, die während der Katastrophe abwesend waren. Nachdem sie drei Monate hier geankert haben.«

»Das ist ein Luxusprodukt«, sagte Mataroreva interessiert. »Wie die meisten Lebensmittel, die Cachalot exportiert. Eine Molluske liefert etwa ein Kilo Fleisch. Das klingt nicht nach sehr viel, aber das Zeug hat einen kräftigen, rauchigen Geschmack. Man kombiniert es mit anderen Nahrungsmitteln, mischt es darunter, um ihnen Würze zu verleihen. Und die haben drei Monate Teallin gesammelt?«

Merced tippte gegen den Bildschirm. »Zwei Schiffsladungen zur Verladung in Mou'anui verpackt. Einige tausend Kilo. Nur eine Fußnote in den üblichen Akten, neben all der anderen Arbeit und den eigenen Lebensmittelimporten, der Medizin, den Energiezellen und anderem Inventar. Nur eine statistische Angabe.«

»Das ist es also«, murmelte Mataroreva.

»Was ist es?« wollte Rachael wissen. »Würde mir das jemand bitte erklären?« Sie sah sich hilfesuchend um. »Ich fürchte, ich hab' nicht ganz hingehört.« Sie versuchte, ihr Neurophon hinter sich zu verbergen.

»Teallin ist verderblich. Es wird in Polymultiänbehältern verpackt und vakuumversiegelt, bis man es verarbeitet.«

»Oh – *oh*! Vakuumverpackt?«

»Nicht nur das«, fuhr Mataroreva fort. »Polymultiän ist sozusagen chemisch mit dem Polymermaterial verwandt, auf denen die Städte selbst erbaut sind. Als die Suchgleiter von Mou'anui hier eintrafen, fanden sie Tausende von Fragmenten von dem Zeug, angefangen bei fingergroßen Stücken bis zu quadratmetergroßen Fragmenten des Stadtfloßes. Und eine Menge anderen unsinkbaren Materials.«

»Ich verstehe«, sagte Rachael.

»Das muß ich überprüfen.« Er drehte sich um und eilte nach oben. Wenige Augenblicke später konnten sie ihn am Kommunikator des Schiffes hören. Das Signal würde sofort via Satellit zum Verwaltungszentrum auf Mou'anui übermittelt werden.

»Wenn sich diese Vermutung jetzt als richtig erweist«,

sagte Cora, »reicht das dann als Hinweis für uns, um zu erklären, daß hinter all der Zerstörung Menschen stehen? Hiesige Lebewesen, die gründlich genug wären, um jeden menschlichen Bewohner zu verschlingen, würden natürlich alle erreichbare Nahrung verzehren, die sie bekommen könnten.«

»Aber wir haben doch selbst verpackte Lebensmittel gefunden«, konterte Rachael. »Einige waren dem Wasser ausgesetzt und schon im Zustand der Auflösung.«

»Ich weiß. Und das Teallin war ebenfalls vakuumversiegelt. Ich kann mir nicht vorstellen, daß irgendwelche feindseligen Lebewesen imstande sein sollten, die Nahrung innerhalb der Container zu entdecken. Und doch ist das ganze Teallin verschwunden. Man würde meinen, daß die Leute, die vorher hier gesucht haben, etwas davon gefunden hätten.«

»Wir vergessen eines«, erinnerte sie Rachael. »Alle Angriffe ereigneten sich während eines Sturms. Selbst ein schwacher Sturm hätte herumschwimmende Bruchstücke schnell abtreiben können.«

»Ja, aber jeden einzelnen Behälter?«

Mataroreva kam jetzt wieder zu ihnen und sah sie der Reihe nach an.

»Die haben nichts gefunden?« fragte Cora.

»Doch, im Gegenteil. Polymultiän-Vakuumbehälter, jeder etwa einen Quadratmeter groß.«

Merced verzog das Gesicht. »Damit stünden wir wieder am Anfang.«

»Nicht unbedingt«, wandte Mataroreva ein. »*Einige* haben sie gefunden. Zwölf, um es genau zu sagen. Sie erscheinen *nicht* auf Ihrer Liste von geborgenem Material« – dabei deutete er auf den immer noch leuchtenden Schirm des Sichtgeräts, den Merced studiert hatte –, »weil alle eßbaren Stoffe, beispielsweise, in einer Gruppe aufgeführt sind. Und dann ...« – und jetzt leuchteten seine Augen – »alle zwölf waren beschädigt. So, Freunde, und was schließen Sie jetzt daraus?«

»Zwölf!« Erstaunlich, wie sich jetzt alles zusammenfügt,

dachte Cora. »Alle aufgebrochen. Wenn Tiere schuld gewesen wären, hätten sie die zwölf geleert und die anderen zurückgelassen. Statt dessen scheint es, als ob wir es genau mit dem Gegenteil zu tun hätten.« Sie sah Merced an. »Wie viele Behälter waren auf dem Ladeschein der Stadt als versandbereit aufgeführt?«

»Achthundert.«

»Dann fehlen siebenhundertachtundachtzig, hm? Selbst wenn man berücksichtigt, daß Wind und Wellen einige abgetrieben haben könnten«, dabei nickte sie Rachael zu, »würde ich doch sagen, daß da eine ziemlich große Zahl verschwunden ist.«

»Selbst wenn man extreme Wetterbedingungen berücksichtigt«, pflichtete Merced ihr bei. »Normalerweise müßte man erwarten, daß mehr als zwölf übrig bleiben. Wenn das das Werk von Tieren wäre, würden sie nicht versiegelte Behälter aufbrechen und ein Dutzend übrig lassen, die bereits offen sind.« Er sah ihren Führer an. »Wie steht es mit Fragmenten von Behältern?«

Mataroreva schüttelte den Kopf. »Mm-mm. Nur die zwölf. Keine Stücke.«

»Könnten sie nicht bei anderen Containern von etwa der gleichen Größe und Zusammensetzung aufgeführt sein?«

»Nein«, erklärte er mit Nachdruck. »Jede Polymultiän-Kiste trägt den Namen ihrer Stadt aufgestempelt, den Tag, an dem sie eingesiegelt wurde, den Lieferanten des Inhalts, und, besonders wichtig, den Inhalt selbst. Die Suchtrupps haben noch andere Container gefunden, aber keine mit Teallin.«

»Nun.« Cora schlug sich mit beiden Händen klatschend auf die Knie und richtete sich auf. »Das wäre es dann wohl. Kein Geheimnis mehr. Irgendwie ist eine Gruppe feindlicher Personen – Bewohner dieses Planeten, Menschen oder Außerplanetarier – damit beschäftigt, die schwimmenden Städte auszurauben und alle Beweise zu vernichten, die die Spur auf sie lenken könnten.«

»Piraten«, sagte Rachael.

»O Rachael, ich weiß nicht, ob ein solch archaischer Begriff ...«

»Warum nicht?« fragte Mataroreva. »So viele Millionen Credits, so viele Todesfälle wie wir sie hier haben? Ich könnte mir keinen passenderen Ausdruck vorstellen.«

Sie trennten sich. Merced machte sich wieder über seine Liste her. Rachael schlug ihr Neurophon. Sie hatte das Instrument auf geringe Reichweite geschaltet, und so ließ Cora die stimulierenden Projektionen hinter sich, als sie aufs Deck ging und dort ans Heck des Schiffes schlenderte. Mataroreva ging mit.

»Aber warum?« murmelte sie und starrte ins klare Wasser hinunter. Purpurfarbene und gelbe Fische trieben unter ihr dahin, verschwanden unter dem Heck. »Ganze Städte, ganze Bevölkerungen ...«

»Ob du nun zehn Leute oder tausend tötest, die Strafe ist dieselbe«, sagte Sam leise. »Sobald einmal der erste Schritt, der erste Massenmord begangen ist, um die Spuren zu verwischen, wird das weitere zur Routine. Für die erste Tat wirst du genauso gelöscht und mit einer neuen Persönlichkeit versehen, wie für die zweite oder dritte. Warum also Zeugen riskieren?«

»Wahrscheinlich hast du recht.« Sie versuchte, die Situation nüchtern zu betrachten, als eine Frage von Statistiken, nicht einzelnen Lebens. »Zumindest wissen wir jetzt, *was* wir suchen, wenn auch nicht *wen*.«

»Ich glaube, daß sie aus dem Raum kommen«, meinte er. »Ich kann mir nicht vorstellen, daß selbst zeitweilige Bewohner von Cachalot um des Profites willen einen Massenmord begehen würden. Nicht um des Profites willen und auch aus sonst keinem Grund. Aber in einem Punkt hast du unrecht. Wir werden diese Leute nicht suchen. Du zumindest wirst das nicht tun. Ich werde unsere Information und unsere Theorie an die Verwaltung durchgeben, und die wird sie meinen Leuten übermitteln. Das hier ist Arbeit für Friedenshüter, nicht für Biologen.«

»Ich würde gerne weiterarbeiten«, wandte sie ein. »Vielleicht haben wir wirklich eine gute Idee, wonach wir suchen müssen, aber nicht, wie man es anstellen muß. Sie haben ihre Arbeit gründlich getan. Wie können deine Leute sie finden?«

Er überlegte. »Wenn dies eine technologisch höher entwickelte Welt wäre, würde ich jedes fliegende oder ankommende Shuttlefahrzeug anhalten und nach Kontrabande durchsuchen lassen. Aber Cachalots Satellitensystem ist bei weitem nicht modern genug, um den ganzen Planeten zu überwachen. Aber sie müssen die gestohlene Ware via Shuttle in den Raum schaffen.

Noch schwieriger wird die Suche nach dem hiesigen Teil der Operationen sein. Wir können nicht jede Stadt und jedes unabhängige Fahrzeug durchsuchen. Nicht nur, daß es kaum durchführbar ist – man könnte leicht illegale Ware über Bord werfen oder vernichten – nein, die Cachalotianer würden es sich nicht gefallen lassen.« Er grinste schief. »Unsere Bürger sind sehr unabhängig, wie du dir wahrscheinlich schon vorgestellt hast.«

»Was wirst du dann tun?«

»Ich werde versuchen, sie zu fangen, ehe sie zuschlagen.« Seine Stimme klang jetzt grimmig und entschlossen. »Mir gefällt das gar nicht.«

»Waren die anderen verlorenen Städte ebenfalls im Begriff, Sendungen abzufertigen?«

»Tut mir leid. Ich hatte gerade denselben Gedanken. Das war eine Liste, die *ich* überprüft habe. Sie hatten nicht nur unterschiedliche Warenbestände, sondern I'a, die zweite überfallene Stadt, hatte gerade ihre Quartalsproduktion abgesandt, und zwar nur wenige Tage vor ihrer Vernichtung.«

»Schlechtes Timing seitens der Angreifer.«

»Möglich.« Er zuckte die Achseln. »Es hat nichts zu besagen.«

»Warum nicht?«

»Weil ich glaube, daß wir beim Überprüfen der Akten feststellen werden, daß alle Produkte, gleichgültig um welche Menge es sich handelte, verschwunden sind.« Er ging unter Deck.

Er blieb eine Weile weg. Cora regte sich nicht von der

Stelle und fuhr fort, die Bewohner des Meeres zu studieren, sie von ihrer Freiheit von lastenden Gedanken zu beneiden. Viel besser, sich nur auf Instinkte verlassen zu können, sinnierte sie.

»Nun?«

»Alles versandfertig in Kisten verpackt«, erklärte er. »Keine Spur davon. Und das ist nicht alles. Merced und ich haben die Listen mit den geborgenen Gegenständen gründlich studiert. Es fehlt gerade genug an wasserresistenten Wertartikeln – Generatoreinheiten, Konverter, persönliche Gegenstände wie Schmuck und dergleichen – um unsere Theorie glaubwürdig zu machen.

Man hat eine Menge persönlicher Gegenstände geborgen – die auf den Grund gesunken waren, oder die man in Teilen der Stadt gefunden hatte. Aber es fehlt genug, um zu unserer Analyse zu passen. Unsere Piraten waren sorgsam darauf bedacht, ihre Habgier zu beschränken. Das Fehlen all dieser Gegenstände hätte schon längst auf Menschenhand gewiesen. Aber nur einige – nein, die hätte man nicht vermißt.« Seine schwere Faust schlug in die linke Hand. »Ich würde diese Leute wirklich gerne kennenlernen.« Sein Gesichtsausdruck war jetzt alles andere als jungenhaft. »Ja, ich möchte sie wirklich kennenlernen.«

»Sam, wie kannst du vorhersagen, wo der nächste Angriff stattfinden wird. Sie wissen ja auch nicht, welche Stadt als nächste Ware absenden wird?«

»Da muß ich mir wohl noch etwas einfallen lassen. Wir wissen nur, daß jeder Angriff im Schutz schlechten Wetters stattgefunden hat. Darauf sind alle Städte hingewiesen worden. Ich habe meteorologische Berichte für diesen Meeresquadranten für die nächste Woche angefordert. Alle vier Städte standen im Abstand von jeweils zweitausend Kilometern zueinander. Jetzt haben wir noch etwas, wovor wir die Städte warnen können.«

»Zweitausend ... nicht gerade eine sehr kleine Strekke.«

»In dieser Region gibt es im Augenblick nur ein rundes Dutzend Städte und ein weiteres Dutzend in der Umgebung. Unter diesen zwei Dutzend müssen diejenigen jetzt besonders vorsichtig sein, denen schlechtes Wetter bevorsteht. Das schränkt die Zahl der möglichen Gefahrenpunkte etwas ein«, beharrte er.

»Wir haben immer noch keine Ahnung, was für eine Art Waffen sie einsetzen.«

Er blickte sie hilflos an. »Nein, das haben wir nicht.« Von unten hallte ein Ruf herauf. Er und Merced tauschten ein paar Witze.

Der von ihm angeforderte Bericht war eingetroffen. In den nächsten fünf Tagen mußten nur drei Städte mit Unwettern rechnen.

»Wie waren die Zeitintervalle zwischen den letzten Angriffen?« fragte sie.

»Das ist es ja gerade. Es gab keine Regelmäßigkeit. Zwei der Städte wurden ganz kurz hintereinander vernichtet, und dann vergingen bis zum dritten Angriff Wochen. Es scheint überhaupt keine Möglichkeit zu geben, einen Angriff vorherzusagen.«

»Wir wissen also nur«, murmelte sie, »daß im Laufe der nächsten Woche möglicherweise drei Städte angegriffen werden können.«

»Ich fürchte, so ist es. Wir werden zu einer dieser Städte fahren. Vai'oire ist uns näher als Mou'anui, und ich möchte persönlich mit dem Stadtrat über das sprechen, das wir erfahren haben. Wenkoseemansa und Latehoht sollten für Wachdienst zur Verfügung stehen.«

»Warum Vai'oire, davon abgesehen, daß diese Stadt nahe liegt?«

»Kein besonderer Grund. Als Ziel ist Vai'oire genauso wahrscheinlich wie Hydros oder Aqua. Aber es gibt noch einen weiteren Grund, eine Stadt aufzusuchen, und dieser Grund betrifft euch, nicht mich.«

»Und der wäre?«

»Ich kann mir vorstellen, daß ihr nach Wochen auf diesem Boot alle gern auf etwas schlafen möchtet, das nicht so schaukelt.«

»Amen!« Rachael kam mit Merced nach oben.

»Was mich betrifft, hätte ich ganz bestimmt nichts gegen einen Wechsel einzuwenden«, räumte Merced ein.

Cora sagte nichts, sondern wandte sich wortlos um und blickte wieder auf das Kristallriff hinunter. Sie hatte das Schaukeln nie gestört. Sie war in den Armen von Mutter Ozean ebenso zu Hause, wie sie es je auf dem Festland gewesen war.

10. Kapitel

Vai'oire war natürlich nicht Land, aber jedenfalls stabil. Cora konnte keine Bewegung wahrnehmen, als die *Caribe* sich in eines der zahlreichen Docks schob, die ins Meer hinausreichten.

Es war ein ruhiger Morgen. Nur eine auffrischende Brise deutete die Möglichkeit des vorhergesagten Unwetters an. Ein paar schmutziggraue Wolken zogen am Himmel vorbei, noch unsicher, ob sie ihre Unabhängigkeit bewahren, oder sich zusammenballen sollten.

Als die *Caribe* sich in das Dock schob, passierten sie die ersten Ausläufer des Riffs, das Vai'oire abbaute. Die Sonaranlage informierte das Tragflügelboot über Hexalateformationen, die so nahe an die Wasserfläche reichten, daß sie hätten gefährlich werden können.

»Ein Zufall«, versicherte ihr Sam, als sie sich anschickten, am Dock festzumachen. »Es ist schon richtig, Rorqual war an einem Riff verankert, als es getroffen wurde. Warmouth auch. Aber die beiden anderen standen über offenem Meer oder verfolgten irgendwelche Fischschwärme. Sicher könnten wir genau vorhersagen, welche Stadt als nächste angegriffen wird, wenn alle zur Zeit des Angriffs an einem Riff gestanden wären. Unglücklicherweise ist das aber ein weiteres Faktum, das als gemeinsamer Nenner entfällt.«

Jetzt berührte die *Caribe* sanft das Steuerborddeck. Ein Klicken ertönte am Bug und dann auch am Heck, als das Tragflügelboot festmachte. Dann schob sich die Gangway an den dafür vorgesehenen Platz. Sie gingen von Bord und standen mit Beinen wie aus Gummi auf einer Fläche, die sich nicht unter ihnen bewegte.

Vier Stadtbewohner kamen ihnen entgegen; drei Männer

und eine Frau, alle in mittleren Jahren oder älter. Einer der Männer, ein kleiner, behäbiger Polynesier, trat vor, um ihnen der Reihe nach die Hand zu schütteln. Seine Züge waren rund und weich, und er war kahl, hatte einen Kranz weißen Haares, der seinen Kopf wie drei Viertel eines Heiligenscheines umgab.

»Ja-wen Pua'ahorofenua«, stellte er sich vor. Cora beschloß, daß »Ja« genügen würde. »Ich bin der Bürgermeister von Vai'oire. Wir bekamen gestern eine allgemeine Warnung von Mou'anui. Darin hieß es, daß Sie entschieden hätten, daß menschliche *Piraten* – das Wort mußte ich nachsehen – oder andere Commonwealth-Intelligenzen für die Krise verantwortlich seien, mit der wir die letzten paar Monate gelebt haben. Uns fällt es überaus schwer, das zu akzeptieren.«

»Schwer, aber nicht unmöglich, Ja-wen«, sagte die Frau hinter ihm. Sie war von so enormer Fülle, daß Sam neben ihr geradezu schmächtig wirkte. Und doch wirkte ihr immenses Fleischvolumen, ebenso wie bei Sam, fest und kernig. »Aber all diese Angriffe sind schließlich schwer zu akzeptieren.«

»Das weiß ich, H'ua«, sagte der Bürgermeister. »Ich kann mir nur einfach nicht vorstellen, wie ein Angriff von Menschenhand durch all die Schirme und Frühwarnsysteme kommen sollte. Da müßte doch zumindest eine Spur festzustellen sein.«

»Vier Städte verloren, und niemand weiß etwas«, brummte einer der anderen Männer mürrisch. Er trug einen Gegenstand um den Hals, der wie ein einzelner Zahn aussah. Er hatte am einen Ende mindestens sechzehn Zentimeter Durchmesser, und die Spitze hing dem Mann bis zum Nabel. Cora fragte sich, von welchem Geschöpf er wohl stammen könnte, und dachte dann darüber nach, was wohl sonst noch alles unbeobachtet in den Tiefen von Cachalot lauern mochte.

Der Rest des Halsbandes bestand aus Perlen und Muscheln, zwischen die einzelne leuchtende Teile eingearbeitet waren. Sie fragte sich, ob das nur persönlicher Schmuck war oder vielleicht das Statussymbol irgendeines besonderen Amtes.

»Ich bin inzwischen soweit«, schloß der Mann, der zuletzt gesprochen hatte, »daß ich alles glaube.«

»Das ist wahr«, meinte das vierte Mitglied ihres Begrüßungskomitees. »Mein Fünf-Jahres-Vertrag ist in ein paar Monaten um. Suzette und ich haben schon daran gedacht, unsere Ersparnisse abzuheben, die Kinder zu nehmen und vielleicht nach New Riviera zu ziehen, vielleicht sogar nach Horseye, wo man die Gefahren kennt.«

Der Bürgermeister wandte sich ungläubig zu seinem Begleiter um. »Du, Yermenov? Wo du dein ganzes Leben auf Cachalot verbracht hast?«

»Ja, gewiß, aber ich möchte es auch zu Ende leben. Lieber riskiere ich dreißig Jahre irgendwo anders, als hier als Zahl in einer betrüblichen Statistik aufzutauchen.«

»Nun, über Vai'oire würde ich mir keine Sorgen machen.« Ja-wen wandte sich zuversichtlich wieder seinen Besuchern zu. »Sie werden unsere Sorge begreifen. Wir alle machen uns Sorgen, aber jetzt, wo wir wenigstens eine Ahnung haben, wonach wir Ausschau halten müssen, bin ich sicher, daß wir auch damit fertig werden. Vai'oire ist eine große, gut finanzierte Stadt. Unsere Verteidigungsanlagen sind die besten, die für Privatkäufer erhältlich sind. Wenn Sie sicher sind, daß Ihre ...«

»Wir sind so sicher, wie das an diesem Punkt möglich ist«, erklärte ihm Cora, »für uns stehen Menschen dahinter, nicht irgendeine unbekannte Wesenheit, die in den Tiefen darauf lauert, ganze Städte zu verschlucken.«

»Das haben wir von Anfang an gewußt, Ja-wen.« Die Stimme der riesigen Frau klang fast wie die eines kleinen Mädchens. »Dazu sind zu viele Stücke herumgeschwommen.«

»Ja.« Ja-wen beugte sich zu Cora herüber und sprach mit fast verschwörerischem Tonfall: »Ich bin sicher, Sie haben auch gehört, ein Teil unserer Schwierigkeiten besteht einfach darin, zu vermeiden, daß irgendwelche Gerüchte entstehen, die wir dann nicht mehr unter Kontrolle haben.

Wenn nichts geschieht, wird irgendein Shuttle-Pilot von unserem Problem hören, dann spricht sich das draußen herum. Und dann erfährt man auf irgendeinem Sternenschiff davon, das das System verläßt, und ehe Sie sich's versehen ... Nun – schauen Sie sich doch Yermenov an. Sein ganzes Leben lang hat er hier gelebt. Wenn Leute wie er anfangen, mit dem Gedanken zu spielen, hier wegzugehen, dann ist diese Welt in kürzester Zeit weniger als eine Kolonie. Es fängt ja schon an schwierig zu werden, neue Spezialisten einzustellen.« Er wandte den Blick ab, und man konnte ihm anmerken, daß ihm das, was er sagte, peinlich war.

»Was glauben Sie denn, wie unsere jungen Leute reagieren werden? Besonders die intelligentesten, die jetzt die Universitäten besuchen? Hier gibt es keine höheren Lehranstalten. Glauben Sie denn, daß die zurückkommen wollen, um hier ihr Leben aufs Spiel zu setzen?« Er schüttelte den Kopf. »Nein, damit muß jetzt Schluß sein, und zwar bald!« Er war ganz wie Hwoshien, dachte Cora. »Es sind schon zu viele von unseren Freunden gestorben.« Und das Geschäft geht zurück, dachte sie kühl. Und dann sagte er etwas, was sie ihr hartes Urteil bedauern ließ.

»Ich höre, Sie kommen von der letzten Ankerstelle von Rorqual Towne.« Sie nickte. »Der stellvertretende Bürgermeister dort war mein Vetter. Wir haben alle Freunde und Verwandte verloren. So groß Mou'anui auch ist, es ist eine ziemlich eng verflochtene Gemeinschaft, selbst wenn diese Verflechtung nur über Satellit erfolgt. Wir empfinden den Verlust jedes Mitbürgers als etwas Persönliches. Aber ganze Städte!«

»Wer auch immer die Verantwortung trägt«, sagte Merced recht zuversichtlich, »ist ein Kandidat für die Gehirnlöschung.«

»Gehirnlöschung«, wiederholte der Bürgermeister und nickte grimmig. »Wenn die zuerst einem von uns in die Hände fallen ...« Er sprach den Satz nicht zu Ende, aber das war auch gar nicht nötig. Wenn die Bewohner von Cachalot die Piraten zuerst erwischten, dann würde nicht genug von ihnen übrig bleiben, um sie mit einer neuen Persönlichkeit zu versehen.

»Nun, unvorbereitet sollen die uns nicht finden«, sagte er mit lauter Stimme. »Wir haben hier fast elfhundert Dauerbewohner. Und die wissen alle Bescheid. Wir verlassen uns nicht bloß auf unsere Automatik. Seit die Schwierigkeiten begannen, haben wir Leute, die die Monitorgeräte rund um die Uhr im Auge behalten. Wir führen unsere Arbeit weiter, aber wir passen auf.« Cora fragte sich, ob diese Rhetorik ihnen galt oder dem Bürgermeister selbst.

»Was macht denn Mataroreva?« Der behäbige Mann blickte an ihnen vorbei zum Dockende. »Ich habe ihn seit dem letzten Erntefeiertag nicht mehr gesehen.«

Cora wandte sich mit den anderen um. Ihr Führer stand nach vorne gebeugt da und führte ein Gespräch mit dem Wasser. »Wir haben ein Paar Orcas bei uns. Wahrscheinlich redet er mit ihnen.« Sie stellte fest, daß er seinen Translator trug.

»Drifter oder Kollegen?« erkundigte sich einer der anderen Männer.

»Ich weiß nicht genau, was diese Begriffe bedeuten«, sagte Merced, »aber wenn Sie damit meinen, ob sie mit Sam und anderen Menschen regelmäßig zusammenarbeiten, dann bin ich ziemlich sicher, daß das der Fall ist, wenigstens nach dem zu schließen, was wir bisher beobachtet haben.«

»Sehr gut«, zirpte die Riesendame H'ua. »Das ist das beste Frühwarnsystem, das man haben kann. Ich habe es immer bedauert, daß wir nicht ein oder zwei dazu bringen konnten, sich Vai'oire als Kollegen anzuschließen.«

Mataroreva trat jetzt zu ihnen und bestätigte, daß er mit ihren schwarz-weißen Begleitern gesprochen hatte. »Ich habe sie auf Streife geschickt«, erklärte er. »Sie werden die Stadt in einem Kilometer Entfernung umkreisen. Wie flach ist denn das Riff, an dem Sie arbeiten?«

»Es reicht an einigen Stellen bis zur Oberfläche«, sagte Yermenov. »Ich bin übrigens Fischereileiter der Stadt. Wir ankern an einem Ende des Riffs. Es breitet sich mehr oder weniger fächerförmig aus von diesem Punkt. Auf der anderen Seite der Stadt ist es Hunderte von Metern breit und an der breitesten Stelle sind es einige Kilometer.«

»Woran hast du denn gedacht?« fragte Cora den nachdenklichen Polynesier.

»Tauchboote. Die würden sich am besten für einen Angriff eignen. Wenn sie Emissionsstille halten oder abgeschirmt sind oder vielleicht beides, würde sie kein Satellit entdecken. Und wenn sie klein und schnell genug sind ...« Er zuckte die Achseln. »Das könnte die Erklärung sein. Das Riff hier sichert etwa ein Viertel der Ozeanzufahrt vor einem solchen Unterwasserangriff. Ich baue einen imaginären Verteidigungsring um die Stadt.«

»Das hat nichts zu sagen«, meinte Bürgermeister Pua'ahorefenua locker. »Wir werden unsere Überwachungssysteme im Umkreis von dreihundertsechzig Grad einsetzen. Nur für alle Fälle.«

»Das würde ich an Ihrer Stelle auch tun.«

Für Cora war das einfache Fischer- und Sammlerdorf faszinierend. Sie hatte auf einigen der Ozeanwelten, auf denen sie gearbeitet hatte, schwimmende Erholungsorte auf Polymerflößen kennengelernt und gelegentlich auch isolierte schwimmende Forschungsstationen besucht. Aber nie etwas von vergleichbarer Komplexität, dachte sie. Nicht eine vollständige Gemeinschaft mit Häusern und Arbeitsplätzen und Erholungsorten, mit Handel und Ausbildungsstätten. Die Illusion, daß die Leute tatsächlich auf festem Land arbeiteten und sich bewegten, war vollkommen. In der Nähe des Stadtzentrums, abseits vom Meer, war diese Illusion natürlich am vollkommensten. Der Boden unter ihren Füßen schwankte überhaupt nicht, und doch wußte sie, daß sie nur wenige Meter aufgeschäumtes Polymer von den Tiefen trennten. Die Kompensatoren sorgten dafür, daß der Laufgang und die Gebäude, die ihn säumten, ebenso fest und sicher wie die Gedanken eines Padre blieben. Eher hätte man sogar sagen können, daß der Untergrund stabiler als normal war. Die Fläche, auf der sie sich bewegte, war glatt und nahtlos, nicht unstet, wie der gläserne Sand vom Mou'anui-Atoll.

Einige der Bauten erhoben sich drei Stockwerke hoch über ihre Floßfundamente. Die meisten Dächer trugen einen Kranz kleiner Tellerantennen, um über Satellit zu empfangen und zu senden.

»Es scheint ein Unwetter aufzukommen«, bemerkte Mataroreva, als sie sich auf ein langes Bauwerk zubewegten, das die monumental wirkende Frau als das ihre bezeichnet hatte.

H'ua blickte zum dunkler werdenden Himmel auf. »Wir werden ein oder zwei Tage Regen haben. Nichts Ernsthaftes, wenn man der Vorhersage glauben darf. Schwache Winde und etwas Seegang. Außerdem ist der Regen gut für uns.«

Merced runzelte die Stirn. »Warum? Ich dachte, die schwimmenden Städte würden ihren ganzen Süßwasserbedarf auf dem Wege der Entsalzung produzieren.«

»*E Mau roa* – das ist sehr richtig«, antwortete H'ua. »Zum Trinken und Kochen und für die meisten anderen Bedürfnisse reicht das aufbereitete Seewasser auch aus.« Sie blinzelte Cora zu und fuhr sich in die Mähne aus langem, schwarzem Haar, das ihr Mondgesicht umrahmte. »Aber einige von uns Traditionalisten glauben, daß man zum Haarewaschen Regenwasser braucht. Und dann ist Regen auch gut für die Seele.«

Sie gingen an dem Haus vorbei, bogen in eine andere Straße ein und erreichten schließlich einen zweistöckigen, aus geschäumtem Kunststoff bestehenden Wohnkomplex. Sie betraten eine kleine Empfangshalle.

»Sie sind unsere Gäste. Vai'oire hat nicht oft Gelegenheit, Besuchern von anderen Welten seine Gastfreundschaft zu erweisen.« H'ua sah Rachael an und wies mit einer Kopfbewegung auf den Gegenstand, den das Mädchen unter dem Arm hielt. »Wie ich höre, können Sie tatsächlich diese Hexenleier spielen?«

Rachael sah sie überrascht an. »Woher wissen Sie das? Die meisten Leute, die sie tragen, können nur darauf üben.«

Mataroreva lächelte breit. »Das gehörte zu den weniger wichtigen Informationen, die ich vor unserer Ankunft ausgesendet habe.«

»Wenn Sie ein Konzert geben würden, wäre das eine große Ehre für uns«, fügte H'ua hinzu.

Rachaels Gesicht rötete sich. »Jetzt warten Sie, ich bin doch keine Berufsmusikerin, nur Amateur und ...«

»Wer ein Neurophon dazu bringen kann, mehr als nur zu heulen, ist auch mehr als nur ein gewöhnlicher Amateur.« Eine mächtige Hand klopfte Rachael auf den Rücken. »Jedenfalls sind Sie hier neu und daher äußerst exotisch. Sie müssen irgend etwas Knappes tragen. Dann merken die Männer nicht, wenn die Musik und die Projektionen schwach sind.« Sie musterte das Mädchen mit billigender Miene. »Kann sein, daß sie es ohnehin nicht bemerken.«

Dann wandte sie sich mit einem mädchenhaften Kichern ab und wälzte sich aus dem Empfangsraum. »Ich hoffe, Sie fühlen sich hier wohl. Jedes Zimmer hat seinen eigenen Autokoch, einen Kommunikator und ein Tridi. Mou'anui sendet jeden Tag. Wenn Sie sonst etwas wollen, dann summen Sie mich über Ihr Zimmerkom an. Ich habe eins-vier-sechs. Mein Mann heißt übrigens Taarii Maltzan, aber den kriegen sie nicht. Er arbeitet mit den anderen Sammlerteams am Riff.«

»Danke«, brachte Cora gerade noch heraus, als die Frau sie verließ.

Die Tür des ihr zugewiesenen Zimmers war verschlossen. Das war nicht anders zu erwarten gewesen. In einer so abgeschlossenen und isolierten Gegend, wie es eine schwimmende Stadt war, legte jeder großen Wert auf sein Privatleben. Die Tür öffnete sich auf den Klang ihrer Stimme, nachdem sie den Daumen in die Vertiefung am Türstock gelegt hatte.

Was sie dann sah, war freilich so völlig unerwartet, daß sie fast einen Schrei ausgestoßen hätte. Der Raum hatte nämlich scheinbar keinen Boden. Und dann sah sie die Reflexe in den Ecken. Sie trat vorsichtig auf die durchsichtige Fläche.

Ihre Unsicherheit machte schnell großem Vergnügen Platz. Der Boden des überraschend geräumigen Zimmers war völlig durchsichtig. Sechs Meter darunter konnte sie wunderbar bizarre, vielfarbige Geschöpfe hin- und herschwimmen sehen, von Strahlern angeleuchtet, die jemand aufmerksamerweise kurz vor ihrem Eintreffen eingeschaltet hatte. Einige Meter tiefer lag der sandige Meeresgrund, der mit Hexalatformationen bedeckt war.

Auf dem durchsichtigen Boden standen ein Lehnsessel und ein Bett, deren Überzüge aus irgendeiner getrockneten blauen Seepflanze gewebt waren, ein hochglanzpoliertes Stück Hexalat mit dem Tridi, sowie über den Boden verstreut ein paar Matten mit spiralförmigen, äußerst kunstfertigen Mustern.

Cora kniete nieder und strich mit den Händen über den glatten Boden. Das Glasalum war vielleicht einen halben Meter dick. Der raumgroße Schacht, der ihr Zimmer enthielt, war Teil des Polymerfloßes, auf dem Vai'oire ruhte. Das völlige Fehlen jeglicher Bewegung hatte sie nur getäuscht und ihr suggeriert, sie träte ins Leere.

Nachdem sie sich eine Weile umgesehen hatte, entdeckte sie, daß in der Ecke eine Falltür eingelassen war, die aus demselben durchsichtigen Material bestand. Stufen, die in die weiße Floßwand eingeschnitten waren, führten zu einer Bank, die gerade über der Wasserfläche stand. Dort konnte man unter dem Boden ihres Zimmers sitzen und völlig für sich abgeschlossen im warmen Meer baden.

Das Gästehaus befand sich am Stadtrand, das Wasser würde also relativ warm sein. Cora richtete sich auf und fand das nur in einer Richtung durchsichtige Fenster, das über das Meer und die kleinen Docks mit den Booten hinausblickte. Draußen gingen Leute vorbei, die meisten trugen die vertrauten Pareus, gelegentlich auch Tauchgelanzüge. Kleine Kinder gingen häufig nackt.

Die für so seltene Gäste aufgewandte Phantasie deutete auf eine Industrie, die auf Cachalot offensichtlich nur wenig im Schwange war: Touristik. Sie stellte sich schwimmende Hotels vor, die über den Riffs und Atollen verankert waren – und rief sich gleich wieder in die Wirklichkeit zurück. Touristik und Wissenschaft vertrugen sich selten. Ohne Zweifel hätten sich die Cetacea jeglicher Art von Touristik heftig widersetzt. Auch sie sollte all ihre Gedanken auf den wichtigen Auftrag konzentrieren, der vor ihnen lag.

Obwohl er vielleicht gar nicht mehr so wichtig war. Ihre Gedanken befaßten sich jetzt gar nicht mehr mit rätselhaften Angreifern oder mit der Vernichtung schwimmender Städte, sondern kehrten zu einer Höhle zurück, die mit lebenden Sternen angefüllt war. Sie sah sich erneut in dem leeren Zimmer um und empfand zum erstenmal seit langer Zeit wieder, daß der Begriff ›leer‹ das Wesentliche wiedergab. Vielleicht würde Sam Spaß daran haben, mit ihr zu tauchen. Es galt, ein neues Riff zu erforschen.

Sie summte die anderen Räume an, die man ihrer Gruppe zugeteilt hatte. Merced war im Schacht seines Zimmers und erklärte ihr, daß Rachael zum Boot unterwegs war, in dessen unterer Kabine sie sich auf das verlangte Konzert vorbereiten wollte. Wo Mataroreva war, wußte er nicht.

Sie dankte Merced, schaltete ab und verließ ihr Zimmer. Vai'oire war nicht groß, sie würde ihn schon irgendwie finden. Sie erkundigte sich bei den Stadtbewohnern nach ihm.

Eine Weile erhielt sie immer die gleichen Antworten. »Nein, nicht gesehen; ja, ich weiß, wen Sie meinen, aber ich war den ganzen Tag fischen; nein, tut mir leid ...«

Während sie so in der Stadt herumwanderte, kam sie sich immer isolierter vor. Auf Mou'anui waren die Unterschiede nicht so ausgeprägt gewesen. Im Verwaltungszentrum und den Verarbeitungsanlagen waren viele Techniker von anderen Welten tätig. Hier auf Vai'oire stammte die Mehrzahl der Bevölkerung von polynesischen Ahnen ab. Ihre kräftig gebauten, milchkaffeefarbenen Körper, nur in Pareus oder knapp sitzende Tauchanzüge gehüllt, vermittelten ihr den Eindruck, ein Jadesplitter inmitten zwanzigkarätiger Topase zu sein. Die Luft war feuchtheiß. Sie fühlte sich von schwitzendem, massivem Fleisch halb erstickt, das von allen Seiten auf sie eindrängte.

Schließlich stieß sie auf jemanden, der Sam gesehen hatte. »Den Friedenshüter-Captain?«

Sie nickte energisch.

»Ich hab' ihn dort hinausgehen sehen«, meinte der junge

Mann, wies ihr die Richtung und fügte dann freundlich hinzu: »Nach zwei Häusern biegen Sie nach links. Stadtkommunikation. Ich wette, er war dorthin unterwegs.«

»Kommunikation – ja, das würde einleuchten.« Sie dankte dem jungen Mann und folgte dem Weg, den er ihr gewiesen hatte. Sie hätte sich gar nicht so anzustrengen brauchen. Man konnte sich auf Vai'oire nicht verlaufen, da alle Stufen am Ende zum Meer hinunterführten.

Das Gebäude hatte abgerundete Ecken und war deutlich als öffentlicher Bau gekennzeichnet. Seine Wände waren wie sämtliche Wände auf Vai'oire aus leichtem, aber äußerst dauerhaftem Wabenkunststoff geformt, der gegen Salzkorrosion unempfindlich war und die Polymerfundamente nur wenig belastete. Von den oberen Seiten und dem Dach ragten einige kleine Kuppeln und eine ziemlich umfangreiche Tellerantenne hervor. Ein eindrucksvolles Netzwerk, das freilich aus Titan und Glas anstatt Seide gesponnen war, verband Antennenkuppeln und andere Vorsprünge.

Drinnen fand sie keinen einzigen Arbeiter. Das überraschte sie nicht. Automation und Robotersensoren waren imstande, die monotone Arbeit der Ausrichtung von Antennen und der Verteilung von Bulletins zu übernehmen. Der größte Teil der einlaufenden Informationen ging direkt in die Häuser der Bewohner, wo sie auf den einzelnen Tridischirmen ausgedruckt werden konnten.

Schließlich fand sie einen Mann, der an einem der verschiedenen öffentlichen Sichtgeräte saß. Seine Einheit zu Hause war defekt und noch nicht repariert worden.

»Mataroreva? Ein großer Bursche, ziemlich freundlich?« Er nickte, worauf er mit dem Daumen nach rechts deutete, ohne dabei von seinem Bildschirm aufzublicken. »Ich glaube, er ist in die Bibliothek gegangen.«

Zwei Räume weiter fand sie den Datenspeicher der Stadt. Tausende von Chips mit Informationen über praktisch alles, angefangen bei Anweisungen zum Sezieren giftiger Fische bis zu Unterhaltungsshows, die von Terra importiert waren, füllten die Regale. Der Raum war ziemlich klein. Außer dem Bibliothekar brauchte niemand den Raum zu benutzen, da die auf Chips enthaltenen Informationen ja von jedem Bildschirm in der Stadt aus abgerufen werden konnten.

Vielleicht suchte Sam einen nur mit besonderer Genehmigung zugänglichen Chip, oder er lieferte Texte und Bilder, die gespeichert und dann nach Mou'anui übermittelt werden mußten, um seine per Funk durchgegebenen Daten zu ergänzen. Sie versuchte, die durchsichtige Tür zu öffnen, stellte aber fest, daß sie versperrt war. Ja, wahrscheinlich codierte er einen Chip. Trotz seiner scheinbaren Oberflächlichkeit wußte sie, daß er ein gewissenhafter und intelligenter Arbeiter war.

Sie konnte ihn ebenso wirkungsvoll überraschen wie er sie überrascht hatte. Sie öffnete leise die Tür und schlüpfte hinein. Nirgends eine Spur von ihm zu sehen ... nein, dort, im hinteren Teil des Raumes, waren Geräusche zu hören. Wahrscheinlich einer der hiesigen Techniker, der ihm behilflich war. Das würde ihr die Überraschung teilweise verderben.

Wie sich gleich erweisen sollte, war die Überraschung so vollkommen, wie sie sich das nur hätte wünschen können, aber sie bereitete ihr keine Freude. Wie vermutet, war ein Techniker anwesend. Das Unangenehme war nur, daß es sich um einen Techniker weiblichen Geschlechts handelte und Sam und die Frau keineswegs mit Aktenstudium oder Programmieren beschäftigt waren.

Cora stand einfach da und starrte die beiden auf dem Boden an, und ihr Gesichtsausdruck war völlig ausdruckslos, wie ein hirngelöschter Idiot, der auf die neue Programmierung wartete.

Seltsamerweise galt ihr Interesse in erster Linie der Technikerin, einer Fremden, die größer, voller und mindestens zehn Jahre jünger als Cora war. Ihrem verzückten Gesichtsausdruck nach hatte sie eben den Höhepunkt erreicht. Sam drehte sich halb zur Seite, löste sich aus ihr und zerstörte das unglaublich peinliche Bild, indem er das Schlimmste tat, was möglich war. Er lächelte, Verzeihung heischend, während er sich auf die Knie erhob.

»Entschuldigung«, brachte Cora schließlich heraus, mit

jener unglaublichen Ruhe, die sich so oft in Zeiten emotioneller Lähmung einstellt. »Es war nichts Wichtiges.«

»Cora?« Aber sie hatte den Raum bereits verlassen. Er folgte ihr nicht.

Immer noch eisig gefaßt, verließ sie das Gebäude. Sie brachte es fertig, die Hälfte des Weges zu den Besucherapartments langsamen Schritts zurückzulegen – erst dann fing sie zu laufen an. Ein paar Bürger der Stadt blickten ihr neugierig nach. In Vai'oire gab es keinen Anlaß zur Eile. Alles lag ganz nahe beieinander.

Cora betrat die Empfangshalle. Das Schicksal hatte ihr einen kleinen Gefallen erwiesen: Rachael war nicht zu sehen. Sie rannte in ihr Zimmer und schloß die Tür hinter sich ab. Dann brach sie über dem Bett zusammen und lag eine endlose Zeit dort, versuchte zu weinen. Schließlich stellte sie fest, daß sie es nicht konnte. Sie lachte wild; ihre Kehle brannte. Außer Übung. Die Gewohnheiten sterben schwer. Keine Träne trat ihr in die Augen. Nicht für Sam, nicht für sich selbst.

Erschöpft wälzte sie sich zur Seite. Der Kopf hing ihr zu Boden. Unter dem fernen Wasser tanzten und wirbelten Regenbogen.

Warum bist du so erregt? fragte sie sich stumm und verärgert. Was gibt es eigentlich, über das es sich zu ärgern lohnt? Er hat dir nichts versprochen, dich zu nichts gezwungen. Er hat dich einfach auf ganz sanfte Art verführt.

Ja? Wie war das denn mit der Kaverne, Schönheit – und er wußte, daß sie dich überwältigen würde. Und du hast dich überwältigen lassen. Aber er und die Schönheit waren zwei Dinge, und du hast bereitwillig von beidem getrunken. Du wolltest ihn also lieben.

Kritische Frage: willst du denn mehr als das? Weiß nicht, weiß nicht, Herrgott, ich weiß es nicht! Du hast dich mit offenen Augen darauf eingelassen. Ja, mit offenen Augen und offenem Schoß und verriegeltem Verstand. Verstand. Geschieht dir recht! Du verdienst, was dieses Leben dir gibt!

Dann hör auf, dich wie eine Sechzehnjährige zu benehmen! Die ganze Zeit hackst du auf Rachael herum, daß sie sich unreif benimmt, und dabei benimmst du dich viel schlimmer, als sie das je getan hat. Wenn du ihn wiedersiehst, tust du einfach, als ob nichts geschehen wäre! Ja ... schließlich ist er immer noch für die Sicherheit dieser Expedition verantwortlich. Und so behandelst du ihn. Höflich, freundlich – und distanziert. Und wenn er dich auch nur berührt ...

Und wieder stieg die Wut in ihr auf, wie Lava im Schlund eines Vulkans, und legte sich ebenso schnell wieder. Wie interessant es doch war, sagte sie sich, Spekulationen über die Verwandtschaft des Menschen mit dem Affen anzustellen. Du darfst es Sam nicht vorwerfen, daß die ganze Gattung keine Fortschritte gemacht hat.

Sie drehte sich auf den Rücken und studierte die Decke. Der Mann muß sich immer wieder beweisen. Du kannst dem Führer einer Orang-Utan-Familie nicht dafür böse sein, daß er sich so benimmt, wie es seiner Position entspricht.

Mit dieser Realität konnte sie fertig werden. Seit Jahren hatte sie das getan. Kein Grund, jetzt einen Schritt zurück zu tun. Sam hatte bewiesen, was er beweisen wollte. Und über die Gedanken hinter seinem lächerlichen kleinen Lächeln, dort auf dem Boden in der Bibliothek, wollte sie gar nicht erst nachdenken. Wie albern!

Als sie in ihr Zimmer zurückgerannt war und sich in ihrem Bewußtsein Verwirrung, Schmerz und Erinnerung ineinander vermischt hatten, hatte sie gedacht, er hätte sie verspottet, sie bewußt mit der Frau gedemütigt. Der männliche Pfau spreizt seine Federn, dachte sie.

Aber das hieße zu viel von ihm verlangen. Er hatte nie den Anspruch erhoben, schlau oder beredt zu sein, und jetzt hatte er demonstriert, wie sehr ihm diese beiden Eigenschaften fehlten. Du warst es, erinnerte sich Cora befriedigt, du warst es, die die Situation in die Hand genommen hat, und etwas gesagt hat. Ebensogut hättest du umkehren können und einfach weggehen. Vielleicht hätten die beiden dich gar nicht bemerkt. Das Lächeln war nichts anderes als ein wahrhafter Spiegel seiner inneren Leere. Sie hatte einen Fehler gemacht. Sam Mataroreva war nicht nur in seinem

Aussehen und seinem Verhalten wie ein Junge, er war es in allen Dingen. Sie sollte ihn einfach als solchen behandeln. Ihre Erwartungen waren zu hoch gesteckt gewesen. Wie sie es hatte zulassen können, in ihm einen bewundernswerten *Mann* zu sehen, konnte sie sich jetzt einfach nicht mehr vorstellen.

Genug. Sie würde den Rest des Nachmittags mit ihren Bändern verbringen und dann mit den anderen so angenehm wie möglich zu Abend essen. In der Stadt gab es noch viel zu sehen, denn wer wußte schon, wo etwa der kritische Hinweis lag, der ihnen weiterhelfen würde? Vielleicht würde sie sogar das Mädchen aufsuchen und sie bitten, ihnen Vai'oire zu zeigen. Ja, das war es. Sie würde *ihr* zeigen, wie sich eine reife Frau verhält. Sollte die andere doch nervös sein und auf die Explosion warten, die nie kommen würde.

Ein kleines Nickerchen würde ihr jetzt gut tun. Das Einschlafen würde ihr keine Schwierigkeiten bereiten. Der Autokoch konnte außer Nahrung auch andere Dinge liefern. Und dann überlegte sie es sich im letzten Augenblick anders. Natürlich herbeigeführte Entspannung war besser als solche, die von Drohungen erzeugt wurde.

Sie legte sich wieder aufs Bett, rollte sich auf den Rücken und dunkelte Fenster und Boden ab. Ihr Ärger hatte sich gelegt, ihre Angst war verschwunden. Aber obwohl das Zimmer jetzt so dunkel wie die Nacht war, konnte sie doch das Bild der beiden ineinander verschlungenen, heftig kopulierenden Körper auf dem Boden nicht verdrängen, als hätte es sich in ihre Netzhaut eingebrannt.

Das Abendessen lief mit einer erzwungenen Liebenswürdigkeit ab, die niemanden täuschte. Rachael wußte, daß mit ihrer Mutter irgend etwas nicht stimmte, war aber klug genug, nichts zu sagen. Mataroreva aß mit einer ungewöhnlichen Konzentration und überließ es Rachael und Merced, das Gespräch zu führen.

Nach dem Essen freilich hellte sich seine Miene auf, als ihm ein Gedanke kam. »Hört zu, heute abend gibt es auf dem Riff ein ganz besonderes Schauspiel. Die Stadtbewohner haben sich schon daran gewöhnt, also sollten wir das ganze Riff für uns haben.«

»Was für ein Schauspiel denn?« Cora legte mehr Interesse an den Tag, als sie in Wirklichkeit empfand.

»Nun«, meinte Mataroreva, im Glauben, ihr Interesse wirklich geweckt zu haben, »es handelt sich um einen hiesigen Kephalopoden. Er sieht nicht wie ein Tintenfisch, sondern eher wie ein Ball mit Tentakeln aus.«

Er holte einen Block aus einer der Taschen seines Pareu und skizzierte trotz seiner dicken Finger mit erstaunlicher Geschicklichkeit. Das Wesen, das er ihnen aufzeichnete, war eher ellipsoid als kugelförmig. Es besaß am einen Ende vier breite Flossen, während das andere von einem Ring mit sechs oder sieben winzigen Augen umgeben war. Jedes Auge besaß darüber einen langen Tentakel, während in der Mitte des Augenrings ein großer, runder Mund zu erkennen war.

»Ihre Farbe reicht von glasigem Grün bis zu hellem Lavendel«, erklärte Sam angeregt. Rachael und Merced hörten interessiert zu. »Es gibt an diesem Riff Tausende davon.«

»Wie groß?« fragte Merced.

»Etwa so groß wie meine Faust.« Er ballte seine dicken Finger, um die Größe zu demonstrieren. »Plus die Tentakellänge.«

»Und die Stadt jagt sie?« Cora stellte fest, daß sie, ohne es zu wollen, doch interessiert war.

»Nein, die nicht. Es gibt einen kleinen Fisch, etwa so groß wie mein kleiner Finger ...«

»Sie haben ausdrucksvolle Hände«, unterbrach sie ihn. »Schon zwei Beispiele.«

Er musterte sie einen Augenblick lang unsicher und suchte nach einer versteckten Bedeutung hinter ihren Worten, ehe er fortfuhr: »Die Fische leben in Millionen winziger Spalten im Riff. Wenn sie herauskommen, erscheinen die Kephalopoden, um auf sie Jagd zu machen – und sich zu paaren. Wenn sie sich paaren, leuchten sie wie Glühwürmchen: die Männchen in verschiedenen Schattierungen von

Blau, die Weibchen rot. Eine ausgesprochen kräftige Biolumineszenz. Und sie tanzen, sie schwimmen dauernd im Kreis herum, oder im Achter, besser gesagt. Tausende und Abertausende, in allen Schattierungen von Rot und Blau.«

»Das klingt ja wie das Thema für eine neue Komposition«, meinte Rachael und dachte an ihr Neurophon, das in ihrem Zimmer lag. Doch dann blickte sie plötzlich traurig. »Aber ich habe doch versprochen, ein Konzert zu geben.«

»Doch nicht für einen bestimmten Abend«, erinnerte sie Merced. »Sie können unsere Gastgeber ja ein paar Tage warten lassen.«

»Ja, das stimmt, morgen geht es ebenso wie heute, denke ich.« Sie stand vom Tisch auf. »Sicher. Das werde ich ihnen jetzt sagen und mich umziehen.« Dann sah sie plötzlich zu Cora hinüber und fragte besorgt: »Kommst du mit, Mutter?«

Was für eine seltsame Stimmlage, dachte Cora. Ich verhalte mich doch ganz normal. »Natürlich komm ich mit. Das klingt sehr aufregend.«

»Gut.« Mataroreva steckte seinen Block weg, auf dem die Zeichnung des Kephalopoden bereits wieder verblaßte. »Am nordöstlichen Ende der Stadt finden Sie einen langen einzelnen Pier. Ganz in der Nähe reicht das Riff fast bis an die Meeresoberfläche.« Er sah auf seinen Chronometer. »Die Sonne geht etwa in einer Stunde unter. Wir sollten uns um zwei Uhr morgens treffen.«

»So lang?« Rachael blickte zum Fenster hinaus. »Es ist doch schon dunkel.«

»Wolken«, erwiderte er und folgte ihrem Blick. »Es ist nicht die Dunkelheit – die Kephalopoden haben eine ganz bestimmte Zeit in der Nacht. Wir müssen alle einfach eine Weile wach bleiben. Der Regen stört sie nicht, falls er kommen sollte.«

Die Erregung war stärker als ihre Müdigkeit, und so schritt Cora durch die schwach beleuchteten Straßen der Stadt. So spät in der Nacht (frühmorgens, verbesserte sie sich) schlief der größte Teil der Stadtbewohner bereits.

Sie erreichte den Stadtrand und hörte den Wellenschlag

am Rande des Polymerfloßes. Vor ihr lag der Pier. An seinem äußersten Ende konnte sie einige schattenhafte Gestalten ausmachen.

»Wir sind alle da«, meinte Rachael, als Cora zu ihnen trat. Sie trug ihren Gelanzug bereits, während Merced seine Maske anpaßte. Tatsächlich waren sie mehr als alle. Jetzt standen fünf Gestalten am Ende des Pier.

»Das ist unsere Führerin.« Sam wies auf eine weitere Gestalt, die mit der Anpassung ihrer Tauchgeräte beschäftigt war. »Nachts an einem fremden Riff zu tauchen, ist gefährlich. Nicht, daß jemand verloren gehen könnte, aber so ist es sicherer.«

»Das weiß ich. Halten Sie mich für blöd?« Rachael sah ihre Mutter scharf an, und Cora las trotz der Dunkelheit und der dicken Gesichtsplatte in den Zügen ihrer Tochter die Verwirrung.

»Entschuldigung – ich weiß schon«, entschuldigte sie sich. »Natürlich ist es vernünftig, jemanden mitzunehmen, der sich auskennt.«

»Ich werde mir Mühe geben, Miß Xamantina«, sagte eine Stimme. Die fünfte Gestalt wandte sich zu ihr um. Cora starrte sie an. Sie zitterte ganz leicht, aber das ging schnell vorüber. Es war das Mädchen, mit dem Sam im Büro kopuliert hatte.

Sie streckte ihr die Hand hin. Selbst in dem schwachen Licht konnte Cora die Gespanntheit in den jugendlichen Zügen erkennen. »Ich heiße Dawn. Ich bin die Stadtbibliothekarin.« Cora widerstand dem Drang, etwas wie »Das ist nicht alles, was Sie sind«, hinzuzufügen. Schließlich war sie inzwischen mit sich ins reine gekommen und wollte nicht wieder kindisch werden. Sie streckte ihrerseits die Hand hin und versuchte, ihre Gefühle zu unterdrücken, als sich ihre Hände berührten.

»Es ist mir eine Ehre, Ihre Bekanntschaft zu machen.« Das klang aufrichtig. »Wir alle wissen, daß die Regierung und die Verwaltung Sie von Terra hierhergeholt haben, um uns in unserem Unglück zu helfen. Wenn jemand dieses Problem lösen kann, dann, da bin ich sicher, sind Sie das.«

Komm schon, Kleines, dachte Cora, jetzt übertreibst du. Trotzdem spürte sie, als sie in das glatte, jugendliche Gesicht blickte, daß dies eine Frau war, die sie vielleicht würde sympathisch finden können, wenn sie Gelegenheit dazu bekam. Im Augenblick war sie unsicher, ob sie sie noch haßte oder nur bedauerte. Doch dies war eine ozeanographische Expedition, auch wenn sie ästhetische Züge trug. Nicht eine Szene aus einem müden, alten Tridichip. »Gehen wir«, sagte sie munter. »Es ist spät. Sehr spät.« Das stimmte. Noch ein paar Stunden, und die Sonne würde aufgehen.

Wolken verdeckten die Sterne. Ein paar Tropfen, Vorboten nächtlichen Niederschlages, fielen auf ihre maskierten Gesichter. Mataroreva holte einen Satz Tauchlampen heraus, winzige Hochleistungsstrahler, die man leicht in der Hand halten konnte.

»Wie steht es mit Raubfischen?« Merced sprach jetzt über sein Sprechgerät. »Ich würde meinen, daß es davon eine ganze Menge gibt, es sei denn, die Fleischfresser von Cachalot sind alle Taggeschöpfe.«

»Das sind sie nicht«, erklärte Dawn, »aber die großen schwimmen nie in die Riffuntiefen. Diejenigen, die es doch tun, sind zu klein, um einem Schwimmer gefährlich zu werden, und wir sind zu fünft.«

Wie offensichtlich, überlegte Cora. Versuchte Merced dem Mädchen die Scheu zu nehmen, indem er ihr Gelegenheit gab, ihr Wissen zu zeigen? Das mußte es sein. Sie hatte genug von dem kleinen Wissenschaftler gesehen und gehört, um einiges zu vermuten, aber Naivität unterstellte sie ihm nicht.

Natürlich würde ein Schwarm gefährlicher Raubfische unterwegs sein. Wenn sich die Kephalopoden diesen Ort und die Zeit zur Paarung ausgesucht hatten, dann wußten das auch die Räuber.

Nacheinander schalteten sie ihre Handstrahler ein, befestigten die Projektoren an den dafür vorgesehenen Ösen am Handgelenk, und glitten lautlos ins Wasser.

Die Strahler waren notwendig, um ihre Umgebung zu erleuchten. Es erübrigte sich, mit den Lampen nach den anderen zu suchen, da die Gelanzüge nicht nur thermosensitiv, sondern auch thermolumineszent waren. Während das Gel die Körperwärme regelte, reichte diese Wärme auch aus, um die Atome des Anzugmaterials zur Fluoreszenz anzuregen. So kam es, daß jede schwimmende Gestalt in weichem Gelb erstrahlte.

Als sie sich dem Riff näherten, begegneten ihnen Myriaden phosphoreszierender Hexalate und andere Geschöpfe, aber nichts besonders Auffälliges. Cora hatte ähnliche Phänomene auf anderen Welten beobachtet.

Dann schien das Riff abrupt allseits abzufallen, und sie schwammen in einer weiten, offenen Höhlung, einem natürlichen Unterwasser-Amphitheater. Und diese vom Wasser erfüllte Schüssel war eines der großartigsten Bilder, das man sich vorstellen konnte. Eine Zeitlang vergaß Cora die Sorge um ihren Auftrag, die sie immer noch erfüllte, vergaß die Erinnerung der schmerzhaften Konfrontation mit Sam und Dawn in der Stadtbibliothek. Alles vergaß sie. Vor ihr entfaltete sich ein Schauspiel, das alle Angst überdeckte.

Wahrscheinlich hatte Sam die Zahl der Kephalopoden unterschätzt. Zehntausende flatterten und tanzten vor ihnen und rings um sie. Manche tanzten zu Dreien und Vieren. Andere hatten ihre Partner gefunden, während viele Tausende in der irisierenden Orgie flüssiger Kopulation ihre Partner suchten. Myriaden von Scheinwerfern flammten und pulsierten rings um sie. Und bald fing um sie herum etwas an, das weder Sam noch Dawn erwähnt hatten.

Die Gelanzüge leuchteten gelb, nicht rot oder blau. Doch das hatte nichts zu besagen. Angetrieben von Neugierde, Leidenschaft oder einer Macht, die die menschliche Phantasie nicht kennt, begannen die Kephalopoden jede der zweibeinigen Gestalten zu umschwärmen. Cora fand sich plötzlich inmitten eines Walzers von unvorstellbarer Schönheit und Grazie. Sie ließ sich treiben, schwebte in Lumineszenz, während blaue und rote Kugeln um ihre Hände, ihren Kopf und ihre Beine kreisten.

Sie spähte durch das Farbenspiel und sah die gelbe Gestalt Rachaels von einem aufmerksamen Hof blitzender

Sterne umgeben, ein Atomkern, den hellblaue und hellrote Elektronen umkreisten.

Sie hob eine Hand. Sofort begannen zwei der blauen Kephalopoden eine gemessene Pirouette um ihre Fingerspitzen zu tanzen, mit einer unbeschreiblichen Grazie auf und ab zu hüpfen. Jetzt stieß einer gegen ihre Gesichtsplatte, wobei sie instinktiv zurückzuckte. Aber es war eine weiche Kollision, so wie mit einer Puderquaste. Sie starrte in sieben fremde Augen, geschlitzt wie die einer Katze, und von vollem Purpur, so als versuchten sie, einen Abgrund der Intelligenz und der Entwicklung zu überbrücken.

Dann trieb das enttäuschte Geschöpf mit einem hypnotischen Winken seiner Tentakel davon.

Sie trat Wasser und blieb über dem Grund unter der Oberfläche. Über ihr war kein Himmel, unter ihr kein Boden. Sie trieb in einem Meer der Sterne. Sie mußte sich dazu zwingen, an die Nähe scharfer Hexalatspitzen zu denken, die ihren Gelanzug oder ihre Luftschläuche durchtrennen konnten. In solchem Licht, fern allen Bezugspunkten, konnte man leicht die Orientierung verlieren und gegen die Riffwand stoßen.

Trotz solcher Gefahren ertappte sie sich bei dem Wunsch, aus dem Anzug steigen und nackt und rein im finsteren Wasser schwimmen zu können, umgeben von sanft wogenden blauen und roten Lichtern.

Sie hob jetzt beide Hände und sah zu, wie ein Dutzend männlicher Kephalopoden ihre Finger umkreisten. Sie bewegte die Hände auf und ab, und die elliptischen Gestalten folgten exakt ihren Bewegungen, hielten in ihrem Feuerballett nicht inne. Ich bin Dirigent, ein Dirigent des Lebens, dachte sie, von Staunen erfüllt. Sie kreuzte die Arme, und wieder veränderten die hoffnungslosen Freier ihren Tanz, um ihre Bewegung nachzuahmen. Körper taumelten und kreisten, Stummelflossen legten im Wasser erstaunliche Agilität an den Tag. Zwei entgegengesetzt angeordnete Tentakel waren stets steif abgespreizt und dienten zur Stabilisierung.

Sie führte die Hände zusammen, fragte sich, wie sie auf

die größere gelbe Masse reagieren würden. Würden sie kämpfen oder verwirrt über das unerwartete Verschmelzen des Lichts erstarren?

Sie taten keines von beiden. Statt dessen verschwand das gebannte Dutzend erstaunlich schnell. Sie kniff die Augen zusammen, fragte sich, ob ihr Gesichtssinn sie trog. Doch nein, nicht nur ihre Freier waren verschwunden, sie alle waren weg, als hätte es sie nie gegeben. Dreißigtausend azur- und karminfarbene Kugeln waren verschwunden, als wäre ein einziger biologischer Schalter umgelegt worden.

11. Kapitel

Einige schreckliche Augenblicke lang war sie völlig allein, schwebte in einem schwarzen Nichts, in dem es außer ihr nur den durchdringenden Lichtbalken ihres Handscheinwerfers gab.

Dann konnte sie andere schwimmende gelbe Gestalten und ihre Handstrahler ausmachen. »Was war das?« fragte sie über die Sendeeinheit, die in ihre Maske eingebaut war, alle im allgemeinen und niemanden im speziellen. »Was ist geschehen?«

»Wo sind sie hin?« fragte Rachael besorgt.

»Haben wir sie erschreckt?« Merced erschien zu ihrer Rechten. Die fünf Gestalten kamen aufeinander zu.

»Dawn, ich dachte, Sie hätten gesagt, es gäbe hier keine großen Raubfische.« Raubfische schienen ihr eine mögliche Erklärung für die Reaktion der Kephalopoden. Ohne Zweifel hatten sie deshalb ihre Lichter gelöscht und Deckung gesucht.

»Ich glaube nicht, daß es welche gibt, Cora.« Die Stimme des Mädchens klang neugierig, keineswegs abwehrend, und deshalb neigte Cora dazu, ihr zu glauben.

Ein stumpfes Licht von oben unterbrach sie. Cora war nicht die einzige, die einen Augenblick lang eisige Panik empfand, ehe die Erklärung sie in Gestalt eines tiefen Donnergrollens erreichte, das vom Wasser gedämpft war.

»Blitz«, murmelte sie. »Ob ihnen das Angst gemacht hat?«

»Das ist möglich«, meinte Dawn. »Ich verstehe nicht genug davon, um das mit Sicherheit sagen zu können.«

»Möglich vielleicht.« Cora bemerkte den nachdenklichen Tonfall Merceds. »Aber warum sollte fremdes Licht sie so erschrecken, wo sie doch selbst so grell leuchten? Vielleicht die spezielle Wellenlänge ...?«

Während sie lauschte, wurde Cora von einem eigenartigen Prickeln in ihrem Kopf abgelenkt. Es wirkte fast vertraut. Sie hatte ein ganz seltsames Gefühl – und dann spürte sie, wie sie gewaltsam zur Seite geschoben wurde.

Aber das war keine Hand, die sie berührt hatte, nicht einmal eine von Sams mächtigen Pranken. Irgendwo ganz in der Nähe war eine ungeheure Wassermenge verdrängt worden. Und doch bestand Dawn immer noch darauf, daß es hier keine großen Räuber gab. Auch wenn das Mädchen keine Spezialistin war, sie hatte doch immerhin einige Erfahrung mit dieser Umgebung, dachte Cora, und das war häufig mehr wert als theoretische Studien.

Aber *irgend etwas* war da. Sie spürte es, fühlte es durch ihren Anzug. Es hatte eine riesige Wassermenge bewegt, und die herumkreisenden Kephalopoden so verstört, daß sie verschwunden waren.

Wieder beleuchtete ein Blitz von oben einen Augenblick lang das durchscheinende Wasser, und dann hallte scheinbar ewig ein fernes Grollen. Einen kurzen Augenblick lang sah sie ihre Gefährten in hellem, blauem Schein. Immer noch keine Spur von etwas anderem. Nur glanzende Hexalate, sonst nichts. Was auch immer die Kephalopoden so erschreckt hatte, hatte auch alle anderen Formen beweglichen Lebens verjagt.

Im Zentrum von Vai'oire gab es ein hohes, schlankes Gebäude, das eine Ansammlung der kompliziertesten Maschinen der ganzen Stadt enthielt.

Zwei Männer bewachten die Instrumente. Sie verrichteten ihre Arbeit normalerweise gewissenhaft und aufmerksam. Aber einer besuchte gerade ein Mitglied des anderen Geschlechts im Korridor hinter dem Hauptsaal. Sein Begleiter blieb zurück, bis ihn die Notdurft zwang, für ein paar Minuten zu verschwinden.

So sah niemand, wie die Skala auf einem Schaltbrett von einem Ende zum anderen ausschlug. Niemand sah, wie auf einem Leuchtschirm plötzlich elektronischer Blütenstaub über die Bildfläche schwärmte. Sekunden später wurden die akustischen Alarme ausgelöst. Der Mann im Korridor war so beschäftigt und außer Atem, daß er gar nicht sofort reagieren konnte. Sein Kollege in der Toilette ignorierte seine Hosen und das Peinliche der Situation und rannte zur Alarmanlage. Auch er kam Sekunden zu spät, nämlich erst, als sich das Alarmsystem, die Menschen, das Gebäude und die ganze Gemeinschaft von Vai'oire sich bereits aufzulösen begannen.

Cora hing im Wasser, verwirrt von dem plötzlichen, unerklärlichen Seegang. Hastige Fragen flogen zwischen den fünf Schwimmern hin und her, doch ehe sie zu irgendeinem Schluß kommen konnten, löste sich das Wasser rings um sie in ein Dutzend widerstreitender Wirbel auf, begleitet von ständigem, irgendwie moduliert wirkendem Grollen.

Cora wurde wie eine Ameise in einem Sturm herumgeworfen. Sie schlug wild aus, um ihr Gleichgewicht zurückzugewinnen, ehe die Turbulenz sie gegen eine scharfe Zacke des Riffs warf. In der Dunkelheit und dem Chaos klammerte sich etwas an ihrem rechten Arm fest. Das Wasser zog sie in die entgegengesetzte Richtung. Sie hatte das Gefühl, als würde ihr der Arm aus dem Gelenk gerissen, und sie schrie hinter ihrer Gesichtsmaske auf.

Aber das, was sie gepackt hatte, ließ sie nicht los. Sie sah sich um und entdeckte das verzerrte, angestrengte Gesicht von Sam Mataroreva hinter seiner Gesichtsplatte. Den anderen Arm hatte er um einen Hexalatauswuchs geschlungen. Eine weitere Gestalt klammerte sich an der Formation fest: Rachael.

Dann hatte Sam es endlich geschafft, sie auf die geschützte Seite des Hexalatriffs zu ziehen. Das Wasser dort war immer noch aufgewühlt und von starken Strömungen bewegt, aber die Gewalt, die Cora herumgeschleudert hatte, war dort schwächer. Während das Grollen anhielt, sich hob und wieder senkte, ohne daß irgendein Muster zu erkennen gewesen wäre, mußte Cora an ein Seebeben denken. Sie machte Sam gegenüber eine entsprechende Andeutung.

»Kann nicht sein«, erwiderte er, und seine Stimme klang müde und irgendwie enttäuscht. »Nicht daß diese alten Berge nicht gelegentlich seismischen Störungen unterworfen sind – das sind sie durchaus. Aber das hier ist zu eng lokalisiert. Wir würden die Auswirkungen hier viel deutlicher spüren, schließlich sind wir dicht am Zentrum des Berges und des Riffs. Die Störung führte aber vom Ufer weg und auf die Tiefen zu.«

Weitere Gestalten arbeiteten sich auf die drei Gestalten am Riff zu. Zuerst trieb Merced vorbei, dann Dawn. Wie ein zögernder Fisch schwamm Sam hinaus, um zuerst dem einen und dann der anderen zu helfen. Bald drängten sich alle Schwimmer verängstigt hinter die schützende Masse des Hexalatriffs.

»Es kommt ganz entschieden aus der Richtung der Stadt«, murmelte Mataroreva. »Ich gehe jetzt hinauf. Vielleicht kann ich etwas sehen.«

»Ich auch.«

Er sah zu Coras gelb leuchtender, winziger Gestalt hinüber und sagte nichts. Dann schwamm er nach oben, immer noch von dem Hexalatriff geschützt. Cora folgte ihm.

Als sie sich der Oberfläche näherten, nahm die Turbulenz erheblich zu. Cora mußte nach oben klettern, wobei sie sich die ganze Zeit an den Hexalatvorsprüngen festhielt, damit der Seegang sie nicht fortriß. Aber die Störung deutete nicht auf einen Sturm hin.

Jetzt hatten sie die Meeresoberfläche erreicht. Diesmal hätte Cora beinahe das Hexalatriff losgelassen, als eine mächtige Dünung sie niederschmetterte. Die Welle schlug ihr die Gesichtsmaske zur Seite, und sie hatte Mühe, sie sich wieder zurechtzuschieben. Jetzt erhellte ein neuer Blitz das aufgewühlte Wasser, und hallender Donner schlug über ihr zusammen. Es regnete gleichmäßig, aber der Wind war nur schwach. Die Wildheit der Wellen gab ihnen gerade eine halbe Minute Zeit über dem Wasser, aber das reichte schon aus, um die phantastischen Bilder, die sie umgaben, für alle Ewigkeit ihrem Gedächtnis einzuprägen.

Rings um sie schwammen Bruchstücke und Teile der

Stadt Vai'oire. Wildes Krachen mischte sich in ein paar schwache, entfernt klingende Schreie und die Wut von Wind und Wellen. Alle Lichter der Stadt waren ausgegangen.

Vier kolossale monolithische Gestalten ragten hoch aus dem Wasser, wie ein Stück der Planetenkruste. Im Gleichtakt Wassersäulen ausstoßend, fiel das Quartett von Blauwalen gleichzeitig über das her, was von der jetzt freigelegten Mittelpartie der Stadt übriggeblieben war. Riesige Stücke von Plastikmauern und -dächern explodierten nach allen Richtungen. Etwas unregelmäßig Geformtes, Schweres, flog mit einem zischenden Geräusch an Coras Kopf vorbei, um weit hinter ihr im Wasser zu landen. Etwas Kleineres prallte metallisch klirrend von dem Hexalatriff ab, an dem sie nach oben geklettert waren. Dann zerrte Sam sie förmlich in die Tiefe.

Das Poltern fuhr fort, die Schwimmer zu bedrängen, erreichte ihr Versteck in den Tiefen. Jetzt wurde der Lärm schwächer, während Cora wie benommen die anderen informierte: »Wir dachten immer, es wären Menschen. Aber es waren die ganze Zeit die Wale. Ich war so sicher, daß Menschen dahinterstanden.«

»Dann hat der Catodonte uns belogen.« Rachael trat langsam Wasser.

»Knollenkiefer behauptete, er wisse nichts. Vielleicht stimmt das wirklich.«

»Mag sein.« Matarorevas Gesicht hinter der Maske war aschfahl. »Was der Alte uns gesagt hat, daß die Bartenwale nämlich außerstande sind, ein so koordiniertes Unternehmen durchzuführen, ist verdammt richtig. Und doch haben Sie und ich gerade gesehen, wie vier von ihnen in perfektem Gleichtakt operierten. Sie wußten genau, was sie taten, und gingen genauso methodisch wie jedes intelligente Geschöpf ans Werk. Ich bin ziemlich sicher, daß ich ein paar Buckelrücken im Westen gesehen habe. Buckelrücken! Die sind gewöhnlich so sanftmütig wie kleine Kinder. Wenn wir Zeit gehabt hätten, uns umzusehen, hätten wir wahrscheinlich auch Finnwale und Seis und die anderen Mystacoceti gesehen.

Aber Zahnwale habe ich keine gesehen, und dabei habe ich nach Catodonten Ausschau gehalten. So lange wir keine Beweise haben, daß die auch damit zu tun hatten, bin ich nicht bereit, sie gemeinsam mit ihren weniger intelligenten Vettern zu verurteilen.«

Dawns Stimme klang schmerzerfüllt. »Wie können Sie den Bartenwalen die Verantwortung zuschieben? Ich wette, die Catodonten kontrollieren sie, lenken sie! Das ist alles!«

Mataroreva packte sie an den Schultern und schüttelte sie. »Ich weiß, daß das keinen Sinn abgibt. Verrückt – das ist alles verrückt. Aber wir wollen uns keinen Spekulationen hingeben. Halten wir uns an das, was wir wissen!«

»Was war denn mit den Verteidigungsanlagen?« murmelte sie. »Jemand ... Wir hätten ihre Annäherung rechtzeitig genug entdecken müssen, um Alarm zu schlagen.«

Mataroreva überlegte.

»Die ganze Geschichte war von Anfang bis Ende perfekt geplant. Sie wußten genau, was sie taten. Wahrscheinlich haben sie das Verteidigungszentrum als erstes angegriffen. Was dort nicht klappte, werden wir wahrscheinlich nie erfahren.«

»Wie konnten denn ein paar dumme Bartenwale das alles wissen?« klagte Dawn.

»Jemand muß sie informieren. Das muß so sein. Es sei denn ...« Er zögerte und fuhr dann fort: »Es sei denn, die Barten und die Catodonten, sie alle, haben Fähigkeiten und Wünsche vor uns verborgen, von denen wir überhaupt nichts wußten.«

»Eine ziemlich weit hergeholte Hypothese«, meinte Cora.

»Ich bin jederzeit bereit, mir eine bessere anzuhören.«

»Könnte es sein, daß die Barten irgendwie von Menschen kontrolliert werden?«

»Ich wüßte nicht, wie.« Aber sie erkannte, daß er sich ernsthaft mit der Idee auseinandersetzte. »Keine Gruppe von Menschen könnte eine Gruppe intelligenter Wale so vollkommen dominieren. Nicht vermittels irgendeiner mir bekannten Technik.« Seine Hand gestikulierte; ein leuchtender Strahl zog durch das Wasser.

»Es muß ein paar hundert Cetacea geben, die dort draußen wie eine Gruppe von Ballettänzerinnen operieren, um in so kurzer Zeit so völlige Vernichtung zu bewirken. Kein Wunder, daß die anderen Städte kein einziges Mal Zeit hatten, auch nur eine Warnung auszusenden.«

»Ich glaube, wir alle würden gut daran tun, eine Weile still zu sein.« Merced hatte den Blick von ihnen abgewandt und sah um das Hexalatriff herum.

»Warum?« fragte Cora.

Er deutete auf die Stadt, die Stelle, wo das Riff in tieferes Wasser überging. »Ich glaube, ich habe gerade eine Bewegung gesehen.«

Sie verstummten, kauerten sich gegen den Silikatfinger. Das Grollen hatte aufgehört und das Wasser war, wenn auch aufgewühlt, so doch stumm.

Cora konnte dessen nicht sicher sein, glaubte aber, in der Schwärze eine große, silbergraue Mauer zu sehen, die sich an ihr vorbeischob. Es war nur eine undeutliche Silhouette an den äußersten Grenzen ihres Wahrnehmungsvermögens. Sie verfluchte die Lumineszenz ihrer Gelanzüge. Der Anblick erinnerte sie an nichts so sehr, wie an einen Hai auf der Jagd, und sie schauderte, fühlte sich plötzlich trotz des wärmenden Anzugs eisig kalt.

Die Silhouette verblaßte in der Schwärze, aus der sie hervorgekommen war, aber sie blieben zusammengedrängt und stumm stehen. Ihre Anzüge unterstützten automatisch ihre Atemvorgänge, und so hätten sie ohne weiteres in Schicht schlafen können, wobei die Wachen die Regulatoren ihrer Schlafgefährten hätten betätigen können. Das versuchten sie jetzt, aber niemand konnte einschlafen. Die Gelanzüge konnten Luft und Wärme regeln, aber wenn es um Angst ging, konnten sie nichts bewirken.

Langsam, eine schiere Ewigkeit später, begann das sie umgebende Wasser heller zu werden. Der Sturm war schon lange weitergezogen, und jetzt strahlte wieder die grelle Sonne auf das Wasser herunter, verwandelte es in Glas, spiegelte sich in den grellen Riffauswüchsen. Die Tagesschwimmer erschienen und stocherten in Spalten des Hexalates herum, um dort Nahrung und Vergnügen zu finden. Lange, vielfarbige Blätter entfalteten sich zögernd in ihren Verstecken und begannen, das Wasser nach mikroskopischen Lebewesen abzuseihen.

Alles war ganz normal, sah man davon ab, daß Tausende anorganischer Objekte an der Oberfläche trieben. Einige davon sanken langsam an den fünf müden Schwimmern vorbei, die sich vorsichtig zum Licht nach oben arbeiteten. Rings um sie trieben die Überreste der Stadt Vai'oire, zerschmettert und zerfetzt. Stücke von Häusern, Kisten, Kleiderfetzen und persönliche Habseligkeiten trieben gespenstisch in der schwachen Strömung. Quadratmetergroße Brocken des Polymerfloßes beherrschten das Treibgut wie Miniatureisberge. Das superstarke Polymer hatte einen Zerreißpunkt von einigen Tonnen pro Quadratmeter, einen Punkt, den die wütenden Cetacea spielend übertroffen hatten.

Wie ein fremder Kontrapunkt des Menschlichen in dem Meer technischer Leichen trieb eine Puppe vorbei. Sie war bereits halb abgesunken, mit Wasser vollgesogen. Ihr Kopf war zur Seite gebogen und hing unter die Wasserfläche. Cora zuckte davon zurück, als könnte die Puppe sie durch das Wasser vergiften.

Sie hielten sich in der Nähe des Hexalatpfeilers, klammerten sich daran fest, während sie in benommenem Schweigen die Meeresfläche studierten, wo einst die Stadt vor Anker gelegen hatte.

Wenn man bedachte, daß all ihre Freunde und Kollegen, vielleicht auch Verwandten, den Tod gefunden hatten, hielt sich Dawn überraschend gut.

»Ich mache mich jetzt auf die Suche nach Überlebenden«, verkündete Mataroreva.

»Und wenn noch Cetacea da sind?«

Er schwamm ein paar Meter und sah sich nach Cora um. »Das glaube ich nicht. Ich sehe keine Wassersäulen oder Rücken. Nirgends eine Flosse zu sehen. Die haben ihr Werk letzte Nacht beendet.«

Flosse ... Flosse ... Die Art, wie er es sagte, ließ Cora an etwas anderes denken. Und dann wußte sie, was es war. Nirgends war eine Spur von Latehoht und Wenkoseemansa zu sehen, und doch hatte man ihr erklärt, daß die Cetacea nicht untereinander kämpften. Die gemeinsame Aktion der verschiedenen Wale in der vergangenen Nacht bewies das. Aber das, was geschehen war, der planmäßige, bewußte Angriff der Cetacea hier war für sich betrachtet so unerhört, daß es sie nicht überrascht hätte, hätte sie erfahren, daß die Bartenwale die zwei Orca getötet hatten, weil sie mit Menschen zusammenarbeiteten.

Jetzt, wo sie daran dachte, wurde ihr bewußt, daß die Orca in der vergangenen Nacht auf Streife gewesen waren, aber keine Warnung gegeben hatten. Waren sie nun tot oder mit den Bartenwalen im Bunde? Die Planktonesser hatten keine Zähne, nichts, womit sie beißen oder kauen konnten. Aber ein Schwanz, der viele Tonnen wog, konnte den Schädel eines viel kleineren Orca ebenso leicht zerschmettern wie ein Polymerfloß.

Welche Überlebenden waren es also, um die Sam wirklich besorgt war? Er suchte gute dreißig Minuten, ehe er sich ihnen wieder anschloß. Die Strömung hatte bereits begonnen, das zerbrochene Skelett der Stadt auseinanderzutreiben. Im hellen Licht der Morgensonne wirkten die verbleibenden Fragmente gleichsam surrealistisch. Es war, als hätte es die Stadt nie gegeben, als hätte irgend etwas Tonnen von Müll in die das Riff umgebenden Wasser gekippt.

»Keine Spur von ihnen«, verkündete er. Als er Coras fragenden Blick bemerkte, bestätigte er, was sie gedacht hatte. »Keiner von beiden. Ich habe immer wieder gerufen. Keiner hat reagiert.« Er zwang sich, weiterzusprechen. »Keine einzige Leiche habe ich gesehen. Was, zum Teufel, *machen* die denn mit den Leichen?«

»Das kann ich mir nicht vorstellen«, sagte Cora vorsichtig. »Selbst der Schlund eines Blauwales ist zu klein, als daß ein ganzer Mensch hindurchginge. Sie haben auch nichts, womit sie einen zerkauen könnten.« Rachael sah so aus, als würde ihr jeden Augenblick übel werden. »Und außerdem, warum sollten sie denn nach so vielen Millionen Jahren von einer Krilldiät auf so viel gehaltvollere Nahrung übergehen?«

»Was machen sie dann aber mit den Leichen?« murmelte Sam erneut.

Keiner hatte eine Ahnung. Das war der Punkt, wo Dawn plötzlich die ganze Tragweite des Geschehens begriff. Sie wechselten sich dabei ab, ihr gut zuzureden, sie zu beruhigen. Nur Cora hielt sich abseits. Die Gedanken, die ihr durch den Kopf gingen, verursachten ihr Übelkeit; ein ganz natürlicher Wunsch, der Wunsch nämlich, Dawn wäre mit dem Rest der Stadt zugrunde gegangen. Wie dünn doch die Tünche der Zivilisation ist, sagte sie sich angewidert.

Aber Rachael und Merced verstanden sich ohnehin besser darauf, das Mädchen zu beruhigen. Cora verdrängte alle persönlichen Gedanken aus ihrem Bewußtsein, indem sie sich ganz und gar auf das vorliegende Problem konzentrierte.

»Wir haben genug Nahrungskonzentrate in unseren Anzügen, um es vier oder fünf Tage auszuhalten.« Sie zog sich auf die glatte Oberfläche des Vorsprungs und schob ihre Maske zur Seite. »Wir können hier ausruhen, ohne schwimmen zu müssen, und auf diese Weise Kräfte sparen.« Sie sah Sam an. »Und dann finden wir ja auch sicher hier irgend etwas, um unseren Speisezettel etwas zu ergänzen.« Sie deutete auf all das Treibgut rings um sie. »Hier sollte ja auch etwas Brauchbares sein, auch etwas zu essen. Am besten fangen wir mit der Suche gleich an, ehe die Strömung es außer Reichweite trägt.« Und außerdem, dachte sie bei sich, bringt uns das auch auf andere Gedanken.

Selbst Dawn beteiligte sich an der Suche. Sie verbarg ihr Schluchzen hinter ihrer Maske. Sie fanden eine beträchtliche Menge an verpackten Lebensmitteln, die im Wasser trieben. Der größte Teil davon war ungenießbar. Entweder waren die Vakuumsiegel geplatzt, oder es war nur für automatische Kocheinheiten bestimmt. Aber es gab auch einiges, das sowohl intakt als auch ohne Zubereitung eßbar war.

Eine Menge zerfetzter Kabel schwamm an ihnen vorbei wie gelber Seetang. Sie benutzten die Kabel dazu, die Lebensmittelpakete an den Spitzen einiger Vorsprünge am Riff festzubinden. Außerdem hatte das noch den Vorteil, daß man die Pakete aus der Luft würde sehen können, falls zufällig ein Gleiter vorbeikam.

Merced machte den Vorschlag, einen oder zwei ihrer Notsender einzuschalten, die sie an den Gürteln ihrer Gelanzüge trugen. Mataroreva widersprach. Bis jetzt bestand immerhin noch die Möglichkeit, daß irgendwie Menschen hinter den Angriffen standen. Wenn sie jetzt ein Notsignal sendeten, dann könnte das dazu führen, daß am Riff andere unerwünschte menschliche Besucher auftauchten. Außerdem würde das Ausbleiben jeglichen Funkverkehrs seitens der Stadt ohnehin recht bald zu einer Untersuchung führen.

Und dann stießen sie völlig unerwartet auf drei dicht beieinander schwimmende wasserdichte Behälter, die aus ihrem eigenen, inzwischen gesunkenen Fahrzeug stammten. Zwei enthielten die wissenschaftlichen Geräte für das Studium des Lebens unter Wasser. Das war zum Lachen, dachte Cora. Sie würden die nächsten Tage nichts anderes tun, als das Leben unter dem Wasser studieren, vielleicht sogar Wochen, bis jemand auf die Idee kam, einen Gleiter oder ein Schiff auszusenden, um nachzusehen, weshalb die Stadt Vai'oire nicht mehr auf Signale reagierte.

Sie wußte selbst nicht recht, ob sie sich über den Inhalt des dritten Behälters freuen oder enttäuscht sein sollte. Er war mit persönlicher Habe angefüllt, die jetzt niemandem nützte, auch wenn Rachaels Neurophon darunter war. Ihre Tochter war natürlich vor Freude überglücklich. Zu Coras großer Erleichterung ging sie freilich nicht das Risiko ein, das empfindliche Instrument zu spielen, so sehr sie das auch entspannt hätte.

Nicht daß ein wenig Wasser der abgedichteten Festkörperelektronik hätte gefährlich werden können, aber Rachael wollte einfach nicht riskieren, das Gerät ins Wasser fallen zu lassen. Es würde nicht schwimmen. Sie ließ es also im Behälter und band ihn neben den zwei anderen an der Silikatspitze fest.

Den nächsten Tag verbrachten sie damit, den Rest des Treibguts zu untersuchen, das inzwischen von Wind und Wellen verstreut war. Mataroreva schwamm immer weiter auf See hinaus, verzichtete auf den relativen Schutz des Riffs. Er gab vor, nach Waffen und zusätzlichen Lebensmitteln zu suchen.

Cora wußte, daß das nicht stimmte. Sie hielt ihr Funkgerät auf seine Frequenz geschaltet und hörte seine klagenden Rufe. Er suchte immer noch nach dem Paar verschwundener Orcas. Wie der Tag so ohne Antwort aus der See verstrich, wurde er immer niedergeschlagener. Er hatte jetzt kaum noch Zeit für seine Begleiter, für das Essen, für nichts, was nicht mit seinen Schwimmexkursionen zusammenhing. Cora glaubte langsam, daß die Zuneigung, die er für die beiden Wale empfand, krankhaft war.

Oder kam das nur daher, daß er sie ignorierte, indem er so viel Zeit mit der Suche verbrachte?

Aber das Krankhafte schloß alle ein. Er ignorierte Dawn ebenso. Und Cora begann, ohne es zu wollen, immer mehr Sympathie für das Mädchen zu empfinden. Sie war zu jung, um den Tod so vieler Bekannter so rasch zu verwinden.

Sie fuhren fort, nach Leichen zu suchen. Irgendwann mußte doch einmal ein ertrunkener Mensch an die Oberfläche aufsteigen, wenn sein Körper sich infolge der Verwesung mit Gas füllte. Aber sie fanden keinen Arm, kein Bein und auch sonst nichts, was darauf hindeutete, daß einmal Hunderte menschlicher Wesen diese Meeresregion bewohnt hatten. Für Cora war ihr Fehlen ein ebenso großes Geheimnis wie der immer noch unerklärliche Angriff der Bartenwale.

Die Lebensmittel aus den Rationspackungen boten eine willkommene Abwechslung von den faden flüssigen Nährstoffen, die ihnen ihre Anzüge lieferten. Cora beendete ihre Mahlzeit und glitt ins Wasser zurück. Ihr vierter Tag im Meer begann.

Eine solche Existenz zwang sie, über die Denkweise der

Catodonten nachzugrübeln. Vier Tage des Lebens, Essens und Schlafens auf dem fast freien Ozean reichten aus, um jedermanns Ausblick auf das Leben zu beeinträchtigen. Einmal hatte sie vierzehn Stunden hintereinander im Wasser verbracht, aber verglichen mit vier Tagen war das nichts.

Eine sanfte Strömung wiegte einen in den Schlaf. Dann wachte man unter der Meeresoberfläche auf und sah ein glasgesichtiges menschliches Wesen, das über einem im Wasser trieb und besorgte Fragen murmelte. Ein oder zweimal täglich war es Zeit, außerhalb des Gelanzuges zu baden. Mit der Zeit kam es einem albern vor, sich immer wieder anziehen zu müssen, um *ins* Wasser zu steigen.

Das Riff wurde ebenso ein Zuhause wie ein Ort der Zuflucht. Gewisse Hexalatformationen wurden ebenso vertraut wie Möbelstücke. Einige hier beheimatete Teleosten begrüßten die schwimmenden Menschen als Kollegen, wenn nicht als Freunde. Cora ertappte sich eines Morgens dabei, daß sie sich Sorgen machte, als ein blau-rosa gefärbter Fisch, der ihr lieb geworden war, nicht rechtzeitig erschien, und war dann erleichtert, als er schließlich doch auftauchte.

Des Nachts glühten und leuchteten sie rings um ihren schützenden Korallenfelsen, und während die anderen schliefen, blieb einer auf Wache. Tausende nächtlicher Riffbewohner begannen, ihre Hälfte des täglichen Lebenszyklus zu erfüllen. Sie war nahe daran zu vergessen, wie es eigentlich war, ein landbewohnendes Geschöpf zu sein. Ihre Beine hatten sich daran gewöhnt, in gleichmäßigen, einander abwechselnden Schwimmstößen zu funktionieren. Wieviel leichter, wieviel eleganter war das doch als das Gehen.

Wenn sie Kiemen besäße, anstatt des sie einengenden Gelanzuges, so hätte sie sich bestimmt leicht an eine Existenz im Ozean anpassen können, dachte sie. Sie stellte fest, daß ihr das feste Land überhaupt nicht fehlte. Tatsächlich hatte sie das Gefühl, wenn sie nur über reichlich Nahrung und frisches Trinkwasser verfügte, monatelang so leben zu können.

Ihre Gefährten teilten ihre Begeisterung nicht. Von den vieren schien nur Mataroreva im Wasser zu Hause zu sein. Dort wurde seine Leibesfülle neutralisiert, und er vermochte sich so elegant wie ein Seehund zu bewegen. Aber je mehr Tage verstrichen, desto mehr verwandelte sich seine mürrische Stimmung in Bitterkeit. Wenn er mit Cora oder den anderen redete, so wurde das zunehmend schroffer, geradezu unnatürlich und ganz und gar nicht seiner Art entsprechend.

Inzwischen hatte die Strömung die letzten schwimmenden Fragmente der Stadt Vai'oire davongetragen. Alles, was den fünf Flüchtlingen irgendwie im entferntesten Sinne nützlich sein konnte, war von ihnen festgehalten und gesichert worden. Und da Cora sich nicht damit zufrieden geben wollte, nur im Wasser zu treiben und nachzudenken, versuchte sie, ernsthafte Arbeit zu leisten.

Als sie damit beschäftigt war, ein besonders interessantes anemonenähnliches Geschöpf zu studieren, schwamm Dawn auf sie zu. Aus dem hinteren Teil ihrer Atemeinheit stiegen Blasen wie klares Gelee auf.

»Sie dürfen Sam nicht die Schuld geben, wissen Sie.«

»Was? Wie kommen Sie darauf, daß ich Sam für irgend etwas die Schuld gebe?«

»Ich habe gesehen, wie Sie ihn beobachten und auf seine Anwesenheit reagieren«, sagte das Mädchen. »Man merkt das an der Art und Weise, wie Ihr Körper sich bewegt, und an Ihren Augen hinter Ihrer Maske.«

Cora wandte sich von dem purpurfarbenen Fächer ab, den sie untersucht hatte, und sah sich um. Sie und Dawn waren allein. Der Gesichtsausdruck des Mädchens war von der Maske verzerrt. Nur ihre Augen waren zu sehen.

»Sam – Sams Problem ist es, daß er jeden ganz echt liebt«, erklärte Dawn. »Sie dürfen in mir keine Rivalin sehen.«

Cora wandte nervös den Blick ab. Genauso hatte sie sie gesehen.

»Das war nicht nur ich, wissen Sie«, fuhr die junge Frau fort. »Ich glaube, Sam kennt die Hälfte aller Frauen auf Cachalot. Alle mögen sie ihn und treiben es mit ihm. Warum sollten wir auch nicht? Er ist ein wunderbarer, reizender Mann. Aber als ständiger Partner?« Sie schüttelte heftig den Kopf, aber der Wasserwiderstand ließ die Bewegung ungewollt höchst behäbig erscheinen.

Cora vergewisserte sich, daß ihr Sprechgerät so geschaltet war, daß dieses Gespräch nicht von den anderen gehört werden konnte. »Wie kommen Sie darauf, daß ich in Sam mehr als nur ...«

»Ach, kommen Sie«, schalt sie Dawn. »Sie sind genauso durchsichtig wie das Wasser hier. Wollen Sie denn nicht begreifen, daß ich Ihnen helfen will?«

»Sie sollten mir keine Gefälligkeiten erweisen«, erwiderte Cora kühl.

»Sam – er ...« Das Mädchen blickte nachdenklich. »Er ist einfach nicht der Mann, um nur eine Frau zu lieben. Es gibt Männer und Frauen, die so sind. Er liebt wirklich jeden und fühlt – wenn er auch dieses Gefühl vielleicht nicht zum Ausdruck bringen kann –, daß er diese große Liebe ringsum verbreiten sollte.«

»Ich glaube, Sie und ich haben eine unterschiedliche Definition für Liebe.«

»Kann schon sein, daß wir das haben, Miß Xamantina. Kann schon sein.«

»Nennen Sie mich Cora.«

»Danke.« Dawn lächelte dankbar. »Das werde ich gerne tun. Ich will Ihnen wirklich nur raten, glauben Sie mir. Es ist wirklich absurd, wenn Sie in mir eine Rivalin um Sams dauernde Zuneigung sehen. Um etwas, das es nicht gibt, kann man nicht konkurrieren.«

»Das müßte sich noch weisen. Sie scheinen sich ja Ihres Urteils über Sam und sich selbst sehr sicher zu sein.«

»Es ist nicht nur Sam«, sagte das Mädchen eigenartig nachdenklich. »Das ist Cachalot. Sam ist hier geboren. Genau wie ich. Wenn Sie hier geboren wären, würden Sie seine Einstellung besser verstehen, als Sie das anscheinend tun. Die Konkurrenz ist stärker, als Sie sich vorstellen, und doch ist es in Wirklichkeit gar keine Konkurrenz.«

»Wenn Sie jetzt versuchen, mich zu verwirren, kann ich

Ihnen nur sagen, daß ich eigentlich nicht viel von Rätseln halte.«

»Nein, ich versuche nicht, Sie zu verwirren.« Dawn seufzte, teils resigniert, teils verzweifelt.

»Dann sagen Sie mir doch gerade heraus, wovon Sie reden.«

Die junge Frau zögerte. »Ich glaube, es wäre vielleicht besser für Sie, wenn Sie das selbst herausfinden würden. Ich bin ohnehin nicht sicher, ob Sie mir glauben würden.«

»Sie packen das immer noch recht ungeschickt an, wenn Sie versuchen, mich durch Verwirrung und Geheimnistuerei von ihm abzulenken.«

»Schon gut.« Dawn wandte sich ab und schickte sich an wegzuschwimmen. »Vergessen Sie es!«

»Einen Augenblick!« Cora streckte die Hand aus. »Was auch immer geschieht, Sie sollten wissen, daß mir all diese Vernichtung von Leben hier schrecklich leid tut. Ich weiß, daß mit dieser Stadt wahrscheinlich so ziemlich alle Menschen, die Sie gemocht oder geliebt haben, zugrunde gegangen sind. Aber ich habe in meinem eigenen Leben zuviel durchgemacht, um meine Chance auf einen Mann wie Sam aufzugeben. Ich habe versucht, ihn dafür zu hassen, daß er es mit Ihnen getrieben hat, aber ich kann es nicht.« Sie zuckte die Achseln. »Für die Liebe gibt es wohl keine wissenschaftliche Betrachtungsweise.«

»Ich verlange ja von Ihnen gar nicht, daß Sie etwas aufgeben«, beharrte das Mädchen. Dann lächelte sie scheu. Für Cora kam das völlig unerwartet. »Tatsächlich, aber das werden Sie mir wahrscheinlich nicht glauben, wünsche ich Ihnen sogar viel Glück.«

»Danke. Das wünsche ich Ihnen auch.«

Dawn schüttelte wieder langsam den Kopf. »Sie begreifen immer noch nicht. Eines Tages werden Sie das hoffentlich.«

12. Kapitel

»Langsam fängt es an, mich überall zu jucken, und das kommt nicht davon, daß ich die ganze Zeit im Gelanzug lebe«, sagte Merced zu Cora, die neben ihm auf dem Hexalatriff saß. Sie hatten sich die Masken nach hinten geschoben und atmeten echte Luft. Cora kam das unnatürlich vor. Die Welt der Gase war kalt und schroff, verglichen mit der sanften, homogenisierten Umgebung, die das Meer bot. Es drängte sie, dorthin zurückzukehren.

»Inzwischen sollte doch schon jemand Nachforschungen angestellt haben«, fuhr Merced fort. »Ein Gleiter hätte längst hier auftauchen müssen, um sich umzusehen.«

»Nicht unbedingt«, wandte Cora ein. »Es kann noch zwei oder drei Tage dauern, bis er kommt. Selbst wenn sie sofort nach der Katastrophe versucht hätten, mit der Stadt Kontakt aufzunehmen, würde es doch eine Weile dauern, bis jemand zu dem Schluß kommt, daß die Stille auf eine Katastrophe zurückzuführen ist und nicht nur auf einen Energieausfall. Und dann würde es noch einmal eine Weile dauern, bis ein Schiff hierherkommt. Denken Sie daran, wie lange wir gebraucht haben.«

»Warum ein Schiff? Ein Gleiter wäre doch schneller.«

»Ich weiß, aber ein Gleiter hat nicht die Tragekapazität eines ...« Sie hielt mitten im Satz inne und starrte in die Weite.

Merced versuchte zu erkennen, was ihr aufgefallen war. Als sie es identifizierte, entdeckte er es auch. »Ein Gleiter wäre zwar schneller, würde aber nicht ausgeschickt, wenn ohnehin ein Schiff in der Gegend ist.«

Zwei dunkle Flecken störten die glatte Horizontlinie im Westen. Einen Augenblick lang erschrak Merced, als er dachte, es könnten Wale sein, die zurückkamen, um sicherzustellen, daß niemand dem Massaker entronnen war. Dann war die schmale Gischtkrone an den Flanken zu erkennen. »Tragflügelboote!« Er schob sich die Maske über den Kopf zurück. »Gott sei Dank. Langsam war mir die Arbeit schon über. Wir wollen die anderen verständigen.«

Sie ließen sich gemeinsam ins Wasser gleiten, wo ihre Kollegen ihre Sendung empfangen konnten.

Rachael schloß sich ihnen als erste an. Sie zog die Kiste mit ihrem Neurophon hinter sich her. »Ich kann wieder spielen! Das hat schon zu lange gedauert!«

»Entzugssymptome?« meinte Cora sarkastisch.

»Ja.« Rachael war zu erregt, um die Ironie zu bemerken.

Dawn erschien als nächste, dicht gefolgt von Mataroreva. »Sind Sie sicher, daß es Tragflächenboote sind?« fragte er, zu Merced gewandt.

»Ohne jeden Zweifel. Zwei.«

»Das ist komisch.« Er schien verwirrt. »Ich hätte gedacht, daß zuerst ein Gleiter aus Mou'anui kommen würde. Für ein Tragflächenboot der Verwaltung ist es noch zu früh.«

»Wahrscheinlich haben die in der Gegend gefischt«, meinte Dawn voll Hoffnung. »Als Mou'anui es erfuhr.« Ihre Stimme wurde leiser. »Oder besser gesagt, es nicht erfuhr. Sie würden hierherkommen, wenn es eine allgemeine Sendung gegeben hätte, wie es zu erwarten wäre.«

»Das leuchtet ein«, räumte Mataroreva ein. »In ein paar Minuten werden wir ja wissen, was sie hier machen.«

Cora sah ihn mit gefurchter Stirn an. »Wovon reden Sie denn, Sam? Sie glauben wohl immer noch an die Theorie, daß die Bartenwale irgendwie von Menschen gelenkt werden?«

»Ich glaube an gar nichts, bloß an Vorsicht«, gab er zurück. »Wir haben nichts zu verlieren, wenn wir noch eine Weile im Wasser bleiben. Ein wenig können wir schon noch warten. Und beobachten.«

Das taten sie, hinter das Riff gedrängt, die Köpfe über der Wasseroberfläche. Die zwei Tragflügelboote verlangsamten ihre Fahrt, als sie den Punkt erreicht hatten, wo noch vor ganz kurzer Zeit Vai'oire gelegen hatte.

Aus der Ferne drangen klatschende Geräusche zu den verborgenen Beobachtern. Taucher in Gelanzügen gingen über Bord. Auf den beiden Schiffen schien hektische Aktivität zu herrschen.

»Sehen Sie? Die suchen Überlebende.« Sie schickte sich an, um den Felsen herumzuschwimmen.

Er packte sie. »Vielleicht.« Er blickte nachdenklich über den dünnen Korallenkamm, der über die Meeresoberfläche herausragte. »Aber wenn sie Überlebende suchen, weshalb haben sie dann ihren Standort nicht gefunkt?«

»Vielleicht stellen sie nur auf Anweisung aus Mou'anui Erkundigungen an«, meinte Rachael. »Vielleicht wissen sie aus früherer Erfahrung, daß es keine Überlebenden gibt.«

»Was für Erkundigungen?« Mataroreva verstummte.

Die Antwort erhielten sie bald genug. Die Taucher begannen zu den Schiffen zurückzukehren. Blöcke und Winden, teils magnetisch, teils mechanisch, wurden von beiden Schiffen über Bord gehievt. Bald zogen die Männer einzelne Kisten und Fragmente an Deck. Dann wurde das Treibgut aufgestapelt und festgezurrt. Das Ganze wirkte wie eine gut eingeübte Operation.

»Instrumente.« Mataroreva blickte mit zusammengekniffenen Augen über das in der Sonne glitzernde Wasser. »Ah, und da sind noch ein paar frisch versiegelte Behälter. Wofür hältst du sie, Dawn?«

»Das sind Vakuumzylinder.« Ihre Stimme klang leise, zitterte beinahe. »Die enthalten bestimmt Duftextrakte und Gewürze. Stadtfracht.«

Mataroreva sah zu Cora hinüber. »Glauben Sie, daß die das Zeug bergen, um den Verkaufserlös auf ein Konto für die überlebenden Verwandten von Vai'oires Toten einzuzahlen? Oder vielleicht, um ihnen ein Denkmal zu errichten? Schauen Sie doch, wie schnell die arbeiten! Die haben es verdammt eilig und wollen fertig sein, ehe die ersten offiziellen Beobachter hier eintreffen.

Jetzt leuchtet mir das ein. Unsere erste Annahme war

richtig. Wir haben entweder mit Walen oder mit Menschen gerechnet, aber nicht damit, daß sie zusammenarbeiten. Irgendwie haben diese Leute *die Kontrolle* über die Cetacea erlangt. Ich kann einfach nicht glauben, daß die Wale aus freien Stücken für sie arbeiten. Was würde ihnen das denn einbringen?

Zuerst zerstören die Wale eine Stadt, wobei ihre Aktivität irgendwie von diesen Aasgeiern koordiniert wird. Dann tauchen ihre menschlichen Meister auf und raffen alles Wertvolle an sich. Wenn jemand zufällig auf eine Stadt stoßen würde, die gerade angegriffen wird, und es ihm gelänge, sich in Sicherheit zu bringen, würde man die Schuld den Cetacea zuschreiben.«

»Ich kann mir einfach nicht vorstellen«, murmelte Cora, »wie jemand eine große Gruppe von Cetacea zu kontrollieren und leiten vermöchte.«

»Ich auch nicht. Aber ich *werde* es herausfinden.«

»Was tun *wir* jetzt?« fragte Rachael.

Mataroreva fuhr fort, das geschäftige Treiben auf den beiden Booten zu beobachten. »Die Mannschaft scheint aus etwa zwanzig Leuten pro Schiff zu bestehen. Die meisten von ihnen tauchen. Vielleicht können wir eines der Schiffe an uns bringen. Selbst wenn wir nicht entkommen können, könnte es möglicherweise doch einem von uns gelingen, an den Sender des Schiffes heranzukommen. Wir könnten wenigstens erklären, was vorgefallen ist. Das würde alle anderen Städte doppelt wachsam machen. Vielleicht könnte es diese Leute sogar abschrecken. Einen Vorteil haben wir jedenfalls.«

»Ich würde sämtliche Vorteile liebend gerne für einen Strahler eintauschen«, murmelte Merced, und seine rechte Hand krampfte sich um eine unsichtbare Waffe dieser Art.

»Wir kennen das Riff«, fuhr ihr Führer fort. »Wir sind jetzt Tage hier herumgeschwommen. Wir werden bei Dämmerung auf das uns am nächsten liegende Tragflügelboot zuschwimmen. In der Dunkelheit leuchten wir genauso wie die Piraten. Die werden bestimmt noch nach Sonnenuntergang weitertauchen. Schließlich haben sie es eilig, hier fertig zu werden und wieder zu verschwinden. Wenn es uns gelingt, an Deck zu kommen, ehe jemand Alarm schlägt, sollten wir eigentlich eine ganz gute Chance haben, an einen Sender heranzukommen.«

»Ich bin für den Sender.« Dawn sah erwartungsvoll zu den Schiffen hinüber. »Ich verstehe mich auf Funkanlagen. Ich wette, daß ich schneller als irgendeiner von Ihnen ein Signal durchbekomme. Wenn nötig auch im Finstern.«

»Das klingt nicht übel. Wir nehmen die Leiter, die die Taucher auch gebrauchen. Ich gehe als erster.«

»Nein. Lassen Sie mich gehen!«

Mataroreva starrte Merced überrascht an.

Der kleine Wissenschaftler fuhr mit sanfter Bestimmtheit fort: »Vielleicht haben die keine übergewichtigen Exemplare in ihrer Mannschaft«, fuhr er fort. »Ihr Anzug wird genauso leuchten, aber ihre Körperfülle fällt auf. Ich bin zierlicher gebaut, und werde daher nicht so auffallen wie Sie. Außerdem wirke ich nicht so gefährlich.«

Mataroreva überlegte und nickte dann langsam. »Das leuchtet ein. Aber wie steht es mit Waffen? Wir können es nicht riskieren, einen von den Tauchern zu überfallen. Die arbeiten wahrscheinlich in Zweier- oder Dreiergruppen, und wenn wir einen angreifen, dann stößt der bestimmt eine Warnung aus.«

»Am Meeresboden gibt es ein paar blaue Echinodermata«, schlug Cora vor. »Die haben drei bis fünf große giftige Stacheln. Wir können sie abbrechen. Die Stacheln sind ziemlich zäh. Selbst wenn das Gift nach dem Abbrechen schwächer wird, eignen sie sich als Messer.«

Mataroreva lächelte mit schmalen Lippen. »Ich hätte nicht geglaubt, daß Ihnen solch blutrünstige Einzelheiten auffallen würden.«

»Das ist Teil meiner Aufgabe. Und ich bin nicht blutrünstig, ich bin wild.«

Als sie auf das Tragflügelboot zuschwammen, hing die Sonne orangerot dicht über dem Wasser, wie ein Feuerball über einer Platte aus versilbertem Wellblech. Mataroreva und Merced schwammen an der Spitze. Ihre Augen blickten besorgt nach dem verräterischen Leuchten herannahender Taucher aus. Aber keiner kam ihnen nahe.

Sie hatten keine Ahnung, wie viele Mannschaftsmitglieder an Bord geblieben waren, aber das Fahrzeug bot nur wenig Platz, um sich zu verstecken. Die Tragflügelboote waren für hohe Geschwindigkeiten gebaut und verfügten nur über eine einzige bescheidene Kabine. Der größte Teil der Fläche war ein offenes Hinterdeck und der Laderaum.

Die Leitern führten zu beiden Seiten des Schiffes wie Strohhalme ins Wasser, eine vorne und eine achtern. Die Schwimmer hatten die Absicht, die vordere Leiter zu nehmen, weil sie näher an der Zentralkabine und dem Sender war. Außerdem hielt sie das fern von der Aktivität, die sich am Heck abspielte, wo das Bergegut verladen wurde.

Jeder von ihnen trug einen zwanzig Zentimeter langen, blauen, vierkantigen Dorn, den sie einem unglücklichen Bewohner des Meeresbodens abgenommen hatten. Die Stacheln eigneten sich nicht für wiederholten Gebrauch. Mataroreva glaubte, wenn sie für jeden Stachel eine Kehle fanden, würde das reichen.

Diesen Wunsch äußerte er bei jeder sich bietenden Gelegenheit und strich mit der Hand über seine Waffe und machte beim Schwimmen mehrmals zustechende Gesten. Cora konnte seine Mordlust nicht teilen, und dies trotz des widerlichen Verbrechens, das hier begangen worden war. Aber sie war durchaus bereit, Wunden zuzufügen.

Sie erreichten den Rumpf des Tragflügelbootes ohne angerufen zu werden und schwammen unter seinen Bug. An die Stelle von Worten traten jetzt Gesten. Merced reckte sich aus dem Wasser und ergriff die unterste Sprosse der backbordseitig vorne angebrachten Leiter. Immer noch kein Anruf.

Als er aus dem Wasser war, legte er seine Flossen ab, behielt sie aber bei sich. Wenn er ohne sie auf Deck erschien, würde er sofort die Aufmerksamkeit auf sich ziehen. Wenn er andererseits wie ein normaler Taucher auftrat und aussah, würde er vielleicht ein oder zwei Sekunden länger haben. Außerdem war es möglich, daß die Taucher auf dem einen Boot die auf dem anderen nur beiläufig kannten. Und schließlich war es ja auch finster.

Eine Minute verstrich. Die im Wasser Zurückgebliebenen warteten nervös. Dann tauchte Merced wieder auf, lehnte sich über die Schiffswand und gestikulierte erregt. Mataroreva hetzte die Leiter hinauf, dicht gefolgt von Cora, hinter der Dawn und Rachael nach oben hasteten.

Dann standen sie alle neben der einzigen Kabine auf Deck. Drinnen leuchteten Lichter. Doch es gab keine sich bewegenden Schatten, die den Lichtschein unterbrachen. Das einzige, was darauf hindeutete, daß das Schiff bewohnt war, war eine reglose Gestalt zu ihren Füßen auf dem Deck. Ihr Kopf war unnatürlich zur Seite gedreht, und aus dem weit offenstehenden Mund tröpfelte Blut. Merceds Stachelmesser zeigte keine Flecken. Mataroreva sah neugierig zuerst die Leiche und dann Merced an.

»Ich hab' ihm den Hals gebrochen. Dazu bot sich Gelegenheit«, flüsterte der Kleine. Dann drehte er sich um und huschte geduckt weiter wie eine Spinne.

Cora trat an der Leiche vorbei und staunte über die unerwarteten tödlichen Talente des drahtigen Ozeanographen. Seine athletischen Fähigkeiten hatte er schon reichlich unter Beweis gestellt. Mataroreva, der mehr von solchen Dingen verstand, war zu dem Schluß gelangt, daß Merced mehr als nur athletisch war. Aber jetzt war nicht die Zeit, über solche Spekulationen zu diskutieren. Das eigentliche Problem, das es zu lösen gab, war viel prosaischer.

Von der Kabinenwand aus bot sich ihnen ein hervorragender Ausblick auf das Hinterdeck. Zwei Männer blickten in eine dunkle Luke, in die ein automatischer Kran einen Korb absenkte, der mit Zylindern verschiedener Größe gefüllt war. Nirgends war etwas zu sehen, was einem Mannschaftsquartier glich. Ein paar Leuchtpaneele erhellten das Innere der Kabine. Das war gut so. Auf die Weise konnte ein etwaiger Insasse der Kabine nicht in die Schwärze hinaussehen, die das Schiff umgab.

Mataroreva schob sich vorsichtig um die Ecke und spähte kurz nach innen. Dann drehte er sich um und hob einen

Finger. Ein paar Gesten und geflüsterte Worte schlossen sich an. Sie würden zuerst versuchen, den Insassen der Kabine zum Schweigen zu bringen, und dann die zwei Männer anspringen, die an dem Kran arbeiteten. Wenn der Mann in der Kabine noch einen Schrei ausstoßen sollte, würde Merced sofort die beiden anderen angreifen. Sie hofften, daß das andere Schiff zu weit entfernt vor Anker lag, als daß man dort irgendwelche Schreie wahrnehmen konnte.

Aber diesmal hatten sie nicht soviel Glück, wie Merced gehabt hatte. Einer der Männer am Kran sah sich um, und sein Blick fiel geradewegs auf sie. Einen endlosen Augenblick lang stand er mit verblüffter Miene da. Sein Begleiter wäre vielleicht gesprächiger gewesen, wenn er Zeit dazu gehabt hätte. Doch er hatte nur Sekunden, um sie verblüfft anzustarren.

Sie waren tatsächlich nicht auf die Anwesenheit Überlebender vorbereitet. Es war gut, daß sie nicht nur in der Minderzahl, sondern auch überrascht waren. Nach so vielen Tagen, in denen sie sich nur horizontal durch das Wasser bewegt hatten, fiel es der Entermannschaft etwas schwer, sich auf den Beinen zu bewegen.

Der zweite Mann am Kran reagierte. Er trug nichts bei sich, was als Waffe zu gebrauchen war, und so griff er sich einen schlanken, vom Salz etwas angefressenen Zylinder, der mit supergekühltem Argon gefüllt war, und schwang ihn in Richtung des ihn anspringenden Merced.

Das Bein des Wissenschaftlers beschrieb einen völlig unerwarteten Kreisbogen und schmetterte gegen den Unterarm des Mannes. Der Zylinder fiel aufs Deck. Ohne innezuhalten, setzte Merced seine Kreiselbewegungen fort, flog durch die Luft. Sein Absatz traf den Mann am Kinn; dieser brach wie ein nasser Sack zusammen.

Unterdessen war Mataroreva vom Vorschiff zurückgekehrt und konnte Cora und Rachael dabei helfen, ihren Gegner kampfunfähig zu machen. Keine der beiden Frauen verfügte über irgendwelche militärische Ausbildung, aber beide waren zäh genug, um den Mann beschäftigt zu halten, bis Mataroreva eintraf, um ihr Werk zu vollenden.

Tief und angestrengt atmend ging Cora zu Merced hinüber. »Seltsame Talente für einen Biologen, muß ich sagen. Müssen Sie oft Fische k.o. schlagen?«

Merced grinste etwas verlegen. »Wissen Sie, so etwas funktioniert unter Wasser nicht. Zuviel Widerstand. Das ist nur ein Hobby. Auf die Weise hält man sich fit, wenn man die meiste Zeit bloß auf seinem Hintern verbringt und Bänder und Chips studiert.«

»Mhm.« Cora war nicht befriedigt, obwohl die Erklärung völlig vernünftig war. Sie sah zu, wie Rachael einen Behälter, den sie mitgebracht hatte, an Deck zog. Er enthielt die besten Lebensmittelkonzentrate, die sie geborgen hatten – da das Tragflügelboot kein Mannschaftsquartier hatte, bedeutete dies, daß es wahrscheinlich auch keinen Autokoch geben würde – und natürlich ihr widerwärtiges Instrument.

»Jedenfalls«, begann Merced nach einem prüfenden Blick auf den Mann mit dem zerschmetterten Kinn, »ich glaube nicht, daß ...«

»Was ist denn? Pucara?« Der Blick des Biologen ging an ihr vorbei. Er gab ein seltsam gurgelndes Geräusch von sich. Dann verdrehte er die Augen und sank über seinem Opfer zusammen.

Cora fuhr herum und sah sich zwei Gestalten in Gelanzügen gegenüber, die auf dem Vorderdeck standen. Die eine schob die Maske aus dem Gesicht. Sie hatte kurzes, blondes Haar, eine unfreundliche Grimasse und hielt den Kolben einer Waffe, deren Lauf auf ihrem linken Unterarm ruhte, fest umfaßt. Die Waffe war gedrungen und hatte einen extrem langen Lauf. Cora erkannte sie sofort. Eine Pistole, die für die Verteidigung unter Wasser bestimmt war, und die komprimiertes Gas zum Abfeuern kleiner Bolzen benutzte. Jeder Bolzen war mit einem wirksamen Lähmungsmittel imprägniert. Die Intensität der Droge variierte je nachdem, wogegen man glaubte sich verteidigen zu müssen.

Wie die Frau gerade demonstriert hatte, funktionierte die Waffe auch außerhalb des feuchten Elements sehr eindrucksvoll. Sie war durch einen Schlauch mit dem Luftsystem ihres Gelanzugs verbunden und wurde von dem Kohlendioxid betrieben, das sie ausatmete.

Ihr etwas größerer männlicher Begleiter stand neben ihr und hielt ein ähnliches Gerät locker in der linken Hand. Die Frau begann jetzt, sich aus ihrem Gelanzug zu schälen.

»Wo kommt ihr denn her?« In die Frage der Frau mischten sich Ärger und Überraschung. »Du da, dicker Junge – stehenbleiben, oder ich schick' dich ins Bettchen!« Mataroreva, der sich auf die Reling zugeschoben hatte, mußte stehenbleiben.

Rachael kniete neben Merced und zeigte mehr als gewöhnliche Besorgnis. »Wie stark war denn die Dosis, verdammt?«

»Nicht sehr. Er wird eine Weile schlafen, dann ist er wieder so gut wie neu.« Der Tonfall der Frau wurde jetzt drohend, als sie auf die beiden reglosen Gestalten neben der Ladeluke blickte. »Von Solly und Chan-li kann man das nicht sagen.«

»Wir kommen von ...«, begann Cora zu erklären.

Dawn fiel ihr ins Wort. »Wir sind die letzten Überlebenden von Vai'oire. Sie sollten uns gegenüber nichts von Sympathie sagen.«

»Mag schon sein.« Die Frau lehnte an der Kabinenwand. Ihr Begleiter sprach bereits in die Funkanlage des Schiffs, wie Cora verstimmt feststellte. »Das geht mich nichts an. Hazaribagh wird entscheiden müssen, ob wir wissen wollen, wo ihr herkommt.« Sie lächelte bedeutungsvoll. »Ich habe freilich keine Zweifel, wo ihr hinwandern werdet. Aber vielleicht täusche ich mich.«

»Sie haben einige tausend Menschen getötet«, sagte Cora ärgerlich. »Warum wollen Sie denn so tun, als würden Sie uns fünf anders behandeln?«

Das veranlaßte die Frau zu einem Stirnrunzeln. »Wir haben niemanden getötet. Wenigstens glaube ich das nicht.«

»Wovon reden Sie denn?«

»Ich sagte, wir haben niemanden getötet!« Zu Coras großer Überraschung schien die Frau ehrlich verärgert. »Ich glaube, jetzt ist genug geredet.« Die Mündung ihrer Waffe schwang ein paar Grad nach Steuerbord. »Und wenn du jetzt auch nur noch einen Schritt machst, Dicker, dann kriegst du eins ab! Auf die Distanz treffe ich ganz bestimmt!«

Mataroreva, der das Gespräch dazu ausgenutzt hatte, sich ein paar Meter näher an die Kabine heranzuarbeiten, sagte leise: »Wenn Sie mich noch einmal Dicker nennen, dann mach ich aus dieser Spielzeugpistole ein Halsband für Sie.«

»Okay.« Sie wich nervös ein paar Schritte zurück. »Dann bleiben Sie stehen, wo Sie sind. Wenn die Füße still halten, dann mache ich dasselbe mit meinem Mund.«

Die Frau machte auf Cora trotz allem nicht den Eindruck, als wäre sie das kaltblütige Mitglied einer Bande rücksichtsloser Killer. Was ging hier vor?

Ohne Zweifel würden sie das bald erfahren. Weitere Taucher erschienen jetzt und legten an Deck die Anzüge ab, während sie sichtlich verwirrt im Flüsterton miteinander über die Anwesenheit der fünf Fremden redeten. Man hatte sie inzwischen vor der offenen Ladeluke zusammengedrängt.

Mataroreva und der noch etwas benommene Merced überlegten, ob sie versuchen sollten, die Reling zu erreichen. Wenn sie sich alle in verschiedener Richtung bewegten, würde die Frau höchstens zwei von ihnen treffen, ehe die anderen zu den geheimen Plätzen auf dem Riff unterwegs waren.

Doch Merced legte schließlich sein Veto ein. Selbst wenn es drei von ihnen schafften, besaßen diese Leute hier ohne Zweifel mindestens die üblichen Detektorgeräte. Sie verstanden sich offensichtlich darauf, gesunkene Wertgegenstände ausfindig zu machen. Also würde es ihnen auch nicht sonderlich schwerfallen, ein paar Taucher zu finden.

Besser wäre es vielleicht, die Frau anzufallen, da sonst bis jetzt noch niemand zusätzliche Waffen zum Vorschein gebracht hatte. Unglücklicherweise verlor diese Idee jegliche Attraktion, als fünf weitere Taucher erschienen. Alle, mit Ausnahme eines einzigen, mit identischen Gas-Bolzenwaffen versehen. Letzterer trug ein gefährlich aussehendes Gerät, das Explosivmunition verschoß, die man gegen besonders sture Meeresbewohner einzusetzen pflegte.

So warteten die Gefangenen und machten sich ihre Gedanken über die Person, die die Frau Hazaribagh genannt hatte, und die über ihr Schicksal entscheiden würde. Zumindest würde man sie nicht sofort ermorden. Und warum auch? Hatte die Frau denn nicht darauf bestanden, daß sie und ihre Begleiter niemanden getötet hätten?

Cora kam es in den Sinn, daß sie um so weniger wußten, je mehr sie über die zerstörten Städte von Cachalot erfuhren. Es war, wie wenn man ein Ei zerbrach. Statt einen Dotter drinnen zu finden, fanden sie zwei weitere Eier, und vier in den zweien. Es war frustrierend.

Sie wurden die ganze Nacht von einem Posten bewacht. Am Morgen verabreichte man ihnen eine überraschend wohlschmeckende Mahlzeit. Rachael bat um Erlaubnis, ihr Neurophon an sich nehmen zu dürfen.

Die Frau holte es aus dem wasserdichten Behälter, zögerte aber eine Weile, ehe sie es weitergab. Von Rachael besorgt beobachtet, entfernten die Frau und einer ihrer Posten eine Deckplatte. Dann besprachen sich die beiden, ehe die Frau zwei winzige Festkörpermodule ausbaute. Dann gab man das Instrument seiner Besitzerin zurück.

»Jetzt können Sie soviel Musik spielen, wie Sie wollen«, meinte die vierschrötige Blondine freundlich, »aber ohne Neuronik. In der richtigen Hand könnte dieses sonst höchst erfreuliche Instrument sehr unangenehm werden, wenn jemand die Projektionen verstimmen kann.«

»Das hatte ich nicht im Sinn«, protestierte Rachael indigniert.

»Kann schon sein. Aber ich habe daran gedacht.«

Das Mittagsmahl verstrich, während die Taucher ihre Bergeoperation fortsetzten. Wenig später tauchte am Horizont ein weiteres Boot auf. Es war wesentlich größer als die beiden Tragflügelboote, eine altmodische, aber auch altbewährte Konstruktion. Dieses Schiff besaß keine Tragflügel, vielmehr handelte es sich um einen plumpen zweirumpfigen Katamaran, der so gebaut war, daß ein Tragflügelboot selbst bei rauhem Wetter an der Innenseite längsseits gehen und umladen konnte. Die mächtigen Rümpfe des Mutterschiffs würde es dabei schützen.

Der Katamaran warf in der Nähe Anker, und ihr Tragflügelboot ging längsseits. Cora entdeckte die Rostflecken an Rumpf und Deck, das sie jetzt beschattete. Der Katamaran war schon ziemlich alt.

Eine Liftkabine senkte sich auf das Deck des Tragflügelbootes. Sie stiegen ein und wurden zum Hauptdeck des größeren Schiffs hochgetragen. Eine Gangway führte sie zum zweiten Deck in der Nähe des Hecks. Dort fanden sie neben einer Funkanlage und einem Recorder Stühle, Tische, einen tragbaren Autokoch und einige ausgesprochen bullig wirkende Männer mit schweren Revolvern.

Dazwischen ein kleiner, finster wirkender Typ in einem khakifarbenen Hemd und einer Weste. Auf seiner schmalen, braunen Brust hingen ein paar Halsbänder, überwuchert von dem weißen und schwarzen Haar, das seinen Brustkasten bedeckte. Die Halsbänder bestanden aus weißen Zähnen mit geschliffenen roten und gelben Steinen. Sein straffes, schwarzes Haar war streng nach hinten gekämmt und mit einem roten und gelben Band in einen Knoten gebunden. Auffällig buschige weiße Koteletten säumten sein schmales Gesicht.

Ein dünner, graumelierter Schnurrbart war an den Spitzen fast bis zu den kohlschwarzen Augen hochgedreht und wurde jetzt leicht benetzt, als der Mann einen Schluck aus dem hohen Metallbecher nahm, der vor ihm auf dem Tisch stand. Er wirkte wie ein etwas alt gewordener Bürokrat auf Ferien. Aber als er sich dann zu ihnen umwandte, um sie prüfend anzusehen, wirkte sein Gesicht besorgt.

»Hazaribagh. Dewas Hazaribagh«, murmelte Mataroreva.

»Ja. Mataroreva, nicht wahr?« Die Stimme des Mannes war hoch und scharf wie ein Messer.

Coras Blick wanderte von dem Fremden zu ihrem Begleiter.

»Ja, jetzt kenne ich ihn«, sagte Mataroreva. »Er ist der Manager dieses Fabrikschiffs. Unabhängiger Unternehmer.

Die zwei Tragflächenboote sind Sammel- und Scoutfahrzeuge für das große, falls Sie sich das nicht ohnehin schon gedacht haben. Ein bescheidenes Unternehmen, wenn ich mich richtig entsinne. Nicht gerade das größte auf Cachalot, aber auch keineswegs das kleinste.«

»Richtig eingeschätzt«, pflichtete Hazaribagh ihm bei. »Ehrliche Leute, die sich Mühe geben, auf ehrliche Weise ihren Lebensunterhalt zu verdienen, indem sie gegen ganze schwimmende Städte kämpfen, die von riesigen interstellaren Gesellschaften finanziert werden, oder riesigen neuen Schiffen, in die wohlhabende Handelsfamilien investiert haben. Bei der Art von Wettbewerb ist nicht sehr viel verdient.«

»›Auf ehrliche Weise seinen Lebensunterhalt verdienen‹«, wiederholte Dawn. »Wenn Sie nicht gerade jeden Freund, den ich je besessen habe, ermordet hätten, könnte ich lachen!«

»Sind Sie eine ehemalige Bewohnerin von Vai'oire?« Hazaribagh wirkte schockiert. »Man hat mir gesagt, aber ich konnte nicht ...« Sein Tonfall veränderte sich, und er wechselte plötzlich seine Taktik. »Sind Sie alle ehemalige Stadtbewohner? Wer von Ihnen ist nun von Vai'oire und wer nicht?«

Keiner gab Antwort.

»Kommen Sie, kommen Sie! Es hat doch wirklich nichts zu besagen, woher Sie sind. Ich bin nur neugierig.« Er wies auf Mataroreva. »Ihn kenne ich von der planetarischen Gendarmerie. Die junge Dame, die gerade sprach«, dabei deutete er auf Dawn, »hat zugegeben, daß sie hier gewohnt hat. Wie steht es mit dem Rest?«

Cora, Rachael und Merced blieben stumm.

»Nun, Sie enttäuschen mich. Aber, wie gesagt, eigentlich hat es nichts zu bedeuten. Behalten Sie doch Ihre kleinen Geheimnisse, wenn Sie schon müssen.«

Sein Blick wanderte wieder zu Dawn zurück, und seine Finger wischten das Kondenswasser von der gekühlten Außenwand des Bechers, den er in der Hand hielt. Süßes Aroma ging davon aus.

»Ich bin völlig ehrlich zu Ihnen. Ich sagte, ›auf ehrliche Weise meinen Lebensunterhalt verdienen‹. Nun, vielleicht wäre jetzt ›halbehrlich‹ richtiger. Aber wir sind keine Massenmörder, ganz gleich, was Sie denken.«

»Wie machen Sie es denn?« platzte Cora heraus, weil sie einfach nicht mehr imstande war, ihre Neugier zu zügeln.

»Wie machen wir *was*?«

»Wie Sie die Cetacea unter Kontrolle halten? Wie Sie ihnen befehlen, die Städte zu vernichten ...?« Sie hielt inne. Hazaribagh lachte. Angesichts solcher Gleichgültigkeit gegenüber dem Tod konnte Cora nichts mehr sagen. Eigentlich lachte er nicht, er zirpte eher.

»Wirklich, Lady. Sie schreiben mir Qualitäten und eine Genialität zu, die ich wahrhaft gern besäße. Leider ist es nicht so. Ich bin nicht der verrückte Wissenschaftler, den es in so vielen Tridischinken gibt. Ich bin nicht einmal Wissenschaftler. Nur ein Geschäftsmann, der ganz beiläufig ozeanographische Technologie einsetzt. Ich besitze ganz bestimmt nicht das Wissen, um einen Massenmord zu begehen, selbst wenn ich das wünschte. Wie ich die Cetacea kontrolliere? Pah! Niemand kann das!«

»Aber«, Rachael zögerte, »wie ist es dann möglich ...?«

Hazaribagh hob Schweigen gebietend die Hand. Er trat an die Reling des Oberdecks und starrte zum Riff und dem ehemaligen Ankerplatz von Vai'oire Town hinüber.

»Wir stießen unmittelbar nach der Zerstörung auf I'a. Es war ein reiner Zufall. Es gab kein Signal von ihnen, keinerlei Hinweise auf ihre Schwierigkeiten. Wir waren nur zufällig in der Gegend. Das, was geschehen war, hat uns geschockt, und wir haben uns als allererstes nach Überlebenden umgesehen.« Dawn gab einen unfreundlichen Laut von sich. Er drehte sich um, sah sie finster an, und seine Stimme wurde lauter.

»Ja, wir haben nach Überlebenden gesucht. Wir vermuteten, daß es die Wale waren. Vielleicht hatten sie ihre Angriffsmethode noch nicht vervollkommnet – I'a war die erste Stadt, die es erwischt hat. Wir sahen ein paar von den Biestern herumschwimmen. Als die Barten uns entdeckten, verschwanden sie. Unser Sonarizer hat sie aufgezeichnet, ehe sie außer Reichweite waren. Wir haben fünfzig registriert, und wahrscheinlich waren schon mehr abgehaut, ehe wir eintrafen.

Das war das erste- und auch das letztemal, daß wir irgendwelche Wale in der Nähe der Städte sahen. Wir fanden keine Überlebenden.« Diesmal sagte Dawn nichts. »Auch keine Leichen. Uns hat das sehr verblüfft. Zuerst dachten wir daran, die Katastrophe zu melden. Aber ...« – er spreizte die Hände – »was hätte das genützt? Wie ich schon sagte, es gab keine Überlebenden. Und da schwamm eine Menge sehr wertvolles Material um unser Schiff, bereit, zu sinken oder abzutreiben. Was konnten wir anderes tun, als zu bergen, was da war? Die alten Bergegesetze gelten immer noch.

Nachher versuchten wir, die Standorte von Städten zu ermitteln, die sich in der Nähe ungewöhnlich großer Konzentrationen von Bartenwalen befanden. Wir erfuhren auch, daß die Angriffe immer im Schutz von Unwettern stattgefunden hatten.«

»Nur Barten?« fragte Cora.

»Zahnwale haben wir nie gesehen«, erklärte Hazaribagh. »Höchst eigenartig, das muß ich Ihnen sagen. Eigentlich würde man ja annehmen, daß sie am ehesten von allen Cetacea solche Angriffe planen und ausführen könnten.

Ich möchte auch, daß Sie zur Kenntnis nehmen, daß wir immer nach Überlebenden gesucht haben und nie welche fanden. In Warmouth sind vor uns andere Schiffe eingetroffen. Aber Vai'oire ist für uns von fünf die vierte. Ein guter Prognoseprozentsatz. Bergen ist viel lukrativer als Fisch oder Molluskenprodukte zu sammeln. Wir haben einige Käufer auf anderen Welten, die bereit sind, das zu kaufen, was wir anbieten, ob es sich nun um Ladung handelt, die die Städte bereits zum Versand vorbereitet haben, um wertvolle Elektronik, oder auch um persönliche Effekten. Wir machen da keinen Unterschied, kann ich Ihnen sagen.«

»Wenn Sie die Wale nicht kontrollieren, wer tut es dann?« fragte sie ihn ebenso wie sich selbst.

»Warum muß sie eigentlich jemand kontrollieren?« fragte Hazaribagh. Er mochte kein Wissenschaftler sein, war jedoch ohne Zweifel ein scharfer Beobachter. »Könnte es nicht sein, daß sie sich selbst kontrollieren?«

»Bartenwale sind zu solch abgestimmtem gemeinsamen Handeln nicht fähig«, erklärte Mataroreva mit Bestimmtheit.

Der Fabrikchef drehte sich zu ihm herum. »Woher wissen wir das denn? Wieviel wissen wir denn wirklich über die Cetacea – ich meine, was über das hinausgeht, was sie uns freiwillig sagen? In tausend Jahren können sich alle möglichen Fähigkeiten weiterentwickelt haben, ausgereift sein. Bloß, weil ein Mann nicht redet, heißt das noch lange nicht, daß er ein Idiot ist. Ebensogut ist möglich, daß er ein Genie ist, das keinen Wert auf Kommunikation legt.«

»Zu Ihren Lasten spricht nur eines«, erklärte Cora. »Sie haben es gewußt! Sie wußten von Anfang an, daß Wale verantwortlich waren. Wenn Sie der Verwaltung auf Mou'anui diese Information zur Kenntnis gebracht hätten, dann hätten Vai'oire, Warmouth und die anderen vielleicht überleben können. Dann hätten sie schließlich gewußt, was zu erwarten war. Aber das konnten Sie ja nicht tun.«

»Natürlich konnten wir das nicht«, gab Hazaribagh zu. »Aber ich verstehe nicht recht, weshalb Sie uns zur Last legen, daß wir dieses Wissen nicht verbreitet haben. Wir haben niemandem etwas zuleide getan. Opportunismus ist kein Verbrechen, das kann ich Ihnen sagen. Wenn wir Überlebende gefunden hätten – das hätte uns Probleme gebracht. Aber wir trafen nie auf welche... bis jetzt.«

Er tippte sich mit dem Rand des kalten Bechers gegen das Kinn. In dem Becher klirrte Eis. »Sie sind fünf. Eine Situation, die mir, wie ich immer gehofft hatte, erspart bleiben würde.« Er schritt vor ihnen auf und ab, gestikulierte mit dem Glas. »Sehen Sie, das ist für uns eine höchst lukrative Operation geworden. Ich habe wirklich keine Lust, sie aufzugeben.«

Es bedurfte einiger Courage für Cora, zu sagen: »Indem Sie diese Information zurückhalten, machen Sie sich an den Massenmorden mitschuldig.«

Die Anklage schien Hazaribagh nicht zu stören. »Oh, ich bezweifle, daß ein Kirchengericht mich dafür verurteilen würde. Aber wenn ich Sie freiließe, könnte das die Dinge für uns komplizieren. Es könnte, wie Sie sagen, dazu führen, daß in Zukunft solche unglückselige Zwischenfälle vermieden werden. Ich bin nicht sicher, ob wir zu dem wenig lukrativen Fischgeschäft zurückkehren wollen. Ich würde zwar ganz bestimmt nicht mit einer beiläufigen Handbewegung Städte zerstören, selbst wenn ich die Barten lenken könnte, aber ich glaube wohl, daß ich mich dazu verstehen könnte, fünf Störenfriede eliminieren zu lassen ... Das kann ich Ihnen sagen.«

Cora erstarrte. Sie sollten also doch getötet werden, wenn auch nicht aus den Gründen, die sie ursprünglich angenommen hatte. Daß Hazaribagh mit der Entscheidung ringen mußte, war dabei ein schwacher Trost.

»Sie müssen versuchen, meine Lage zu verstehen. Meine Leute und ich haben seit der Zerstörung I'as mehr Profit gemacht als in den letzten dreißig Jahren, in denen wir auf Cachalot tätig waren. Wir sind nicht bereit, das aufzugeben. Und wenn wir auch die Stadtleute nicht ermorden würden, dann haben wir auf den Booten sie auch nicht gerade besonders gern, das kann ich Ihnen sagen.

Und was die Frage betrifft, weshalb die Barten plötzlich wahnsinnig geworden sind, so habe ich darüber ganz bestimmt nachgedacht.« Er schüttelte den Kopf. »Ich habe auch keine bessere Idee als Sie. Im Gegensatz zu Ihnen freilich ist mir das auch ziemlich gleichgültig, so lange sie damit fortfahren. Wir sind vielen Walen begegnet, vielen Barten. Keiner hat sich um uns je gekümmert.

Wenn man uns einmal dabei entdecken sollte, wie wir die Überreste einer Stadt bergen, dann – und nur dann – werden wir unsere Aktivitäten einschränken müssen. Aber eine solche Operation würde schlimmstenfalls dazu führen, daß man uns wegen illegaler Bereicherung an privatem Eigentum anzeigt. Man würde uns eine Geldstrafe aufbrummen und uns verwarnen, aber das wäre alles.

Drei Monate noch«, erklärte er mit Bestimmtheit, »drei

Monate bei der gegenwärtigen Rate der Zerstörung, und meine Leute und ich haben genug Credits verdient, um Cachalot für immer zu verlassen und uns gemeinsam auf irgendeiner der Erholungswelten, wie New Riviera, niederzulassen. Vielleicht«, fügte er nachdenklich hinzu, »werden wir das, was wir über die Barten wissen, melden. Auf die Weise werden wir nicht nur als wohlhabende Leute, sondern auch als Helden in den Ruhestand gehen.«

Cora stellte fest, daß sie auf perverse Weise enttäuscht war. Sie hatte damit gerechnet, irgendein außergewöhnliches Genie hinter all dem zu finden. Statt dessen hatten sich die einzigen Menschen, die bis jetzt eingeschaltet waren, als nichts anderes als kleine Gangster erwiesen.

»Wenn Sie ohnehin beabsichtigen, in drei Monaten Schluß zu machen«, bat Rachael, »warum wollen Sie uns dann nicht so lange festhalten und uns dann laufenlassen?«

»Tut mir leid«, sagte Hazaribagh aufrichtig, »ich glaube nicht, daß das geschäftlich ratsam wäre. Sie wissen jetzt alles über das, was wir tun. Und trotz aller Versprechen, die Sie uns vielleicht geben würden, bin ich nicht sicher, ob ich auf Ihr Stillschweigen vertrauen kann. Ich glaube, daß es sicherer wäre, Sie zu beseitigen, so sehr ich diese Notwendigkeit auch bedauere. Was die Art Ihres Todes angeht, glaube ich, daß man den auf die allgemeine Vernichtung von Vai'oire zurückführen wird.«

Zwei Posten stießen sie zur Reling und aufs untere Deck. Hazaribagh folgte ihnen. Ein Teil der Reling wurde nach unten geklappt, so daß sie mit dem Rücken zur See standen.

»Sie könnten uns drei Monate festhalten und dann entscheiden!« argumentierte Rachael verzweifelt. »Dann wären wir immer noch Ihre Gefangenen. Sie könnten uns dann jederzeit töten. Bis jetzt können Sie mit Recht behaupten, daß Sie niemanden ermordet haben – töten Sie uns hingegen, dann könnte irgendein eifersüchtiges Mitglied Ihrer Mannschaft Sie erpressen.«

»In unserer Mannschaft ist niemand eifersüchtig«, erklärte Hazaribagh. »Wir haben gemeinsam gelitten. Jetzt werden wir gemeinsam reich. Und wir werden alle in gleicher Weise schuldig sein.« Er trat zurück, während die Wachen – inzwischen waren es sechs geworden – ihre Waffen überprüften.

»Wir verfügen auf diesem Schiff über wirksame Anlagen, um große Mengen an Fleisch zu verarbeiten.« Er leerte seinen Becher und warf das Plastikglas über die Schiffswand. »Die Wale haben nie irgendwelche Leichen hinterlassen. Daran soll sich nichts ändern. Wir werden Sie so schnell verarbeiten, wie es geht.

Und was Ihren Vorschlag betrifft, Sie drei Monate festzuhalten und erst dann zu entscheiden – warum sollte ich so offensichtlich findigen Leuten wie Ihnen neunzig Tage Gelegenheit zur Flucht geben oder gar dazu, hier Zwietracht zu säen oder einen Hilferuf abzusenden? Wenn ich Sie jetzt töte, besteht diese Gefahr nicht, und ich habe diese unangenehme Geschichte hinter mir, das kann ich Ihnen sagen.«

Einer seiner Männer trat einen Schritt vor und hob die Waffe. Cora stellte fest, daß es sich um eine jener Waffen handelte, die Explosivmunition verschossen und spannte ihre Muskeln. Hazaribagh hatte offensichtlich vor, sie so schnell wie möglich zu erledigen. Der Mann richtete die Waffe auf Mataroreva und zielte.

Und da flog etwas Riesiges, Schnelles durch die Luft, gewaltig wie ein Shuttle, und verdeckte die Sonne.

13. Kapitel

Ein Flappen war zu vernehmen, und die obere Hälfte des Mannes mit der Schußwaffe flog davon, während der Rest des Körpers und die Beine übers Deck taumelten und niederstürzten, und überall spritzte Blut. Das ungeheure Gebilde landete auf den Planken und wäre beinahe durch das zähe Metall nach unten durchgebrochen. Ein zweiter Posten wurde von den Massen zermalmt. Die anderen flohen in Panik.

Hazaribagh taumelte nach rückwärts auf die nächste Treppe zu, die aufs Oberdeck führte, während viereinhalb Tonnen Mörderwal um sich schlugen und das Achterdeck, die Instrumente und jeden Menschen, der unvernünftig oder blind genug war, um in Reichweite seiner Flossen oder Zähne zu kommen, in Stücke zerfetzte.

»Jetzt!« schrie Merced und schob sich die Maske zurecht. »Über die Reling!« Er drehte sich um und sprang ins Wasser. Mataroreva, Dawn und Cora folgten ihm. Als sie im Wasser waren, tauchten sie wieder auf. Cora sah sich nach Rachael um und entdeckte sie schließlich auf dem Deck. Im nächsten Augenblick war sie bei ihnen, doch vor ihr klatschte ein versiegelter Behälter ins Wasser. Man brauchte nicht zu fragen, was er enthielt.

»Ich werde die Module ersetzen müssen«, beklagte sich ihre Tochter.

Wasser spritzte in Fontänen rings um sie auf, als drei weitere mächtige, schwarz-weiß gescheckte Wale aus der See stiegen, um sich dem ersten anzuschließen. Das Heck des Katamarans begann unter ihrem vereinten Gewicht zu ächzen.

Cora versuchte, sich im Wasser aufzurichten und sah, wie

eine riesige Silhouette auf sie zuschoß. Einen Augenblick lang erfaßte sie unvermeidliche, urwelthafte Panik, ehe sie Latehoht erkannte. Der Wal tauchte unter ihr durch, und sie rutschte nach hinten, bis sie seine glitschige Rückenflosse packen konnte. Merced war dicht hinter ihr. Als sie sicher saßen, drehte sich der Orca um und beschleunigte. Endlich kam sie auf die Idee, ihren Translator einzuschalten.

»Wirr bedauerrn wie die Winnde, daß wirr so lange gebrraucht haben, es tut uns lleid, daß wirr euch verrlassen mußtenn.«

»Danke, Latehoht«, sagte sie schwächlich. »Das macht nichts. Irgendwie bring ich es nicht fertig, euch zu kritisieren.«

Sie wurden alle fünf neben dem verlassenen Fangboot abgesetzt, das immer noch vor dem Riff vor Anker lag. Cora glitt von dem weiten, glatten Rücken, als ein weiterer riesiger, stumpfer Kopf neben ihnen an die Oberfläche kam. Dicke Elfenbeinzähne blitzten in der Sonne.

»Gesunnd?«

»Gesund sind wir, Wenkoseemansa, und habt Dank.«

Der Wal verschwand, und kurz darauf erschien wieder sein Begleiter. Cora betrachtete die an Dantes Inferno erinnernde Szene, die sich um den Katamaran abspielte. »Was ist mit den ...?«

»Schlimmme Mennschen auf dem Schifff wolllen lieber fliehen als kämmpfen«, sang Latehoht vergnügt. »Mannche sitzen im Rifff, wohin wirr nicht können. Sie haben Anngst und verstecken sich. Sie werrden euch nichts zuleid tunn, euch nicht bellästigen. Auf dem Schiff stehenn immmer weniger. Nur in seinen Tiefen verstecken sich mannche wie ihre furrchtsammen Brüder im Rriff. Vielleicht kommen sie nnoch herrraus. Wir werrden nurr die tööten, bei denen es nnötig ist. Haben wirr es guut gemmacht?«

»Sehr gut.« Cora sah, wie Sam Rachael auf die Leiter des Tragflächenbootes half. Das Mädchen verschmähte das Angebot und reichte statt dessen vorsichtig die Kiste mit ihrem wertvollen Instrument hinauf.

»Wir müssen jetzt wweg«, pfiff Latehoht. Sie nickte ihren

menschlichen Freunden zu, schlug einmal klatschend mit dem Unterkiefer ins Wasser und schoß davon, um sich wieder an der langsam ausklingenden Schlacht zu beteiligen.

Sie standen am Heck des schwer beschädigten Schiffes und blickten ungläubig hinüber, wie einige aus Hazaribaghs Mannschaft versuchten, die Kontrolle über ihr Fahrzeug zurückzugewinnen. Die Orcas waren zu schnell, als daß die hilflosen Männer Zeit gehabt hätten, mit ihren Waffen richtig zu zielen. Ein oder zwei Wale wurden von Bolzen getroffen und mußten von ihren Artgenossen im Wasser gehalten werden, aber der größte Teil des Widerstandes war ebenso wirkungslos wie sporadisch. Es ist schwierig, auf etwas zu zielen, das sich unter der Wasseroberfläche verbirgt, ganz besonders dann, wenn dieses Etwas plötzlich wie eine Rakete genau auf einen zuschießt.

Nur ein Orca wurde schwer verletzt, und zwar von einem Explosivgeschoß. Die Beobachter am Riff konnten über ihre Übersetzereinheiten seine Hilferufe hören. Dann veränderte der Kampf seinen Charakter, als die Mannschaft des Fabrikschiffes erkannte, daß man nicht besonders gut zielen konnte, wenn ein paar Tonnen Mörderwal einem ins Gesicht springen. Diejenigen, die noch Widerstand leisten konnten, zogen sich aufs Oberdeck zurück, wo die Sprünge der Orcas sie nicht erreichen konnten.

Doch bald mußten sie jede Hoffnung aufgeben, die Angreifer abwehren zu können. In dem Augenblick, als die Verteidiger sich außer Reichweite zurückzogen, konzentrierten die Orcas ihren Angriff auf das Innere des Doppelrumpfbootes. Das zweite Tragflächenboot war inzwischen bereits gesunken. Jetzt schmetterten sie abwechselnd ihre mächtigen Schwanzflossen gegen den Fibermetallrumpf. Am Ende würde der wiederholte Aufprall von vielen Tonnen den einen Rumpf oder den anderen zerbrechen, und dann würde auch das Fabrikschiff sinken.

Der Sender hinter den Betrachtern des ungleichen Kampfes summte. Mataroreva eilte in die Kabine und meldete sich.

»Rufen Sie sie zurück!« bettelte eine Stimme aus dem

Lautsprecher. Cora erkannte die verängstigte Stimme von Dewas Hazaribagh.

»Wen zurückrufen?« erwiderte Mataroreva, dem die Angst des anderen sichtlich guttat. »Warum sollte ich so offensichtlich findigen Leuten wie Ihnen Gelegenheit zur Flucht geben?« fügte er dann hinzu und ahmte damit die Worte des Unternehmers nach.

»Rufen Sie sie zurück, sage ich Ihnen! Wir tun, was Sie wollen!«

»Natürlich werden Sie das. Sie können zwischen den beiden Rümpfen keine Waffen einsetzen, außer Sie öffnen die Ladeluken – und die würden sich sofort mit großen unwillkommenen Besuchern füllen. Sie sitzen fest, Hazaribagh. Wenn Sie einmal im Wasser sind, ist bald Schluß mit Ihnen.«

»Ich bettle nicht für mich, aber was meine Leute angeht ...«

»Mhm.« Er drehte sich zur Reling um. »Cora, sagen Sie es ihnen.«

Sie lehnte sich über den Schiffsrand und schob sich die Maske zurecht, um sicherzugehen, daß sie ins Mikrophon der Übersetzungseinheit sprach. Einige fremde Orcas warteten im Wasser unter ihnen. Sie blickten aufmerksam nach oben, als sie ihre Stimme hörten.

»Sagt euren Gefährten, daß sie gute Arbeit geleistet haben! Beendet den Angriff!« Sie sah sich nach Sam um.

Jetzt sprach er in den Sender. »Werfen Sie Ihre Waffen über die Reling, Hazaribagh. Sie können sich ja später über die Bergung den Kopf zerbrechen.« Das Wort ›Bergung‹ sprach er besonders gedehnt aus. »Darin sind Sie ja Spezialist.«

Sofort hörten sie es klatschen, und rings um das Fabrikschiff spritzte es auf.

»Sehr gut«, meinte Mataroreva, zum Mikrophon gewandt. »Und jetzt verhalten Sie sich alle schön still. Ich will niemanden auf Deck sehen. Sie können sich sinnlos betrinken, sich gegenseitig bedauern, euch mit Sex beschäftigen oder sonst tun, was Sie wollen! Aber versuchen Sie bloß nicht, Ihre Maschinen anzulassen, sonst lasse ich Sie versenken! Und sobald Sie einmal im Wasser sind, glaube ich nicht, daß ich meine Freunde noch unter Kontrolle halten könnte!«

»Wie Sie wünschen.«

Minuten später hallte aus der Gegend ihres Bugs ein cetaceanischer Ruf: »Samm! Samm!« Alle Walstimmen klingen sich ziemlich ähnlich, aber Cora hatte gelernt, diese aus vielen anderen herauszukennen. Die Stimme gehörte Latehoht, und sie wirkte glücklich.

Mataroreva rannte aus der Kabine, rief hastig: »Übernehmen Sie das Steuer!« und sprang über Bord.

Latehoht schwamm vergnügt im Kreis um ihn, und er um sie. Er trat ihr Wasser ins Gesicht, und sie spie es ihm vergnügt zurück. Wenkoseemansa trieb träge daneben.

»Freunnde kommmenn hinnter unns«, meinte er, als er bemerkte, wie Cora über die Reling starrte.

»Das hab' ich mir schon gedacht«, murmelte sie. »Ich hatte nicht angenommen, daß ihr nur alleine kommen würdet. Sam hatte schon Angst, ihr könntet nicht entkommen sein.« Sie sah zu, wie dieser plötzlich einen lauten Schrei ausstieß. Latehoht hatte ihren Schwanz unter ihn geschoben und schnippte ihn jetzt in die Höhe, daß er einen weiten Bogen durch die Luft beschrieb.

»Was, zum Teufel, ist denn geschehen?«

»Wir taten, wwas Samm von unns verrlangt hatte, was er vonn unnserer Zeit unnd unnseren Fähigkeiten erbetten hatte. Wir beobachteten das Wasser weit draußßen in der Tiefe, von fernnenn Orrten aus.

Die Verrückten, die töten, schwammmen schwweigend, inn größerem Schweigen als jede Herde, die ich je kannnte, die je irrgendein Wal kannnte. Sie wußßten genau, was sie vorhatten, Sie-Freund Corra. Sie wußten vorherr, was sie tun würden. Es warr ...« – und seine Stimme klang schrecklich verwirrt, wozu er auch jedes Recht hatte – »... es warr nicht etwas, was man glauben kann. Ich würde es nicht glauben, wenn ich nicht sellbst Zeuge geworrden wärre.

Nichts ssagten ssie, aber schweigend, aus allen Rrichtungen kamen sie.«

»Ein koordinierter Angriff. Aber wer hat ihn koordiniert?« murmelte Merced.

»Wirr haben sie nie gehörrt«, fuhr Wenkoseemansa fort, »aberr ihren Drruck spüürten wirr im Wasser, den Druck vieler, die aus allen Richtungen kamen. So konnnte dies nur eines bedeuten, konnte nur ein Erreignis annkünndigen, das bevorrstand. Und wirr wählten die Sekunnden, die unns blieben, zu fliehenn, ehe man unns umzinngeln konnte, denn in solchem Wahnsinn hätte selbst der Pakt gebrrochen werrden könnnen, und damit hätten wir weder uns noch euch Guutes getan.«

»Ich hatte nicht geglaubt, daß die Orcas vor irgend etwas Angst hatten, das im Meer lebt«, erwiderte sie.

»Wir fürrchten nichts, was wirr verrstehen. Aber dies war etwas, das wir nicht verstanden. Es ist nicht fallsch und nicht feiige, den Wahnsinn zu fürrchten und vor ihm zu fliehen.

Doch so schnell wir auch flohen, wir blieben nicht unbemerrkt. Ein paarr Wahnsinnige wandten sich von ihrem Kurs ab, um uns zu jagen! Sie hielten uns für Buckelwale. Und sie haben *uns* gejagt!« Erstaunen füllte seine Stimme.

»Zwwei zu eins und wwir hätten kehrrt gemacht und gekämmpft, trotz der Grröße. Aber es warren sechs und sie verrhielten sich gannz annders als Barrten das sollllten. Wir sahen uns einer solch schrrecklichen Perrverrsion des Naturrgesetzes gegenüber, Erreignissen, die unnser Begriffsvermögen überrstiegen und Hunnderte anderer Wahnsinniger in der Nähe. So beschlossen wirr, daß es am bessten sei, Hilfe für etwaige Üüberlebende zu finnden. Wirr warren so frroh, euch wohlauf zu finnden! Wußten, daß Überlebennde, sollte es sollche geben, unnter Samms Führrung sein würrden.

Die Barrten haben uns viele Meilen gejagt, lange Zeitt. Noch nie habe ich solche Zielstrebigkeit bei einem Barten gesehen, geschweige denn bei mehreren, die gemeinsam hanndeln. Am Ennde enntkamen wir. Ich glaube, wenn wirr in die Tiefe getaucht wären, dann wären sie unns gefolgt und hinnter uns gestorrben. Wenn auch Finnwale unnter ihnen gewesen wärren, dann hättenn sie uns errwischt, denn im Meer gibt es wenig, das einem Finnwal entkommt. Aber es waren keine in der Nähe, und wir hatten einen guten Vorrsprrung.« Er hielt inne, und Cora vermochte ihn fast denken zu hören.

»Dies ist etwas, das alle Cetacea besprrechen müssen, etwas, das rrings um den Welltozean geschickt werden muß, von Pol zu Pol. Denn ich habe keine Zweiifel, daß es einen Kammpf bis zum Tode gegeben hätte, wenn diese Barten uns erwischt hätten. Ein Kammpf bis zum Tode unter Cetacea!« Ein ungläubiges Murmeln der versammelten Orca drang aus Coras Kopfhörer.

»Dies hat die ganze Walgemeinschaft gestört. Es hat unsere friedliche Meditationen zu etwas sehrr Bösem perrverrtiert. Etwas bedrroht den Frrieden, den wir seit mehrr als acht Jahrhunnderten hatten.«

Cora erinnerte sich einer Theorie, die ihr Kollege Merced als erster vorgebracht hatte. »Könnte es sein, daß die Catodonten die Barten kontrollieren und aus irgendwelchen nur ihnen bekannten Gründen diese Angriffe lenken?« Sie rechnete mit einem schnellen Nein, nicht aber mit der donnernden Empörung, die sich erhob.

»Nein – nie – daran ist garr nicht zu dennken!«

Als sich die Empörung gelegt hatte, meinte Cora geduldig, zu Wenkoseemansa gewandt: »Ihr habt gerade selbst zugegeben, daß an einen Angriff nie zu denken gewesen wäre. Und doch ist er geschehen.«

»So isst das«, gestand der Orca. »Und doch würrde ich eher glauben, daß ich Wasser atme, als daß ich den Catodonten für solchen Wahnsinn verrantworrtlich machen möchte. Sie sind uns näher verwandt als die Barrten. Sie sind stuur und harrtnäckig, aber es feehlt ihnen nicht an Mut.«

»Ich verstehe, was du meinst.« Merced schob sich neben Cora. »Du sagst, wenn die Catodonten die Städte vernichten wollten, würden sie es selbst tun.«

»Soo ist das«, beharrte Wenkoseemansa. »Sie wären viel effiziennter und töödlicher als die Barten das je sein könnnen. Das wäre ein gerinngerer Wahnsinn als das, was du sagst, denn kein Wal kann einen annderen konntrollieren und lenken.«

»Die Catodonten denken nicht wie wir und auch nicht wie andere Wale«, sagte Dawn hinter ihnen. »Ich würde ihnen alles zutrauen.«

»Wir haben bereits ein wenig über ihre Gleichgültigkeit gegenüber den Menschen gelernt«, erwiderte Cora. »Die Vernichtung einer Stadt würde eine Art der Einmischung darstellen, die sie – wie sie behaupten – nicht wollen. Etwas zu zerstören, heißt, es zur Kenntnis zu nehmen, und sie beharrten doch darauf, daß sie uns nicht zur Kenntnis nehmen wollen.«

»Trotzdem«, sinnierte die einzige Überlebende von Vai'oire, »wie ihr Freund im Wasser gerade zugegeben hat, hat etwas das Gleichgewicht der Cetacea gestört. Etwas muß die Barten kontrollieren und lenken. Ich kann einfach nicht glauben, daß sie das aus eigenem Antrieb tun.« Sie kaute nachdenklich auf ihrer Unterlippe.

»Habt ihr feststellen können«, fragte Cora und lehnte sich noch einmal über die Reling, »ob etwas die Angreifer gelenkt hat?«

»Wenn es sso war, dann haben wirr es nicht bemerrkt«, gestand Wenkoseemansa. »Aber wir sinnd schnell aus der Gegend des Wahnsinns geflohen, sinnd so schnelll wir konnten, durrch das Wasser geeilt. Unsere Gedanken waren darrauf gerrichtet, Hillfe zu holen und zu überleben. Vielleicht ist unns etwas enntgangen.«

»Wenn die Catodonten nichts damit zu tun hatten«, murmelte Cora, »und Hazaribagh die Wahrheit gesagt hat, daß er nämlich nur der Zerstörung gefolgt ist, dann sind wir wieder dort, wo wir angefangen haben: dann suchen wir irgendeine unbekannte Gruppe von außerhalb, möglicherweise Menschen, oder andere außerplanetarische Intelligenzen.«

»Zumindest wissen wir jetzt, daß es mit den Barten beginnt«, meinte Merced. »Es gibt noch eine andere Möglichkeit, die wir zuerst prüfen müssen.« Er wandte sich zu Wenkoseemansa. »Du hast die Angreifer, die ›Wahnsinnigen‹, genannt. Ist es schon oft zum Massenwahnsinn unter den Cetacea gekommen?« Cora überlegte, wie das wohl auf Orca klingen würde, aber Wenkoseemansa schien zu begreifen, denn er antwortete sofort.

»Sollche Dinnge sind geschehen. Besonnders in der Verganngenheit, vor vielen Jahren, da haben mannchmal ganze Herden Selbstmord begangen. So wie ihre Vorfahren, in der Furrccht vor der völkermorrdenden Harrpune. Die Harrpune lag weit in der Verganngenheit, aber die Furrcht hielt an. In ferrner Vorzeit glaubten die Menschen, wenn es zu Massenstrandungen von Walen kam, daß Krrannkheiten oder das Wetter daran schuld wärren, und begriffen nicht, daß die Urrsache Verrzweiflung war. Trotzdem, der Wahnsinn verfügt nicht über die Fähigkeit zur Planung und zur Durrchführung eines solch riesigen, organisierten Angriffs.«

»Da muß ich dir recht geben«, sagte Merced. »Wahnsinn könnte die Angriffe erklären, aber wenn die Barten wahnsinnig sind, dann können sie sich nicht gut genug organisieren, um eben diese Angriffe durchzuführen. Ein Widerspruch. Verdammt!«

Cora mochte zwar den kleinen Wissenschaftler nicht sehr, das hinderte sie aber nicht daran, auf beruflicher Ebene für ihn Sympathie zu empfinden. Sie teilte seine Enttäuschung völlig. »Zumindest haben wir jetzt einen Anfang.«

Ein lautes Klatschen ertönte unter ihnen. Wenkoseemansa schlug mit seinem Schwanz das Wasser, um ihre Aufmerksamkeit auf sich zu ziehen.

»Ferrne Brrüder und Schwestern geben diese Nachricht durrch: die neuen Menschen kommen.«

»Fern?«

»Wir haben die Rückkehr der Wahnsinnigen sehr gefürrchtet«, erklärte er. »Brüder und Schwestern halten in grroßer Ferrne Wache. Aber jetzt ist das gute Nachricht.«

Cora ärgerte sich, daß sie nicht daran gedacht hatte, einen

solchen Vorposten vorzuschlagen, und tröstete sich mit dem Wissen, daß ihre Gedanken nie in militärischen Bahnen verliefen. Irgendwo hinter all dem, dachte sie wütend, lauerten Gehirne, die ebenso kalt wie effizient dachten. Es war schwerer, sich vorzustellen, daß es Cetacea waren als Menschen.

Kurz darauf erschien am Horizont ein weiteres Wasserfahrzeug: ein langes, schlankes Tragflügelboot. Es war wesentlich größer als das stark beschädigte Boot, auf dem sie warteten oder das lange versunkene, das sie vor einer Ewigkeit von Mou'anui hierher getragen hatte.

Sie bereiteten sich darauf vor, längsseits zu gehen, ließen die Maschinen des beschädigten Fangschiffes an und steuerten es neben den Katamaran. Niemand aus Hazaribaghs Mannschaft schien sie daran hindern zu wollen. Die Männer blieben unter Deck, Matarorevas Drohung eingedenk, das Orcapack ein letztesmal auf sie zu hetzen.

Die vier besorgten Forscher und die letzte Überlebende Vai'oires warteten auf dem leeren Deck des Fabrikschiffes, um ihre Retter zu begrüßen.

Der erste Mann, der die Leiter heraufkam, war Yu Hwoshien, dem es überhaupt nichts auszumachen schien, daß er den größten Teil seiner etwas ältlichen Anatomie zur Schau stellte, da er nur eine kurze Badehose trug. Seine Augen huschten über das Deck und stellten fest, daß außer den vier Überlebenden niemand zugegen war.

Irgendwie war das Fehlen fast jeglicher Kleidung an einem Individuum, das für Cora den Inbegriff der Würde verkörperte, schockierender als sie das erwartet hatte. Der schwarzen Uniform seines Amtes entkleidet, war er gleichzeitig menschlicher und weniger menschlich, als er ihr auf Mou'anui erschienen war.

Eine Schar bewaffneter, grimmig dreinblickender Männer und Frauen folgten ihm aufs Deck. Cora erkannte niemanden, aber alle begrüßten Sam mit einer Mischung von Erleichterung und Respekt. Er schickte sie auf den Katamaran. Die Zahl der Friedenshüter war beträchtlich. Ohne Zweifel waren für diese Rettungsaktion zusätzliche Hilfstruppen von anderen Teilen Cachalots zusammengerufen worden.

Während Sam die Zählung und Registrierung der mürrischen, verängstigten Mannschaft des Fabrikschiffs leitete, beschäftigte Hwoshien sich mit den übrigen Überlebenden. Zu allererst galt sein Interesse der einen Person unter ihnen, die er noch nicht kannte.

»Was ist mit der Stadt?« fragte er Dawn.

Sie schüttelte den Kopf.

»Sie sind die *einzige* Überlebende?«

»Und das nur, weil ich zum Zeitpunkt des Angriffs nicht in der Stadt war.« Sie deutete mit einer schwachen Handbewegung auf Cora und die anderen. »Ich war auf dem Riff, wo ich diese Leute führte.«

»Die erste Ursache kennen wir jetzt«, sagte Cora. Hwoshien wandte sich ihr zu. »Es waren die ganze Zeit Bartenwale. In jeder Stadt. Sie greifen in militärischer Formation an, als wären sie ihr ganzes Leben für solche Angriffe gedrillt worden. Und nach jedem Angriff verteilen sie sich wieder und verschwinden.«

»Aber warum sie das tun, wissen wir immer noch nicht«, nahm Merced den Faden auf, »auch nicht, ob sie es aus eigenem Antrieb tun, oder ob sie von jemand anderem dazu angehalten werden.«

Hwoshien verschränkte die Hände hinter dem Rücken und ging zur Reling. »Wieder eine Stadt«, meinte er schließlich, »wieder eine ganze Einwohnerschaft verloren, und wieder finanzielles Chaos und Leid.« Sein Blick wanderte zu ihnen zurück. »Die Bartenwale sind es also, sagen Sie? Das ist schlimm. Sehr schlimm. Man hatte uns das schon gesagt, aber ich wollte sicher sein. Sendungen werden manchmal verstümmelt und ...« Er hielt inne, atmete tief durch. »Nicht, daß ich die Informationsquelle angezweifelt hätte, aber ich wollte es direkt von Ihnen hören.«

»Wer hat Ihnen ...?« Rachael schien über das Unwissen ihrer Mutter erstaunt. »Oh, natürlich, Latehoht und Wenkoseemansa haben es Ihnen gesagt.«

»Das Orcapaar, das mit Sam zusammenarbeitet, ja. Da

Wale involviert waren, und da seit tausend Jahren kein Mensch irgendeinen der Cetacea verletzt hat, dachten wir, es wäre trotz des Ernstes der Lage am besten, wenn eine Walart der anderen Verletzungen zufügt, sofern das überhaupt nötig sein sollte.

Es gibt immer ein paar Orca-Rudel, die sich in der Nähe von Mou'anui aufhalten und nur darauf warten, daß sie Gelegenheit bekommen, mit Leuten zu spielen oder zu arbeiten. Latehoht und Wenkosee – wie auch immer er heißt – riefen sie, als sie uns gesagt hatten, was geschehen war. Wir hatten schnell eine ausreichend große Streitmacht beisammen.«

»Was glauben Sie wohl, wäre geschehen«, fragte Merced neugierig, »wenn sie die Stadt intakt vorgefunden hätten, aber von den Barten belagert?«

»Ich weiß nicht«, gab der alte Mann zu. »Zwar kämpfen Menschen und Cetacea schon lange nicht mehr gegeneinander, aber das gleiche gilt im zehnfachen Ausmaß für die Cetacea untereinander. Aber selbst wenn sie sich in diesem Falle dafür entschieden hätten, sich nicht physisch einzuschalten, hätten sie doch mit ihren Vettern wirksamer als wir reden können.«

»Es kann einen wahnsinnig machen«, platzte es aus Cora heraus. »Man tippt ein Problem an, und schon entsteht das nächste.«

Hwoshien hatte sich umgewandt und inspizierte die Stapel von Bergegut auf dem Achterdeck des Fabrikschiffes. »Zumindest wissen wir jetzt, was aus dem vielen wertvollen elektronischen Gerät geworden ist, das von den Liegeplätzen der vernichteten Städte verschwunden ist. Wir hatten angenommen, daß es auch versunken wäre.« Er rümpfte die Nase. »Von Typen wie diesem Hazaribagh hätte ich so viel Unterscheidungsvermögen gar nicht erwartet.«

»Sie kennen ihn also?« Das schien Cora zu überraschen.

»Nur aus den Akten. Aber sein Schiff habe ich gleich erkannt. Ich kenne jedes Schiff und jede Stadt auf Cachalot. Das gehört zu meinen Amtspflichten. Aber ich hätte nie erwartet, daß ein so kleiner Unternehmer in etwas so Extremes verwickelt wäre. Er ist es also nicht, der die Barten kontrolliert oder mit ihnen zusammenarbeitet?«

Merced schüttelte den Kopf. »Das hat er wenigstens gesagt. Wir hatten keine Gelegenheit zu überprüfen, ob er nun die Wahrheit spricht. Aber nach allem, was wir gesehen haben und was Sie gerade sagten, neige ich dazu, ihm zu glauben. Ein so außergewöhnliches Unternehmen scheint seine Fähigkeiten weit zu übersteigen. Er ist ein Opportunist, kein Genie.«

»Dann sind wir also einer Meinung«, meinte Hwoshien, »obwohl ich mich natürlich nicht auf Hazaribaghs Wort verlassen werde.«

»Wenn er lügt«, meinte Cora plötzlich besorgt, »und wenn er trotz allem die Barten auf irgendeine Art kontrolliert, dann ist es möglich, daß ...« Ihr Blick wanderte besorgt zum Horizont.

»Nein, das ist es nicht.« Mataroreva trat wieder neben sie. In einer seiner mächtigen Pranken hing ein Strahler, der dabei wie ein Spielzeug wirkte. »Latehoht und Wenkoseemansas Freunde und Verwandten patrouillieren weit genug draußen, um uns rechtzeitig zu warnen, falls auch nur ein Wal auf zehn Kilometer nahekommt.«

Das beruhigte Cora nur teilweise. Das Dutzend Friedenshüter wirkte sehr resolut, als sie die Mannschaft in Gewahrsam nahmen. Aber ihr Tragflügelboot hatte nur eine einzige Energiekanone am Bug. Sie bezweifelte, ob sie dem Angriff von vielleicht zwanzig Blauwalen lange würden standhalten können. Die Orcas waren ihr bester Schutz – falls sie sie *wirklich* gegen einen Angriff ihrer größeren Vettern verteidigen würden. Wenn nicht, erinnerte sie sich, war ihr Tragflügelboot schneller als der schnellste Wal im Meer. Sie waren also in der Tat einigermaßen sicher.

Aber waren sie das tatsächlich? Sie hatten viel gelernt. Aber Vai'oire hatte sich auch für sicher gehalten.

Nur eines hinderte Cora daran, hier und jetzt darum zu bitten, daß man sie nach Mou'anui zurückbrachte. Zwar war ihre Furcht groß, doch ihre Neugierde war noch größer. So war das mit Wissenschaftlern immer, Leuten, die ihre Courage aus dem Verstand und nicht der Körperkraft bezogen.

»Wenn dieser Hazaribagh die Wale irgendwie und in irgendeinem Maße kontrollierte oder lenkte«, sagte Hwoshien, »dann hätte man uns wahrscheinlich schon lange angegriffen.«

»Ja, das leuchtet ein«, gab sie ihm recht.

Sie folgten dem Kommissar von Cachalot, als dieser sich Hazaribagh vorknöpfte. Mit gesenktem Kopf und die Hände aneinandergeklebt, wirkte er noch kleiner. Die chemische Handschelle konnte man nur mit einem speziellen Lösungsmittel entfernen. Der Rest seiner Mannschaft war auf gleiche Weise gefesselt.

Hazaribagh blickte zu Hwoshien auf und versuchte, sich selbstbewußt zu geben.

»So«, begann der Ältere beiläufig, »Sie beharren also anscheinend darauf, daß sie nicht die Schuld am Tod einiger tausend unschuldiger Bürger tragen.«

»Ich habe nie auch nur einen Menschen getötet oder töten lassen.« Der Schiffsführer schien von seinem Mißgeschick verbittert. Er warf einen verstohlenen Blick auf seine ehemaligen Gefangenen. »Ich gestehe, daß sich das vielleicht geändert hätte, wenn die Wale nicht gekommen wären.« Er zuckte die Achseln. »Wer weiß. Vielleicht ist es so besser. Ich hatte nicht den Wunsch, jemandem ein Leid anzutun.«

»Oder jemanden zu retten«, herrschte Cora ihn an. »Wenn Sie nicht den Wunsch hatten ...«

»Ich habe Ihnen ja gesagt, warum. Um der Chance willen, reich zu werden. Um der Chance willen, dieses Wrack von einem Schiff zu verkaufen und diese verschwitzte, nach Salz stinkende Welt zu verlassen!« Er starrte Hwoshien herausfordernd an, und die beiden Männer musterten sich wie zwei gereizte Kampfhähne. »Wenn man mir irgend etwas vorwerfen kann, dann, daß ich Informationen zurückgehalten habe. Sie können uns nicht einmal den Vorwurf machen, daß wir Überlebenden nicht geholfen haben, weil wir nie welche fanden!«

»Dafür haben wir aber nur Ihr Wort«, erwiderte Hwoshien drohend. »Sie waren im Begriff, diese Leute hier zu beseitigen, um Ihre Aktivitäten zu schützen. Ich frage mich nur, wie viele andere unbequeme Bürger Sie beseitigen mußten.«

»Gar keine, verdammt!«

»Das werden wir ja erfahren, wenn wir Ihre Mannschaft verhören.«

»Tun Sie das!« Hazaribagh schien das nichts auszumachen. »Sie haben keinen Anlaß zu lügen. Und die Bergegesetze stehen immer noch auf unserer Seite.«

»Wenn Sie sie richtig befolgt hätten, würden sie das wirklich«, sagte Hwoshien. »Aber Sie haben das, was Sie geborgen haben, nicht gemeldet, wie es Vorschrift ist. Und die Bergegesetze gelten beispielsweise nicht für persönliche Habseligkeiten, die den überlebenden Verwandten zu übergeben sind, und die Sie, wie ich vermute, rücksichtslos verkauft haben.«

»Das können Sie nicht beweisen.«

»Das werden wir. Sie haben gerade zugegeben, daß Ihre Leute keinen Anlaß haben, uns zu belügen.«

Hazaribaghs Selbstbewußtsein schmolz zusammen wie ein Häufchen Sand auf einem Sieb.

»Sie bestehen immer noch darauf, nichts mit den Angriffen der Wale zu tun zu haben?«

»Ja«, murmelte er. Er blickte zu Mataroreva hinüber, fand dort aber keine Sympathie. »Das habe ich eben schon gesagt, wir sind die Opfer der Umstände.»

»Opfer eurer Habgier. Sie hätten den Tod vieler Menschen verhindern können. Was mit Ihnen geschehen wird, hängt von den Gerichten ab, aber von mir werden die nichts über mildernde Umstände hören.« Hwoshien wandte sich einem der Friedenshüter in der Nähe zu. »Schaffen Sie ihn auf das andere Fangboot und nehmen Sie die Logbücher und Bänder mit, die Sie finden!«

»Was geschieht mit meinem Schiff?«

»Im Augenblick nichts, aber wenn Sie eine so geringe Meinung davon haben, frage ich mich, weshalb Sie das interessiert. Es wird von Ihrer Mannschaft nach Mou'anui zurückgebracht werden, unter Überwachung von Friedenshütern. Die Gerichte werden entscheiden, was mit ihm und seiner Mannschaft geschehen soll.«

Hazaribagh und der hochgewachsene Mann, der ihn bewachte, ging auf die Reling zu.

»Einen Augenblick!« Der niedergeschlagene Schiffsmanager und sein wachsamer Begleiter blieben stehen. »Wenn Sie uns irgendeinen Hinweis geben könnten, wenn Sie auch nur die leiseste Ahnung haben, was die Bartenwale dazu veranlaßt, sich so unerklärlich aggressiv zu verhalten, so könnte das ein Beitrag zu Ihren Gunsten sein, den die Gerichte anerkennen würden.«

Hazaribaghs humorloses Gelächter hallte über das Deck. »Wenn ich das wüßte, und das zugeben würde, dann würde mich das zumindest teilweise dessen schuldig machen, was Sie mir vorher vorgeworfen haben, nicht wahr? Ein hübscher Trick!« Er hustete und fügte dann mit heiserer Stimme hinzu: »Ich habe nicht die leiseste Idee. Meine Meeresexperten auch nicht. Massenwahnsinn, der kommt und geht, und sich als Wut auf die ganze Menschheit manifestiert? Wer weiß? Vielleicht sind sie es endlich leid geworden, daß die Menschheit sich in ihrem Ozean aufhält.«

Cora war enttäuscht. Sie hatte keine Offenbarungen von Hazaribagh erwartet, aber zumindest erhofft. Der Schiffsmanager wurde über eine Leiter zum Tragflügelboot hinuntergeführt. Hwoshien trat wieder zu ihnen.

»Da ist noch etwas, das keinen Sinn ergibt«, meinte Cora zu ihm gewandt.

»Eigentlich suche ich Aufklärung und nicht weitere Verwirrung«, murmelte er.

»Bei dem Angriff, dessen Zeuge wir wurden«, fuhr sie fort, »sahen wir zwei Arten von Barten – Blauwale und Hökkerwale. Latehoht und Wenkoseemansa wurden von Blauen gejagt und waren besorgt, es könnten auch Finnwale dabei sein. Nun sind das zwar alles Planktonfresser, aber soweit ich gelesen habe, halten sie sich stets getrennt. Ich weiß zwar, daß es nur sehr beschränkte Studien der Cetaceagemeinschaft von Cachalot gibt, aber bei meiner ganzen

Vorbereitungslektüre vor unserer Ankunft hier bin ich nie auf ein Beispiel gemischter Herden gestoßen.«

»Das ist richtig«, sagte Dawn erregt. »Sie funktionieren nicht nur als Gruppe, sondern haben auch gemischt angegriffen.«

»Wir haben uns wochenlang bemüht, eine rein wissenschaftliche Erklärung zu finden«, sagte Merced. Alle wandten sich zu ihm um. »Vielleicht packen wir das völlig falsch an.«

»Wie meinen Sie das?« fragte Rachael voll Respekt, ohne dabei ihr Neurophon loszulassen. Sie hatte die Mannschaft des Friedenshüterbootes bereits nach Ersatzmodulen für ihr Instrument bedrängt.

Merced schien verlegen, wie er das immer war, wenn alle ihn ansahen. »Wir haben versucht, eine biologische Erklärung für die Angriffe zu finden. Nun beabsichtigen wir, uns auf die Cetacea zu konzentrieren. Wenn wir einmal von der Wahnsinnsthese abgehen und unterstellen, daß hinter all dem Intelligenz steckt, wie wollen wir dann den eigentlichen Grund ausfindig machen?«

»Ich bin immer noch nicht sicher, ob ich Ihnen folgen kann«, sagte Cora.

»Das liegt daran, daß Sie immer noch in Cetacea-Begriffen denken. Das tun wir alle. Wollen wir doch einmal die offensichtlicheren Analogien sehen und nicht die obskuren. Wenn eine Gruppe von Menschen eine Stadt angreifen würde, aber behauptete, sie wüßte nicht, warum – wie würden wir dann vorgehen, um die Ursache ausfindig zu machen?«

»Wir würden uns einen von ihnen fangen und ihn befragen.« Mataroreva sah den kleinen Wissenschaftler an und nickte langsam. Merced nickte ebenfalls.

»Das ist unmöglich«, sagte Cora sofort. »Sie können einen Blauwal nicht festhalten, wenn Sie nicht mehr als Worte gebrauchen dürfen. Selbst der Einsatz nur kurzfristig lähmender Narkotika könnte von den Cetacea als Gebrauch von Gewalt interpretiert werden. Und das würde den Frieden zwischen den Menschen und den Walen zerstören, von dem Sie uns die ganze Zeit erzählen. Und etwas weniger Drastisches, ein Netz zum Beispiel, würde wahrscheinlich in Fetzen gerissen werden.«

»Es muß doch irgendeinen Weg geben«, murmelte Dawn.

Mataroreva sah sie nachdenklich an. »Vielleicht. Man kann siebzig Tonnen Wal nicht zu etwas zwingen, aber vielleicht kann man ihn überzeugen.«

Er beugte sich über die Reling und schob sich die Translatoreinheit über den Kopf. Laute, quiekende Geräusche klangen aus dem Wasser, und Cora eilte mit ihrem Kollegen ebenfalls an die Reling.

Latehoht war bereits zu hören. Wenige Augenblicke später kehrte sie mit einem großen, narbigen männlichen Wal zurück. »Derr hierr heißt Kinehahtoh«, teilte sie ihnen mit. »Er-der-vorne-schwimmt. Kinehahtoh, ein Veteran vieler Schlachten, derr Ällteste in der Herde, die euch befrreit hat, wie du es verrlangtest, Frreund Samm. Kinehahtoh, der Weise, der für die Brrüder und Schwesterrn des Rudels sprricht.«

Dann folgte eine Überraschung, denn als sie den alten Walmann den wartenden Menschen vorstellte, gebrauchte sie nicht nur ihre menschlichen, sondern auch ihre cetaceanischen Namen. Etwas betreten erfuhr Cora, daß Latehoht und ihr Gefährte ihr den Namen Talsehnsoht – Sie-die-alles-wissen-muß gegeben hatte.

»Kinehahtoh«, begann Sam, »wir müssen wissen, warum die Bartenwale unsere Leute getötet und ihre Städte vernichtet haben.«

»Du bist jetzt sicherrr, ohne Zweifel sicherr, daß sie wahrrhaft verrantworrtlich sind?« fragte der Patriarch. Cora bewunderte ihn wie einen ehrwürdigen Großvater.

»Meine Freunde und ich waren selbst Zeugen eines solchen Angriffs. Ein Blauwal ist keine Wolke, und man kann ihn auch nicht mit einer verwechseln. Das ist Wahrheit, Kinehahtoh.«

»Ein Wahrrheitt, die keine istt«, pflichtete der Alte ihm bei und schauderte. Dieses Zittern war uraltes Walverhalten, das wußte Cora. Keine Reaktion, die sie sich im Umgang mit den Menschen angeeignet hatten. »Obwohl wirr dich als einen kennnen, der die Wahrrheit sprricht, Samm Matarroreva, würrde dieser hier und die Brrüder und Schwesterrn nicht glauben, was du sagst, wenn wirr es nicht von zwei der unnserren gehörrt hätten. Ich wolllte, ich könnnte wünnschen, daß es nicht die Wahrrheit ist, und doch ist es was und kann nicht weggewünnscht werrden.«

»Dann begreifst du unser Bedürfnis, die Ursache zu erfahren, die dahintersteckt«, sagte Mataroreva, »so wie wir deine Sorge begreifen würden, wenn ganze Herden von Orca getötet worden wären.«

»Wirr verrstehen, wenn es auch unsere Herrzen in den Schleim der tiefen Orrte drrückt. Was, willlst du, sollen wirr tun?«

»Wir müssen einen, der Teil von diesem Schrecklichen war, nach dem Grund eben dieses Schrecklichen fragen.« Kinehahtoh gab keine Antwort, wartete. »Um das zu tun, brauchen wir die Hilfe der Orca, um nicht den Frieden zwischen Menschen und Cetacea aufs Spiel zu setzen.«

Der Alte sagte immer noch nichts. Schließlich kam seine Antwort, wobei er die Worte langsam und sorgsam wählte. »Einer, der an etwas so Schrrecklichem beteiligt war, verspürrt vielleicht nicht den Wunnsch, davonn zu sprrechen.« Selbst in der Übersetzung klangen die Worte des Orca besorgt.

Mataroreva atmete tief durch, ehe er antwortete. »Das ist auch der Grund, weshalb wir diese Bitte an dich richten. Wie du wohl weißt, können wir einen Barten nicht mit Gewalt festhalten und verhören. Aber wenn das hier versammelte Rudel sich um einen einzelnen Wal sammelt, so wie es sich um dieses Schiff gesammelt hat, würde es keinen Kampf geben.«

»Es könnte als Prrovokationn interrprretiert werrden, als Brruch des Frriedens, als Herrausforrderung an den Pakt. Seit tausend Jahrren hat kein Orrca einen Barrten gekostet. Wir können den Pakt nicht risskieren.«

»Das verlange ich auch nicht von euch«, sagte Mataroreva schnell, ehe Kinehahtoh sich unwiderruflich gegen den Gedanken festlegen konnte. »Hier sind fünfzig Orca. Wenn so viele beispielsweise einen einzelnen umringen würden, was könnte das Ergebnis sein? Die Barten denken langsam. Ich glaube, er würde einfach abwarten, bis das Hindernis entfernt wäre.«

»Ich weiiß nicht«, erwiderte der Führer des Rudels, »eine solche Konfrrontation hat seit Jahrrhunnderten nicht stattgefunden.«

»Das meine ich ja«, drängte Mataroreva. »Das Ergebnis würde also nicht Ärger sein. Nur Verwirrung. Ihr braucht ihn nur so lange festzuhalten, daß wir ein paar kritische Fragen stellen können. Bis der Barten mit seinem schwerfälligen Verstand begriffen hat, daß das *möglicherweise* eine Bedrohung sein könnte, haben wir vielleicht schon sämtliche Antworten und können ihn in Frieden lassen. Niemand ist aufgefordert, gegen irgend jemand zu kämpfen.«

»Tausend Jahrre des Pakkts«, murmelte Kinehahtoh feierlich. »Tausend Jahrre des Frriedens unter den Cetacea.«

»Die Cetacea sehen sich ebenso wie der Mensch einer Krise ohne Beispiel gegenüber«, gab Mataroreva zu bedenken. »Wenn Menschen, die die Wege Cachalots nicht begreifen, erfahren, daß die Barten, wenn auch indirekt, für die Vernichtung verantwortlich sind, dann führt das zu einer größeren Bedrohung des Paktes, als irgendeine Konfrontation das bewirken könnte.« Er verzichtete darauf, hinzuzufügen, daß die Schwierigkeiten eher zwischen den Menschen auftreten würden, da die Cetacea ja geschützt waren.

»Ich werrde die annderen frragen«, entschied der alte Orca. Sein mächtiger Kopf klatschte ins Wasser, und er verschwand. Latehoht folgte ihm.

Mataroreva berichtete Hwoshien, der geduldig in der Nähe gewartet hatte, von dem Gespräch. Lange Minuten verstrichen, keine Spur von der Rückkehr der Orca. Cora schlenderte neben Mataroreva und blickte auf die See hinaus. »Was, glauben Sie, werden sie tun, Sam?«

Er gab sich keine Mühe, seine Sorge zu verhehlen. »Ich weiß nicht. Soweit es sie betrifft, habe ich gerade eine gefährliche Forderung ausgesprochen. Es bleibt abzuwarten, ob das mehr Gewicht hat als die Gefahr, die ihre größeren Verwandten in den Wahnsinn treibt.«

»Aber sie haben uns doch schon einmal das Leben gerettet.«

Er lächelte schwach. »Böse Menschen zu töten ist eine ganz andere Sache, als einen anderen Wal anzugreifen oder gar zu bedrohen.«

»Aber wir verlangen doch gar nicht, daß sie angreifen.«

»Ich hoffe nur, daß sie das auch so sehen. Wenn nicht, dann können wir das Ganze ebensogut vergessen und uns etwas anderes einfallen lassen. Sobald sie einmal eine Entscheidung getroffen haben, können sie nicht einmal Latehoht oder Wenkoseemansa noch umstimmen.«

Kinehahtoh kehrte zurück. »Die Orrcas sind einnverstannden. Wirr werrden euch hellfen, *einen* der Barrten zu finden und zu umkrreisen. Aber, wenn er zu enntkommmen verrsucht«, warnte er, »oderr anndere zu Hilfe rufft, werrden wirr nicht verrsuchen, ihn festzuhallten. Das muß ganz klarr seinn. Der Pakkt darrf nicht beddroht werden, sonnst leiden wirr alle.«

»Angenommen«, fragte Merced zum Schrecken Matarorevas, »der Barte wird nicht nur unsere Fragen ignorieren, sondern sogar *uns* angreifen?«

Kinehahtos sofortige Antwort ließ keinen Platz für Mißverständnisse. »Es macht uns Frreude, den Mennschen zu hellfen und mit ihnen zu arrbeiten. Aber mit Vettern werrden wirr nicht kämmpfen. Was sie tun, ist ihre Sache. Wirr können uns da nicht einmischen. Wenn einer der Großen Wale sich gegen euch wenndet, müßt ihrr selbst damit ferrtig werrden, so gut ihr könnt.«

»Und ihr werdet nicht versuchen, uns zu schützen?« Merceds Frage klang eher wie die eines Anwalts vor Gericht als die eines Biologen, der einen Mörderwal befragt.

»Der Pakkt muß gehallten werrden«, wiederholte Kinehahtoh fest. »Follgt mir jetzt, dann werrden wirr jagen!« Er wandte sich ab, ehe Merced oder sonst jemand eine weitere

Frage stellen konnte, und nur noch seine mächtige Rückenflosse stach aus dem Wasser.

Als Hwoshien die Einschränkung der Orcas und das damit verbundene Risiko erfahren hatte, zögerte er nicht. »Natürlich müssen wir es tun. Das ist für uns die beste Gelegenheit, herauszufinden, was die Barten zu ihrem Verhalten treibt.«

»Und wenn ein sechzig Tonnen schwerer Finnwal unser Schiff mit vierzig Stundenkilometern rammen will?« fragte Mataroreva.

»Sie sagten ja, daß das Rudel uns nicht helfen wird. Dann müssen wir eben selbst sehen, wie wir klar kommen. Verdammt, Leute, jetzt ist es *Zeit*, auch Risiken einzugehen!« Das war das erstemal, daß Cora von Yu Hwoshien ein lautes Wort gehört hatte.

»Könnten wir einem Wal entkommen, wenn er uns angreift?« fragte Rachael und strich nervös mit den Fingern über die Saiten und Schalter ihres Neurophons. Die Projektoren waren stumm. Nur hörbare Musik schwang über das Deck.

»Das kommt darauf an, wie nahe er uns im Augenblick des Angriffs ist, und um was für einen Wal es sich handelt«, erklärte Mataroreva. »Einem Buckelwal bestimmt. Einem Blauen wahrscheinlich auch. Einem Finnwal – das kann ich nicht sicher sagen. Auf kurze Distanz könnte es recht knapp werden. Aber ich bin ganz Hwoshiens Ansicht. Wir müssen das Risiko eingehen.«

14. Kapitel

Friedenshüter und Gefangene, Fangboot und Fabrikschiff, alle hatten Kurs auf Mou'anui gesetzt, einer fernen Gerechtigkeit entgegen. Hwoshien und die anderen gingen an Bord des Superflüglers der Friedenshüter und folgten im Kielwasser des Suchrudels.

Einige Tage und Nächte herrlichen Wetters und langweiliger Fahrt folgten. In Zusammenarbeit mit dem komplizierten Ortungsgerät an Bord entdeckten die Orcas zuerst einen einzelnen Wal, dann einen zweiten. Der erste erwies sich als ein Buckelwal, der zweite als Minke. Keiner von beiden wußte etwas (oder behauptete dies zumindest) über die Angriffe auf die schwimmenden Städte. Man ließ sie weiterziehen, ehe sie sich bewußt wurden, daß man sie in ihrer Bewegungsfreiheit beeinträchtigt hatte.

Am sechsten Tage schoß Wenkoseemansa hastig aus dem Wasser, um zu berichten, daß das halbe Rudel einen weiteren Bartenwaal umkreist und ihn nach oben gedrängt hatte. Ihr widerstrebendes Opfer war bereits verwirrt und etwas reizbar. Es wäre für alle Betroffenen am besten, wenn die Menschen sich beeilten.

Während Mataroreva und seine Begleiter ihre Übersetzungsgeräte holten, beschrieb der Superflügler einen Bogen und jagte auf die Stelle zu, die Wenkoseemansa ihnen angegeben hatte.

Es dauerte nicht sehr lange, bis die Silhouette einer kleinen Insel den Horizont unterbrach. Als sie näherkamen, entwickelte die Insel einen bescheidenen Geisir, worauf allen Insassen des seine Fahrt verlangsamenden Schiffes klar war, daß diese Insel zwar solide, aber keineswegs Land war.

Über fünfunddreißig Meter lang und reichliche hundert

Tonnen schwer lag der Schwefelbauch oder Blauwal auf der Meeresoberfläche und überlegte die ungewöhnliche Situation, in der er sich befand. Auf Orca wirkte er massig genug, um alle fünfzig Orca abzuwehren, falls diese wirklich aus irgendeinem Grund zu dem Entschluß kommen sollten, einen solchen Kampf zu führen. Ein einziges nervöses Zukken des enormen Schwanzes würde das Schiff zu Schrott zermalmen.

Er bewegte sich kaum im Wasser. Cora konnte das winzige Auge zwar wegen der Entfernung nicht ausmachen, vermutete aber, daß es seine Umgebung mit einiger Unruhe absuchte. Die Umkreisung durch das Orcarudel konnte von dem Geschöpf nur als potentiell drohende Geste ausgelegt werden. Orca und ihren Begleitern kam es jetzt zu, die Antworten auf ihre Fragen zu erhalten, ehe der Einzelgängerbulle zu dem Schluß kam, daß er nicht nur einer potentiellen, sondern einer realen Bedrohung ausgesetzt war.

Als das Superflügelboot längsseits ging, sorgfältig darauf achtend, sich dem lebenden Berg vom Kopf und nicht dem gefährlichen Schwanz her zu nähern, verlagerte er behäbig sein Gewicht. Die Orcas eröffneten das Gespräch. Für Coras Ohren wirkte es trotz der Übersetzung höchst seltsam. Im Vergleich mit der schnellen Redeweise der Orca war dic dcs Blauwals träge und langsam.

Wenkoseemansa stellte die meisten Fragen, wozu er dicht an das mächtige Maul heranschwamm, das seinen schlanken Körper zwergenhaft erscheinen ließ.

Unterdessen drehte Cora an ihrem Translator herum und versuchte, aus dem cetaceanischen Chaos einen Sinn herauszuhören. Jede Spezies hatte ihre eigenen Pfiffe, ihr eigenes Klicken und Heulen. Die Translatoren übertrugen das Schnattern des Blauwals in eine Art Pidgin, das ungewollt komisch wirkte.

»Du großer Bruder wissen, Angriffe auf Menschenstadt, Menschenleute?« schien Wenkoseemansa zu fragen. »Alle Menschenleute ihre Art getötet und verschwunden. Großer Bruder wissen?«

Keine Antwort. Hwoshien schob das Mikrophon etwas

zur Seite und meinte: »Wieder eine Niete. Ist es möglich, daß sämtliche Wale, die an dem Angriff auf Vai'oire beteiligt waren, sich aus dieser Gegend abgesetzt haben?«

»Vielleicht zu einer anderen Stadt weitergezogen?« fragte sich Merced besorgt. Keiner empfand das Bedürfnis, dazu Stellung zu nehmen.

Aber schließlich antwortete der Bartenwal. Die Erwiderung kam mit Nachdruck, wenn auch mit entnervender Langsamkeit. »Dieser große Bruder hier Frage kleiner Vetter verstehen. Dieser große Bruder hier wissen viel von Angriff auf Menschenstädte. Dieser große Bruder traurig über Tod Menschenleute, sehr traurig.«

»Dieser hier an Angriff teilnehmen?« erkundigte sich Wenkoseemansa vorsichtig, die Muskeln erwartungsvoll gespannt. »Dieser hier helfen töten?«

»Dieser hier mitmachen«, sagte der Blauwal mit erschütternder Gelassenheit, ganz zu schweigen von der offensichtlichen Gleichgültigkeit gegenüber allem, was auch immer die kleine Gruppe zuhörender Menschen vielleicht tun würde. Aber während der Tonfall des Wals, soweit ihn der Translator widerzugeben vermochte, keinerlei Mitgefühl ausdrückte, war er auch keineswegs feindselig. Einige Mitglieder der Mannschaft rutschten unruhig auf ihren Plätzen herum. Die Hand des Rudergängers straffte sich um das Steuer.

Der Blauwal regte sich nicht, blieb friedlich, wenn auch etwas unsicher, im Mittelpunkt des Halbkreises von Orcas. Er ist so ruhig, dachte Cora bewundernd. Weiß er, daß wir ihn töten oder ernsthaft verletzen könnten? Die Energiekanone am Bug war bewußt nicht auf den Bartenwal gerichtet, wohl aber bemannt. Sie konnte in Sekundenschnelle auf ihn eingestellt und abgefeuert werden.

Vielleicht hat er in diesem Augenblick einen Notruf an die Hunderte seiner Artgenossen ausgeschickt, die an dem Angriff auf Vai'oire teilgenommen haben, dachte Cora. Das ist absurd, korrigierte sie sich. Jeder solche Ruf wäre sofort von den Orcas aufgefangen und gemeldet worden, vermutlich auch von den Ortungsanlagen des Schiffes.

»Wozu großer Bruder töten Menschenleute?« fragte Mataroreva und übernahm damit von Wenkoseemansa die Führung des Verhörs. »Menschenleute Freunde von Großen. Nicht angreifen, nicht bedrohen Grcße oder Kinder von Großen. Wozu Große und Vetter so schrecklich töten Menschenleute?«

Langsam und als litte er Schmerzen, erwiderte der Blauwal: »Dieser Große hier nicht wissen. Schwer zu überlegen.«

Die Orcas waren nicht imstande, die ›Stirn zu runzeln‹, aber Cora hatte den Eindruck, als würde das verwirrte Schnattern, das sie vernahm, etwa dasselbe vermitteln wie diese menschliche Geste.

»Aber du hast teilgenommen?«

»Dieser hier ja.«

»Hat getötet?«

»Hat getötet«, stieß der Blauwal gequält hervor. »Weiß nicht warum. Dieser hier nicht wissen. Nicht inseits wissen, warum dieser hier angreifen. Schwer zu überlegen.«

»Etwas – jemand – dich überzeugen, dich angreifen?« drängte Mataroreva. »Was sagen?«

»Nicht wissen.«

»Großer angreifen – töten Menschenleute, welcher Grund? Große das tun. *Wer* Große sagen, das tun? *Versuche* zu wissen!« Mataroreva starrte über die Reling, als könnte er den großen Wal mit bloßer Willenskraft zur Antwort zwingen.

»Wissen ... schwer sein. Schwer zu überlegen. Finstere Wasser. Nicht können wissen.« Er schüttelte leicht den Kopf. Die plötzliche Dünung ließ das Superflügelboot schwanken, und die an Bord Anwesenden hielten sich an der Reling fest. »Hart nachdenken. Schmerzen zu überlegen. Keinen Sinn machen.« Wieder zuckte der Kopf, und sein ganzer Körper erbebte, so daß das Unterdeck des Schiffs mit Wasser überschüttet wurde. Die riesige Kreatur war sichtlich erregt. »Nicht können *erinnern*!«

Der Wal drehte sich herum, und das Flügelboot drohte zu kentern. Im Wasser hatten die Orcas alle Mühe, ihre Position zu halten. Cora klammerte sich mit einem Arm an die Reling und drehte die Lautstärke ihres Translators herunter. Die Stimme des Blauen klang jetzt betäubend.

»Angreifen – töten – nicht mögen! Aber keine Wahl! *Mußte* tun! Befohlen zu tun! Nachdenken schmerzhaft! Dieser hier jetzt *verlassen*!«

Und die mächtigen Flossen hoben sich wie die Schwingen eines riesigen grauen Vogels. Der Kopf tauchte unter, als der Wal seinen Rücken krümmte. Die Tasterschirme im Kontrollraum des Superflüglers zeigten die winzigen Punkte der Orcas, die ihm den Weg freigaben, als der gigantische Bulle schnell und ohne zu zögern dem Schweigen der Tiefen entgegentauchte.

Langsam beruhigte sich das Wasser. Das Schiff hörte auf zu stampfen. Cora schob sich den Translator wieder zurecht. »Die Wale sind also offensichtlich nicht verantwortlich. Jemand lenkt sie.«

»Wer auch immer es ist, er kann sie dazu zwingen, eine Stadt anzugreifen«, murmelte Merced nachdenklich. »Aber wir können keinen von ihnen dazu zwingen, uns, was er getan hat, zu erklären.«

»Ich begreife immer noch nicht, wie man etwas zwingen kann, das hundert Tonnen wiegt«, beharrte Rachael. »Geschweige denn Dutzende davon.«

Cora fuhr sie an, ohne es zu wollen: »Gedanken wiegen nicht viel. Ich denke, es ist ziemlich klar, daß wir es hier mit irgendeiner Art Bewußtseinskontrolle zu tun haben. Etwas, das die Wale, nicht aber Menschen zwingen kann. Sonst könnten ja diejenigen, die hinter diesen Verbrechen stehen, einfach die Bewohner einer jeden Stadt dazu bringen, sich in die Luft zu sprengen. Das Commonwealth beobachtet alle Forschungsarbeiten sehr gründlich, die auch nur im weitesten Sinne mit dem Zentralnervensystem oder geistiger Modulation zu tun haben. Aber schließlich waren die Cetacea hier in ihrer geistigen Entwicklung aus eigener Wahl völlig isoliert – damit würden sie sich ideal als Versuchsobjekt für jemanden eignen, der ein solches Kontrollsystem ausprobieren möchte.«

»Nicht nur, daß es keine Wirkung auf Menschen hat«, meinte Merced. »Ich vermute sogar, daß es nicht einmal auf die Zahnwale wirkt. Ganz sicher nicht auf die Orcas und die Delphine, wahrscheinlich auch nicht auf die Catodonten und ihre Verwandten.«

»Das ist richtig«, pflichtete Cora ihm grimmig bei. »Vielleicht ist es noch nicht fertig. Vielleicht sind die Catodonten die nächsten, die an die Reihe kommen, gemeinsam mit den Orcas – und dann wir. Wir können es nicht riskieren, diesen Pakt zu brechen, unter gar keinen Umständen, aber ich kann mir durchaus jemanden vorstellen, der aus ureigenstem Interesse bereit sein sollte, dieses Risiko einzugehen.«

»Das können wir nicht«, protestierte Mataroreva sofort. »Wir haben es einmal versucht und sind damit nicht weit gekommen.«

»Wir wissen jetzt mehr. Ich würde meinen, daß es die Catodonten interessieren sollte. Eigentlich sollte es das, wenn sie wissen, was gut für sie ist.«

»Ich sage Ihnen doch immer wieder«, entgegnete er ärgerlich, »die denken in ganz anderen Kategorien als wir. Gleichgültig, was wir erfahren haben, und ohne Rücksicht darauf, was wir vielleicht sagen würden, die sehen das zuerst und zuvörderst als einen weiteren Angriff auf ihre selbstgewählte Isolation an, auf die Zeit, die sie nur zum Nachdenken verwenden. Wir könnten es bei einer anderen Herde versuchen ...«

Cora schüttelte den Kopf. »Es muß dieselbe sein, mit der wir schon einmal gesprochen haben. Wir haben nicht die Zeit, eine Beziehung zu einer neuen Herde herzustellen, selbst wenn wir einmal annehmen, daß wir gleich eine finden könnten, und wir haben auch nicht die Zeit, noch einmal von vorne zu beginnen. Es muß Knollenkiefers Herde sein.«

»Sie könnten einen zweiten Versuch als Provokation betrachten«, warnte er sie. »Das haben sie uns ja eigentlich zu verstehen gegeben.«

»Haben Sie eine bessere Idee?«

»Nein, ich habe keine *bessere* Idee!« schrie er sie verärgert an. »Aber ich habe auch keine, die genauso gefährlich ist.«

Im juristischen Sinne unterstanden sie den Anweisungen der örtlichen Verwaltungsbehörde. Also wurde die Frage Hwoshien vorgelegt.

»Wir wollen es versuchen«, entschied er schließlich. »Es bietet uns die beste Chance, schnell zu einer Lösung zu kommen.«

»Es bietet auch die beste Chance, unser inzwischen erfahrenes Forschungsteam auszulöschen«, hielt Mataroreva dem entgegen. »Wenn wir uns der Herde nähern, und die Leitbullen zu dem Schluß kommen, daß es sich um einen Angriff handelt, haben wir nicht die winzigste Chance, lebend davonzukommen.«

»Ich bin bereit, auf den Pakt zu vertrauen«, erwiderte Hwoshien. »Ich *glaube* nicht, daß sie ihn diesmal brechen werden, nur um das Recht zu schützen, allein gelassen zu werden. Und unsere neue Information könnte sie tatsächlich, wie Miß Xamantina meint, interessieren.«

»Das kann man nicht vorhersagen«, murmelte Mataroreva. »Sie verstehen sich auf Leute, Yu, ich auf Cetacea. Eine Gruppe von Menschen würde nicht gewalttätig auf die leichte Belästigung reagieren, die wir vorhaben. Aber wir haben es hier mit absolut unterschiedlichen moralischen Grundsätzen zu tun und einer völlig anderen Werteskala. Ich weiß nur eines sicher, und das ist, daß das Verhalten der Catodonten unberechenbar ist. Mag sein, daß sie die klügsten Cetacea sind, dafür sind sie aber auch die reizbarsten.«

»Meine Aufgabe ist es, die Lebenden zu schützen«, sagte Hwoshien entschieden. »Wir benötigen nicht nur eine Lösung für dieses Problem, wir benötigen diese Lösung sofort. Ich kann nicht um der Vorsicht willen eine weitere Stadt riskieren.« Er drehte am Abstimmknopf seines Translators und trat an die Reling.

»Wenkoseemansa – Latehoht – Rudelführer.« Zwei vertraute Gestalten tauchten sofort neben dem Schiff auf. Kurz darauf schloß sich ihnen eine größere dritte an: Kinehahtoh. Hwoshien legte dar, was sie von den Orcas wünschten. Als er geendet hatte, drehte sich Kinehahtoh beunruhigt im Wasser.

»Das ist eine schlimmme Sache, ein trauriger Vorrschlag, den du machst. Garr nicht gutt. Fürr den Geschmmack des Rudels ist das bittter.

Wirr mögen die Catodonnten nicht sehrr, sie unns noch wenniger, und ihre Gerreiztheit ist voll Verrachtung. Aberr ihrre Abneigung unns gegennüber ist nichts verglichen mit ihrrer Abneigung gegenüber Mennschen. Gefährrlich, schlimmm und gefährrlich ist diese Idee.« Er hörte auf, sich im Kreise zu drehen und um sich zu spritzen und starrte zu den Menschen empor, die an der niedrigen Reling standen.

»Wisset, wennn die Catodonnten ihrem Ärrger nachgeben, können wirr euch nicht schützen. Bedennkt das gut. Selbst wenn wirr wollten, könnnten wir es nicht. Die Catodonnten sind die ersten unter den Cetacea, und sie alllein im Meer sind stärrker als die Orrcas.«

»Wir verstehen eure Lage«, sagte Cora, »aber wir haben keine Wahl. Wir sind in einer Sackgasse.«

»›Sackgasse?‹« wiederholte Kinehahtoh verblüfft.

»Einem Ort, durch den man nicht schwimmen kann, so wie der Grund des Meeres«, erklärte Mataroreva hilfreich.

»Ah. Jetzt verrstehen wirr *eurre* Lage.«

»Dann könnt ihr sie also finden?« fragte Mataroreva erwartungsvoll. »Die große Herde, mit der wir uns vor so vielen Tagen unterhielten?«

»Wahrrscheinlich, können überrholen.«

»Dann tu das für uns, nur das«, warf Hwoshien ein, »und die Orcas werden im Augenblick des Kontakts von jeder Verpflichtung uns gegenüber befreit.« Mataroreva fuhr herum und starrte ihn mit aufgerissenem Mund an.

»Dieser Kinehahtoh hat bereits ihre Position dargelegt, Sam. Sie können ruhig den Mund wieder zumachen. Es hat keinen Sinn, sie darum zu bitten, ihren Interspeziespakt zu riskieren. Er hat uns ja gesagt, die Orcas könnten uns nicht schützen, selbst wenn sie es wollten. Ich möchte nicht, daß sie, falls das nicht funktioniert, uns gegenüber irgendwelche negativen Gefühle hegen.« Er wandte sich wieder dem Wasser zu.

»Bring uns zu ihnen, das genügt! Wir werden selbst reden.«

»Das ist sehrr unklug«, sagte Wenkoseemansa und sprang aus dem Wasser, um gleich darauf wieder mit einem mächtigen Klatschen darauf zu landen. »Unklug. Gibt es keinne annderen Möglichkeiten, anndere Mitttel, um zu erfahrren, wwas ihr wwollt?«

Aber niemand fiel etwas ein, obwohl alle sich die größte Mühe gaben. Unterdessen raste das Superflügelboot unbeirrt nordwestwärts dahin, hinter dem Rudel schwarzweiß gefleckter Orcas her.

Indem sie ausschwärmten, konnten die Orcas eine riesige Ozeanfläche absuchen, wobei die Sonaranlagen des Superflüglers sie unterstützten. Und sie entdeckten die Herde früher, als selbst Hwoshien gehofft hatte. Die Catodonten pflegten gemächlich zu reisen und folgten häufig eher ihrer Nahrung als einem geraden Kurs. Außerdem behinderte sie die Anwesenheit vieler Kälber, die das Orcarudel im Gegensatz zu ihnen in Sicherheit zurückgelassen hatte.

Cora, Hwoshien, Mataroreva und Dawn traten an den Bug des Schiffes, als sie sich der Herde näherten. Cora ertappte sich bei dem Gedanken, daß sie es vorgezogen hätte, wenn die andere, jüngere Frau zurückgeblieben wäre. Sie hatte Dawns Behauptung immer noch nicht akzeptiert, daß sie Sam gegenüber keine dauerhaften Absichten hegte, geschweige denn, daß Sam sich nicht für sie interessierte. In bezug auf letzteres hatte Cora einen zu eindeutigen Gegenbeweis.

Aus dem Innern der Kabine hallte es zu ihnen heraus: »Zwölf Kilometer.«

»Danke, Mr. Asamwe«, erwiderte Hwoshien knapp. Auch er blickte nach vorn. »Ja, ich sehe sie blasen.« Cora kniff die Augen zusammen, konnte aber am Horizont nichts ausmachen. So alt Hwoshien auch sein mochte, seinen Augen war sein Alter nicht anzumerken.

»Ich sehe sie nicht.«

Er wies nach vorne. »Dort ...« Dann runzelte er leicht die Stirn. »Nein, jetzt seh ich sie auch nicht mehr. Ich habe schon damit gerechnet, daß sie das tun würden.«

Und da kam auch schon die Bestätigung: »Sir, die Herde taucht.«

»Alle? Die Kälber auch?«

»Das sieht man auf dem Schirm«, erklärte der Matrose. Hwoshien gab keine Antwort und starrte weiterhin nach vorn, den Rücken so gerade wie eine Eisenstange, die Augen starr und kalt zum Horizont gewandt.

»Nun, viel länger als zwanzig Minuten können sie nicht unten bleiben«, murmelte Cora. »Nicht mit Kälbern.« Sie drehte sich um und musterte Mataroreva verstohlen. Der hünenhafte Mann wirkte gespannt, und sein sonst rundlich-joviales Gesicht blickte zutiefst besorgt.

»Die werden verdammt schnell heraufkommen, sobald sie erkannt haben, daß wir nicht locker lassen werden.«

Er macht sich Sorgen, dachte sie. Sorgen schon, aber er hat keine Angst. Angst kennt er nicht. In moralischer Hinsicht völlig unschuldig, aber dennoch ein bewundernswerter Mann. Einer der wenigen. Vielleicht war sie genau das, was ihn kurieren könnte.

Wenkoseemansa war jetzt zurück. Er schwamm parallel zum Schiff und sprang aus dem Wasser, um zu bestätigen, was die Sonargeräte bereits gemeldet hatten.

»Warum tauchen die eigentlich?« fragte Cora. »Schließlich wissen sie doch ganz bestimmt, daß wir ihre Position kennen. Die können uns nicht abschütteln.«

»Dafür könnte es verschiedene Gründe geben«, meinte Mataroreva, der den Horizont studierte. »Vielleicht wollen sie damit ihr Mißvergnügen zeigen und uns beiläufig die Chance geben, unseren Kurs zu wechseln – und unsere Absicht. Oder es ist ihnen völlig egal. Schließlich beeinträchtigen wir ja das, was sie tun, noch nicht. Es könnte ein ganz normales Tauchmanöver zur Nahrungsaufnahme sein.« Jetzt lächelte er. »Es wäre typisch für sie, rings um uns aufzutauchen und unsere Anwesenheit völlig zu ignorieren, ganz zu schweigen von unseren Fragen.«

Minuten später berichtete der Rudergänger mit bewundernswerter Gelassenheit: »Jetzt sind wir genau über ihnen, Sir.«

»Halten Sie sich knapp hinter der Herde, so nahe es geht!«

»Ja, Sir.«

Das Tragflügelboot verlangsamte seine Fahrt. Sie kreuzten weitere fünfzehn Minuten hinter den getauchten Walen, ehe die Ortung sich wieder meldete. »Jetzt kommen sie herauf, Sir.«

»Gut«, sagte Hwoshien in die Sprechanlage. »Halten Sie uns auf Position, bitte!«

»Steigen immer noch.« Dann eine Pause. »Sollten wir nicht ein wenig weiter zurückfallen, Sir?«

»Nein. Halten Sie Ihre Position und Ihre Geschwindigkeit!«

»Wechseln Kurs, Sir. – Sie kommen jetzt rings um uns herauf.« Immer noch keine Panik in der Stimme des Matrosen, obwohl seine Worte etwas schneller heraussprudelten, dachte Cora. Hwoshien blieb reglos stehen und sagte nichts, starrte weiterhin interessiert über den Bug.

»Zwanzig Meter. Fünfzehn.« Die Maschine raste.

»Position halten!« befahl Hwoshien mit fester Stimme. »Wir wollen ihnen zeigen, daß wir keine Angst haben. Sie wissen, daß sie uns nicht überraschen. Wir dürfen ihnen nicht das Gegenteil zeigen. Außerdem«, meinte er zu Cora gewandt, »ist es ohnehin zu spät, etwas zu tun.«

»Fünf ... vier ...«, zählte der Techniker. »Drei ... zwei ...«

Im einen Augenblick bestand ihr Universum aus ruhiger See, einer friedlichen Sonne, ein paar weißen Wolkenschiffen an einem Himmel so blau wie eine Klinge aus Azurit – und dann war es plötzlich mit einem Bild angefüllt, das nur wenige Menschen je hatten sehen dürfen.

Die Intelligenz hatte mehr als nur das Vermögen zu denken mit sich gebracht. Sie hatte auch einen Sinn für Ästhetik bewirkt, verbunden mit einer einmaligen Einhelligkeit des Wollens. Die ganze Herde, etwa zwei- bis dreihundert erwachsene, heranwachsende und junge Wale, schossen gleichzeitig aus dem Meer. Im einen Augenblick war die See ruhig und die Luft leer. Im nächsten war sie mit zweihunderttausend Tonnen und mehr graubraunen Fleisches erfüllt.

Die Herde hing eine Sekunde lang in der Luft, eine Sekunde, die keiner der Betrachter je vergessen würde. Dann fiel sie konvulsivisch in die See zurück. Weißer Donner erschütterte den schläfrigen Himmel. Die Luftverdrängung reichte aus, jeden umzuwerfen. Nur die Tatsache, daß die ganze Herde gleichmäßig rings um das Schiff verteilt war, verhinderte, daß es kenterte. Trotzdem bedurfte es all der lautlosen Anstrengungen automatischer Stabilisatoren und gyroskopischer Kompensatoren, um das Tragflügelboot auf seinem Kiel zu halten.

Alle wußten, wenn die Catodonten das gewollt hätten, dann hätten einige von ihnen exakt auf dem Schiff selbst landen können. Das Schiff wäre unter dem Meer verschwunden, um Minuten später in Tausenden von Fragmenten wieder zum Vorschein zu kommen. Statt dessen schossen die Wale wie ein paar hundert gigantischer Korken in die Höhe, um die Meeresoberfläche dann minutenlang mit Dutzenden Inseln zu punktieren. Sie blieben nicht, wo sie waren, sondern kreuzten beständig auf ihrem unveränderten Kurs weiter. Der Rudergänger hatte alle Hände voll zu tun und gab sich Mühe, die unmittelbar vor ihnen schwimmenden Wale nicht zu rammen, ohne seinerseits von denen überrannt zu werden, die hinter ihm schwammen.

Ein neuer Laut erfüllte jetzt die Luft. Dutzende, explosiv ausgestoßener Wasserstrahlen, als die Wale das Kohlendioxid aus ihren Lungen ausstießen. Ein organischer Nebel verdeckte ein paar Augenblicke lang den Himmel, bis die sanfte Brise ihn verteilt hatte.

Hwoshien sprach in sein Mikrophon, ohne den Tonfall zu verändern: »Langsame Fahrt voraus, Rudergänger! Sie machen das sehr gut. Seien Sie vorsichtig!« Die titanenhafte Demonstration von Macht und Einheit, die ihnen gerade geboten worden war, schien ihn überhaupt nicht berührt zu haben.

Mächtige, dahintreibende Leiber umgaben das Schiff. Die Mehrzahl von ihnen waren größer als das Boot selbst.

Mataroreva blickte immer noch besorgt. »Was ist denn?« fragte Cora.

»Ich weiß, was Sie denken, aber mir geht es jetzt nicht um die Catodonten. Ich sehe Latehoht und Wenkoseemansa und die anderen Orcas nicht mehr.«

»Sie sagten, sie würden sich heraushalten. Ich nehme an, Kinehahtoh und der Rest des Rudels haben Hwoshiens Angebot angenommen, sich von hier fernzuhalten.«

»Ich weiß, aber trotzdem würden Latehoht und ihre Gefährte ...« Er verstummte. Erstaunlich, dachte sie. So lautstark er auch immer wieder auf die völlig andere Denkweise der Cetacea hinwies, hatte er doch gehofft, seine beiden Freunde würden es vorgezogen haben, bei ihm statt bei ihresgleichen zu bleiben.

Cora merkte, daß ihre Gedanken sich jetzt mehr mit dem befaßten, was die Catodonten wohl denken mochten, als was in Sams Gehirn vorging. Was bewegte sie jetzt? Wenn sie nur in diese riesigen Hirne sehen könnte – was für eigenartige, fremde Begriffe würde sie jetzt mit ihnen teilen?

Und doch war durchaus möglich, daß sie vielleicht gar nicht wußten, daß sie und Sam und jene anderen, die sie schon einmal belästigt hatten, wieder in ihrer Mitte waren. Hwoshiens Schiff war größer als das kleine Forschungsboot, das sie ursprünglich in Mou'anui bestiegen hatte. Ob sie ungehalten sein würden? Und, was wichtiger war, wie würden sie reagieren, wenn die Zeit kam, sie das zu fragen, was gefragt werden mußte?

Mataroreva schob sich den Translator zurecht. »Zeit, zu reden, ehe sie sich entscheiden, etwas zu unternehmen.«

Cora tat es ihm gleich, ebenso Hwoshien und Dawn. Rachael und Merced traten neben sie. Sie waren bereits auf das Gespräch zwischen den Spezies vorbereitet.

Sie waren übereingekommen, daß Mataroreva wie zuvor als erster das Wort ergreifen sollte. Er lehnte sich an der

Backbordseite über den Bug und rief, was er sich vorher gründlich überlegt hatte: »Wie geht die Reise, Junger?« Es gab verschiedene Möglichkeiten, das zu interpretieren. Es könnte sich auf die Reise nach Nahrung beziehen, auf die persönliche Odyssee des Wals oder die catodontische Reise durchs Leben. Sie vermutete, daß er die Frage bewußt offen ließ, vielleicht, um seinerseits eine fragende Antwort zu erhalten.

Ein sehr junger Wal, höchstens vier Meter lang, reagierte, indem er sich auf die Schiffsflanke zubewegte.

»Menschen – Ich Habe Noch Nie Welche Gesehen ...« Eine riesige Masse erschien plötzlich unter dem Jungen und schob ihn beiseite.

»Willst du sprechen, Mutter?« fragte Mataroreva schnell den weiblichen Wal, der sich zwischen das Schiff und ihren Sprößling geschoben hatte. Sie und das Junge glitten davon, und was sie antwortete, wurde nur lückenhaft übersetzt.

Aber Mataroreva grinste. »Wahrscheinlich tadelt sie jetzt das Kind. Sie versucht es vor den bösen Einflüssen menschlicher Geschöpfe fernzuhalten.«

In dem Augenblick tauchte eine riesige Masse neben dem Schiff auf. Ein mächtiger Schädel, größer als die meisten Geschöpfe, die je auf der Erde oder in ihren Gewässern gelebt hatten, ragte über die Wellen auf. Cora erkannte sofort die Narben und Runzeln, die ihn wie die Markierungen an einem uralten Baum durchzogen.

»Sei gegrüßt, Alter«, rief Mataroreva, der ihn ebenfalls erkannte.

»Mensch Ich Kenne Dich«, sagte eine laut hallende, seufzende Stimme in Coras Ohr. Das Auge unmittelbar über dem runzligen Kiefer blitzte über der Reling. »Ich Kenne Die Meisten Von Euch. Wir Haben Vor Nicht Langer Zeit Mit Wenig Sinn Miteinander Gesprochen.« Knollenkiefer hielt inne und überlegte, wie er fortfahren sollte.

»Wir Haben Damals Alles Gesagt, Was Zu Sagen War. Warum Störst Du Uns Schon Wieder?« Niemand konnte das Drängen in seiner Stimme verkennen, noch die angedeutete Drohung, die dahinterstand. Aus normal catodontischer Gleichgültigkeit drohte Verärgerung zu werden.

»Du Stellst Die Geduld Der Herde Auf Die Probe. Wir Werden Nicht Mehr Mit Euch Sprechen. Geht – Jetzt!« schloß er entschieden. »Sonst Übernehmen Wir Keine Verantwortung Mehr. Wir Kennen Die Gesetze Und Werden Sie Gebrauchen! Und Verlasse Dich Auch Nicht Auf Deine Kleinen Diener, Daß Sie Dir Helfen. Sie Sind Weit Von Diesem Ort Entfernt Und Würden Dir, Selbst Wenn Sie Könnten, Nicht Helfen, Denn Auch Sie Kennen Die Gesetze.«

»Gegen *was* sollten sie uns denn helfen?« fragte Mataroreva mit einer Gelassenheit, die er nicht empfand. »Wenn wir keine Freunde sind, sind wir zumindest keine Feinde, denn wir haben euch nichts zuleide getan.«

»Du Unterbrichst Gedanken. Du Durchbrichst Ein Gespräch. So Wie Du Es Mit Diesem Jungen Getan Hast, Verlängerst Du Die Große Reise!« ereiferte sich der erzürnte alte Wal.

»Das wissen wir, und es tut uns leid«, erwiderte Mataroreva schnell. »Wo wollen bloß …«

Ein mächtiges Paar Schwanzflossen klatschte in gefährlicher Nähe des Schiffes auf die Wellen und überschüttete alle an Bord mit Wasser. »Keine Reden Mehr! Keine Zeitvergeudung Mehr! Das Leben Ist Kurz!« Cora überlegte, wie die Catodonten wohl die Zeit empfinden mochten. Schließlich konnte ein gesunder Angehöriger ihrer Spezies mehr als hundert Jahre alt werden, so wie dieser Patriarch es wahrscheinlich bereits war.

»Wir Gehen Auf Diese Seite Des Lichtgebers, Geht Ihr Die Entgegengesetzte Richtung. *Jetzt!*«

»Das genügt«, brummte Hwoshien so, daß der Translator es nicht übertragen konnte. »Wir müssen uns eine andere Herde zur Befragung suchen oder ganz woanders nachsehen.« Dann rief er enttäuscht zum Rudergänger: »Langsame Drehung nach Steuerbord und Viertelgeschwindigkeit voraus!«

»Ja, Sir«, bestätigte der Rudergänger; man brauchte ihn nicht zu überreden, diesem Befehl nachzukommen.

»Warten Sie!« bat Cora den Kommissar. »Wir dürfen nicht so schnell aufgeben. Wir müssen nur noch ein oder zwei Fragen stellen.«

»Ein vernünftiges Risiko gehe ich ein«, erwiderte er vorsichtig, »so zum Beispiel das, daß wir in den Bereich dieser Herde eindringen. Eine Warnung, wie wir sie gerade empfangen haben, schlage ich jedoch nicht in den Wind.« Hinter ihnen heulten die Maschinen auf.

Sie sah Mataroreva hilfesuchend an, fand aber auch dort keine Unterstützung. »Er hat recht, Cora.« Er wandte sich von ihr ab und meinte zu seinem Vorgesetzten gewandt: »Vielleicht bekommen wir die Chance und entdecken eine isolierte ...«

Cora blickte wild in die Runde. Überall waren die Matrosen damit beschäftigt, den Kurswechsel vorzubereiten. Mataroreva unterhielt sich mit leiser Stimme mit Hwoshien. Rachael strich über ihr Neurophon und redete mit Merced. Nur Dawn schien unbeschäftigt und starrte interessiert zur Herde hinüber, sah Cora nicht.

Enttäuschung, Verlust, Silvio, Rachael, Stolz, und der ewig brennende Drang, die Ignoranz zu bekämpfen, die sie so oft plagte, sie alle vereinten sich und trieben dieses Bestreben über die Vernunft hinaus und der Impuls des Augenblickes überwand die Vernunft.

An der Reling hing eine Rettungsscheibe. Sie packte sie, stützte sich mit der anderen Hand auf die Reling und flankte über das Geländer. Das letzte, war sie hörte, war ein erschreckter Schrei ihrer Tochter und ein polynesischer Fluch Sams.

15. Kapitel

Die Arme wurden ihr fast aus den Schultergelenken gerissen, da die Schwebescheibe nur ein paar Zentimeter sank, ehe sie beharrlich wieder zur Oberfläche drängte. Sie klammerte sich fest, mühte sich ab, sich die Kopfspange ihres Translators zurechtzuschieben, schluckte dabei Wasser und kletterte auf die stabilisierende Scheibe. Obwohl das Wasser selbst hier draußen, mitten im Ozean, einigermaßen warm war, fühlte sie sich trotzdem ohne Gelanzug rasch kalt werden.

Während sie noch versuchte, auf der Scheibe eine sitzende Haltung einzunehmen, wurde ihre Sicht wieder klar, und sie entdeckte, daß sie allerhöchstens ein paar Meter von einem grauen Gebirge entfernt war. Jetzt bewegte sich jene hochragende Klippe langsam auf sie zu, als sie ihrer gewahr wurde. In der Nähe der Linie, wo der Klippenkopf das Wasser traf, spießte sie ein Auge, so groß wie ihr Kopf mit einem völlig reglosen, glasig wirkenden Blick auf.

Sie erstarrte auf der Schwebescheibe. Jetzt war es zu spät, die Entscheidung zu ändern, zu spät, Vernunft walten zu lassen. Aber auch ihre Entschlossenheit führte nicht zur Aktion. Sie konnte nur reglos auf der Scheibe sitzen und zurückstarren.

Die Klippe näherte sich ihren Beinen. Die ganze ungeheure Masse balancierte mit delikater Eleganz im Wasser. Hinter ihr hallten vom Schiff verwirrte und besorgte Rufe herüber. Aber ebensogut hätten diese Geräusche auf der anderen Seite der Welt hallen können, so wenig Beachtung fanden sie. Nur sie und jenes neugierige Auge existierten.

Reihen weißer Zähne, einen Viertelmeter lang, glänzten

teilweise freigelegt im halboffenen Kiefer. Die leichte Bewegung des Wals im Wasser schickte kaskadenförmige Dünung über ihre Beine und Hüften, aber die Stabilisatoren der Scheibe hielten sie gerade.

Es bedurfte keiner Anstrengung, sich ganz auf das Geschöpf vor ihr zu konzentrieren. Sie wünschte, erkennen zu können, was jetzt in diesem riesigen Gehirn vor sich ging, welche Gefühle, falls es überhaupt welche gab, hinter jenem nachdenklich blickenden Auge lagen. Ein weiterer Impuls, vielleicht noch weniger rational als jener andere, der sie gedrängt hatte, über Bord zu springen, veranlaßte sie, vorsichtig tastend die Hand auszustrecken. Der alte Catotonde entzog sich ihrer Berührung nicht. Das Gefühl, das seine Haut vermittelte, überraschte sie. Sie war glatt, fast wie poliert, keineswegs so rauh, wie sie schien.

»Du Bist Gestürzt«, behauptete eine Stimme in ihrem Kopfhörer, seltsam unbeteiligt.

»Nein, ich bin gesprungen.« Sie fragte sich, ob ihr Translator neben den Worten auch ihre Nervosität vermitteln konnte.

Falls er das tat, ließ der Wal sich jedenfalls nicht anmerken, daß das etwas zu bedeuten hatte, denn das einzige, was zurückkam, war: »Warum?«

»Mag sein, daß ihr uns nicht mögt«, begann sie, und ihr Verstand funktionierte jetzt wieder, »mag sein, daß ihr *mich* nicht mögt. Aber ich tue nur das, was du und jedes andere Mitglied eurer Gruppe tun würde. Ich verteidige die, die gefährdet sind und die Kälber.«

»Es Gibt Keine Schwachen, Keine Verletzten, Keine Kälber An Bord Eures Floßes«, sagte der Wal.

»Nein, aber auf den anderen schwimmenden Städten gibt es Kälber, die bis jetzt noch nicht verletzt sind, gesunde, die damit rechnen müssen, verletzt zu werden, und alle sind sie in Gefahr. Ich muß ihnen jetzt helfen, ehe es zu spät ist.«

»Und So Riskierst Du Dich, Um Zu Lernen. Vorbeugendes Opfer.« Cora zitterte ein wenig und fragte sich, was der Wal wohl mit dem Wort ›Opfer‹ meinte.

»Edel. Wir Betrachten Die Menschen Gewöhnlich Nicht

Als – Edel. Sind Diese Fragen, Die Du Stellen Möchtest, Denn Für Dich So Lebenswichtig?«

»Nicht für mich. Für die, die in Gefahr sind, die, denen der Tod bevorsteht.«

Sie wartete gespannt auf die Antwort des Catondonten. Hinter ihr war es still geworden. Jeder auf dem Tragflügelboot wartete atemlos darauf, daß das Drama seinen Abschluß fand.

Schließlich sagte der alte Wal: »Was Ist Dann Eine Frage Im Plan Der Dinge? Ich Vergeude Zeit Mit Dir. Und Doch Wird Die Herde Weiterziehen, Die Herde Denkt Immer Noch. Frag, Was Du Willst, Frau!«

Cora versuchte, mit dem Zittern aufzuhören. Für einen Augenblick staunte sie darüber, daß die Cetacea sich die Mühe gaben, zwischen den Geschlechtern der Menschen zu unterscheiden. Dann fuhr sie eilig fort:

»Zuerst muß ich dir sagen«, meinte sie, und kam sich vor wie eine Ameise, die zu einem Menschen spricht, »daß wir mit Bestimmtheit wissen, daß die Bartenwale unsere Städte zerstören. Wir wissen nicht, ob auch Gezähnte dabei sind. Wenn du daran zweifelst, dann frag deine kleinen Vettern, die mit uns reisen.« Schweigen. »Hast du das gewußt?« fügte sie hinzu.

»Wir Haben Das Nicht Gewußt«, erwiderte der Wal. »Aber Weshalb Sollten Wir Dir Oder Den Vettern Glauben, Die Euch Sklavendienste Tun.«

»Sie tun keine Sklavendienste für uns, und das weißt du«, herrschte sie ihn an und gaukelte sich eine Unverletzlichkeit vor, die sie nicht besaß. »Sie würden euch nie belügen, und *das* wißt ihr. Ganz bestimmt nicht wegen uns Menschen.«

»Sie Bestätigen In Der Tat, Was Du Sagst. Normalerweise Ist Das, Was Die Barten Tun, Für Uns Ebenso Wenig Von Interesse Wie Das Tun Der Menschen ... Aber ... Dies Ist Eine Höchst Interessante Und Beunruhigende Sache. Es Ist Sehr Schwer, Das Zu Glauben.«

»Ich selbst war Zeuge eines ihrer Angriffe. Ebenso wie einige meiner Begleiter.« Sie wies mit einer Handbewegung auf die überfüllte Reling des Superflüglers, wo Mataroreva und alle anderen Mannschaftsmitglieder stumm und fasziniert herüberblickten. »Sie handelten im Einklang, wie im Takt«, fuhr sie fort, »nach einem vorbereiteten, überlegten Plan. Blauwale, Finnwale, Buckelwale, wahrscheinlich auch Seis und Grönländer und alle anderen Planktonfresser. Wie schon gesagt, von deinen Artgenossen haben wir keine darunter gesehen.«

»Natürlich Nicht!« dröhnte der Alte selbstbewußt. »Kein Catodonte Würde An Etwas So Unsinnigem Teilnehmen, Das Keine Philosophischen Ziele Bewirkt. Und Du Sagst, Die Barten Hätten Gemeinsam Gehandelt? Das Ist Nicht Möglich. Unsere Großen Vettern Besitzen Nicht Die Intelligenz Dazu.«

»Etwas besitzt diese Intelligenz«, beharrte sie, »weil es geschehen ist. Jemand lenkt sie, instruiert sie, was sie tun sollen. Wir fanden einen, der selbst an wenigstens einem Angriff teilgenommen hat. Er hat das zugegeben, konnte aber nicht erklären, warum er es getan hat. Wer auch immer die großen Wale bei diesen Angriffen kontrolliert und lenkt, tut dies ohne ihre Billigung.«

»Das Ist Möglich.« Der alte Wal sagte es müde. »Aber Wie Ich Schon Sagte, Das Tun Der Barten Ist Ohne Wirkliche Bedeutung. Es Ist Interessant. Aber Das Ist Alles.« Er tauchte tiefer ins Wasser und schickte sich an, ganz wegzutauchen.

»Warte! Denk einen Augenblick nach, Knollenkiefer! Alles, das die Barten gegen ihren Willen kontrollieren kann, könnte es bald auch zuwege bringen, dein Volk zu kontrollieren.«

»Das Ist Nicht Möglich.« Seine Selbstsicherheit konnte einen wahnsinnig machen.

»Vielleicht denken die Barten genauso.« Sie schlug ärgerlich mit der flachen Hand aufs Wasser, eine jämmerliche Geste, die dennoch dazu beitrug, daß sie sich besser fühlte. »Ihr seid so stolz auf euer Einzelgängertum, eure selbstgewählte Isoliertheit, und die Zeit, um nachzudenken und zu philosophieren. Ihr habt euch ein ganz besonderes nomadisches, nicht von Instrumenten geregeltes Leben ausgewählt, und strebt danach, eure eigene Zivilisation zu entwickeln. Seht ihr denn nicht ein, daß das, was auch immer die Barten kontrolliert, eine Bedrohung für diese Lebensweise ist? Selbst wenn du recht hast und es euch nie kontrollieren kann? Könnte es denn nicht die Barten gegen euch treiben, so wie es sie gegen uns getrieben hat?«

»Ich Habe Gesagt, Daß Wir Uns Nicht Um Das Kümmern Werden, Was Die Barten Tun, Noch Fürchten Wir Irgend Etwas, Was Unsere Großen, Aber Harmlosen Vettern Tun Könnten.«

»Harmlos?« Sie versuchte es ein letztesmal. *»Woher weißt du denn, wozu sie unter Kontrolle von außen fähig sein können?«*

Einen Augenblick lang herrschte Schweigen, und dann hallte ein Brüllen durch ihren Schädel.

»LEUTE!« Sie drehte den Lautstärkeknopf an ihrem Kopfhörer zurück, als der Schall wie eine stählerne Kugel in ihrem Schädel hallte. »Ihr In Der Nähe Habt Gehört.« Von wenigstens drei Dutzend seiner Artgenossen kam Antwort. Cora hatte ihr Gespräch für privat gehalten, aber wenn sie es richtig bedachte, warum sollten nicht die anderen Herdenmitglieder in Hörweite gelauscht haben? Waren die Catodonten denn nicht dabei, eine kooperative Gesellschaft zu entwickeln?

»Was Denkt Ihr«, schloß er, »Von Dieser Noch Nie Dagewesenen Anomalie?«

»Ja«, sagte sie laut, »und was werdet ihr dagegen unternehmen?« Sie hoffte inbrünstig, daß sie damit ihr ohnehin schon zum Zerreißen angespanntes Glück nicht überstrapazierte.

Das Stimmengewirr der Cetacea überstieg die Fähigkeiten des Translators. Es war zu voll und zu schnell, als daß das Gerät hätte übersetzen können. Es stöhnte und klirrte vor Überlastung.

Schließlich wandte sich ihr die gerunzelte Stirn wieder zu. »Wir Werden Die Barten Selbst Über Diese Seltsame Sache Befragen.«

»Ich sagte dir doch, daß wir das bereits versucht haben«, erinnerte ihn Cora. »Bei einem großen Schwefelbauchbullen. Er hat den Angriff zugegeben, hat auch zugegeben, daß er gelenkt worden ist, wußte aber nicht, oder konnte nicht sagen, wie es dazu kam. Darüber nachdenken zu müssen, bereitete ihm Kopfschmerzen von Walgröße.«

»Alles Denken Ist Für Die Barten Qualvoll. Sie Denken Nicht Gerne. Sie Wollen Nur Essen. Die Nahrungsaufnahme Nimmt Zuviel Von Ihrer Zeit in Anspruch. Aber Wir Werden Sie Befragen.« Er sagte das so, als wollte er damit andeuten, daß Cora und ihre Freunde die Sache entweder falsch angepackt hatten oder alle ziemlich stupide waren. Nun, ihr sollte es recht sein. Sie hatte alles erreicht, was sie zu hoffen gewagt hatte.

Aber dann fügte der Catodonte etwas völlig Unerwartetes hinzu, das sie in ihren kühnsten Träumen nicht erhofft hatte.

»Du Und Deine Begleiter Können Mitkommen, Wenn Ihr Das Wünscht, Wenn Ich Auch Nicht Sagen Kann, Wann Wir Auf Einen Der Großen Vettern Stoßen Werden.«

»Danke. Wir ...« Aber der große Kopf sank vor ihr wie ein Stein in die Tiefe. Und dann spürte Cora, wie sie selbst höher stieg. Sie bereitete sich schon darauf vor, abzuspringen, als die Fahrt nach oben aufhörte. Sie merkte, daß sie sich auf das Schiff zubewegte. Vor ihr rannten die Mannschaftsmitglieder, von Panik erfüllt, nach links und rechts davon. Der Kopf unter ihr senkte sich leicht. Sie glitt ein paar Meter bis zum Deck, landete auf den Füßen und setzte sich etwas unsicher. Die Schwebescheibe klapperte neben ihr auf den Boden.

Mataroreva war als erster bei ihr, hob sie auf. Ein Lächeln sagte ihm, daß sie unverletzt war. Sie rappelte sich auf und erreichte die Reling, gerade noch rechtzeitig, um den mächtigen Schädel ins Wasser zurückgleiten zu sehen. Ein riesengroßes, unergründliches Auge rollte. Der alte Herdenführer stieß einen hohen, quietschenden Laut aus, mit dem der Translator nichts anzufangen wußte. Dann verschwand er unter den Wellen.

Und als lenkte sie ein einziger Wille, begann die ganze Herde sich nordwestwärts in Bewegung zu setzen. Ihre Geschwindigkeit nahm schnell zu. Gigantische Rücken wälzten sich an dem Superflügler vorbei, nur Zentimeter vom Rumpf entfernt, doch keiner berührte ihn.

Hwoshien, der das Gespräch ebenfalls mitgehört hatte, war geistesgegenwärtig genug, zu befehlen: »Langsame Fahrt voraus, Rudergänger! Wenn sie mindestens einen Kilometer weiter sind, dann passen Sie die Geschwindigkeit an und halten die Distanz.« Die Maschinen des Tragflügelbootes summten. Bald raste es im Kielwasser der Herde einher wie ein silberner Wasserläufer.

Mataroreva stand neben Cora, ragte über ihr auf. Und doch schien er plötzlich nicht mehr so groß. »Das war etwas sehr Dummes, das Sie da gemacht haben«, sagte er darauf leise.

»Ja, ich weiß.« Sie strich sich mit dem absorbierenden Tuch über die Beine und begann dann, ihr Haar zu trocknen. »Aber wir hatten keine Wahl. Wir wußten nur, daß unsere einzige Chance, etwas über die Motive der Barten zu erfahren, bei den Catodonten lag. Unsere gezähnten Freunde wußten das zwar nicht, wie wir erfuhren, aber vielleicht erfahren wir es am Ende alle gemeinsam.«

»Dumm«, wiederholte er, aber die Bewunderung, die in seiner Stimme mitschwang und in jedem Zug seines Gesichts zu erkennen war, strafte das Wort Lügen.

»Warum? Was hätte es denn für Sie ausgemacht, wenn etwas passiert wäre?«

»Es hätte etwas ausgemacht, *vahine.*«

»Sicher, es hätte etwas ausgemacht, gleichgültig, wer im Wasser war, nicht wahr?« Sie wollte keine Antwort und schob sich an ihm vorbei, ehe er etwa eine hätte geben können, die sie nicht gemocht hätte.

Dawn erwartete sie. Sie starrte die ältere Frau an und meinte: »Das war das Tapferste, was ich je jemanden habe tun sehen.«

Cora zögerte und lächelte dann. »Ich finde es nicht besonders tapfer. Sam hatte recht. Es war wirklich dumm. Ich hatte Glück.« Und dann begriff sie endlich in allen Einzelheiten, was sie wirklich getan hatte. »Tatsächlich habe ich gar nicht lange nachgedacht. Ich habe es einfach nur getan.«

Hinter ihnen nickte Merced; er begriff.

Cora stand am Bug und betrachtete die dunklen Rücken und die Wassersäulen, die vor dem Schiff einherzogen. Mataroreva war wieder zu ihnen getreten, beide blickten auf die See hinaus.

»Was glaubst du, wird geschehen, wenn die Catodonten ein oder zwei Barten so konfrontieren, wie wir den Blauen konfrontiert haben, und eine Erklärung verlangen?« fragte sie leise.

Er blickte sie prüfend an. Dann lächelte er erfreut, weil sie zu ihrer vertraulichen Haltung zurückgekehrt schien. Sie nahm es ihm offenbar nicht mehr übel, daß er vor ihren Augen mit Dawn kopuliert hatte. Der Vorfall war ihm schrecklich peinlich gewesen, aber warum mußte sie unversehens hereinplatzen.

»Keine Ahnung«, sagte er langsam. »Ich glaube nicht, daß sie den Frieden unter den Cetacea aufs Spiel setzen werden. Aber du hast ja bereits gesehen, sie können wesentlich gewalttätiger als die meisten ihrer Verwandten sein. Und während die Orca eigentlich mit diesem Bullen nichts anfangen konnten, könnten das ein oder zwei Catodonten ganz bestimmt.«

»Du glaubst also, daß die Barten eher kämpfen als reden würden?«

»Das kann ich nicht sagen. Die normalen Beziehungen stimmen auf dieser Welt nicht mehr.« Er deutete mit einer Kopfbewegung auf die gewölbten Rücken der Herde. »Aber seltsam ist es schon. Sie wären durchaus imstande, einen Bruch des Friedens zu riskieren, um ihre Neugierde zu befriedigen. Bloß um tausend Menschenleben zu retten, tun sie es bestimmt nicht. Man könnte sie dafür leicht hassen lernen.«

»Das würde die auch nicht stören«, erinnerte sie ihn. »Wie wir sie sehen, ist ihnen doch völlig egal.«

»Egozentriker«, murmelte er.

»Muß nicht sein. Vielleicht haben sie recht.«

»Wieso?«

»Vielleicht sind wir einfach nicht sehr interessant.«

Dann verstummten beide, und jeder hing seinen eigenen Gedanken nach. Ein Paar vertrauter Gestalten jagte an Backbord am Schiff vorbei. Wenkoseemansa und Latehoht hatten sich ihnen wieder angeschlossen. Der Rest des Orcarudels, so erklärten sie, hatte kehrt gemacht und Kurs auf Mou'anui genommen. Sie waren gekommen, um Menschen aus der Gewalt von Menschen zu befreien. Seit sie diese Aufgabe verrichtet hatten, sahen sie keinen Nutzen mehr darin, bei dem Superflügler zu bleiben. Und die Gesellschaft ihrer reizbaren Vettern ging ihnen auf die Nerven.

Irgendwie schaffte es der Mann am Sonar, die Region vor der Gruppe von Blips, die die Walherde darstellten, auf den Bildschirm zu bekommen.

»Dort vorne ist etwas«, meldete er über die Sprechanlage.

»Barten?« fragte Mataroreva schnell.

»Groß genug wären sie. Und das sind auch mehrere. Fünf oder sechs kann ich erkennen.«

»Spezies?«

»Zu weit entfernt, um das ausmachen zu können.«

Die Catodonten hatten sie ebenfalls wahrgenommen. Die Herde vollführte ein präzises Schwenkmanöver, und das Tragflügelboot veränderte ebenfalls seinen Kurs, um bei ihnen zu bleiben.

Jetzt schrumpfte die Distanz zusammen, und der Mann am Sonar berichtete weiter. »Jetzt kann ich sieben ausmachen. Keine Buckelwale. Es müssen Finnwale sein oder Blaue. Zehn ... nein, eher zwanzig. Finnwale, denke ich.«

Inzwischen würden die Catodonten an der Spitze bereits mit der Bartenschule in Verbindung sein, das wußte Cora. »Finnwale schwimmen wesentlich schneller als Catodonten«, murmelte sie.

»Wenn sie das bis jetzt noch nicht getan haben, dann bedeutet das, daß einige Angehörige der Herde auf ihrer anderen Seite sind und wahrscheinlich jetzt tauchen, um unter sie zu kommen«, erwiderte Mataroreva nach einigem Nachdenken.

Die Finnwale versuchten nicht zu entkommen, obwohl sie die schnellsten Wale waren, die es gab. Aber sie hielten auch nicht an, um Fragen zu beantworten. Was sie wirklich taten, war so schockierend, daß die Menschen, ebenso wie die Catodonten, wie benommen waren.

Ein Geräusch hallte über das Tiefenmikro, und damit über sämtliche Interkoms. Ein Geräusch, das Cora sofort erkannte: ein Wal, der Schmerzen litt. Mataroreva deutete wortlos über den Bug, während die anderen gerannt kamen und ebenfalls nach vorne starrten.

Vor ihnen kochte das Wasser, als wären ein paar Wasserbomben explodiert. Riesige Gestalten schossen aus der See, und mächtige Schwanzflossen peitschten das Wasser. Der Rudergänger verlangsamte die Fahrt, ohne den Befehl dazu abzuwarten. Der Ozean rings um das Schiff schäumte, wirbelte es und seine Insassen gnadenlos herum. Wenn sie in der Mitte der Catodontenherde gefahren wären, anstatt dahinter, wären sie vermutlich bereits gekentert.

Aus den Lautsprechern drangen Laute der Angst, die nur zu vertraut waren.

»Was geht dort vor?« wollte Dawn wissen, die außer Atem angerannt kam.

»Das glaube ich einfach nicht!« rief Mataroreva und versuchte, die Schreie der Wale und den Lärm der kollidierenden mächtigen Leiber zu übertönen. »Ich glaube das nicht!«

Die Finnwale griffen die Catodonten an.

Wenn schon die Menschen auf dem Tragflügelboot erschrocken waren, so galt das in noch viel höherem Maße für die Catodonten selbst. Aber Überraschung und Schock wichen schnell ebenso uralten Instinkten, und sie begannen, sich zu verteidigen.

Da griffen mit großer Geschwindigkeit ein paar Finnwale an und versuchten, einen Catodonten zwischen sich einzukeilen. Aber sie befanden sich in der Minderzahl und waren darüber hinaus dadurch im Nachteil, daß sie nichts hatten, womit sie beißen konnten. Sie waren nur zu Ramm-Manövern fähig – die einzige Angriffsform, die sie gegen einen anderen Wal einsetzen konnten. Und so überwältigten die intelligenteren Catodonten ihre Vettern bald.

Und dann stellten die Finnwale plötzlich ihren Angriff ein.

Das Sonargerät half jetzt nur wenig. Die Zuschauer drängten sich um die Reling am Bug und starrten besorgt auf die plötzlich wieder ruhig gewordene Wasseroberfläche, während ihr Fahrzeug langsam in die Kampfzone glitt. Es blieb den Orcas überlassen, die kritische Information an das Schiff zu übermitteln.

»Jettzt habenn sie ihre obszönen Aktivitätten einngestellt. Jettzt habenn sie aufgehörrt, zu kämmpfen«, erklärte Latehoht.

»Was tun sie jetzt?« fragte Cora.

»Sie lliegen im Wasserr ohne Bewegung oder Anntworrt.« Sie verstummte für eine Weile und fuhr dann fort. »Wenkoseemansa sagt, die Catodonten verhören ssie. Er sagt, daß die Großen Vettern benommmen und lleblos scheinen, nicht wisssen, wwas ssie gerade getann habenn. Inn demm Maße unnwissend sinnd, daß sie nnicht einmal spüüren, wie unerrhörrt das warr, was sie getann haben.« Ihre Stimme wirkte völlig ungläubig. »Eine schlimmme Sache ist das, Traurigkeit erfüllt die Wassser. Seit diese Wellt unns übergeben worrden ist, hat kein Wal gegen einen annderen gekämmpft.«

»Ich würde sie gerne selbst befragen«, murmelte Cora.

»Kommt nicht in Frage.« Mataroreva schob sich näher an sie heran, vielleicht nur, um sie durch seine Anwesenheit zu beruhigen, vielleicht auch, um bereit zu sein, falls sie wieder versuchte, über die Reling zu springen. »Erinnere dich an Vai'oire. Bedenke, daß dieses Rudel gerade völlig verrückt gespielt hat, und das jeden Augenblick wieder tun könnte, und wir sind jetzt viel näher. Wir werden hierbleiben, wo wir sind, und es Knollenkiefer und seinen Brüdern überlassen, die Fragen zu stellen.«

»Der Führerr der Barrten«, sagte Latehoht, »wweiß nicht, warrum sie ihre Vetttern, die Catodonten, angegrifffen haben. Oooh ... ihre Reaktion, wenn auch nicht ihrr Motiv, ist jetzt klarr. Sie schämen sich unsagbarr. Sie sagenn, sie seien getrrieben worrden, gezwwungen, anzugreiffen, als ob ... als wie ... sie könnnen es nicht beschrreiben«, schloß sie.

»Laß nur!« sagte Merced schnell. »Sag Wenkoseemansa, er soll versuchen herauszubringen, *wer* sie zum Angriff gezwungen hat!«

Latehoht gab die Bitte weiter. Minuten verstrichen. Doch statt einer Antwort wallten die Wasser noch einmal auf. Der Rudergänger hatte alle Hände voll zu tun, um zu verhindern, daß sie von den riesigen Geschöpfen, die die See rings um das Schiff erfüllten, zum Kentern gebracht wurden.

»Was *nun*?« fragte sich Hwoshien laut und spuckte Salzwasser aus.

»Die sinnd völlig verrückt geworrden!« hallte es in ihren Kopfhörern. Latehoht manövrierte geschickt, um in gleicher Weise dem Schiff und einem Catodonten auszuweichen. »Die kämmpfen jetzt, um zu fliehen.«

»Sie dürfen nicht alle entkommen!« schrie Cora verzweifelt und gab sich alle Mühe, um nicht über Bord geworfen zu werden, als der Superflügler stampfte, und sich trotz aller Anstrengungen der Stabilisatoren auf die Seite legte. »Wenigstens *einen* von ihnen müssen wir festhalten!«

Aber Latehoht war jetzt zu sehr damit beschäftigt, sich selbst zu schützen, um irgendwelche Fragen oder Informationen weiterleiten zu können. Die Menschen an Bord mußten sich damit begnügen, sich an der Reling oder sonstwo festzuhalten und zu hoffen.

Der zweite Kampf wütete fünf Minuten lang, bis eine wieder ruhiger gewordene Latehoht melden konnte: »Jetzt istt ess vorrbei. Obwohl sie von Zähnen bedrroht wurrden, haben die Großen Vettern sich losgerrissen. Zuviell Bluut verdunnkelt das Wassser.«

»Sind sie entkommen?« klagte Cora, deren Muskeln von zu häufigen unsanften Kontakten mit Reling, Deck und Kabinenwand schmerzten.

»Nicht alle. Zwwei – nein drrei sind gebleiben. Vier. Zwwei Frauen und zwwei Källber.«

»Verletzt?« fragte Mataroreva.

»Nein. Völlig errschöpft von ihrren Flluchtverrsuchen. Jetzt sind sie vonn der gannzen Catodontenherde umgeben.«

»Vier, zwei davon Jugendliche.« Cora blickte ernst auf den korpulenten Mann in ihrer Nähe. »Wir müssen sie selbst befragen, Sam. Die Catodonten haben das anscheinend nicht geschafft.«

Der Friedenshüter runzelte die Stirn und wandte sich Hwoshien zu. Der Kommissar sagte nichts, und auch sein Ausdruck war völlig undurchsichtig. Alles lag jetzt bei Mataroreva.

Der Superflügler schob sich vor. Keiner der Catodonten schien etwas dagegen einzuwenden zu haben. Einige von ihnen schoben sich sogar zur Seite, um ihnen die Bahn freizumachen. Wenkoseemansa und Latehoht flankierten das Schiff, bereit, einen Warnruf auszustoßen, falls die vier überlebenden Finnwale plötzlich wieder genügend Kraft und Willensstärke haben sollten, um erneut anzugreifen.

Eine Mauer riesiger Leiber umzingelte die Gefangenen. Cora wußte, daß die Eskorte sich unter ihnen fortsetzte.

Die beiden Weibchen lagen schwer atmend auf der Wasseroberfläche. In der Nähe von einer schwamm ein Kalb. Die beiden Erwachsenen trugen das andere Kalb zwischen sich, hielten es in der lebenspendenden Luft hoch. Die Seitenflossen und die Schwanzflosse der Weibchen zeigten Spuren der Catodontenzähne, obwohl es sich nicht um ernsthafte Verletzungen zu handeln schien. Das Kalb, das sie trugen, war ohne Zweifel der Grund, weshalb sie nicht fliehen konnten. Alle vier Gestalten waren proportional länger, schlanker und von hellerer Farbe als die sie umgebenden Catodonten.

Cora entdeckte ganz in der Nähe eine vertraute Masse, beugte sich über die Reling und rief über ihre Einheit: »Dürfen wir sie befragen?«

»Der Wahnsinn Regiert! Dies Ist Wahnsinn! Tu, Was Du Willst«, verkündete der alte Leitbulle. Aber die Neugierde dämpfte seinen Ärger.

Sie brauchte eine Minute, um die richtige Einstellung auf ihrem Translator zu finden. Dann rief sie den vier stromlinienförmigen Gestalten zu: »Mütter der Sashlan! Warum habt ihr eure Vettern angegriffen? Warum haben eure Leute und die anderen ...« – hier nannte sie die Namen der anderen Baleenstämme – »angefangen haben, Menschen zu töten, die euch nichts Böses wollen?«

Der Kopf eines der Weibchen drehte sich zu dem Schiff herum. Der Rudergänger zuckte, und seine Hände krampften sich um das Steuer. Aber es war keine aggressive Geste.

»Weiß ... nicht.« Die Stimme des Weibchens klang ebenso frustriert wie erschöpft und schmerzerfüllt. »Schreckliche Dinge treiben Sashlan und Vettern. Kopf schmerzt!«

»Schmerzt wie?« Eine andere Frage fiel Cora nicht ein.

»Tief drinnen. Denken verschwimmt. Schwer klar zu sehen. Leichter zulassen, daß andere Gedanken bestimmen, was tun.«

»*Wer?*« Merced fieberte förmlich, und es hatte den Anschein, als zitterte er. »Wer verwirrt eure Gedanken und bringt euch Kopfschmerzen?«

»Gehirn *schmerzt*«, protestierte die gequälte Stimme. »Nicht sagen.«

»Wenn ihr es uns sagt«, meinte Cora, »können wir dafür sorgen, daß der Kopfschmerz verschwindet.«

»Wäre gute Sache. Mögen nicht gegen die Vettern mit den Zähnen kämpfen.«

»Dieses Denkding. Hat es euch bloß angewiesen, eure Vettern anzugreifen, und falls das mißlingen sollte, zu fliehen?«

»Ja. Tut *sehr* weh, darüber nachzudenken.«

»Wir werden dafür sorgen, daß der Schmerz verschwindet«, insistierte Cora und schickte gleichzeitig ein Stoßgebet zum Himmel, daß sie es auch könnte. »Sag uns nur, wer ...«

»Anweisungen«, stöhnte die Stimme mühsam. »Anweisungen kommen CunsnuC.«

Cora sah Mataroreva erwartungsvoll an, der aber nur verblüfft den Kopf schütteln konnte.

»Was ist das: CunsnuC?« fragte sie.

»Weiß nicht«, sagte der Wal. »Hirnschmerzen, tut weh!« Das Weibchen begann mit einer für ein Wesen dieser Größe jämmerlich klingenden Stimme zu lamentieren. »Macht Denkschmerzen verschwinden. Kalb Schmerzen. Alle Schmerzen! Können nicht ... kämpfen.«

»Wenn ihr es schon nicht identifizieren könnt«, meinte Mataroreva voll Hoffnung, »könnt ihr uns dann sagen, wo dieses CunsnuC ist?«

»Werden zeigen«, sagte das Finnwalweibchen eindringlich. Dann fügte es erstaunt hinzu: »Ja, werden zeigen. Schmerz jetzt geringer werden. Fühle besser. Werde zeigen, werde zeigen, werde zeigen. Soll nicht tun, aber werde.« Darauf begannen die beiden Finnwale, die immer noch das geschwächte Kalb trugen, langsam in nördlicher Richtung davonzuschwimmen.

Mataroreva überlegte, ob er zu der Herde etwas sagen sollte, aber dafür bestand keine Notwendigkeit. Sie hatte gehört und verstanden, der Ring der Catodonten öffnete sich, um die Finnwale durchzulassen. Aber sie hielten sich dicht hinter ihnen, darauf gefaßt, daß die Finnwale ihren Entschluß ändern und wieder zu fliehen versuchen könnten – vor den Catodonten, die sie gefangengenommen hatten, und dem geheimnisvollen Schmerz, der sie überfiel.

Das Tragflügelboot folgte ihnen. Walrücken hoben und senkten sich in regelmäßigen symmetrischen Kurven vor dem Horizont.

Zwei Tage später verblüffte sie eine Meldung Wenkoseemansas. Er kam längsseits, hielt leicht mit dem Schiff Schritt, als er überrascht schrie: »Schmerrz!«

»Denkschmerz?« fragte Cora besorgt, als sie die Reling erreichte.

»Ja. Aber nicht schlimm, nicht unerträglich. Auch die Catodonten fühhlen ihn. Fühhlen ihn und machen Bemerrkungen darüber.«

»*Wie* stark spüren sie ihn?« Mataroreva starrte besorgt über den Bug in die Ferne. Doch nur gebogene Rücken und das offene Meer waren zu sehen.

»Nicht seehr. Sie sinnd mehr überraschscht als verrletzt, mehrr neugierig als leidend. Ein paar von ihnen sinnd zusammengestoßen, aber keine verrletzt. Sie widersetzen sich.«

»Eine Bewußtseinskontrolle. Aber sie wirkt nicht auf sie. Das erklärt, warum keine Catodonten, keine Orcas und keine Delphine an den Angriffen auf die Städte teilgenommen haben. Ihr Bewußtsein ist wahrscheinlich nicht so leicht beeinflußbar, wie das bei den Barten der Fall ist. Sie können sich der Wirkung widersetzen.«

»Wir wissen immer noch nicht, wer dahintersteht«, sagte Merced. »Wir haben nur ein bedeutungsloses Wort.«

»Ich schon.«

Sie drehten sich um. Yu Hwoshien stand hinter ihnen, die Hände hinter dem Rücken verschränkt, und blickte nachdenklich auf die glänzenden Rücken der Wale hinaus.

»Ich habe lange darüber nachgedacht«, fuhr er fort. »Ich vermute Aktivitäten aus dem Raum. Irgendeine Gruppe oder eine Organisation, die die Menschen von Cachalot vertreiben will.«

»Die AAnn?« schlug Cora vor und schauderte bei dem Gedanken, daß die unermüdlichen reptilischen Erbfeinde der Homanx hinter all dem stehen könnten.

»Das ist möglich. Aber nicht sicher. Vielleicht haben wir es auch mit einer Gruppe von Menschen zu tun, die sich einbildet, sie könnte sich hier einschleichen und den Reichtum dieser Meereswelt an sich bringen, sobald einmal die existierenden Betriebe ausgeschaltet sind. Typen wie Hazaribagh, nur intelligenter und wirkungsvoller organisiert. Oder eine Organisation mit ganz anderen Motiven, die wir noch nicht kennen.«

»Werden sie aber jetzt nicht zu entkommen versuchen?« fragte Rachael und hielt ihr Instrument schützend an sich gedrückt. »Sie müssen doch wissen, daß wir jetzt Jagd auf sie machen, daß die Macht, die sie über diese vier Finnwale haben, schwächer geworden ist. Sie versuchen das auszugleichen, indem sie die Catodonten in ihren Bann ziehen, aber das funktioniert nicht.«

»Darüber habe ich nachgedacht«, sagte Hwoshien. Das klang beinahe zufrieden, ganz anders, als es sonst seine Art war. »Seit wir uns von Hazaribagh getrennt haben, werden wir dauernd von zwei unabhängigen Monitorsatelliten überwacht. Und seit wir diesen Walen folgen, habe ich angeordnet, daß ein Patrouillenschiff des Commonwealth sich anschließt.« Er deutete mit dem Daumen zum Himmel.

»Es ist jetzt dort oben und wartet und steht in ständigem Kontakt mit uns. Alles, was im Umkreis von tausend Kilometern von diesem Schiff versucht, die Planetenoberfläche zu verlassen, wird aufgehalten werden. Sollten sie andererseits versuchen, sich unter Wasser oder dicht über der Oberfläche zu bewegen, dann werden die Satelliten sie anpeilen und das Patrouillenschiff auf sie lenken. Sämtliche Oberflächenfahrzeuge von bekannter Herkunft sind bereits erfaßt und überprüft worden.

Ja, sie werden einen Fluchtversuch unternehmen, aber er wird ihnen nicht gelingen.« Er überlegte einen Augenblick lang und fügte dann hinzu: »Es wäre besser für sie, wenn sie sich uns ergeben würden, und sich den Gerichten stellten, ehe die Catodonten sie finden. Oder sonst einer der Hiesigen.«

Keiner hatte dazu etwas zu sagen. Das war nicht nötig. Der Beweis stand für alle sichtbar in Dawns Augen.

16. Kapitel

Ein weiterer Tag verstrich, ehe die Finnwale Anstalten machten, langsamer zu werden. Die Catodonten taten es ihnen gleich.

»Sie ssagen, der Schmerrz ist jetztt sehrr schlimmm«, teilte Latehoht mit. »Die Catodonten spürren es jetzt auch, aber ihrr Schmerrz wirrd von ihrem Zorrn übertroffen.«

»Können sie uns nicht näher hinführen?« fragte Mataroreva. Er suchte den Horizont ab. Nirgends war die Spur eines Schiffes oder einer schwimmenden Anlage zu sehen. Und doch war der anhaltende Schmerz der Beweis dafür, daß das, was ihnen Schmerz verursachte, ganz nahe war. »Irgendwo unter der Wasseroberfläche«, murmelte er. »Das macht es noch schwerer.«

»Frag sie ...!« begann Cora.

Aber Latehoht unterbrach sie. »Ich kann nicht mehr trragen. Kann keine Hillfe mehr erwarrten«, sagte sie besorgt. »Da ist Schmerrz, zu stark, zu viell, und viell zu lanng.« Niemand sagte etwas.

»Zuerst stirbt das Kallb, dann anndere Jünnglinge. Die Weibchen gehen als letzte in die See-Die-Stets-Nacht-Ist. Die Catodonten sinnd sehr bööse. Gannz besonnders wütend ist ihrr Führer. Aber ssie könnenn nichts tun.

CunsnuC ist hierr. Unnten. Aber zu tieff für die Catodonten. Zu tieff für die Orcas.«

»Wie tief?« wollte Mataroreva wissen, aber darauf hatte Latehoht keine Antwort. Wenn die Catodonten es nicht erreichen konnten, so war daraus nur zu schließen, daß es mehr als ein paar tausend Meter in der Tiefe lag.

»Wir müssen eine Entscheidung treffen«, sagte er zu Hwoshien. »Was auch immer dort unten lauert, wird die seine nicht ewig hinausschieben. Sollte es versuchen, in den Raum zu entfliehen, schön – wir sind darauf vorbereitet. Was aber, wenn es sämtliche Barten innerhalb seines Einflußbereichs sammelt? Es könnten jederzeit einige tausend davon auftauchen. Im Schutz eines weiteren massierten Angriffs könnte es, was immer es sein mag, womöglich entkommen, auch aus dem Netz, das unsere Monitore errichtet haben. Also müssen wir versuchen, es an die Oberfläche zu zwingen.«

»Ich bin ganz Ihrer Meinung, Sam. Aber wahrscheinlich wird es dazu nicht ohne weiteres bereit sein. Es ist offensichtlich darauf eingerichtet, in beträchtlicher Tiefe zu operieren.«

»Wir auch«, erinnerte ihn Mataroreva. »Selbst die Drohung einer kleinen Tiefenbombe sollte schon genügen, um es heraufzutreiben. Ich möchte wetten, daß es lieber das Risiko einer Gerichtsverhandlung als das einer explosiven Dekompression eingeht.« Er sprach in sein Interkom. »Finden Sie etwas dort unten?«

»Meine Taster sind auf größte Reichweite geschaltet. Ich habe den Meeresgrund auf dem Bildschirm«, erwiderte der Sonarmann. »Wir stehen über einem abgrundtiefen Canyon. An manchen Stellen achttausend Meter tief und ziemlich breit. Aber ich kann nichts erkennen. Entweder befindet es sich in einer Höhle oder in der Canyonwand, oder unter einem Überhang – sofern es nicht über raffinierte Tarngeräte verfügt. Keine der Städte hat etwas gemeldet.«

Dazu hatten sie nie Zeit, dachte Cora.

Hwoshien erteilte seine Befehle. Ein kleines gedrungenes Fahrzeug wurde aus dem Rumpf des Superflüglers ausgeschwenkt und zu Wasser gelassen. Es besaß gebogene Schwingen an den Seiten und gerade Stummelflügel oben und unten, so daß es wie eine Kreuzung zwischen einem Sonnenfisch und einem terranischen Stachelrochen wirkte. Sein Rumpf bestand aus verstärktem Duralum, dem gleichen Material, aus dem die Rümpfe von Sternenschiffen gemacht werden.

Es war imstande, bis auf den Grund des Canyons und –

wenn nötig – auch noch viel tiefer zu tauchen. Gewöhnlich trugen Fahrzeuge dieser Art keine Waffen, da sie der Wissenschaft und nicht dem Kriege dienten. Aber neben den üblichen wissenschaftlichen Geräten hatte es auch einige kleine, aber wirksame Sprengladungen zum Sprengen von Felsen an Bord. Eine solche Sprengladung, an der richtigen Stelle angebracht, konnte selbst die unglaublich zähe Haut des Tauchbootes verbeulen. Einige an der richtigen Stelle angebracht, konnten sie sogar zerreißen, sie oder jede ähnliche Haut.

Hwoshien bestand darauf, persönlich an der Expedition teilzunehmen. Sam Mataroreva würde in seiner Eigenschaft als oberster Vertreter des Friedenshüterkorps mitkommen. Merced, Cora und Rachael waren alle in der Bedienung von Tieftauchbooten ausgebildet, und waren außerdem nicht so weit gereist, als daß man ihnen jetzt die Teilnahme hätte verbieten können. Die einzige Diskussion erhob sich, als Rachael darauf bestand, ihr Neurophon mitzunehmen. Es gab eine hitzige Diskussion zwischen ihr und ihrer Mutter, in der mehrfach die Begriffe ›Neuronik‹ und ›neurotisch‹ fielen, aber schließlich konnte Rachael sich doch durchsetzen.

Cora hatte keine Unterstützung seitens ihrer Kollegen bekommen können. Das Tauchboot war überraschend geräumig, da es für eine Mannschaft von sechs Personen konstruiert war. Geräumig hieß in dem Fall, daß sie sich zu fünft in ihm bewegen konnten, ohne dauernd miteinander zu kollidieren. Und die sanfte Musik, die Rachael lieferte, war den meisten willkommen, während sie die lange Fahrt in die völlige Schwärze antraten.

Mataroreva und Cora bedienten die Instrumente. Auf dreihundert Meter Tiefe wünschten ihnen Wenkoseemansa und Latehoht Lebewohl und machten kehrt. Eine Anzahl großer Catodonten begleitete das Boot noch eine Weile, bis ihnen die Luft ausging und einer nach dem anderen kehrt machte. Jetzt befand sich das Tauchboot im Reiche der Nacht.

Ihre Scanner tasteten beständig die Tiefen unter ihnen ab,

entdeckten aber nichts. Ihre Scheinwerferbalken beleuchteten nur erschreckte Fische und andere Bewohner der Tiefsee.

Knollenkiefer ging bis an den Rand der Kapazität seiner Lungen und begleitete sie fast auf zweitausendzweihundert Meter Tiefe, ehe auch er sich gezwungen sah, kehrtzumachen. Er verblüffte sie alle, indem er ihnen unverkennbar, wenn auch indirekt, Glück wünschte. Das war das erste freundliche Wort, das einer der großen Wale zu ihnen gesprochen hatte, seit Cora ihren Fuß auf Cachalot gesetzt hatte. Außergewöhnliche Umstände, dachte sie, erzeugten immer außergewöhnliche Reaktionen.

Die Dunkelheit erreichte schließlich ihre Grenzen, aber nicht der Druck. Und doch gedieh auch hier, der ungastlichen Umgebung zum Trotz, Leben, weiteres Zeugnis für die unerschöpfliche Fruchtbarkeit des Weltozeans von Cachalot. Phantastisch beleuchtete Lebensformen umschwärmten das Tauchboot, abwechselnd von seinen Lichtern angezogen oder erschreckt.

»Viertausend Meter.« Merced stand dicht hinter Cora und studierte den Tiefenanzeiger.

Ein unvorstellbares Band blaß blau-grüner Luminiszenz zuckte an den dicken Bullaugen vorbei. Es schien endlos, aber sie schätzte seine Länge auf etwa fünfundzwanzig Meter. Es war vielleicht fünf Zentimeter dick, abgesehen von dem weit hervortretenden Kiefer, das mit Dutzenden dünner, nadelspitzer Zähne besetzt war.

Mit Sternen punktierte Ballons trieben vorbei und wichen Artgenossen aus, deren Leiber größer als ihre Münder waren. Andere besaßen mehr Zähne, als für solch kleine Geschöpfe vernünftig erschien. Und dann bestaunten wieder zwei Geschöpfe das Tauchboot mit Augen, die größer als der Rest ihrer Körper waren.

Auf viertausendfünfhundert Meter glaubte Cora, in der Ferne antike Kirchenglocken zu hören. Auf viertausendachthundert Meter war aus dem Klingen ein beständiges Dröhnen geworden. Auf fünftausend Meter war es ihr, als säßen links und rechts von ihr Leute, die ihr erregt Unsinniges zuflüsterten. Doch die Geräusche waren nicht Worte, und sie stammten auch nicht von Leuten.

»Es versucht jetzt, *uns* unter Kontrolle zu bringen, wer auch immer es ist«, erklärte Merced. »Lästig, aber sonst nichts. Wie wenn man zu lang laute Musik hört.«

»Das glaube ich auch.« Mataroreva blickte von seinen Instrumenten auf. »Aber es bringt ihm nichts.«

Fünftausendsechshundert Meter.

»Jetzt sind wir fast auf dem Grund«, brummte Mataroreva. »Wir haben seit Beginn des Tauchmanövers Scanner nach allen Seiten eingesetzt. Selbst wenn es sich in einer Höhle oder unter einem Überhang versteckt, hätten wir es inzwischen entdecken müssen. Hier ist nichts.«

»Richtig«, pflichtete Cora bereitwillig bei. Ihre Stimme klang müde. »Was immer es auch ist, es muß geflohen sein, als ihm klar wurde, daß es uns nicht unter Kontrolle bringen konnte. Wir können ebensogut wieder auftauchen und es woanders versuchen.«

»Ich fürchte, Sie haben beide recht.« Hwoshien war verständlicherweise enttäuscht. »Wir haben wirklich alles versucht. Vielleicht können andere Barten es wieder für uns ausfindig machen.«

Mataroreva wollte schon an einem Schalter drehen, um das Steigemanöver einzuleiten. Doch ehe er ihn berührte, schloß sich eine kleine Hand um sein Gelenk. Er blickte überrascht zu Merced auf. Der kleine Wissenschaftler blickte sehr nachdenklich.

»Warten Sie noch einen Augenblick. Glauben Sie nicht, das wäre etwas voreilig? Ich würde nicht sagen, daß wir schon ganz auf dem Grund sind. Wir haben noch ein paar tausend Meter unter uns. Wir sollten wenigstens noch tausend tiefer gehen, ehe wir hier aufgeben.«

Mataroreva sah ihn an, wie man ein etwas zurückgebliebenes Kind ansieht. »Ich sagte, wir seien fast auf dem Grund.«

Merced musterte ihn immer noch unsicher. »›Fast?‹« Er deutete mit der anderen Hand auf das Computerbild des Meeresgrundes und die Zahlen darunter. »Wir stehen auf fünftausendsechshundert. Der Scanner zeigt, daß dieser Canyon an manchen Stellen bis auf achttausend hinunterreicht. Wir haben nur knapp zwei Drittel dieser Distanz zurückgelegt.«

Mataroreva wirkte jetzt leicht gereizt. »Sie haben doch gehört, was ich über unsere Scanner gesagt habe. Ich sagte, daß wir bereits alles getan haben, wozu wir imstande sind. Alles weitere wäre Zeitvergeudung. Wir versuchen es besser an einer anderen Stelle.«

Merced blickte Cora an. »Sind Sie auch der Ansicht?«

»Natürlich!« Sie hatte den kleinen Wissenschaftler nie leiden können. Seine augenblickliche Hartnäckigkeit, die ihr nicht einleuchtete, verstärkte dieses Gefühl noch.

»Und Sie und Sie?«

Rachael nickte ernst, und Hwoshien meinte: »Wir haben alles getan, was wir tun konnten. Wenn hier je etwas war, dann ist es offensichtlich jetzt verschwunden. Wir haben es verscheucht.«

Merced ließ Mataroreva los und schob sich bedächtig in den hinteren Teil der Kabine zurück. Cora fragte sich, ob er anfing, die Kontrolle über sich zu verlieren. Sie ertappte sich dabei, wie sie nach irgendeiner Art von Waffe suchte.

»›Wenn hier je etwas war‹?« sagte Merced und ahmte dabei nicht nur die Worte, sondern auch den Tonfall des Kommissars nach. »Hier *war* nicht nur etwas, sondern ich wette, daß es noch hier *ist*!«

»Wovon, zum Teufel, reden Sie eigentlich?« Mataroreva schickte sich an, aufzustehen. »Hören Sie, ich weiß nicht, was in ihrem Kopf vor sich geht. Aber vielleicht sollten Sie ...«

Plötzlich hielt Merced eine winzige, aber äußerst gefährlich aussehende Pistole in der Hand, die er aus irgendeiner Innentasche gezogen hatte. »Diese Bolzen sind Miniausgaben von denen, mit denen Hazaribaghs Leute uns bedroht haben. Aber sie reichen trotzdem aus, einen erwachsenen Menschen umzuwerfen. Ich würde es vorziehen, niemanden damit niederschießen zu müssen.«

Sein rechtes Auge zuckte leicht, und er wirkte jetzt nervös

und besorgt. Was seine verblüfften Kollegen nicht wissen konnten, war, daß diese Besorgnis nicht auf Matarorevas drohende Haltung zurückzuführen war. Seine Nervosität kam von etwas, das an seinen Nerven zerrte und auf sein Gehirn einhämmerte, und versuchte, sich Einlaß zu verschaffen. Es versprach, ihn zu beruhigen, diese Stimme versprach das, versprach, ihn zu lockern, und all die Last der vergangenen Wochen von ihm zu nehmen, sie beiseite zu werfen, und ihm Entspannung zu schenken.

»Ich habe mir gleich gedacht, daß Sie nicht bloß Biologe sind«, stieß Cora hervor. »Obwohl ich das eine Weile geglaubt habe.«

»Ich *bin* Biologe«, schrie Merced sie an.

Zu Coras großer Erleichterung ergriff Rachael als nächste das Wort. Sie fuhr ihn an: »Ich hab' gesehen, was Sie gleich nach der Landung getan haben, damals am Dock, als das Toglut uns angriff!« Merceds Augen huschten zu Mataroreva zurück, der wieder Anstalten machte, aufzustehen. »Ich hab' die Pistole gesehen, die Sie nicht benutzt haben, aber ich hab' Ihnen vertraut.«

»Ich«, sagte Mataroreva mit leiser Stimme, »habe den Griff gesehen, mit dem Sie den Mann auf Hazaribaghs Schiff außer Gefecht setzten, habe gesehen, wie Sie kämpften.« Er schüttelte den Kopf. »Man lernt das nicht, wenn man es nur als Hobby betreibt. Nur Profis arbeiten so.«

Rachaels Stimme klang angewidert. »Wenn ich mir vorstelle, daß ich die ganze Zeit nicht von seiner Seite gewichen bin, seit wir gelandet sind!«

Cora sah ihre Tochter mit aufgerissenem Mund an.

»Ja, es stimmt schon, eine Weile dachte ich, er sei wirklich ein netter Bursche. Weißt du, zuerst konnte ich ihn kaum dazu bringen, mich anzufassen, geschweige denn sonst etwas.« Cora versuchte, etwas zu sagen, brachte aber kein Wort heraus. Die ganze Zeit hatte sie das vermutet. Aber es so aus dem Munde ihrer Tochter zu hören ...

»Das Kämpfen konnte ich nicht verbergen.« Merced stieß die Worte heraus und betonte jeweils die erste Silbe, als koste es ihn ungeheure Anstrengung zu sprechen. Er sah zu

Rachael hinüber. »Was das andere betrifft, so tut es mir leid. Manchmal hilft es, wenn man das Angenehme mit dem Notwendigen verbindet.«

Cora sank in ihren Sitz zurück. Das war mehr, als sie verarbeiten konnte. »Sie steckten also die ganze Zeit mit denen unter einer Decke. Sie waren an der Zerstörung der Städte beteiligt, selbst der von Vai'oire. Jetzt begreife ich, warum Sie weiter wollen. Wenn wir den Meeresgrund erreicht haben, und es keine Hoffnung auf Rettung mehr gibt, werden Sie uns einschließen und die Luftzufuhr abschalten oder so etwas, nachdem Ihre Freunde gekommen sind, um Sie zu retten. Man wird dann annehmen, wir seien alle umgekommen. Was ich mir nur nicht zurechtreimen kann, ist, wie Ihre Leute es fertiggebracht haben, die Sicherheitsorgane des Commonwealth so zu infiltrieren, daß Sie, ihr Agent, dieser Mission zugeteilt wurden.«

»Niemand hat die Sicherheitsabteilung des Commonwealth infiltriert.« Er versuchte, sie alle gleichzeitig im Auge zu behalten. Unter den gegenwärtigen Umständen war es möglich, daß sogar Rachael versuchte, ihn anzuspringen. Er wollte niemanden erschießen müssen.

Instrumente, die an den Wänden angebracht waren, bohrten sich in seinen Rücken. Er drückte dagegen. Der körperliche Schmerz half ihm, wenigstens einen Teil der geistigen Qual zu verdrängen, gegen die er ankämpfte.

»Ich habe gesagt, daß ich Biologe sei. Ich habe nicht gelogen. Aber außerdem bin ich Commonwealth-Agent. Die Sicherheitsabteilung hat mich diesem Unternehmen zugeteilt, damit ich nach genau der Art von Infiltration suche, von der Sie sprechen«, erkärte er Cora. Er sah ängstlich zu Hwoshien hinüber. »Das weiß *er*. Er hat es für den Augenblick vergessen. Etwas zwingt ihn dazu, es zu vergessen.«

Die anderen sahen den Kommissar an. Er, der immer so sicher und würdig gewirkt hatte, schien jetzt in sich einen ungeheuren Kampf auszutragen, gegen seine eigenen Gedanken anzukämpfen.

»Ich ... ich ... konfus. Ich weiß nicht ...«

»Lassen Sie nur! Ich brauche jetzt Ihre Bestätigung nicht.«

»Nein – warten Sie«, platzte es aus Hwoshien heraus. »Es stimmt. Ich glaube ... ja, es stimmt«, fügte er etwas überzeugter hinzu. »Jetzt erinnere ich mich an Sie, Colonel Merced.« Er sah die anderen an.

»Erinnern Sie sich – als Sie hier ankamen, erklärte ich Ihnen, daß es Ihre Aufgabe sei, die biologischen Möglichkeiten zu untersuchen, während andere sich mit der Möglichkeit befassen würden, daß Menschen im Spiel sind?« Er deutete mit einer Kopfbewegung auf Merced. Der hatte die Pistole immer noch auf sie gerichtet. »Er ist einer jener ›anderen‹.«

»Warum zwingen Sie uns dann, hier unten zu bleiben?« wollte Mataroreva wissen. Plötzlich war das Leben sehr kompliziert geworden, bereitete das Denken Mühe. Seine Gedanken waren langsam und schwerfällig, ähnlich der Denkweise der Finnwale. Unkontrollierbare, miteinander im Widerstreit liegende Massen bewegten sich in seinem Kopf. »Warum überhaupt bleiben? Warum nicht auftauchen und von neuem beginnen? Zumindest werden wir diesmal genau wissen, wozu jeder von uns hier ist?« Wieder griff seine Hand nach dem Schalter.

Merced gestikulierte mit seiner Waffe. »Wenn Sie den Schalter berühren, schieße ich, Captain. Und diese Bolzen haben Dauerwirkung. Ich mag Sie. Mir wäre es lieber, wenn ich nicht dazu gezwungen würde.«

Langsam entfernte sich die Hand des hünenhaften Polynesiers von den Armaturen. »Aber warum? Was ist denn dagegen einzuwenden, noch einmal anzufangen?«

»Zunächst bin ich nicht sicher, daß das nötig ist«, sagte Merced vorsichtig. »Zum zweiten – Sie glaubten doch eben, daß Sie das Boot nach oben lenken wollten?«

»Was denn sonst?«

»Sie wollten also auftauchen?«

»Natürlich. Ich ...«

»Schauen Sie genau hin, Captain! Ganz genau! Aber keine Bewegung!«

Mataroreva zögerte und war gleichzeitig nicht sicher, warum.

»Schauen Sie nur!« drängte Merced. »Haben Sie Angst?«

Diese Herausforderung schien den Polynesier aus seiner Lethargie zu reißen. Langsam, im Zeitlupentempo, wandte er sich zu der Steuerkonsole um, bemüht, die Hände nicht zu bewegen.

Der Schalter, den er beinahe umgelegt hätte, war nicht der, der den Ballast abwarf – der Schalter lag zwar ganz nahe, aber nicht nahe genug, um seinen Irrtum zu erklären. Vielmehr waren seine Finger über einen doppelten roten Schalter gewandert, den ein Schutzbügel sicherte. Es handelte sich um den Notschalter, der zur Lösung der Gaszylinder bestimmt war, sollte es zu einem explosiven Leck kommen.

Hätte er seine Bewegung durchführen und den Doppelschalter umlegen können, hätten sie keine Möglichkeit mehr gehabt, zur Oberfläche zurückzukehren, und wären tatsächlich sofort in den Schleim am Grunde des Canyons gestürzt. Achttausend Meter Wassertiefe. Nichts wäre imstande gewesen, sie gegen jene gigantischen Kräfte wieder nach oben zu ziehen, sah man einmal von einem ähnlichen Fahrzeug ab. Und ein solches gab es an Bord des Superflüglers nicht. Bis man ein zweites Tauchboot startbereit machen und von Mou'anui hätte herschaffen können, wären die Insassen des Tauchbootes wegen Luftmangels längst tot gewesen. Künstliche Kiemen, wie sie in die Masken der Gelanzüge eingebaut waren, funktionieren in dieser Tiefe nicht.

Der dumpfe Druck, der auf Coras Bewußtsein gelastet hatte, war plötzlich wie von ihr genommen. Sie sah ihre Begleiter an, als hätte man sie plötzlich aus tiefem Schlaf geweckt, sah, daß die sie mit dem gleichen verblüffenden Ausdruck musterten. Erst jetzt lockerten sich Merceds Muskeln. Aber die Waffe hielt er noch immer in der Hand.

»Eine höchst wirksame Bewußtseinskontrolle ist das«, sagte er zu ihnen gewandt. »Der Widerspruch hat schließlich den Bann gebrochen, ebenso wie bei den überlebenden Barten, die uns hierhergeführt haben. Später wurde ihnen dieser Bann wieder aufgezwungen und hat sie schließlich getötet. Ich glaube, wir werden jetzt besser Widerstand leisten können. Ich glaube, die Bewußtseinskontrolle wirkt in ihrer Intensität und ihrer Wirksamkeit umgekehrt proportional zum Abstand zwischen dem Projektor und dem Subjekt, und daraus schließe ich, daß das, was wir suchen, immer noch *hier ist*, ganz nahe, so wie die Barten es angedeutet haben.« Er begann jetzt zornig zu werden, und wirkte gar nicht mehr wie der scheue Biologe der letzten Wochen.

»Jedes diesbezügliche Gesetz des Commonwealth und jedes Edikt der Kirche verbietet so etwas. Entweder hat jemand es fertiggebracht, diese Gesetze zu brechen, oder wir haben es mit jemandem zu tun, dem diese Gesetze gleichgültig sind. Jemand wie den AAnn beispielsweise, oder einer anderen feindlichen Rasse, die Nutzen daraus ziehen könnte, wenn das Commonwealth von dieser Welt verdrängt würde. Diese Bewußtseinskontrolle hat sich Ihnen allen auf so subtile Weise eingeschlichen, daß Sie sich dessen nicht bewußt wurden, obwohl Sie die ganze Zeit von eben diesen Phänomenen sprachen. Als sie plötzlich alle darin übereinstimmten, daß die Suche nutzlos sei und daß es Zeit sei, an die Oberfläche zurückzukehren, wußte ich, was geschah.«

»Wie kommt es denn«, fragte Cora, der es schrecklich peinlich war, daß man ihren eigenen Verstand so gründlich hatte außer Kraft setzen können, »daß Sie dieser Kontrolle nicht unterlagen?«

»Solche Geräte sind zwar illegal, aber wir im Dienst werden dennoch darin ausgebildet, uns mit ihnen auseinanderzusetzen. Es ist eine Art geistiger Gymnastik, eine Reflexhandlung, die schon einsetzte, ehe ich genau wußte, was geschah.« Jetzt klang auch seine Stimme etwas verlegen. »Wenn es zu einem Kampf gekommen wäre, hätte ich es riskiert, Sie alle zu töten. Hier steht jetzt mehr auf dem Spiel als nur ein paar tausend weitere Leben.

Es tut mir leid, daß ich mich offenbaren mußte, aber an diesem Punkt macht das wohl keinen großen Unterschied.« Er blickte kurz zu Rachael hinüber und sagte in völlig anderem Tonfall: »Nur für dich vielleicht.«

»Sind Sie immer noch der Meinung, daß wir an die Oberfläche zurückkehren sollten? Daß wir hier unsere Zeit vergeuden?«

»Nein, natürlich nicht«, sagte Cora erschreckt, daß er das noch hatte glauben können. »Unsere Gegner müssen sich ja immer noch irgendwo hier unten verstecken. Sie sagen, daß die Wirkung dieser Bewußtseinskontrolle von der Distanz abhängt, und daß man sich durch Widerspruch dagegen wehren kann?«

»Ja, dadurch, und durch das Wissen, daß es sie gibt. Besonders, wenn man ihrer Wirkung ausgesetzt und dann von ihr befreit worden ist. Das ist Teil unserer Ausbildung. Das und gewisse Drogen, die dieselbe Wirkung haben.«

»Ich habe hier etwas.« Mataroreva hatte sich inzwischen wieder seinen Instrumenten zugewandt. »Vielleicht war es die ganze Zeit hier, und das dort draußen hat es nur in meinem Bewußtsein blockiert. Könnte das sein?«

»Möglich«, räumte Merced ein.

Mataroreva machte Anstalten, ein paar Schalter zu betätigen, hielt inne und blickte über die Schulter.

»Schon gut.« Merced ließ die Pistole sinken. »Die Tatsache, daß Sie gezögert haben, ist für mich ein weiterer Beweis, daß Sie wieder selbst die Kontrolle über sich haben. Was ist es denn: eine bewegliche oder eine stationäre Anlage?«

»Keines von beiden«, sagte Mataroreva verwirrt. »Es ist organischer Natur.«

»Wieder ein Bänderfisch?« fragte Cora und bezog sich damit auf den leuchtenden Riesen, den sie vorher gesehen hatten.

»Nein, das glaube ich nicht.«

Der Gegenstand näherte sich langsam dem mit neutralisiertem Auftrieb schwebenden Fahrzeug. Zuerst war es nur ein Punkt in der Ferne, der wie ein Stern in der Nacht leuchtete. Die Tiefseelebewesen, die es umgaben, entfernten sich schnell und waren schließlich nicht mehr zu sehen. In dem Tauchboot war nur noch der Atem seiner Insassen zu hören.

Der Stern wurde größer, teilte sich, teilte sich noch einmal, teilte sich in viele einzelne Sterne. Und die ganze Zeit wuchs er immer weiter, erleuchtete die Dunkelheit, während er näherkam, und wurde über Erwarten groß, riesig. Er wurde so hell, daß sie die letzten Meereslebewesen erschreckt an den Fenstern des Tauchbootes vorbeirasen sahen, ganz dicht, so daß man die durchsichtige Haut sehen konnte und dahinter die unter ungeheurem Druck stehenden Organe.

Der fremdartige Gegenstand wuchs über alle Maßen, wurde größer, als die Vernunft zu glauben zuließ. Cora fragte sich, ob Sam sich vielleicht geirrt hatte, ob sie von einer Maschine angegriffen wurden, wenn auch einer Maschine von Ausmaßen, wie Menschenhand sie nicht herstellen konnte.

Aber die Instrumente waren unfähig, beeindruckt zu sein, waren unfähig zu lügen. Wenn der Gegenstand eine Maschine war, so bestand er nicht aus Metall, Stelamic oder Duralum sondern aus Fleisch. Doch je näher er kam, desto mehr nahmen die Aspekte der Maschine überhand. Es war auch leichter, ihn so zu sehen: eine riesige organische Maschine. Der Gegenstand war von perfekt sphärischer Form. Die Außenhaut war von Millionen und Abermillionen flatternden Fäden besetzt, die ihn durch das Wasser vorantrieben. Die äußere, geleeartige Schale war völlig durchsichtig. Nur ihr schwaches gelbes Glühen verriet ihre Anwesenheit.

Im Innern konnten sie eine wahrhafte Metropole von Organen wahrnehmen, ungeheuer komplizierte Strukturen, die die äußerlich scheinbar simple Form Lügen straften. Es gab Gebilde, die sich innerhalb des Körpers frei auf seltsamen Bahnen bewegten, andere, die wie Pendel schwangen, und wieder andere, die um einander oder irgendeine zentrale Achse kreisten. Und jede besaß ihre eigene, deutlich ausgeprägte Farbe. Schwaches Rosa, helles Grün, Purpur, Rosé und mehr. Meistens handelte es sich um helle Pastellfarben. Sah man von Purpur ab, so waren die einzigen kräftigen Farben gelegentliche Flecken von Karmin oder Orange, die um die Vielfalt anderer spezialisierter innerer Strukturen wie Diamantstaub in einem Kolloid schwebten.

Die Kopfschmerzen, die Cora früher geplagt hatten, kehrten jetzt wieder zurück, stärker denn je. Ein gnadenloses Toben drohte, ihr Gehirn zu zersprengen, ihren Schädel zu Brei zu zermalmen. Sie kämpfte dagegen an, war fest entschlossen, daß zuerst ihre Knochen zerbrechen als ihr Bewußtsein sich beugen würde.

Draußen schwamm etwas, das größer als ein Dutzend Wale zusammengenommen war, ein Ball aus etwas Unbekanntem, dessen Größe sich der eines Sternenschiffes annäherte. Um sie war es hell, wie am hellichten Tage, obwohl sie sich mehr als fünfeinhalb Kilometer unter der Meeresoberfläche befanden.

Merced studierte die Anzeigegeräte, schluckte und brachte schließlich hervor: »Den Scannern nach sind dort draußen sechs davon. Aber wir können nur dieses eine sehen.«

Die riesige Lagune von Mou'anui hätte all das Leben, das sie umgab, nicht beherbergen können. Sechs Geschöpfe machen keine Galaxis, dachte sich Cora, und seien sie noch so groß. Sie fand sich mehr fasziniert als verängstigt. Vor ihr trieb das Endergebnis von Milliarden von Jahren Coelentaraten-Evolution, ein Kollektivorganismus unvorstellbarer Komplexität.

Auf Terra hatten ähnliche Geschöpfe spezialisierte Polypen entwickelt, die Aufgaben wie die Verdauung, die Fortpflanzung und die Ernährung übernahmen. Warum also nicht auch Polypen zur Bewußtseinskontrolle oder für andere unbekannte Zwecke. Doch so ungeheuer groß sie auch war, schien die Kreatur in ihrer Fähigkeit zur Fortbewegung doch eingeschränkt. Sie mußte also andere Mittel entwikkeln, um sich zu verteidigen. Die terranischen Coelentaraten hatten spezialisierte Stachelzellen entwickelt, um Beute zu sammeln und sich zu verteidigen. Doch was konnte effizienter sein als die Fähigkeit, einem Räuber einfach zu befehlen, den Blick abzuwenden?

Ignorante Räuber würden leicht abzuwenden sein, schwieriger war es, intelligente Cetacea zu lenken. Sehr intelligente wie die Orcas und die Catodonten mochten sich, außer auf kurze Distanz, als völlig unkontrollierbar erweisen, und die Menschheit sogar überhaupt unkontrollierbar, sofern nicht gefährlich nahe. Interessierte und bewußte Menschen, so wie Merced einer war und sie jetzt alle waren, mochten sich vielleicht überhaupt unter allen Umständen als unkontrollierbar erweisen.

Irgendwo in diesem Gedankengang, so argwöhnte Cora, lag die Ursache hinter der Manipulation der Barten und der Vernichtung der schwimmenden Städte. Sie starrten in das lebende Universum aus Organen. Eines dieser Organe, vielleicht auch viele, mußten das Bewußtsein der Kreatur bilden.

Und dann kreischte Rachael los. Mataroreva fluchte, und das Tauchboot taumelte, als die Kreatur mit ihm kollidierte. Eine zweite kam von hinten, und sie begannen zu drücken. Jetzt, da die geistige Kontrolle offensichtlich versagt hatte, beschränkten sie sich auf eine sehr viel grundlegendere und primitivere Angriffsmethode.

Ein paar Spanten ächzten, aber der Rumpf aus geformtem Duralum war imstande, viel größeren Kräften als bloßem Fleisch Widerstand zu leisten, ganz gleich welche Masse dahinterstand. Die Kreaturen konnten das Tauchboot nicht beschädigen.

Sie reagierten, indem sie sich zurückzogen. Abwechselnd heller und dunkler leuchtend pulsierte die Außenhaut des Geschöpfes vor ihnen in schneller Folge. Karminrote Fragmente, hinter denen unbekannte Funktionen standen, flammten auf und rasten wie Tausende lebender Sonnenflecken im Innern einer transparenten Sonne dahin. Und ihre Aktivität mochte ebensogut Verdauungsstörungen wie beginnenden Schlaf anzeigen.

Oder ein Reflex von etwas so Urtümlichem und gleichzeitig Hochentwickeltem wie Zorn sein.

17. Kapitel

Cora rappelte sich auf und stellte fest, daß sie nur ein paar Abschürfungen davongetragen hatte. Dies also war die Quelle des Wahnsinns der Barten. Hier sahen sie sich den Marionettenspielern gegenüber, die hinter der Bühne die Fäden zum organisierten Mord zogen.

Der Kopfschmerz ließ nach, und Cora und ihre Begleiter erhielten ihre zweite Überraschung. KÖNNT IHR UNS VERSTEHEN?«

»Ja, wir können euch verstehen«, hörte sie Merced sagen.

»ES IST SCHWIERIG FÜR UNS«, sagte die Stimme in ihrem Kopf. »EUER BEWUSSTSEIN IST KOMPLEXER, UND DOCH SEID IHR NICHT AUF DIESE METHODE DER KOMMUNIKATION EINGESTIMMT. WIR MÜSSEN UNSERE GEDANKEN HINEINSTOSSEN UND DIE EUREN HERAUSZIEHEN.

DIE GLATTSEITEN HABEN ÄHNLICHES BEWUSSTSEIN, SIND ABER LEICHTER ZU DURCHDRINGEN. ES GIBT KEINEN WIDERSTAND GEGEN UNSERE BEMÜHUNGEN UND BEI WEITEM NICHT DIE GLEICHE KOMPLEXITÄT.«

»Seid ihr das CunsnuC?« Ihr Kopf begann wieder zu pulsieren, aber diesmal von der Anstrengung, nicht von Schmerz.

»ICH BIN DAS CUNSNUC, WIR SIND DAS CUNSNUC.«

»Kollektive Intelligenz«, murmelte Merced. »Ebenso wie kollektive physische Struktur.«

»ALLE SIND KOLLEKTIV. ES GIBT KEIN INDIVIDUELLES WIR.«

»Bei unserer Spezies schon«, sagte Cora.

»SO IST DAS, UND DAS MACHT UNS ANGST. UND ES SCHMERZT. SCHMERZT.«

Das konnte durchaus eine gemeinschaftliche Kommunikation sein, dachte sie. Die Stimme, die in ihrem Bewußtsein erklang, zeigte keinerlei Tonfall. Sie hatten keine Möglichkeit, sie zu ihrem Herkunftsort zurückzuverfolgen. Sie war einfach da, mitten im Kopf, genauso wie eine Stimme in einem dunklen Zimmer klingt.

»Warum habt ihr die Cetacea, die Glattseiten, dazu veranlaßt, unsere Gemeinschaften anzugreifen?« Hwoshien hatte keine Zeit, um sie auf biologische Spekulationen zu vergeuden.

»EURE GEDANKEN TUN WEH, BESCHÄDIGEN UNSER BEWUSSTSEIN. UNSERE SENSIBILITÄT FÜR GEDANKEN IST HÖCHST EMPFINDLICH UND LEIDET UNTER SCHMERZHAFTEN UNTERBRECHUNGEN. DIE GEDANKEN DER GLATTSEITEN DRINGEN NICHT DURCH, VERLETZEN AUCH NICHT.«

Cora versuchte sich vorzustellen, wie ein Lebewesen von der Größe eines Sternenschiffs derart empfindliche Reaktionen haben konnte. »Rauschen«, flüsterte sie laut. »Etwas in unseren Gedanken, irgendeine Projektion unserer Nervensysteme verursacht in ihrem Bewußtsein Rauschen.«

Dann kam ihr in den Sinn, was die hervorstechende Eigenschaft im Verhalten des Geschöpfes ihnen gegenüber andeutete: Furcht. Furcht und Sorge. Trotz ihrer immensen Größen hatten die CunsnuC vor den Menschen Angst.

»Es tut euch weh, obwohl ihr in diesen Tiefen wohnt?«

»DIE MEISTE ZEIT MÜSSEN WIR AN DIE OBERFLÄCHE EMPORSTEIGEN«, sagte die Stimme, »UM UNS VON DEN GESCHÖPFEN ZU ERNÄHREN, DIE DANN AUFSTEIGEN, WENN KEIN LICHT ÜBER DEM HIMMEL STEHT. WENN DANN MEHR ALS NUR EINIGE WENIGE EURER ART DENKEN, DANN BEREITET UNS DAS SCHMERZEN, UNTERBRICHT UNSERE GEDANKEN UND STÖRT UNSERE FÄHIGKEIT, UNS AUF DIE NAHRUNGSAUFNAHME ZU KONZENTRIEREN. IHR MÜSST ALLE WEGGEHEN, ODER DAS TÖTEN WIRD NICHT AUFHÖREN.« Eine Pause, dann: »NUR INDEM WIR SO VIELE VON UNS ZUSAMMENBRINGEN, KÖNNEN WIR DEN SCHMERZ EINIGERMASSEN ERTRAGEN, UM ZUSAMMENHÄNGEND MIT EUCH SPRECHEN ZU KÖNNEN.«

»Cachalot verlassen?« murmelte Hwoshien.

»JA. VERSCHWINDET! GEHT DORTHIN ZURÜCK, WO IHR HERANGEWACHSEN SEID! IHR HABT HIER NICHTS ZU SUCHEN!« Dann eine Frage: »WAS IST ›CACHALOT‹?«

»Diese Welt«, erklärte Cora. »Wir kommen von einer anderen Welt als dieser.«

»VON EINER ANDEREN WELT ALS DIESER? ES GIBT KEINE ANDEREN WELTEN ALS DIESE, GLEICHGÜLTIG, MIT WELCHEM NAMEN IHR SIE BEZEICHNET.«

Die im Meer wohnenden CunsnuC besaßen also kein Wissen um Astronomie, und hatten sich dieses Wissen auch in den Kontakten mit den Cetacea nicht angeeignet.

»Doch, die gibt es.«

»ES KANN KEINE WELT GEBEN, WO ES KEINE CUNSNUC GIBT, DIE CUNSNUC SIND HIER, SONST WÜRDEN WIR GEGENTEILIGES WISSEN. ES KANN KEINE CUNSNUC GEBEN, WO BEWUSSTSEIN EURER ART EXISTIERT.«

»Die Menschheit hat auf dieser Welt Hunderte unserer Jahre gearbeitet«, sagte Mataroreva hitzig, ohne im Augenblick auf die Existenz anderer Welten einzugehen. »Ihr habt uns bisher nichts getan. Warum dieser plötzliche Schmerz und dieses Bedürfnis, daß wir gehen?«

»DER SCHMERZ IST NICHT PLÖTZLICH. ER WAR SO LANGE, WIE DU GESAGT HAST BEI UNS. ABER WIR BESITZEN ERST JETZT DIE MITTEL, UNS ZU WEHREN.«

Das konnte Cora glauben. Trotz ihrer Masse kamen ihr die CunsnuC im physischen Sinne immer noch sehr zerbrechlich vor. Nur ihre Größe und ihre geistigen Verteidigungswaffen schützten sie gegen Cachalots kleinere, aber nicht zu unterschätzende Räuber. Sie waren Planktonesser, wie die zahnlosen, grauen, großen Wale.

»WIR MUSSTEN TEILE VON UNS ENTWICKELN, EHE WIR DEN GEIST DER GLATTSEITIGEN EINSETZEN KONNTEN.«

»So daß ihr sie dazu bewegen konntet, uns anzugreifen«, führte Hwoshien den Satz zu Ende.

»JA, ES WÄRE BESSER GEWESEN, WENN WIR ANDERE, MÄCHTIGERE GLATTSEITIGE HÄTTEN EINSETZEN KÖNNEN, ABER DEREN BEWUSSTSEIN HAT SICH UNS WIDERSETZT.«

»Die Catodonten und die anderen Zahnwale«, murmelte Rachael und strich geistesabwesend über die Seiten ihres Neurophons.

»Wir können Cachalot nicht verlassen«, beharrte Hwoshien.

»IHR MÜSST! SO ODER SO, IHR MÜSST GEHEN, SONST WERDET IHR VERTILGT.«

Die durchsichtige Haut des Kolosses drückte sich gegen die Bullaugen. Cora vergaß zu atmen. Rachael, die hinter ihr stand, stockte das Blut in den Adern.

Innerhalb der Haut des CunsnuC waren jetzt einige leuchtend grüne Blasen zu sehen. In jenen Blasen befanden sich ein Dutzend Leute. Sie lebten, und ihre Münder waren gegen die fleischige Hülle gepreßt, die sie umschloß und mit Luft versorgte. Cora konnte sehen, daß sie schrien, obwohl natürlich im Innern des Tauchbootes nichts zu hören war.

Mataroreva erkannte einen und fluchte leise. Ein Angehöriger seines eigenen, schwachen planetarischen Kommandos. Das Tragflügelboot und das Fabrikschiff hatten also die Reise zurück nach Mou'anui nicht geschafft. Eine weitere Blase wurde sichtbar, und Cora erkannte, vor Schreck halb erstarrt, den kleinwüchsigen, dunkelhäutigen Mann in der Blase. Er trommelte mit den Fäusten auf die Wände seines Gefängnisses ein, und seine Augen flackerten wild und verzweifelt.

Während das CunsnuC sich von den Bullaugen entfernte, schoben sich die Blasen nach außen, auf die Epidermis zu. Sie passierten die Haut und platzten ungeschützt sofort unter dem ungeheuren Druck. Die hilflosen Menschen implodierten unter der ungeheuren Wucht des Wasserdrucks, ehe sie ertrinken konnten.

Das erklärte das völlige Fehlen von Leichen an den Orten, wo die Städte vernichtet worden waren. Entweder trugen die Barten sie in die Tiefen, wo sie den CunsnuC zur Beseitigung übergeben wurden, oder die CunsnuC stiegen an die Oberfläche auf, um diese Aufgabe selbst zu erfüllen. Gelegentlich wurden Überlebende gefunden. Hazaribagh und seine Begleiter und Wachen waren der Mannschaft des

Tauchbootes als Beweise vorgeführt worden. Andere waren ohne Zweifel lebend aufgenommen worden, um verhört zu werden. Wie erwartet, brach Hwoshien das Schweigen als erster. »Wir wollen einen Kompromiß schließen.« Cora sah ihn mit aufgerissenem Mund an. Seine Stimme klang, als wäre er nicht gerade Zeuge des Todes eines Dutzends Menschen geworden, und verhandelte ganz routinemäßig mit ein paar Geschäftsleuten von anderen Welten um Fischrechte an einem besonders ergiebigen Riff. »Wir Menschen werden unsere Aktivitäten auf vorgeschriebene Bereiche der Planetenoberfläche beschränken. Auf dieser Welt ist für uns alle Platz.«

»DIES IST DIE WELT DER CUNSNUC. DIE CUNSNUC SIND DIE WELT!« In dieser Feststellung war keine Spur von Eitelkeit oder Überheblichkeit, dachte Cora. Sie entsprang einer ganz anderen Betrachtung der Wirklichkeit – ebenso wie Menschen und Wale sich unterschieden. Die Art, wie die CunsnuC die Wirklichkeit wahrnahmen, war ebenso durch ihre Größe und ihre geistigen Fähigkeiten geprägt wie von ihrer Ignoranz des größeren Universums jenseits von Cachalot.

»WIR WOLLEN EUCH NICHT IN UNSERER WELT, IN UNS«, schloß die Stimme mit Entschiedenheit.

»Wir werden uns auf die wenigen Inseln über Wasser zurückziehen«, schlug Hwoshien vor. »Wir werden nichtdenkende Geräte bauen, Maschinen, um unsere Arbeit zu verrichten.«

»NEIN, NEIN, NEIN, NEIN!« Wie ein verzogenes Kind, dachte Cora. Trotz allem, was die Kreatur vom kollektiven Denken gesagt hatte, hatte sie diesmal den Eindruck, als hätten sich einige verschiedene CunsnuC vereint um diesen Chor der Verneinung hervorzubringen.

»Lügen Sie sie an!« schlug Mataroreva vor. »Sagen Sie ihnen, wir werden tun, was sie verlangen. Wir können uns irgend etwas überlegen.«

»Nein. Jede Übereinkunft, die ich treffe, werde ich auch halten. Außerdem bin ich nicht sicher, ob man auf telepathischem Wege lügen kann, Sam. Erinnern Sie sich, was sie –

was es gesagt hat, daß sie unsere Gedanken ›herausziehen‹ müssen. Ich glaube, sie werden auch die Wahrheit herausziehen.«

»DAS IST SO«, sagte die Stimme und bestätigte damit den Verdacht des Kommissars. »EBENSO WIE ES IM BEWUSSTSEIN DEINES BEGLEITERS IST, DASS ER NICHT BEREIT IST, WEGZUGEHEN. SO WIE ES IN DEINEM EIGENEN IST. ABER IHR WERDET MIT EHRE STERBEN.«

In der Finsternis, die in ihrem Kopf herrschte, entdeckte Cora zu ihrem Schrecken, daß Sam sie immer mehr an Silvio erinnerte. Warum jetzt, warum hier? Warum sich mit Gedanken jener fernen Schrecklichkeit quälen in Augenblicken solcher Belastung? fragte sie sich. Und hatte keine Antwort darauf.

Hwoshien stand hoch aufgerichtet vor der Wand. »Hier drinnen können sie uns nicht verletzen, das haben sie bereits versucht und es ist ihnen nicht gelungen.«

»EBENFALLS RICHTIG. WIR KÖNNEN EURE KÜNSTLICHE SCHALE NICHT DURCHDRINGEN.« Cora stürzte, als das Tauchboot erneut zu schwanken begann. »ABER WIR KÖNNEN EUCH AM AUFTAUCHEN HINDERN. WIR WISSEN, DASS IHR DAS GAS JENSEITS DES HIMMELS ZU EURER EXISTENZ BRAUCHT. WIR KÖNNEN EUCH HIER FESTHALTEN. WIR WERDEN EUCH HIER FESTHALTEN, BIS DIE MENGE, MIT DER IHR HERUNTERGEKOMMEN SEID, VERBRAUCHT IST.«

Mataroreva wollte sofort die nötigen Schalter betätigen. Das Tauchboot schwankte ein paarmal, stieß gegen das Geschöpf, das über ihm im Wasser schwebte. Dann legte er den Aktivatorschalter langsam um und sah seine Freunde besorgt an.

»Wir steigen nicht. Ich könnte versuchen, allen Ballast abzuwerfen, aber wenn das nicht funktioniert ...« Er sprach den Satz nicht zu Ende. Die Luft würde zur Neige gehen.

Das Tauchboot fand sich in einem riesigen Kasten gefangen, den die sechs CunsnuC bildeten.

»Lügen Sie sie an! Machen Sie einen Handel mit ihnen!« schrie Mataroreva seinen Vorgesetzten an.

Hwoshien musterte den hünenhaften Polynesier unsicher. »Sie sind genauso verrückt wie die!«

Mataroreva sprang den Kommissar an, die beiden mächtigen Hände zum Schlag erhoben.

Cora fand sich plötzlich auf seinem Rücken, ertappte sich dabei, wie sie mit winzigen Fäusten auf seine Ohren eintrommelte. Er schüttelte sie ab, warf sie zu Boden. Da lag sie. Ihr Kopf dröhnte von dem Aufprall. Merced schob sich zwischen Mataroreva und sein spindeldürres Opfer und tat etwas, das Cora nicht sah. Mataroreva stieß einen erstaunten Laut aus und setzte sich dann hin, hielt sich den Leib. Merced stand in der Nähe, die Hände vor sich, bereit, sich zu verteidigen oder sich zurückzuziehen, je nachdem, was der Größere tat.

Aber Sams Blick wurde bereits wieder klar. »Dddanke, Pucara.« Er lächelte schief. »Beinahe hätten die mich wieder erwischt.« Er blickte zu Hwoshien auf »Yu, ich ...«

»Schon gut.« Der alte Mann sprach langsam und bedächtig. »Die wollen offenbar nicht abwarten, bis uns die Luft ausgeht. Sie werden weiterhin versuchen, uns unter Kontrolle zu bekommen. Am Ende denke ich, werden sie bekommen, was sie wollen.« Dann runzelte er die Stirn und sah die schwitzende, keuchende Cora. »Bei Ihnen alles in Ordnung?«

»Wir werden sterben. Das weiß ich jetzt.« Sie blickte auf, sah ihre Tochter an. »Und weil wir sterben werden, möchte ich dir etwas sagen, was du wissen solltest, Rachael.«

»Jetzt arbeiten sie an dir, Mutter. Kontrolle ...«

»Nein. Nein.« Sie erhob sich und ging auf einen der Pilotensessel zu. Sie legte sich den Handrücken gegen die Stirn, schloß die Augen und versuchte, die Worte herauszudrükken. Es war schwer. Sie hatte seit zwanzig Jahren dagegen angekämpft, die Worte auszusprechen.

»Ich bin hart zu dir gewesen, Rachael. Das weiß ich, und es tut mir leid. Ich habe an dir all den Ärger ausgelassen, den ich deinem Vater gegenüber empfand. Einmal, ursprünglich, habe ich ihn geliebt. Ich habe gelernt, ihn zu hassen. Und doch empfand ich Schuldgefühle, als er starb.

Vielleicht hätte ich mehr Frau sein sollen ... ich weiß nicht, was es war. Ich habe mich nur die ganze Zeit immer, seit seinem Tod, darum bemüht zu verhindern, daß du nicht dieselben Fehler machtest, daß du nicht in dieselben Fallen gingst, die das Leben stellt. Das ...«

Rachael schüttelte langsam den Kopf. Sie lächelte. »Ich weiß, wie du das empfunden hast, Mutter. Glaubst du, Kinder sind blind?« Cora ließ die Hand sinken, und ihre Augen wurden plötzlich wieder klar. Ihre Tochter stand da und starrte ganz ruhig auf sie herunter. »Ich habe alles bemerkt. Ich wußte, was vor sich ging.«

»All die Jahre«, flüsterte Cora. »Warum hast du mir nicht gesagt, daß du es wußtest?«

»Ich hatte Angst. Kinder mischen sich nicht in die Angelegenheiten von Erwachsenen. Das ist ein ungeschriebenes Gesetz der Natur. Ich konnte sehen, wie es dir weh tat, wie er dir weh tat. Als du also mir weh tatest ...« – sie zuckte die Achseln –, »habe ich es hingenommen. Du hattest genug gelitten.« Sie beugte sich vor und drückte ihre Mutter an sich. »Ich habe ihn auch gehaßt.«

»Das hast du nie gezeigt. Ich dachte immer, du liebtest ihn.«

Rachaels Gesicht verzog sich. »Ich habe ihn seit der Zeit gehaßt, da ich alt genug war, um zu verstehen, wie weh er dir tat. Aber ich dachte, wenn ich ihn nur genug liebte, könnte ich erreichen, daß er aufhört, dich so oft zum Weinen zu bringen. Du verstehst dich sehr gut auf Echinodermata und Teleosten und fremde Wasserbewohner, aber nicht so gut auf kleine Mädchen.« Sie fing zu schluchzen an.

Mataroreva wandte sich, etwas betreten von dem Ausbruch der beiden, ab und blickte Merced mit großem Respekt an. »Das ist das zweitemal, daß die mich beinahe dazu gebracht hätten, jemanden zu töten. Wenn Sie nicht gewesen wären, Colonel, hätte ich das getan. *Mauruuruu.* Ich danke Ihnen.«

»Bei weitem nicht so sehr, wie ich Ihnen danke«, murmelte Hwoshien.

»Danken Sie meiner Ausbildung. Aber allmählich werden

wir hier alle verrückt.« Merced zuckte wie unter einem Schlag zusammen. »Da ... jetzt haben sie es gerade wieder an mir versucht. Es ist schwer, dagegen anzukämpfen. Über kurz oder lang werden sie es wieder versuchen und uns zu irgendeiner Tat veranlassen, die wir glauben, tun zu wollen. Jeder muß von jetzt an, alles, was jeder andere tut, mit größter Sorgfalt und Vorsicht beobachten.

Wir können nicht auftauchen«, stellte er dann fest und wechselte so das Thema. »Wir sollten jetzt alles, was wir erfahren haben, dem Schiff oben mitteilen, damit die es nach Mou'anui weiterleiten können. Die Catodonten sollten sie vor jedem Angriff der Barten schützen können.« Mataroreva wollte der Anregung nachkommen, wandte sich aber gleich angewidert von den Armaturen ab. »Vergessen Sie's! Die erzeugen genügend Störgeräusche, um jede Sendung zu überlagern, die wir abschicken könnten. Ich habe die Frequenzen gewechselt, so schnell es ging, aber die sind zu schnell. Wir kommen nicht durch.«

»Lassen Sie mich mal! Ich kenne da auch ein paar Tricks.«

Während Hwoshien und Mataroreva an der Konsole arbeiteten, teilte Merced seine Zeit zwischen dem Studium der fernen Galaxis der CunsnuC vor den Bullaugen und der Beobachtung seiner Kollegen auf, um gleich zu sehen, wenn irgendeiner etwas Ungewöhnliches tat.

Die Zeit verstrich. Mataroreva und Hwoshien waren außerstande, auch nur ein Wort an den wachsamen CunsnuC vorbeizujagen. Den Insassen des Tauchbootes blieb noch eine Stunde Leben. Draußen drängte die Finsternis und die Kälte gegen die fünf Reisenden heran, die in ihrer kleinen Kapsel aus Metall auf den Tod warteten – so hell auch draußen die CunsnuC leuchteten.

Cora fand in jenen letzten Minuten große Freude daran, ihre Tochter zu betrachten, jede Linie ihres Gesichts und ihres Körpers zu studieren. Sie lauschte auf ihre Musik und wunderte sich darüber, daß sie sie je gestört hatte. Ein wenig Verständnis, und sie wäre ihr nie auf die Nerven gegangen. Sie hatte sich zu sehr angestrengt, Rachael in ihre eigene Form zu pressen. Sollte sie doch Spaß haben. Du hast zwanzig Jahre damit verbraucht, keinen Spaß zu haben. Warum jemanden, der so angefüllt mit Leben war wie sie, dessen berauben? Natürlich wird sich diese Gelassenheit jetzt nie bieten. Laß ihr also den Spaß an ihrer Musik und tu so, als hättest du noch größere Freude daran, als du wirklich hast. Tu so ...!

Sie drehte sich so schnell in ihrem Sessel herum, daß Merced unwillkürlich vom Bullauge auf sie zutrat.

»Nein, Pucara, ich bin schon wieder okay. Entschuldigen Sie den sentimentalen Ausbruch. Rachael, zeig mir, wie du dieses Ding spielst!«

»Für Musikstunden ist es ein wenig spät, Mutter.«

»Es ist nicht die Musik, die mich interessiert. Und je weniger musikalisch ich sein kann, dasto besser wird es mir gefallen.«

Rachael erklärte ihr verblüfft die Handhabung des Instruments. »Bei den beiden mußt du vorsichtig sein, Mutter. Die Amplitude bei den Axonen ist gefährlich. Sie haben natürlich einen eingebauten Sperrschalter. Sonst könnte man jemand ernsthaft damit verletzen.«

»Kann man den Sperrschalter ausbauen?«

»Was? Ich ... ich weiß nicht. Ich habe nie darüber nachgedacht ... wahrscheinlich könnte man das, aber dann würde das Instrument vielleicht nicht mehr funktionieren.«

»Dann müssen wir es einfach zuerst so versuchen.« Sie drückte das Instrument an sich und versuchte, Rachaels Griffe nachzuahmen. Dann biß sie die Zähne zusammen und begann ein höchst deprimierendes und atonales Lied. Ihre Zähne knirschten, ihre Beine zuckten. Einmal war der Schmerz in ihrem Schädel so groß, daß sie das Gefühl hatte, die Augen müßten ihr aus den Höhlen treten.

Aber ein paar Minuten später taumelte das Tauchboot zur Seite, und sie rollten zur Decke. Mataroreva kämpfte sich zu einem Sessel durch und arbeitete verzweifelt an den überlasteten Stabilisatoren. Nach einer Weile richtete die Automatik sie wieder auf.

Cora hatte das Neurophon nicht losgelassen. Sie fand dieselbe Einstellung, schlug erneut dieselbe Saite an. Wieder packte die unsichtbare Faust das Tauchboot und schüttelte es, wenn auch diesmal nicht so kräftig wie das letztemal. Sie schob den Energieschalter auf Maximalleistung und hielt den Akkord, den sie zufällig gefunden hatte.

Draußen bot sich ein erstaunliches Schauspiel von Energie und Licht. Farben, viel satter als die sanft pulsierenden Pastelltöne, die sie ursprünglich wahrgenommen hatten, durchliefen das CunsnuC. Der chromatische Sturm raste durch seine Substanz, und seine inneren Strukturen zitterten und schwollen an. Dann entfernte sich das Geschöpf, wobei das grelle Farbenspiel nur geringfügig nachließ.

Mataroreva drückte voll Hoffnung auf ein paar Schalter. Das Boot bewegte sich. »Jetzt sind sie nicht mehr über uns.«

»Fünftausendfünfhundert Meter. Fünf-vier.« Merced rief es triumphierend von seinem Platz aus. »Wir steigen!«

Jetzt trieb die Farbmasse wieder auf sie zu. Cora hielt das Neurophon fest umkrampft. Wie lange noch, fragte sie sich verzweifelt, wie lange würde das Instrument noch Projektionen solcher Kraft ausstrahlen? Die Frequenz, die sie zufällig gefunden hatte, erzeugte nur ein leichtes Prickeln an ihrer Wirbelsäule. Doch die Reaktion in den CunsnuC war zehntausendmal größer.

Wieder fiel es zurück, und sie setzten ihre Fahrt unbehindert nach oben fort. Dann war Schmerz in Coras Kopf. Aber er kam nicht von dem Neurophon. Die CunsnuC erzeugten ihn.

Ihre Hände schossen an ihren Schläfen, sie stürzte zur Seite, das Neurophon mit festgestellten Schaltern fiel zu Boden. Es prallte hart auf das Metall auf, funktionierte aber weiter. Mataroreva hatte gerade noch Zeit gehabt, die Konsole auf Automatik zu schalten, ehe ein ungeheurer Stoß mentaler Agonie ihn überkam.

Merced konnte die kritische Skala durch den roten Schleier, der sein Gehirn erfüllte, nur undeutlich erkennen. Fünftausendeinhundert Meter. Fünftausend. Sie stiegen immer noch.

Blut und Donner erfüllten Coras Kopf, sie wälzte sich auf dem Deck. Jeder Alptraum, jeder Schmerz, den sie seit ihrer

Kindheit empfunden hatte, kam in jenen schrecklichen Augenblicken zurück. Rachael schluchzte vor Schmerzen.

Sie waren so überwältigt, daß sie im Augenblick gar nicht begriffen, daß der Schmerz nicht von den CunsnuC auf sie projiziert wurde, sondern vielmehr die hilflose Ausstrahlung der eigenen Qual jener riesigen Kreaturen war.

Eines stieg hinter ihnen empor, eine brodelnde Masse, miteinander im Widerstreit stehender Farben und Gedanken. Millionen von winzigen Tentakelfäden trieben es wie einen aufsteigenden Mond nach oben, wobei es immer noch versuchte, über sie zu kommen, sie in den Abgrund zurückzutreiben. Sein Schmerz wurde schlimmer, je mehr es sich dem Boot näherte. Grelle Halluzinationen wechselten sich im Bewußtsein der Insassen ab mit bohrendem Schmerz.

»IHR ... MÜSST ... WEG ...!« dröhnte eine mächtige Stimme in Coras Schädel, doch der Ozean der Schmerzen, der ihn erfüllte, war so tief, daß sie die Stimme kaum wahrnahm. Ihr Kopf war wie eine Glocke und ihr Gehirn der Glockenschwengel, der von den Knochen abprallte.

Sie schleppte sich zu einem Bullauge und sah, wie das größte aller CunsnuC sich näherte. »Wir können nichts für die Art, wie wir denken!« schrie sie und fragte sich, ob ihr Mund das wiedergab, was ihr Bewußtsein erfüllte. »Ihr könnt uns nicht alle töten, nur um uns am Denken zu hindern!«

Keine Antwort.

Sie standen jetzt auf achtzehnhundert Metern und stiegen immer noch, und die zwei winzigen Gebilde, die im strahlenden Lichtschein des CunsnuC schwammen, waren ausgewachsene Catodonten. Sie bewegten sich ohne Angst vor der Masse, die sie wie Zwerge erscheinen ließ, wußten irgendwie, daß es sie nicht verletzen konnte. Keiner der Gezähnten fürchtete einen Planktonesser, dachte sie, gleichgültig, wie groß oder fremd er ist.

Ein letzter, verzweifelter geistiger Schrei hallte durch ihren leeren Schädel, glitt wie eine glühende Nadel über ihre Knochen. Und dann raste der letzte CunsnuC auf den Schleim am Meeresgrund zu und verwandelte sich in einen fernen roten Stern, der bald von der Weite des Meeres verschlungen wurde.

Sie riß die Augen auf und fragte sich, wie lange sie ohne Bewußtsein gewesen war. Merced lehnte in seinem Sessel, hoffentlich nur bewußtlos. Sam lag über der Steuerkonsole, sein Atem ging schwer. Hwoshien saß steif an der Wand, atmete langsam und tief, und versuchte, seinem Körper neue Kräfte zuzuführen. Wenn er einatmete, ging sein Atem ruhig, aber beim Ausatmen schauderte er, zumindest hatte er wieder Kontrolle über sich. Ihre Augen suchten Rachael.

Ihre Tochter lag auf dem Boden, die Augen glasig und starr zur Decke gerichtet. Von Schmerzen erfüllt zwängte Cora sich aus dem Sessel und kroch über das Deck, vorbei an dem jetzt stummen Neurophon. Seine Energiezufuhr war ausgebrannt. Zu ihrer Überraschung stellte sie fest, daß es ihr Körper war, der Schmerzen litt, nicht ihr Bewußtsein. Ein schwaches Echo jenes letzten, ungeheuren Schreis flatterte noch durch ihre Gedanken, wie sterbende Schmetterlinge. Aber sie störten sie nicht mehr.

»Rachael?« Sie legte beide Hände auf die Schultern des Mädchens, schüttelte es. Die Anstrengung erzeugte Übelkeit in ihr, und sie mußte aufhören und einen Augenblick rasten, ehe sie es wieder versuchte. »Rachael!« Muskeln begannen sich unter ihren Fingern zu regen. Die Maschine begann warm zu werden.

Zögernd bewegten sich ihre Augen. »Mutter? Wir waren dabei, es zu töten. Ich konnte spüren, wie es starb.«

»Ich weiß, Rachael.« Sie barg den Kopf des Mädchens in ihren Armen. »Wir alle konnten das. Wir haben den Schmerz mitempfunden, den es fühlte. Aber ... lieber es als wir.« Sie griff hinter sich und zog das Neurophon heran. »Sie sagten, sie wären empfindlich. Sie haben es uns gesagt. Alles Masse, und kein Biß.« Sie zuckte zusammen und fuhr sich mit der Hand an den Kopf. »Nein, kein Biß. Ein indirekter. Ich fürchte, dein Instrument ist ausgebrannt. Es hat uns das Leben gerettet. Ich werde dir ein neues kaufen, das beste, das es gibt.« Sie lächelte. »Und du kannst spielen und üben, soviel du willst, und ich werde dich unterstützen, so gut ich kann, und soweit mein Geld reicht.«

»Ich weiß nicht«, murmelte das Mädchen. »Soviel Schmerz. Ich weiß nicht, wann ich wieder spielen kann. Dieser Schmerz wird mich immer erfassen, wenn ich zu spielen versuche.«

»Die Erinnerung an den Schmerz, und die wird vergehen«, korrigierte sie Cora.

»Wir werden irgend etwas mit ihnen ausarbeiten.« Das war Hwoshien. Sein Körper hatte sich nicht bewegt, aber sein Kopf drehte sich zu ihnen herum. »Sie haben den größten Teil dieser Welt, den größten Teil des Weltozeans, den sie bewohnen können. Wir benutzen nur winzige, isolierte Flecken an der Oberfläche. Sie sind nur stur. Wir werden irgendeine Übereinkunft erzielen. Sie haben jetzt keine Wahl.« Jetzt richtete er sich auf, kam auf die Beine.

»Wir brauchen die Hilfe der Zahnwale nicht. Neurophonische Projektoren, viel größer als der hier, werden diese Kreaturen unter Kontrolle halten, werden ihre Macht brechen, die sie über die Barten haben. Wenn sie darauf bestehen, zu kämpfen, können wir sie besiegen. Das Töten jeder intelligenten Lebensform ist verboten, es sei denn, sie greift an, und es gibt keine Alternative. Diese Alternative werden wir ihnen bieten. Wenn sie sich dafür entscheiden, sie nicht anzunehmen ...« Er zuckte die Achseln.

»Aber Sie würden doch ganz bestimmt nicht ...?« begann Cora.

»Ich habe viele tausend Tote, viele Millionen Credits zerstörten Besitz. Wir benötigen einen winzigen Teil dieser Welt. Sie und die Cetacea mögen den Rest haben. Ich habe kein Mitgefühl, wenn es um solch allumfassende Habgier geht.«

»Ich bin sicher, daß eine Regelung möglich ist«, erwiderte Cora. »Ein mentaler Schild, beispielsweise, der unsere Gedanken vor ihnen abschirmt. Wenn sie sich nur früher mit ihren Problemen an uns gewandt hätten, auf friedlichem Wege. Sie sind einmalig, absolut einmalig, Hwoshien. Die ersten intelligenten Invertebraten, die wir je in der Galaxis entdeckt haben, vielleicht die höchst entwickelten Vertreter ihrer Spezies im ganzen Universum. Man muß sie studieren, muß von ihnen lernen. Nicht gegen sie kämpfen.«

»Das ist auch nur die letzte Alternative«, erinnerte sie Hwoshien, und sein Tonfall ließ erkennen, daß er nur geschäftsmäßig, nicht blutrünstig war.

»Die meisten Coelenteraten sind primitiv, und diese Geschöpfe befinden sich am entgegengesetzten Ende dieser Skala. Es ist gerade, als hätten sie ein ganzes Kapitel der Entwicklung übersprungen. Ihre physischen und geistigen Strukturen sind unglaublich komplex. Worüber denken sie denn in dieser ewigen Finsternis nach? Was stimulierte denn die Entwicklung solch fortgeschrittener Intellekte in solchen Tiefen? Ich bezweifle, daß sie über einen Gesichtssinn, wie wir ihn kennen, verfügen. Vermutlich Gehör. Sie sind echte Koloniegeschöpfe, und das von einem Ausmaß, das uns bisher unerhört schien. Man muß sich friedlich mit ihnen einigen, damit man sie studieren kann!«

»Du kannst sie ja studieren, wenn du willst.« Mataroreva war mit seinen Schaltern beschäftigt. »Wir sind fast oben. Ich will wieder Licht sehen.«

»Das werden wir.« Cora sah plötzlich, wohin ihre Gedanken sie geführt hatten, und war sehr enttäuscht darüber. »*Ich* werde das. Wir können Freunde sein.«

»Willst du wie der arme Hazaribagh und seine Leute enden? Die CunsnuC haben *sie* studiert«, schoß er zurück.

»Würde dir das etwas ausmachen?«

Er wandte sich um und machte dabei eine Geste, die man auf jede beliebige Weise hätte interpretieren können. Aber zumindest hatte er die Frage beantwortet – positiv, wie sie es vorzog zu denken.

»Das geschah aus Furcht«, wandte sie ein. »Das Universum ist voll von sonst freundlichen Geschöpfen, die man dazu bringen kann, aus Furcht zu töten. Man kann sie, muß sie studieren.« Sie sah sich über die Schulter um.

»Ich weiß nicht, was ich tun werde, Mutter.« Rachael sah zu Merced hinüber, der sie ermutigend anblickte. »Ich weiß nicht, was ich tun werde. Nicht jetzt.«

»Denk darüber nach! Aber laß dir Zeit!« drängte Cora. »Ich habe dich vielleicht in die falsche Richtung getrieben. Vielleicht auch in die richtige. Wenn du dich dafür entscheidest, deinen gegenwärtigen Studiengang fortzusetzen, ich könnte immer noch eine Assistentin gebrauchen.«

»Wir werden sehen.« Sie blickte immer noch Merced an.

Natürliches Licht, frisch und belebend, strahlte durch die Bullaugen des Tauchbootes. Riesige Gestalten schwärmten geduldig rings um sie, als die Catodonten sie den Rest des Weges bis zur Oberfläche eskortierten. Ihre mächtigen Leiber kamen nahe an den Rumpf des auftauchenden Fahrzeugs, berührten es aber nie.

Dann drückte sich eine schwarz-weiße Gestalt gegen ein Bullauge. Mataroreva drückte das Gesicht von innen gegen das Glasalum, so daß Wal und Mensch nur durch wenige Millimeter getrennt waren.

Cora beobachtete sie aufmerksam.

»Ich finde, das ist bewundernswert«, sagte Merced zu ihr.

»Was ist bewundernswert?«

»Ihre Bereitschaft, hier zu bleiben, um eine gefährliche Lebensform zu studieren. Ich bin sicher, daß die Commonwealth-Verwaltung einverstanden sein wird und Ihnen jede mögliche Unterstützung zuteil werden läßt. Die CunsnuC sind die fremdartigste Lebensform, der wir je begegnet sind. Sie werden Mittel brauchen.«

»Ich kann mit meinen bescheidenen Mitteln ...«, begann Hwoshien.

Merced schnitt ihm das Wort ab. Er brauchte jetzt nicht mehr als bloßer Biologe zu sprechen. »Sie können tun, was Sie wollen, Kommissar, aber es ist nicht nötig. Ich werde dafür sorgen, daß ausreichende Mittel zur Verfügung gestellt werden.«

Cora sah ihn abschätzend an. »Danke. So groß sie auch sind, diese Geschöpfe fürchten uns mehr, als wir sie fürchten. Hier bedarf es nicht der Gewalt, hier ist Verständnis nötig.«

Das Tauchboot durchbrach die Meeresoberfläche. Mataroreva eilte an die Doppelschleuse, öffnete die untere

Schleusenpforte und zwängte sich durch. Merced blickte ein letztesmal zum Bullauge hinaus und war überrascht, keine Spur der Catodonten zu sehen. Vielleicht wußten sie bereits, was in den Tiefen geschehen war, und waren – ewige Nomaden, die sie waren – ihrer Wege gezogen, gleichgültig gegenüber allem, was etwa die überlebenden Menschen zu sagen hätten. Sie waren weitergezogen, überzeugt in ihrer weitläufigen, kontemplativen Gleichgültigkeit, daß die CunsnuC jetzt für ihre Art zu leben, keine Gefahr mehr darstellten. Waren weitergezogen, um ihre Gedanken zu denken, und ihre Wanderzivilisation auf die Art dem Fortschritt zuzuführen, die sie für die beste hielten. Wer sind denn wahrhaft die Fremden? sinnierte Merced. Die CunsnuC oder diese riesigen Geschöpfe, die mit uns durch Blut und Entwicklung verwandt sind?

Hwoshien folgte Mataroreva ins Freie. Als nächste kam Cora, dann Rachael, die ihr Neurophon an sich gedrückt hielt. Merced blickte ihnen nach und genoß den Anblick Rachaels, die nach oben kletterte und die frische, o so süße Luft draußen roch. Ein leichtes Klatschen drang an sein Ohr; er wandte sich um und sah zum Bullauge hinaus.

Sam Mataroreva tollte mit den beiden Orcas herum und schlug Kapriolen wie ein Seehund. Er klammerte sich an Latehohts Flosse, als sie vorbeischoß, ließ nicht los, als sie sich aufbäumte und im Wasser um sich schlug und versuchte, ihn abzuwerfen. Es gab hier mehr zu berichten, nicht nur über die CunsnuC, dachte Merced. Cachalot veränderte seine Bewohner – wie jede Welt das tat. Diese Wasserwelt bot mehr als Exporte und ozeanographische Studien. Veränderungen in der Art zu denken, spielten sich hier ab, die weitreichende Auswirkungen auf alle Homanx haben würden. Es würde gut sein, diesen Trend zu fördern.

»Heh!« Rachael lehnte sich über die Schleuse und blickte auf ihn herunter. »Wirst du ewig dort unten bleiben, Pucara?«

»Komme gleich!« Er sah zu, wie sie sich aufrichtete und in seiner Erinnerung das Aufblitzen eines einladenden Lächelns hinterließ. Er dachte an die letzten Wochen, die sie miteinander verbracht hatten, und wie die CunsnuC die Freundschaft beinahe zerstört hätten, um die er sich solche Mühe gegeben hatte. Es war leicht, Intimität zu finden, aber Freundschaft – das war etwas Seltsames. Er grinste. Dies war eine Welt, auf der man Spaß haben konnte, sich entspannen, ebenso wie man auf ihr Forschungen betreiben konnte. Jetzt war die Zeit für ersteres.

Zufrieden mit sich und dem Bericht, den er seiner Dienststelle liefern würde, schickte er sich an, aus dem Tauchboot zu klettern. Draußen wartete die helle Sonne von Cachalot. In der Nähe trieb der Superflügler, und besorgte Gesichter drängten sich an der Reling. Bald würde Hwoshien eine Sendung durchgeben, und zum erstenmal seit vielen Monaten würde die Angst wieder von den Gesichtern der Bürger dieser Welt verschwinden.

Sein Winken galt dem Schiff, aber seine Augen sahen nur Rachael.

Weit unter ihnen tanzten riesige, kugelförmige Gestalten, die pulsierten und glühten. Sie glichen in ihrer Form und ihren Bewegungen Planeten, kreisten aber nicht um eine Sonne sondern um einen gemeinsamen Gedanken. Sie unterhielten sich in einer Art und Weise, die für die Menschen ebenso unverständlich war wie für die Cetacea. In einer Art, die Druck und Isoliertheit geformt hatten.

Sie diskutierten die Entwicklung einer neuen Art eines spezialisierten, inneren Polypen, so wie ein Fabrikant vielleicht eine neue Fertigungshalle für seine Fabrik diskutieren mochte.

Sie wußten, daß es Zeit in Anspruch nehmen würde. Daran war nichts zu ändern. Sie würden arbeiten und warten, bis der neue Polyp bereit war, seine Funktion zu erfüllen. Bis dahin würden sie gegenüber denen oben erzwungene Toleranz üben. Nachher ... nun, nachher würden sie sehen.

Nachdem sie sich so für den nächsten biologischen Schritt entschieden hatten, begannen die CunsnuC, dem Inventar ihres Bewußtseins einen neuen Gedanken hinzuzufügen.

Weit über ihnen und weit entfernt schwamm eine Lebensform, die auf eine Art und Weise dachte, die weder Mensch noch CunsnuC verstanden. Knollenkiefer, dessen Wassername DeMalthiAzur-von-den-Maizeen lautete, und der ein Ältester unter seinen Leuten war, hatte sich von ihnen entfernt, um still über Dinge von großem Belang nachzudenken. Um zu überlegen. Es würden noch mehr Menschen kommen, und die freidenkenden Bereiche des Meeres würden noch weiter zusammenschrumpfen. Nicht, daß er das Gefühl hatte, sie würden die Gesetze brechen (zumindest nicht gleich), aber die Menschheit hatte in ihrer ganzen Geschichte eine beunruhigende Tendenz gezeigt, sie zu umgehen. Und die Menschen von heute waren nicht die Menschen von morgen. Wer konnte schon sagen, welche Änderungen sie vorschlagen würden?

Und dann war da diese Sache mit dem CunsnuC. Ihre Kontrolle über die Barten hatte ihm demonstriert, daß sie recht gefährlich werden konnten. In der unerreichbaren Zuflucht ihrer Tiefen waren sie auch imstande, weiterhin für die Cetacea Unheil zu brüten.

DeMalthiAzur-von-den-Maizeen gab das catodontische Äquivalent eines Seufzers von sich, das für menschliche Ohren wie eine Explosion geklungen hätte. Warum mußte die Existenz so kompliziert sein, sinnierte er, wo man doch nichts vom Leben verlangte, als ausreichend Zeit, um nachzudenken? Wegen der Menschen machte er sich keine Sorgen. Denn die Vettern, die Orca, würden in ihrer Nähe bleiben, und Freundschaft für sie und Abneigung für die Catodonten vorgeben, und alles berichten, was sie planten. Am klügsten von allen waren die Catodonten, dachte er, am schlauesten die Orca.

Die CunsnuC waren ein größeres Problem und würden, obwohl sie auf ihre Abgründe beschränkt waren, auch weiterhin das größere Problem bilden. Und so mußten die Bewohner der See noch große Fortschritte erzielen, fern den Homanx und den CunsnuC, fern selbst ihren massigen, aber langsam denkenden Verwandten, den Barten.

Vielleicht würde jener Fortschritt Teil der Großen Reise

sein. Vielleicht würde er nur eine kleine Abweichung darstellen. Aber es war nötig, die Bewahrung des Friedens sicherzustellen.

Zeit, dachte der alte Wal. Nie genug Zeit. Soviel vergeudete Zeit. Aber diese Abweichung war lebenswichtig. Von allen Geschöpfen der Erde hatte nur der Mensch die Fähigkeit gemeistert, durch Umgebungen zu reisen, die seiner Art feindlich waren. Das war stets sein großer Vorteil. Das und seine zur Manipulation geneigten Finger. Die Cetacea verfügten nur über ihren Geist. Sie konnten also der äffischen Flexibilität des Menschen nichts Gleiches entgegenstellen, und auch nichts den reinen Geistern der CunsnuC.

Nun gut, vielleicht eines Tages. Für den Augenblick würden die Cetacea, geführt von den Catodonten, einen anderen Weg finden müssen, würden den Weg verbessern müssen, den sie gewählt hatten, um ihr Überleben und ihre Art zu leben, sicherzustellen.

Es war Zeit, zu üben, dachte er. DeMalthiAzur-von-den-Maizeen spannte sein enormes Gehirn und sein Nervensystem an und machte den Sprung.

Wie seltsam da doch die Welt aussieht, sinnierte er. Es gab so viel Neues zu bedenken, vieles zu lernen, das sowohl Menschen als auch CunsnuC überraschen würde, wenn die Zeit kam. Diesmal war die Anstrengung geringer und wurde mit jedem erfolgreichen Sprung einfacher.

Besser jetzt zu den Seinen zurückzukehren, sagte er sich, um mit ihnen zu denken. Wenn man allein dachte, dann brachte das Klarheit ins Gehirn, wurde aber viel zu schnell leblos und langweilig. Er lechzte nach geistiger Gesellschaft und den vereinten Fortschritten, die man machte, wenn man die Große Reise teilte. Er reckte sich ein wenig mehr, betrachtete das Wasser unter sich und die verblüfften Ichtyornithen, die in seinem Schatten dahinrasten.

Dann drehte sich der große Wal um und suchte seine Gefährten, als alle achtzig Tonnen seiner graubraunen Masse etwas unsicher, aber immer selbstbewußter werdend, der untergehenden Sonne entgegenflogen.

Alan Dean Foster wurde 1946 in New York City geboren und wuchs in Los Angeles in Kalifornien auf. Nachdem er von der University of California in Los Angeles (UCLA) 1968 den Grad eines Bachelors in Politologie und 1969 den eines Masters of Fine Arts in Filmkunde erhalten hatte, arbeitete er zwei Jahre lang in einer kleinen Firma in Studio City, Kalifornien, als Verfasser von Public Relations-Texten.

Seine Schriftstellerlaufbahn begann 1968, als August Derleth einen langen Fanbrief von Foster kaufte und ihn als Kurzgeschichte in seinem zweijährigen *Arkham Collector Magazine* veröffentlichte. Verkäufe von Kurzgeschichten an andere Magazine schlossen sich an. Sein erster Roman, *The Tar-Aym Krang* wurde von Ballantine 1972 veröffentlicht.

Foster hat umfangreiche Reisen in Asien und zu den Pazifikinseln unternommen und zählt neben dem Reisen das Surfen und den Karatesport zu seinen Hobbies. Er war an der UCLA und dem Los Angeles City College als Dozent für Drehbuchschreiben, Literatur und Filmgeschichte tätig.

Im Augenblick wohnt er in Big Bear Lake, Kalifornien, mit seiner Frau JoAnn (die angeblich das einzig existierende Rezept für Barbarencremetorte besitzt), drei Katzen, drei Hunden, zweihundert Hauspflanzen, verschiedenen zugelaufenen Koyoten und Waschbären und dem geheiligten Stuhl des nichtsnutzigen Dr. John Dee.

Über alle bei Heyne erschienenen Science Fiction-Romane und Erzählungen informiert ausführlich das Heyne-Gesamtverzeichnis. Sie erhalten es von Ihrer Buchhandlung oder direkt vom Verlag.

Wilhelm Heyne Verlag, Postfach 20 12 04, 8000 München 2

BIBLIOTHEK DER SCIENCE FICTION LITERATUR

HELLICONIA: Eine der großen SF-Sagas im klassischen Stil

HELLICONIA: Das Science Fiction-Ereignis der achtziger Jahre

HELLICONIA: Ausgezeichnet mit dem Kurd Laßwitz-Preis als bester ausländischer SF-Roman des Jahres

06/50 - DM 12,80

06/51 - DM 14,80

06/52 - DM 14,80

Wilhelm Heyne Verlag München

HEYNE BÜCHER

HEYNE SCIENCE FICTION

Romane und Erzählungen internationaler SF-Autoren im Heyne-Taschenbuch.

06/4300 - DM 12,80

06/4115 - DM 7,80

06/4073 - DM 6,80

06/4128 - DM 6,80

06/4114 - DM 6,80

06/4234 - DM 12,80

06/4122 - DM 5,80

06/4236 - DM 12,80

HEYNE BÜCHER

DER WÜSTENPLANET

von
Frank Herbert

»Der beste Science-Fiction-Roman aller Zeiten«
(Publisher's Weekly)

Der ganze Roman-Zyklus in 6 Bänden, in Kassette
06/4280 - DM 60,–

06/3108 - DM 9,80

06/3266 - DM 7,80

06/3615 - DM 9,80

06/3916 - DM 12,80

06/4141 - DM 12,80

06/4234 - DM 12,80

HEYNE BÜCHER

HEYNE SCIENCE FICTION

Romane und Erzählungen internationaler SF-Autoren im Heyne-Taschenbuch.

06/4336 - DM 9,80

06/4289 - DM 7,80

06/4339 - DM 8,80

06/4290 - DM 7,80

06/4291 - DM 7,80

06/4292 - DM 6,80

06/4330 - DM 6,80

06/4313 - DM 12,80

HEYNE BÜCHER

HEYNE FANTASY

Romane und Erzählungen internationaler Fantasy-Autoren im Heyne-Taschenbuch.

06/4101 - DM 14,80

06/4343 - DM 12,80

06/4299 - DM 6,80

06/4179 - DM 5,80

06/4295 - DM 12,80

06/4356 - DM 7,80

06/4293 - DM 5,80

06/4223 - DM 6,80

HEYNE BÜCHER

HEYNE SCIENCE FICTION AUS DEUTSCHLAND

11 herausragende Romane und Erzählungen 12 deutscher SF-Autoren von internationalem Rang, von den Autoren selbst ausgewählt, in einer preiswerten Sonderausgabe.

Heyne Science Fiction 06/4235
800 Seiten,
zum Sonderpreis DM 12,80

Wilhelm Heyne Verlag München